Harper
Collins

Der Preis dieses Bandes versteht sich einschließlich der gesetzlichen Mehrwertsteuer.

Umwelthinweis:
Dieses Buch wurde auf chlor- und säurefreiem Papier gedruckt.

Valerie Geary

Das Schweigen der Bienen

Roman

Aus dem Amerikanischen von
Joannis Stefanidis

HarperCollins

HarperCollins®
Band 100009
1. Auflage: Januar 2016

HarperCollins® Bücher
erscheinen in der HarperCollins Germany GmbH,
Valentinskamp 24, 20354 Hamburg
Geschäftsführer: Thomas Beckmann

Konzeption/Reihengestaltung: fredebold&partner GmbH, Köln
Umschlaggestaltung: any.way grafik partner, Hamburg / Notburga Reisener
Redaktion: Maya Gause
Titelabbildung: Arcangel / Marc Owen; Plainpicture / Peter Roos
Autorenfoto: © Briana Moore Photography
Satz: GGP Media GmbH, Pößneck
Druck und Bindearbeiten: CPI books GmbH, Leck – Germany
Printed in Germany
Dieses Buch wurde auf FSC®-zertifiziertem Papier gedruckt.
ISBN 978-3-95967-013-5
www.harpercollins.de

SAM

Wir entdeckten die bäuchlings im Wasser treibende Frau in dem kleinen Staubecken, wo der Crooked River eine leichte Biegung nach Norden macht, kaum einen Steinwurf entfernt von der besten Badestelle weit und breit. Die smaragdfarbene Bluse der Frau war halb aufgerissen, ihr dunkler Faltenrock bauschte sich um ihre Taille. Sie hatte eine runzelige graue Haut, die Beine waren aufgedunsen und voller blauer Flecken. Ihre Haarsträhnen wanden sich wie schwarze Schlangen in der Strömung. Ich stupste ihr mit einem Stock in den Rücken. Nicht fest, sondern ganz sanft – so, wie man jemanden anstupst, der schläft. Die Frau glitt heran, prallte gegen einen halb im Wasser liegenden Felsen und erreichte die Stelle, wo Ollie und ich am Ufer standen. Dort trieb sie nun, die Arme und Finger ausgestreckt, inmitten eines Gewirrs aus braunem Laub im Flachwasser umher, und es schien, als würde sie darauf warten, dass jemand anders sie fand. Als wären wir ihr nicht gut genug, Ollie und ich, nur zwei Mädchen mit dünnen Armen und dünnen Beinen, ohne einen blassen Schimmer vom Tod. Den hatten wir aber. Jedenfalls wussten wir mehr über den Tod, als uns lieb war.

Mit dem Stock plätscherte ich nahe beim Fuß der Frau im Wasser. „Was, glaubst du, ist ihr passiert?"

Neben mir zupfte Ollie an ihrem Zopf, ein heller, streng geflochtener Strick, der ihr über den ganzen Rücken reichte. Wenn sie das Haar offen trug, war es ab der Mitte ihrer Oberschenkel gewellt und reichte beinahe bis zu ihren Knien. Doch seit Moms Beerdigung band sie ihr Haar nach hinten und versteckte es. Nicht nur ihr Haar, auch ihre Stimme versteckte sie – bald vier Wochen hatte Ollie kein einziges Wort gesprochen.

„Wir sollten zur Weide zurückgehen und Bear holen", sagte ich.

Ollie schmiegte sich an mein Bein und drehte dabei noch immer den Zopf in der Hand.

„Halt dir wenigstens die Augen zu."

Sie tat es nicht.

In dem Sommer war ich fünfzehn, Ollie war zehn, und vielleicht hätten wir überraschter oder angeekelter sein sollen oder was auch immer normale Kinder empfinden, die eine Leiche entdecken. Aber wir waren immer noch verstört von der Beerdigung und allem, was davor – und danach – geschehen war.

Dicht am Wasser kauerte ich mich hin und wollte die tote Frau anfassen. Ich fragte mich, ob sie sich genauso anfühlen würde wie Mom: kalt, wie Gummi, wie ein Ballon, aus dem die Luft entwichen war. Alles Leben, ihr Atem, ihre Wärme – verschwunden. Und in dem Moment, kurz bevor ich nach ihr griff und ihre Schulter packte und sie ein Stück herumdrehte, um ihr Gesicht erkennen zu können, verspürte ich eine furchtbare Angst. Die Angst, dass sie gar keine Fremde sein würde, sondern jemand, den wir kannten – ein weiterer geliebter Mensch, der uns viel zu früh genommen wurde.

Ihre Augen standen offen, haselnussbraun und blutunterlaufen. Ihr Mund, ein dunkles, klaffendes Loch. Einer ihrer Vorderzähne fehlte. Über dem linken Auge hatte sie eine tiefe Schnittwunde. Irgendetwas, ein Fisch oder vielleicht ein Flusskrebs, hatte rundherum die Haut aufgerissen und sich bis zum Knochen durch das darunterliegende Fleisch gefressen. An ihrer Bluse klebten Schlammspritzer, Unkraut hing ihr in den Haaren. Ihr Gesicht, die Arme, der Brustkorb und das Schlüsselbein waren mit Striemen übersät. Die dunkelsten Stellen, beinahe schwarz auf ihrer bleichen Haut, befanden sich rund um den Hals. Es waren Druckstellen von Fingern, die Daumen hatten ihr die Luftröhre zugedrückt.

Ich starrte auf ihr Gesicht, und als mir kein dazugehöriger Name einfiel, wandte ich mich zu Ollie. „Kommt sie dir irgendwie bekannt vor?“

Ollie schüttelte den Kopf und schob sich die Brille auf der Nase hoch.

„Mir auch nicht.“

Trotzdem, zu irgendeinem Menschen gehörte diese Frau, und so konnten wir sie doch nicht zurücklassen.

„Wir sollten etwas tun, oder? Jemandem Bescheid geben.“ Und weil ich mir nicht sicher war, ob ich es beim ersten Mal laut ausgesprochen hatte, wiederholte ich: „Wir sollten etwas tun.“

Ich verstärkte meinen Griff an ihrer Schulter und versuchte, die Tote näher ans Ufer zu ziehen, aber sie war glitschig und viel schwerer als erwartet und schleifte über den Flussboden, als hätte sich ihr Fußknöchel an etwas verfangen. Ich grub meine Zehen in den Schlamm und zog kräftig, war aber nicht stark genug. Die Tote rutschte mir aus der Hand und platschte wieder bäuchlings ins Wasser, was eine Welle verursachte, die groß genug war, um sie aus dem Staubecken Richtung Flussmitte hinauszuschieben, wo die Strömung toste. Die Frau drehte sich, bis ihr Kopf flussabwärts deutete, und wurde fortgesogen.

Ich stapfte ihr hinterher, blieb aber stehen, als das Wasser meine Knie erreichte. Die starken Regenfälle des Frühjahrs und die Schneeschmelze hatten den Crooked River in einen reißenden Fluss verwandelt. Felsblöcke schützten unsere Badestelle vor den Stromschnellen, aber hinter ihnen, dort, wo ich stand, nahm das Wasser sofort wieder Fahrt auf und rauschte nach Norden um Terrebonne herum, um sich einige Meilen dahinter mit dem Deschutes River zu vereinen. Wildwasser schlug mir gegen die Waden. Meine Zehen brannten vor Kälte. Ich wartete weiter darauf, dass die tote Frau irgendwo hängen blieb, an einem Baumstamm oder einem Felsen, oder in eine andere Stauung hineingespült wurde, aber sie trieb geradewegs zur Flussmitte, hin zu den schäumenden Wassermassen. Nach ein paar Sekunden sah sie mehr wie ein Stock aus als wie ein Mensch. Nach einigen weiteren Sekunden verschwand sie vollends.

Vielleicht war sie ja nicht real gewesen, nur ein Trugbild aus Licht und Schatten. Aber mein Herz pochte so heftig, dass es wehtat, die Härchen an meinen Armen hatten sich aufgerichtet, und ich fühlte noch ihre kalte Haut an meinen Fingerspitzen, sah noch ihr Gesicht, spürte noch den Blick ihrer toten Augen auf mir. Sie war absolut real gewesen, realer geht es nicht. Und wir hatten sie verloren.

Hinter mir spritzte der Fluss auf, und dann schob Ollie ihre Hand in meine. Sie saugte an ihrer Unterlippe. Das Wasser umspülte ihre Taille. Die gierige Strömung krallte sich in sie, versuchte, sie hinabzuzerren, fort von mir. Ich verstärkte meinen Griff um ihre Hand. Blinzelnd schaute Ollie zu mir auf, dann blickte sie hinter uns auf den Wald und den Pfad, der uns zu unserer Weide zurückführen würde. Sie zog mich am Arm.

„Was meinst du? Bis wohin wird sie fortgespült?“, fragte ich, meinen Blick wieder auf die Stromschnellen gerichtet.

Ollie zog kräftiger, zerrte mich zum Ufer zurück.

Wir wateten an Land. Wasser tropfte von unseren nackten Beinen und unseren Shorts und verwandelte die Erde rings um unsere Füße in Matsch. Unsere Schuhe hatten wir auf einen gefällten Baumstamm gestellt. Ich nahm beide Schuhpaare bei den Schnürsenkeln, dann legte ich Ollie einen Arm um die Schultern und führte sie zum Pfad.

„Bear wird wissen, was zu tun ist", sagte ich.

Schweigend gingen wir im Gänsemarsch zwischen den Bäumen hindurch. Normalerweise wäre von den Ästen und Zweigen um uns und über uns eine Sinfonie aus Vogelgesängen und Blätterrauschen zu hören gewesen, aber nicht heute. Die Vögel verbargen sich. Die Bäume regten sich nicht. Alles war viel zu leise, und im Schatten war es kalt. Ich drängte Ollie, schneller zu gehen.

Bears Weide lag zehn Minuten vom Fluss entfernt. Man erreichte sie über einen schmalen Pfad, der sich zwischen weißen Erlen und Zuckerkiefern hindurchschlängelte. Früher war die Weide Teil eines Alfalfa-Felds gewesen, dann wurde sie zur Pferdeweide umfunktioniert. Nachdem die Pferde gestorben waren, riss man den Zaun nieder und ließ das Gras wachsen und die Wildblumen blühen. Vor acht Jahren war Bear dorthin gezogen, aber er hatte nicht viel verändert. Er hatte ein Tipi aufgestellt, einen Gemüsegarten angelegt und eine Feuergrube ausgehoben, dazu gab es ein Klohäuschen und einen Picknicktisch und natürlich den Bienenstand. Strom gab es keinen, nur die Sonne. Keine Sanitäranlagen, nur den Fluss und eine Tonne, um das Regenwasser zu sammeln. Kein Dach über unseren Köpfen sperrte den Sonnenschein aus, kein Fernseher übertönte den Gesang der Vögel und Zikaden, kein Asphalt verbrannte uns die Fußsohlen. Die meisten Kinder hätten einen solchen Ort gehasst. Für mich aber war er mein neues Zuhause.

Seit meinem siebten Lebensjahr hatte ich den August stets bei Bear verbracht. Mom hatte uns immer am ersten Freitag des Monats von unserem Haus in Eugene zur Johnson-Farm kurz vor Terrebonne gefahren, wo Bear uns auf Zebs und Frannys Veranda freudig erwartete. Dann quetschten wir uns an den Küchentisch der Johnsons und frühstückten gemeinsam mit den alten Herrschaften. Anschließend gingen Bear und Mom nach draußen und setzten sich auf der Veranda in die Hollywoodschaukel, hielten Händchen und quatschten leise miteinander. Ollie stand immer an der Fliegengittertür und versuchte zu lauschen. Ich zog sie weg, denn was Mom und Bear besprachen, war nicht für unsere Ohren gedacht. Wenn es für Mom und Ollie Zeit wurde, nach Eugene zurückzufahren, brachten Bear und ich die beiden zum Auto. Mom zog mich heran, küsste mich auf die Stirn und ermahnte mich, artig zu sein und meinem Vater zu gehorchen. Ihm gab sie einen zärtlichen Abschiedskuss und hauchte ihm zu, dass sie ihn ewig lieben würde. Dann fuhren sie los, und Bear und ich gingen eine halbe Meile über den löchrigen Feldweg, der vom Farmhaus zur Weide führte. Unterwegs pflückte ich Blumen und erzählte meinem Vater von der Schule und vom Schwimmteam. Er trug meine Reisetasche und meinen Schlafsack und berichtete mir das Neueste von seinen Bienen.

In den ersten Sommern, die ich bei Bear verbrachte, war Ollie noch zu jung, um mitzukommen, und als sie schließlich alt genug war, fuhr sie lieber mit ihren Freundinnen ins Ferienlager. Dies war nun der erste Sommer, den Ollie bei uns auf der Weide verbrachte. Und es war das erste Jahr ohne unsere Mutter.

Genau genommen gehörte die Weide den Johnsons, und Bear bezahlte ihnen Pacht, aber was als reine Pächter-Verpächter-Beziehung begonnen hatte, war über die Jahre zu etwas Familienartigem zusammengewachsen. In den kältesten Winterwochen ließen sie Bear im Gästezimmer wohnen. Wenn er irgendwohin fahren musste, borgten sie ihm ihren Truck. Zweimal in der Woche luden sie ihn zum Abendessen zu sich nach Hause ein. Als Gegenleistung half er ihnen, die Farm in Schuss zu halten – er reparierte Zäune, mähte Gras, ersetzte Dachschindeln. Bears Eltern waren lange vor meiner Geburt gestorben, aber nach allem, was ich mitbekommen hatte, waren sie keine allzu netten Leute gewesen. Und Moms Eltern wohnten an der Ostküste; einmal im Jahr kamen sie an Thanksgiving zu Besuch, und an unseren Geburtstagen schickten sie uns Zwanzigdollarschecks. Zeb und Franny waren für Ollie und mich mehr wie Großeltern als unsere richtigen Großeltern, und da sie so nahe bei der Weide wohnten, hatte Mom sich niemals Sorgen gemacht, wenn ich bei Bear war. Sie wusste, dass sich auch die Johnsons um mich kümmerten. Ich glaube, das war der wahre Grund dafür, dass meine Großmutter uns nach Moms Tod dort wohnen ließ. Ohne Zeb und Franny wären wir längst nach Boston umgezogen.

Aber dies war nur eine Testphase. Wir hatten sechs Monate Zeit, um zu beweisen, dass die Weide sicher und Bear ein guter Vater war. Sechs Monate, um meine Großmutter davon zu überzeugen, dass wir dort gut behütet aufwachsen konnten. Seit drei Tagen waren wir nun hier, und unser Start war alles andere als glücklich.

Als wir die Weide erreichten, entdeckten wir Bear am Bienenstand, wo er, über sein neuestes Langstroth-Magazin gebeugt, Rauch durch die kleine Öffnung in der Frontplatte fächerte. Er war so auf seine Bienen konzentriert, dass er uns nicht bemerkte, als wir im Schatten stehen blieben und ihm zuschauten.

Er trug eine lange Hose und ein langärmeliges Hemd, aber keine Handschuhe, keinen Imkerschleier und keinen Hut. „Bienen erkennen, ob man ihnen wohlgesinnt ist", hatte er mir einst erzählt. „Sie können unterscheiden, wer ihre harte Arbeit und ihre Großzügigkeit respektiert und wer sie nur ausnutzt. Wenn man sich ihnen mit Demut und Dankbarkeit nähert, wird man nicht gestochen." Er stellte die Rauchdose am Boden ab und hob den Deckel der Box an. Die Bienen kamen heraus, flogen ihm träge vor dem Gesicht herum, verfingen sich in seinem kastanienbraunen Haar und seinem dichten Bart. Aber er schlug nicht nach ihnen, pflückte sie sich nicht aus den Haaren. Er war ganz ruhig, seine Lippen bewegten sich. Obwohl wir zu weit entfernt standen, um ihn zu verstehen, wusste ich, dass er die Bienen nach dem Befinden ihrer Königin fragte sowie danach, wie die Blumen in diesem Sommer blühten und ob sie, die Bienen, so freundlich wären, ihren Honig mit ihm zu teilen. Es waren die gleichen Fragen, die er immer kurz vor der Ernte stellte.

Mit diesem neuesten Langstroth-Magazin erhöhte sich die Zahl der Holzbeuten auf acht. Bear hatte mit zweien begonnen und jedes Frühjahr eine weitere hinzugefügt. Die meiste Zeit des Jahres blieben die Bienen dort, auf der Westseite der Weide, ein gutes Stück entfernt vom Picknicktisch, an dem wir unsere Mahlzeiten aßen und unseren Honig in Einweckgläser abfüllten, und noch weiter entfernt von dem Tipi, in dem wir schliefen. Am Frühlingsanfang aber kam Zeb mit seinem Truck und lud mit Bear die Beuten auf, und dann verteilten sie sie für einige Wochen auf die umliegenden Alfalfa-Felder und Apfelgärten. Ich war nie dabei, wenn dies geschah. Wenn ich dort eintraf, hatten Zeb und Bear die Bienen schon wieder an ihren angestammten Ort zurückgebracht, wo sie zufrieden zwischen den vertrauten Wildblumen herumschwirrten.

Als ich erfuhr, dass sie die Bienen an einen anderen Ort verlegten, hatte ich Bear gefragt: „Sind sie dann nicht verwirrt und versuchen, nach Hause zurückzufliegen?"

„Der Bienenstock ist ihr Zuhause", hatte er entgegnet. „Sie kehren dorthin zurück, wo ihre Königin ist."

„Und was geschieht, wenn es keine Königin mehr gibt?"

„Dann löst das Volk sich auf."

Seit er Bienen züchtete, hatte Bear noch kein einziges Bienenvolk verloren.

Ollie hatte keine Lust mehr, am Bienenstand herumzustehen, und versuchte, mich zum Tipi zu ziehen.

„Warte", sagte ich und verstärkte meinen Griff um ihre Hand, damit meine Schwester stehen blieb. „Er hat den Kasten aufgemacht. Vielleicht kriegen wir einen Wabenrahmen."

Ollie hatte Bears Honig schon oft gegessen, aber immer nur den abgefüllten, den ich nach Eugene mitgebracht hatte. Niemals so, niemals warm und frisch direkt aus der Wabe, wenn er so herrlich nach Sommer schmeckte und süß auf der Zunge zerschmolz.

Mit einem Werkzeug, einem flachen Metallstück, das aussah wie ein kleines Stemmeisen, hebelte Bear einen Wabenrahmen aus dem oberen Teil der Beute. Die Bienen füllten jede Ritze des Holzkastens mit einem klebrigen Harz, der stärker als Klebstoff war, und mit dem Werkzeug ließen zusammengeklebte Flächen sich am besten voneinander lösen. Bear bearbeitete den Rahmen, stieß das Endstück des Werkzeugs in die Ritzen und ruckelte herum, bis der Wabenrahmen sich schließlich löste. Ollie zuckte zusammen.

„Keine Sorge, der Rauch hält die Bienen ruhig", sagte ich. „Im oberen Teil des Kastens bewahren sie den Extra-Honig auf. Im unteren legen sie ihre Eier und ziehen die Brut auf. Sie lagern auch dort Honig, aber den ernten wir nicht. Bei Bienen darf man nicht eigennützig sein, sonst werden sie trotzig und hören auf, für einen zu arbeiten."

Ollie schaute mit offenem Mund zu mir auf, als wäre sie von meinen Worten überrascht, dann blickte sie wieder zu Bear zurück. Er steckte das Werkzeug in seine Gesäßtasche, hob den Wabenrahmen dicht vor sein Gesicht und pustete behutsam auf die Bienen, bis sie begannen, zum Rand zu krabbeln. Er hielt den Rahmen in die Sonne, um zu prüfen, wie viele der Waben sich geschlossen hatten und wie dicht wir vor der Ernte standen.

Ich versuchte, Ollie näher heranzuziehen, damit sie sah, wie die Waben im Sonnenlicht golden und bernsteinfarben schimmerten, doch Ollie stemmte die Füße in den Boden und rührte sich nicht.

Bibbernd schaute sie aus ihren Welpenaugen zu mir hoch. Unsere Kleidung war noch nass vom Fluss. Bei mir hatte nur der untere Rand meiner Shorts Wasser abbekommen, Ollie dagegen war bis zur Brust durchnässt. Sie neigte sich mit ihrem ganzen Gewicht in Richtung Tipi und zog an mir.

„Dann geh", sagte ich. „Zieh dich um. Dazu muss ich nicht mitkommen."

Aber sie ließ mich nicht los.

„Na schön", sagte ich und begleitete sie.

Das Innere des Tipis war geräumiger, als man von draußen vermutete. Bears Sachen waren ordentlich am Rand aufgestellt: das Feldbett, auf dem er schlief, die Truhe, in der er seine Kleidung aufbewahrte, die Holzkommode mit den beiden Schubfächern, in denen die Einweckgläser und Bienenwachskerzen lagerten, ein Klappstuhl und ein Tisch, ein Propangasbrenner, Eisentöpfe und anderes Geschirr, eine Plastikwanne zum Abwaschen. In den Zwischenräumen stapelten sich Bücher. An der Decke baumelten Federn, getrocknete Blumen und ein weißes Hirschgeweih, an der Zeltwand hingen Kohlezeichnungen von Bienen, Bienenstöcken, Bäumen und Pflanzen und anderen interessanten Dingen, die Bear rings um die Weide entdeckte. Auf dem Boden lagen mehrere Teppiche, und genau in der Mitte hatten Ollie und ich unsere Schlafsäcke ausgebreitet. Es war ein bisschen eng für uns beide, aber es war warm und trocken und kuschelig, und weil man nachts durch die kleine Öffnung oben im Tipi auf die Sterne blicken konnte, war es mir egal, wenn ab und zu unsere Ellbogen aneinanderstießen.

Ich wartete am Eingang, während Ollie die nassen Sachen auszog, in eine Jeans stieg und sich ein blau-weiß geringeltes T-Shirt überstreifte, das mal mir gehört hatte. Es war brütend heiß im Tipi, und man konnte kaum atmen.

Ich griff die Zeltklappe. „Fertig?"

Ollie rückte ihre Brille zurecht, dann blickte sie quer durch das Zelt auf den alten Kartentisch, der Bear als Schreibtisch diente.

„Jetzt komm", sagte ich ungeduldig.

Stirnrunzelnd ging sie zum Stuhl hinüber. An der Rückenlehne hing Bears Umhängetasche aus abgewetztem Leder. Er benutzte sie, um darin Brombeeren und Pilze und Wildkräuter zu verstauen, alles, was er bei seinen Wanderungen an Essbarem fand. Er nahm die Tasche fast überall mit hin, so auch gestern, als er sich Zebs Truck ausgeborgt hatte, um in Bend Vorräte zu kaufen.

Ollie hob die Klappe und schob die Hand in die Tasche.

„Was tust du?“, fragte ich.

Sie schaute mich über die Schulter hinweg an, dann zog sie eine Jeansjacke aus Bears Umhängetasche. Sie hielt sie zwischen uns hoch, klappte sie auf und breitete die Ärmel aus. Die Jacke war viel zu klein für Bear.

Ich sprang über unsere Schlafsäcke und nahm Ollie die Jacke aus den Händen, drehte sie um. Die Rückseite war schmutzig, der Kragen eingerissen. Die Jacke war ziemlich schmal in den Schultern, auf Taille geschnitten, die Messingknöpfe hatten hübsche Perlmutteinlagen. An der linken Schulter klebte ein großer dunkler Fleck, vielleicht Öl oder Tinte oder Schlamm oder etwas anderes, was ich nicht laut aussprechen wollte. Ich hielt die Jacke noch immer auf Armeslänge von mir fort und sah Ollie an.

„Ist das deine?“, fragte ich sie, obwohl ich die Antwort schon kannte.

Sie schüttelte den Kopf und deutete auf Bears Umhängetasche.

„Wahrscheinlich hat er sie im Wald gefunden“, sagte ich. „Sie könnte sonst wem gehören.“

Es gab viele Wanderer in der Gegend rings um unsere Weide, besonders im Spätsommer, wenn viele Leute den Hauptweg verließen, weil sie im Schatten Abkühlung suchten und dem Klang des über die Steine rauschenden Wassers folgten. Die Jacke konnte allen möglichen Frauen von den Schultern gerutscht sein. Einer Highschool-Ballkönigin, die versuchte, mit ihrem sportlichen Freund Schritt zu halten, einer Mittzwanzigerin, die gern Vögel beobachtete und dem kehligen Ruf einer Westschmätzertangare hinterherjagte, einer jungen Mutter, die eines ihrer Kinder auf der Hüfte trug und dem anderen zurief, sich vor den Klapperschlangen in Acht zu nehmen. Es gab unzählige Erklärungen.

Ollie verschränkte die Arme vor der Brust und hob die Brauen.

„Was?“, fragte ich und nahm die Jacke herunter. „Glaubst du etwa, dass …?

Ollie zuckte mit den Schultern.

„Komm schon, Ollie. Sag etwas."

Sie saugte ihre Unterlippe ein. Sie hatte sich schon einmal so verhalten, nach Tante Charlottes Tod vor vier Jahren. Zwei Wochen lang hatte sie mit niemandem gesprochen. Kein einziges Wort. Und dann, als sie endlich wieder zu sprechen begann und ich sie fragte, warum sie denn plötzlich verstummt sei, hatte sie geantwortet: „Tante Charlottes Geist hat mir die Worte gestohlen."

„Du weißt aber, dass es in Wirklichkeit keine Geister gibt, stimmt's?", hatte ich entgegnet.

Sie hatte den Kopf zur Seite geneigt und geantwortet: „Sag das mal zu Tante Charlotte."

Ich hatte geglaubt, weil sie beim Psychologen gewesen und ein bisschen älter geworden war, würde dieses Verhalten sich nicht wiederholen, aber das war ein Trugschluss. Nach Moms Beerdigung hatte Ollie erneut aufgehört, zu sprechen, und obwohl ich versuchte, geduldig zu sein, so wie Mom beim ersten Mal, zerrte ihr Schweigen mittlerweile an meinen Nerven.

„Ollie", sagte ich. „Falls du etwas weißt … falls du weißt, woher die Jacke kommt, dann musst du es mir sagen. Sprich mit mir. Ich werde nicht sauer sein. Versprochen."

Sie nahm einen Bleistift und griff nach einem von Bears Skizzenbüchern, das geöffnet auf dem Tisch lag, schlug eine leere Seite auf und begann, etwas zu zeichnen.

Ich zog ihr das Buch weg und warf es auf Bears Bett. „Du bist zu alt für diesen Quatsch. Einfach verstummen? Bildchen malen statt sprechen? Das machen Babys. Wenn du etwas zu sagen hast, dann benutze deinen Mund."

Sie funkelte mich an. Ich wartete noch einige Sekunden, aber sie blieb stumm. Ich zuckte mit den Schultern. „Wie du meinst", sagte ich, dann warf ich mir die Jacke über den Arm und ging aus dem Zelt. Ollie folgte mir.

Am Bienenstand arbeitete Bear mit einem älteren, alteingesessenen Schwarm. Trotz des Rauchs schwirrten ihm Heerscharen von Bienen um den Kopf, erfüllten die Luft mit einem lauten, wütenden Summen. Sie waren erregt, krabbelten ihm über die Hände, den Hals, die Nase, den Mund, und ich war mir sicher, dass er längst ein paarmal gestochen worden war. Trotzdem zuckte er kein einziges Mal zusammen oder verscheuchte sie. Er schien sich nicht im Geringsten an ihnen zu stören.

„Sie verteidigen nur ihre Brut und ihre Lager“, hatte er mir erklärt, als ich zum ersten Mal einen so aufgeregten Bienenschwarm sah. „Man darf ihnen das nicht krummnehmen.“ Später, als es darum ging, zu ernten und nicht nur hineinzugucken, verwendete Bear dann Fluchtbretter und zwang die Bienen dadurch, sich in den unteren Kastenteil zu begeben, damit er den oberen abnehmen und den Honig herausholen konnte. Für den Augenblick ließ er sie aber tun, wonach ihnen der Sinn stand.

Er schloss den Deckel, klopfte sanft darauf und flüsterte etwas, das nur die Bienen verstanden. Dies war der letzte Schwarm. Er nahm die Rauchdose und das kleine Stemmeisen und ging zum Anbau an der Seite des Bienenstands, wo er seine Arbeitsutensilien verwahrte und wo Ollie und ich standen und warteten.

Dies war der Moment, in dem ich Bear alles hätte erzählen sollen. Es wäre ganz einfach gewesen: Wir haben eine Frau entdeckt, die im Crooked River trieb. Eine tote Frau. Sie wurde von der Strömung erfasst und fortgetrieben. Nun ist sie verschwunden, und wir sollten vielleicht jemandem Bescheid geben, damit man sie findet. Und wir glauben, diese Jacke könnte ihr gehört haben. Er war der Erwachsene – er hätte sich darum kümmern müssen, und es war der Moment, in dem ich es ihm hätte erzählen sollen. Aber ich sagte nichts. Denn er stand jetzt so nahe bei mir, dass ich die beiden Kratzer an seiner rechten Wange erkannte; sie verliefen parallel zueinander, vom Augenwinkel hinunter zum oberen Bartansatz. Zwei rot glänzende Kratzspuren, die er am Vortag noch nicht gehabt hatte.

Er blieb vor uns stehen und richtete den Blick auf die Jeansjacke über meinem Arm. Noch ehe ich ihn danach fragen konnte, sagte er: „Hab ich im Wald gefunden.“

Er klopfte sich mit dem Stemmeisen ans Bein. „Ich dachte, sie gehört einer von euch.“

Ollie schmiegte sich an mich. Ich schüttelte den Kopf und hielt ihm die Jacke hin. „Nein, sie gehört uns nicht.“

Er nahm sie nicht. Stattdessen sagte er: „Gefällt sie euch? Bestimmt kriegt Franny den Fleck raus.“

Es war der erste Sommer, in dem ich groß genug war, um meinem Vater in die Augen schauen zu können, ohne zu ihm aufblicken zu müssen, doch als ich es tat, wich er meinem Blick aus.

„Wir wollen sie nicht", sagte ich.

Achselzuckend nahm er mir die Jacke aus der Hand. „Ich bringe sie Franny", sagte er. „Sie kann sie am Sonntag in der Kirche neben die Spendenbüchse legen."

„Klar", entgegnete ich. „Warum nicht?"

Eine Biene kam dicht zu uns herangeflogen und schoss zwischen uns hin und her; es war unangenehm. Ollie wich zurück und schlug in die Luft.

„Sie riechen es, wenn man Angst hat", sagte Bear. „Dann wird man schnell gestochen."

Ollie sog die Luft ein und blies die Backen auf.

Die Biene flog davon, ließ uns drei in Ruhe. Ollie und ich sahen Bear an, Bear sah uns an, keiner sagte etwas. Dann ging er an uns vorbei, das Stemmeisen in der herabhängenden Hand, und zum ersten Mal bemerkte ich, wie dick das Metall war, wie stumpf die Kanten waren und wie gewichtslos das Werkzeug bei ihm wirkte. Es war nicht sehr groß, kaum dreißig Zentimeter lang, aber man sah, welches Unheil sich damit anrichten ließ. Wenn man es hochhob und schräg hielt, sodass die Kante nach unten zeigte, und es ruckartig herabsausen ließ, konnte man damit einer Frau den Schädel einschlagen.

OLLIE

Die Nacht besteht aus Geistern. Einer steht hinter mir, am Rand des Feuerscheins, knapp außerhalb meiner Reichweite. Einer sitzt neben meiner Schwester. Beide warten darauf, dass jemand aufschaut und sie sieht.

Ich sehe sie.

Ich sehe Dinge, die niemand sonst sieht.

Ich sehe sie und wünschte, es wäre nicht so. Ich möchte es erzählen und kann es nicht.

Ich versuche es, denn meine Schwester muss erfahren, was ich über die Jacke weiß und über diesen Mann, den wir Bear nennen, der neben mir sitzt, der unser Vater ist. Ich versuche es, aber meine Schwester sagt, ich verhalte mich wie ein Baby und sie werde mir nur zuhören, wenn ich meine Stimme benutze. Aber meine Stimme ist verschwunden, und ich fürchte, sie kehrt nie mehr zurück.

Bear wirft das nächste Holzstück ins Feuer. Funken sprühen, aber ihnen fehlt die Kraft, zu Sternen zu werden, und sie verglühen, ehe sie den schwarzen Himmel erreichen.

Über die glühenden, qualmenden Äste hinweg starrt er auf meine Schwester, die etwas abseits sitzt. „Du bist still heute Abend."

Sie zuckt mit den Schultern.

„Ihr *beide* seid ganz schön still." Er sieht mich an und zwinkert.

Aber er sagt nicht, dass ich verrückt sei.

Am Tag unserer Ankunft drückte Grandma mich an sich, presste mir ihre trockenen Lippen auf die Stirn und sagte zu Bear: „Ich mache mir Sorgen um sie. Vielleicht sollte der Arzt sie sich noch mal anschauen. Al und ich können unsere Reise immer noch stornieren. Wir könnten hierbleiben, bei den Mädchen."

Bear sagte ihr, dass alles gut werden würde, dass er gut auf mich aufpassen werde. „Gib ihr eine Atempause, Judy", sagte er. „Sie hat viel durchgemacht in den letzten Wochen. Wie wir alle. Sie wird schon wieder sprechen, wenn sie alles verarbeitet hat und so weit ist." Ich bräuchte halt noch mehr Zeit.

Das Marshmallow am Ende meines Stocks fängt Feuer. Ich lasse es einige Sekunden lang brennen, ehe ich es auspuste. Ich mag den bitteren Brandgeschmack. Außen knusprig und rauchig. Innen klebrig und süß.

Gegensätzlich und trotzdem dasselbe. Ich lecke den Zucker von meinen Fingern und nehme das nächste Marshmallow aus der Tüte, halte es Bear hin. Normalerweise esse er solche Sachen nicht, sagt er. Er isst nur, was er selbst anbaut. Aber er hat die Marshmallows extra für uns gekauft, damit wir nicht mehr so traurig sind.

Ich warte eine Sekunde, zwei Sekunden, drei Sekunden … fünf und dann zehn. Schließlich streckt er die Hand aus, und seine Finger streifen meine.

Der Geist am Rand des Feuerscheins ist eine Frau. Sie lächelt und sagt, ich brauche keine Angst zu haben.

Der Geist neben Sam ist auch eine Frau. Jetzt richtet sie ihren starren Blick auf mich, und ich denke: Lass meine Schwester in Ruhe. Die Frau schürzt die Lippen, zischt und knirscht mit den abgebrochenen Zähnen.

SAM

Am nächsten Morgen ließ ich das Frühstück ausfallen und ging allein in den Wald. Eine Weile folgte ich dem Pfad Richtung Crooked River, dann scherte ich nach rechts aus und bahnte mir meinen eigenen Weg durchs Unterholz, vorbei an dornigem Gestrüpp und Holundersträuchern, Zuckerkiefern und rötlichen Felsen, die doppelt so groß waren wie ich. Ich musste nicht überlegen, wo es langging; meine Füße kannten den Weg. Ich lief etwa zehn Minuten in östliche Richtung, bis ich so weit von der Weide entfernt war, dass ich Bear nicht mehr auf seinem Banjo herumklimpern hörte, aber immer noch nahe genug war, dass wir uns nötigenfalls mit lauten Rufen aufeinander aufmerksam machen konnten.

Die Silberpappeln standen an der altbekannten Stelle – alte Freunde, die sich seit letztem oder gar seit vorletztem August kaum verändert hatten. Die höchsten hatte Zeb einst als Windschutz gepflanzt, sich dann aber kaum um sie gekümmert. Nun reichten ihre Wurzeln und Äste bis auf eine angrenzende, mit Löwenzahn und Weidelgras überwucherte Lichtung. Drei der höchsten Bäume bildeten ein leicht verschobenes Dreieck, und oben im Geäst, von unten aus nicht zu sehen, befand sich eine Plattform aus Sperrholz und alten Zaunbrettern. Bear hatte mir beim Bauen geholfen; das war vor fünf Jahren gewesen. Er sagte, jedes Kind benötige einen Ort, an den es sich zurückziehen und wo es allein sein könne, einen Ort, um in aller Ruhe die Vögel, die Wolken und den Lauf der Welt zu beobachten. Diesbezüglich waren wir uns sehr ähnlich. Wir fanden beide, dass Bäume bessere Freunde abgaben als Menschen. Mom war immer besorgt gewesen, weil sie meinte, ich wäre zu viel allein und würde mich nicht genug anstrengen, um unter meinen Mitschülerinnen Freunde zu finden. Aber ich hatte Freundinnen: Heather, die in meiner Schwimmmannschaft war und manchmal beim Schulmittagessen an meinem Tisch saß, dazu Laura, meine beste Freundin seit der ersten Klasse. Beide waren mit ihren Eltern auf Moms Beerdigung gewesen, und es war schrecklich und peinlich, und seither hatte ich mit keiner der beiden mehr gesprochen. Ich war froh, ab September auf eine neue Schule zu gehen, wo man nichts über mich wusste, wo man mich nie hatte weinen sehen.

Ich packte die Strickleiter, die von der Plattform herabhing, und kletterte nach oben. So hoch über dem Boden konnte ich meilenweit in alle

Richtungen schauen. Im Nordwesten der Crooked River. Eine halbe Meile nach Osten Zebs und Frannys Haus. Der Feldweg, der unsere Weide mit ihrer Zufahrt verband, und dahinter der Highway. Hätte ich Bears Fernglas mitgebracht, hätte ich vier Meilen nach Westen eine kleine Ecke des Smith Rock am Himmel kratzen sehen können und drei Meilen nach Norden den weiß schimmernden Kirchturm der *First Baptist Church* in Terrebonne. Jahr um Jahr blieb die Aussicht von meiner Plattform dieselbe. Die sanft geschwungenen grünen Felder, der Fluss, der sich durch seine altbekannten Biegungen schlängelte, sein stetig fließendes Wasser, dazu die Endlosigkeit des Himmels und der Erde. Aus dieser Höhe erkannte man die kleinen Veränderungen nicht, die schleichende Erosion, die umgestürzten Bäume – man ahnte nichts von den Menschen, die von uns gegangen waren. Mit dem Rücken an einer Silberpappel saß ich auf meiner Plattform. Ein leichter Wind wiegte die Äste. Ich gestand es mir nur ungern ein, aber ein kleiner Teil von mir hatte gehofft, dass dieser Sommer sich genauso anfühlen würde wie all die vorangegangenen Sommer. Ollie und ich würden Wildblumen pflücken, wir würden im Fluss planschen, bis unsere Finger und Zehen taub wurden, wir würden beobachten, wie die Wolken träge am blauen Himmel vorüberzogen, und wir würden nicht eine Sekunde daran denken, dass Mom nicht mehr zu Hause war und auf uns wartete. Ein paar Tage lang hatte ich wirklich gehofft, es vergessen zu können.

Letzte Nacht hatte ich von der toten Frau im Crooked River geträumt. Nur war sie da noch am Leben und streckte die Arme nach mir aus, flehte mich an, sie zu retten, doch meine Füße steckten im Uferschlamm fest, und sosehr ich es auch versuchte, ich kam nicht frei. Der Fluss zog die Frau von mir fort, und ich rief ihr zu, sie solle schwimmen, Arme und Beine bewegen und schwimmen, verdammt noch mal, *schwimmen*! Aber die Strömung war zu stark, zu schnell, und die Frau wurde wieder flussabwärts getrieben.

Panisch wachte ich auf. Mein Mund war trocken, meine Zunge fühlte sich an wie ein Stück Stoff. Es war stickig im Tipi, die Luft erwärmte sich rasch, denn die Sonne war aufgegangen. Ich strampelte mich aus dem Schlafsack und stolperte nach draußen, wo Bear sich über die Feuerstelle beugte und heißes Wasser in einem Topf rührte. Ein paar Meter weiter ließ ich mich in einen Campingstuhl fallen.

„Gut geschlafen?“, fragte er.

„Ja“, log ich. „Was gibt’s zum Frühstück?“

„Haferbrei mit Honig und frischen Pfirsichen.“ Das Gleiche wie am Vortag. „Willst du eine heiße Schokolade?“

Und alles erschien so normal. Als hätte ich mir die Tote im Fluss nur eingebildet, als hätte ich alles nur geträumt und müsste mir überhaupt keine Gedanken machen. Nichts hatte sich verändert, alles war gut. Dann richtete Bear sich auf und wandte mir sein Gesicht zu. Die Kratzer unter seinem rechten Auge waren noch da, die Ränder verschorften allmählich. Vielleicht hatte er eine gute Erklärung dafür. Vielleicht auch nicht.

Bevor ich ihn darauf ansprechen konnte, kam Ollie aus dem Zelt. Sie trug dasselbe T-Shirt wie gestern und roch nach dem abendlichen Lagerfeuer. Ihr Zopf hatte sich gelockert. Ich zog sie zu mir heran und zurrte ihn wieder fest. Währenddessen bückte sie sich, hob einen kleinen Stock auf und malte ein Bildchen in den Sand. Zwei Strichfiguren – eine mit lockigem Haar, die andere mit einem langen Zopf – an einem Flussufer. Als ich mit ihren Haaren fertig war, bückte ich mich, um mir das Bild genauer anzuschauen. Neben den Strichfiguren hatte Ollie noch eine dritte Gestalt gemalt – diese trieb im Fluss –, und darüber explodierte eine Art Feuerwerk. Sie klopfte mit dem Stock einmal auf das Bild, dann wandte sie sich um und zeigte mit dem Stock auf mich.

„Geh dir die Hände waschen“, sagte ich. „Frühstück ist fertig.“

Sie klopfte erneut auf das Sandbild. Ich verwischte es mit dem Fuß und sagte: „Hör auf.“

Sie funkelte mich an, dann wandte sie sich um und stapfte zur Regentonne, um sich die Hände zu waschen.

Bear hatte uns beobachtet und fragte: „Was war das denn?“

Ich schüttelte den Kopf. Er schüttete Haferbrei in eine Schüssel und reichte sie mir.

„Ich habe keinen Hunger“, sagte ich, stand auf und ging an ihm vorbei in den Wald.

Bear rief mir nach, aber ich gab vor, ihn nicht zu hören.

Vielleicht hatte Grandma recht. Vielleicht war Bear nicht dazu geschaffen, uns der Vater zu sein, den wir brauchten. Montagnacht, die

Nacht, bevor wir die tote Frau fanden, hatte er Ollie und mich allein auf der Weide zurückgelassen. Normalerweise wäre es keine große Sache gewesen. Ollie und ich waren Schlüsselkinder. Wir waren es gewohnt, dass Mom noch auf der Arbeit war, wenn wir nach der Schule nach Hause kamen. Wir machten uns selbst etwas Kleines zu essen, begannen mit unseren Hausaufgaben, manchmal kochten wir sogar das Abendessen. Aber Mom hatte uns immer nur für wenige Stunden allein gelassen, und wenn wir sie im Büro anriefen, meldete sie sich fast immer beim ersten Klingeln.

Bear war die ganze Nacht verschwunden gewesen, und es hatte keine Möglichkeit bestanden, ihn zu erreichen. Er hatte gesagt, in einem Haushaltswarengeschäft in Bend sei eine Lieferung Einweckgläser eingetroffen, und er würde sich Zebs Truck ausborgen und sie abholen. Dann hatte er gefragt, ob er uns irgendetwas mitbringen solle, und versprochen, vor Anbruch der Dunkelheit wieder zurück zu sein. Während wir auf ihn warteten, waren Ollie und ich eingeschlafen. Gerade noch hatten wir durch die kleine Öffnung oben im Tipi – dort, wo die Zeltstangen zusammentrafen – die funkelnden Sterne beobachtet, und dann waren wir plötzlich wach und blinzelten ins helle Morgenlicht, und Bear saß draußen am Feuer und kochte uns Haferbrei.

Er trug dieselben Sachen wie am Tag zuvor, und sein Bett war unbenutzt. Aber ich hatte keine Gelegenheit, ihn zu fragen, wo er gewesen war, denn bis ich aus dem Schlafsack gekrochen war und mich angezogen hatte, war Bear längst am Bienenstand zugange. Und dann waren Ollie und ich zum Fluss gegangen, um eine Runde zu schwimmen. Da hatten wir die Tote entdeckt, und ich hatte Bears nächtliche Abwesenheit völlig vergessen, bis wir später am Anbau standen und mein Blick auf die Regalbretter fiel, auf denen er seine Einweckgläser aufbewahrte, und ich sah, dass es genauso viele waren wie am Samstag, dem Tag unserer Ankunft. Entgegen seiner Ankündigung hatte er keine neuen mitgebracht.

Ich legte den Kopf in den Nacken und betrachtete den kleinen Himmelsausschnitt, der nicht von den Ästen der Silberpappeln verdeckt wurde. Manchmal sah man anmutige Adler dort oben, meistens aber Geier. Heute sah man gar nichts, nur leeres Blau. Seufzend hob ich die Arme und streckte mich.

Als Mom noch lebte, hatte Grandma sie immer wieder gedrängt, die Scheidung einzureichen, diesen Nichtsnutz zu verlassen, diesen Faulpelz, und ein eigenes Leben zu führen. Aber Mom hatte nicht darauf gehört. Sie hatte immer nur traurig aus dem Fenster gelächelt und gesagt: „Es gibt die verschiedensten Arten von Familie, Mama. Für die Liebe gilt das Gleiche."

Nach der Beerdigung, die Bear nicht besucht hatte, war Grandma fest entschlossen gewesen, vor Gericht das Sorgerecht für Ollie und mich zu erstreiten, aber Grandpa hatte ihr eine Hand auf den Arm gelegt und etwas unwirsch zu ihr gesagt: „Jetzt gib dem Mann doch eine Chance, Judy. Die verdient er."

Die vereinbarte Testphase sollte Bear dazu nutzen, sich einen Job zu suchen und für uns ein Zuhause mit einem Dach und vier Wänden zu finden, aber bislang hatte ich bei ihm keine diesbezüglichen Aktivitäten bemerkt. Doch Mom hatte Bear vertraut. Und ich vertraute ihm auch. Falls ich wissen wollte, wo er Montagnacht gewesen war und was es mit den Kratzern in seinem Gesicht auf sich hatte, dann brauchte ich ihn nur zu fragen, und was immer er mir antworten würde, ich würde es glauben. Ich würde ihm glauben.

Ich richtete meinen Blick auf Zebs und Frannys Haus. Ein Wagen raste über die Zufahrt, hinter sich eine Staubwolke aufwirbelnd. Aus der Ferne sah ich ihn nur verschwommen, dann aber erkannte ich die eckige Form, die Lichter auf dem Dach, die Aufschrift an der Seite. Früher hatte der Sheriff des Öfteren einen seiner Deputys zu Bear hinausgeschickt, um ihn wegen irgendwelcher Genehmigungen zu piesacken und ihm Vorträge zu halten über unbefugte Landnahme und verantwortungsvolle Müllentsorgung; sie hatten nach einem Vorwand gesucht, um Bear aus der Gegend verscheuchen zu können. Nach einer Weile mussten sie erkannt haben, dass es die Mühe nicht lohnte, denn sie stellten ihre Besuche ein. Nach beinahe vier Sommern sah ich nun zum ersten Mal wieder einen Streifenwagen in unsere Richtung fahren, und mir fiel dafür nur ein einziger möglicher Grund ein.

Ich sprang auf und kletterte schnell die Strickleiter hinunter. Um zu uns zu gelangen, musste der Streifenwagen hinter der Scheune noch eine halbe Meile über den Feldweg fahren, der am Baumstumpf einer Hemlocktanne endete. Ab dort mussten die Polizisten die letzten fünfzig Meter bis zur Weide zu Fuß zurücklegen. Wenn ich rannte, könnte ich vor ihnen dort sein.

Ich stürmte zwischen den Bäumen heraus, gerade als der Streifenwagen das Ende des Feldwegs erreichte. Wagentüren knallten. Sie ließen den Motor laufen. Stiefel krachten durch das Unterholz. Bear saß mit seinem Banjo am Feuer. Er schaute auf, seine Hände erstarrten über den Saiten.

„Die Polizei kommt", rief ich und rannte an ihm vorbei zum Tipi.

Mit eingezogenem Kopf stürmte ich ins Zelt und riss, ohne groß nachzudenken, die Jeansjacke von der Stuhllehne, über die Bear sie letzten Abend gehängt hatte. Ich stopfte die Jacke in seine Ledertasche und dann die Ledertasche in meinen Schlafsack.

Ollie lag auf dem Boden und schmökerte in dem Buch, das sie seit Anfang des Sommers las: *Alice im Wunderland*, eine grüne gebundene Ausgabe im Taschenbuchformat mit einem geprägten weißen Hasen auf dem Buchdeckel. Sie und Mom hatten es gemeinsam gelesen, jeden Abend vor dem Schlafengehen ein Kapitel. Sie hatten es nur bis zur Hälfte geschafft. Ollie blickte von der Buchseite auf und starrte mich an. Draußen vernahm ich Stimmengemurmel, zu leise und zu weit entfernt, um einzelne Worte zu verstehen.

Dann rief Bear: „Wie oft soll ich Ihnen noch sagen, dass Sie hier nichts verloren haben? Sie begehen Landfriedensbruch, das ist Ihnen doch klar, oder? Aber das interessiert Sie ja eh nicht."

Stirnrunzelnd blickte Ollie zur Zeltklappe, dann auf die Ausbuchtung in meinem Schlafsack, dann zu mir.

„Es ist nichts", sagte ich. „Tu so, als hättest du nichts gesehen."

Ihr Stirnrunzeln vertiefte sich.

„Ich kaufe dir zwei neue Bücher."

Sie tippte zweimal an ihre Brille.

„In Ordnung", sagte ich. „Vier Bücher."

Sie zupfte an ihrem Zopf. Wir hatten eine Abmachung.

„Mädels? Sam?" Eine vertraute Stimme rief durch die Zeltplane. „Seid ihr da drin?"

Zum ersten Mal war Deputy Santos zur Weide gekommen, als ich elf war. Eine besorgte Bürgerin hatte die Polizei darüber informiert, dass unweit der Johnson-Farm ein junges Mädchen in unnatürlicher Weise mit einem wilden Mann in einem Indianerzelt lebe. Santos hatte sich eine Weile mit Zeb und Franny unterhalten, dann mit Bear und mir, dann hatte sie ein Glas Honig gekauft und war ihres Weges gegangen. Danach hatte sie es sich zum Prinzip gemacht, sich jeden August mit mir auf einen Eisbecher in *Patti's Diner* zu treffen. Wir quatschten dann miteinander, unterhielten uns über die Schule, über ihre Arbeit, sprachen auch über andere Leute; es war die Art von Unterhaltung, die man nur in einer Kleinstadt führen kann. Ich mochte die Frau. Aber sie gehörte nicht zur Familie.

„Würdet ihr bitte rauskommen? Wir möchten mit euch reden."

Bear sagte: „Lassen Sie die Mädchen in Ruhe."

Ollie klappte ihr Buch zu, setzte sich auf und begann, sich umständlich die Schnürsenkel zu binden, im Gesicht blanke Panik.

„Lass mich das Reden übernehmen." Ich nahm ihre Hand, und wir gingen gemeinsam nach draußen.

Deputy Santos stand einige Schritte entfernt vor dem Zelt, die Hände in die Hüften gestemmt. Ihr dunkles, im Nacken zusammengebundenes Haar steckte unter der breiten Dienstmütze. Sie lächelte Ollie und mich an, aber in dem Lächeln lag etwas Trauriges, Wissendes. Jemand hatte ihr von Mom erzählt. Wahrscheinlich Franny. Ich fragte mich, wer noch alles davon wusste und wie vielen Leuten in Terrebonne ich in den nächsten Wochen aus dem Weg gehen musste.

„Du musst Olivia sein." Deputy Santos reichte ihr die Hand. „Sam hat mir viel von dir erzählt. Schön, dich endlich kennenzulernen."

Ollie starrte auf Deputy Santos' Fingernägel. Sie waren lindgrün lackiert, an den Rändern platzte der Lack ab. Nach einigen Sekunden, in denen niemand etwas sagte, räusperte sich Deputy Santos und zog die Hand wieder zurück.

„Was ist denn los?", fragte ich.

Bear stand neben der Feuergrube, die Hände in den Taschen vergraben. Sein Banjo lehnte an dem Baumstumpf, den wir als Stuhl benutzten, und dahinter stand ein Mann, den ich noch nie gesehen hatte. Er trug einen marineblauen Anzug, dazu elegante Straßenschuhe, nicht die braune Uniform und die Stiefel, die ich sonst immer bei den Deputys sah. Aber an seinem Gürtel hingen eine Dienstmarke und eine Pistole, also musste auch er ein Polizist ein. Er war kahlköpfig und hatte mächtige Schultern und zupfte ständig an seiner dunkelroten Krawatte herum, als würde sie ihm den Hals verschnüren.

„Das ist Detective Talbert." Deputy Santos nickte in seine Richtung. „Wir hoffen, dass ihr uns ein paar Fragen beantworten könnt."

„Ihr müsst nicht mit ihnen sprechen“, sagte Bear zu mir, und dann, zu Detective Talbert gewandt: „Sie haben kein Einverständnis von mir. Die Mädchen sind minderjährig. Um mit ihnen zu reden, benötigen Sie meine Zustimmung.“

„Kein Problem, Mr McAlister“, sagte Detective Talbert. „Niemand steckt hier in Schwierigkeiten.“

Deputy Santos zog ein kleines Notizbuch aus der Tasche. „Wir möchten doch nur wissen, ob Sie in den letzten Tagen irgendetwas Sonderbares bemerkt haben. Hat ein Fremder Sie belästigt? Wurden Sie nachts von seltsamen Geräuschen geweckt? War irgendetwas anders als sonst? Fällt Ihnen irgendetwas ein?“

„Nein“, sagte Bear.

Deputy Santos beobachtete ihn aufmerksam, als suchte sie nach Hinweisen darauf, dass er log. Detective Talbert zupfte an seiner Krawatte. Zupfte und zupfte. Ein Muskel an seinem Unterkiefer zuckte. Die beiden Polizisten betrachteten Bear skeptisch, und das konnte ich ihnen nicht verübeln. Bears struppiges Haar war voller Laub, seine Hände waren schmutzig. Dazu die zerschlissene Kleidung und die ausgetretenen Mokassins und die Art, wie er eine Hand aus der Hosentasche riss und an seinem Bart zog. Die Kratzer unter dem Auge.

„Irgendeine kleine Beobachtung?“, fragte Deputy Santos. „Auch etwas, das Sie zu dem Zeitpunkt nicht für wichtig hielten, könnte uns immens weiterhelfen.“

„Weiterhelfen wobei?“ Bear starrte Deputy Santos durchdringend an, dann Detective Talbert. „Warum sind Sie hier? Ist etwas passiert?“

Detective Talbert räusperte sich und strich seine Krawatte glatt.

Deputy Santos sagte: „Irgendwann letzte Nacht oder heute am frühen Morgen wurde im Smith Rock Park eine Frauenleiche angeschwemmt.“

Etwas piekte in meiner Brust. Ollie wiegte sich hin und her, stieß leicht gegen mein Bein.

„Toni Grant begab sich bei Tagesanbruch auf eine Klettertour und sah die Leiche im Wasser treiben. Sie hing in einigen Ästen fest“, fuhr Deputy Santos fort. „Wir glauben, dass sie von irgendwo flussaufwärts angespült wurde, deshalb fragen wir jeden, der in der Nähe wohnt, ob er etwas bemerkt hat. Wir versuchen nur, Antworten zu finden – für die Familie der Toten.“

Bear starrte weiter auf Detective Talbert. Er blinzelte nicht, zuckte nicht zusammen, gab keinen Hinweis darauf, dass er wusste, wovon die beiden Polizisten sprachen.

Schließlich sagte er: „Wir wissen nichts von der Sache.“

Er nahm sein Banjo, setzte sich auf den Baumstumpf und begann herumzuklimpern.

Deputy Santos und Detective Talbert wechselten einen Blick, den ich nicht deuten konnte. Dann richtete die Frau ihre Aufmerksamkeit auf Ollie und mich. „Und was ist mit euch, Mädchen?“

„Ihr müsst ihr nicht antworten“, sagte Bear über dem Klang seines Banjos hinweg. „Wie gesagt, wir wissen nichts über die Sache. Wir haben nichts gesehen, nichts gehört. Gehen Sie und lassen Sie uns in Ruhe.“

Ich sagte: „Ist schon gut.“

„Ihr braucht denen kein einziges Wort zu sagen.“ Bear senkte den Kopf über seinem Banjo und ließ die Finger über das Griffbrett fliegen.

Ollie drückte meine Hand, ich erwiderte die Geste.

Deputy Santos fragte: „Also gestern, ist da irgendetwas Seltsames passiert? Oder am Tag davor?“

Wie viel Zeit haben Sie? wollte ich die Frau fragen. Und wo soll ich überhaupt anfangen? Vielleicht mit Moms Beerdigung? Oder eine Woche früher, mit dem 4. Juli, dem Tag, an dem sie starb? Oder soll ich all diese Dinge weglassen und direkt zu dem Teil kommen, wo Ollie und ich baden gehen und so tun wollten, als wäre unser Leben wieder völlig normal, dass wir aber, als wir den Fluss erreichten, stattdessen die nächste tote Frau fanden? Alles an diesem Sommer war seltsam, das eine nicht weniger als das andere.

Ich blickte zu Bear. Er hielt den Kopf immer noch gesenkt, seine Finger flogen weiter über das Griffbrett. Ich schluckte alles hinunter, was in mir aufgestiegen war. Wenn mein Vater nichts sagte, dann würde ich auch nichts sagen.

Ich schaute Deputy Santos in die Augen und zuckte mit den Schultern. „Wir haben nichts gesehen.“

Es wäre schon schwierig genug gewesen, ihr zu erklären, warum wir nicht sofort jemanden informiert hatten, warum wir die Frau flussabwärts treiben ließen, ohne jemanden davon zu unterrichten. Und noch schwieriger wäre es gewesen, die Polizei davon zu überzeugen, dass Bear nichts damit zu tun hatte. Ich wusste doch, wie sie hinter seinem Rücken über ihn sprachen. Dass man ihm nicht trauen könne, einem Mann, der ganz allein hier draußen auf der Weide lebte, der Frau und Kinder verlassen hatte, einem Mann, der ein selbstsüchtiger, ein schlechter Mensch war. Ich wusste doch, was sie über ihn erzählten, und wenn man die anderen Dinge hinzunahm – dass er Ollie und mich die ganze Nacht allein gelassen hatte, dass er mit Kratzspuren im Gesicht und der Jacke einer toten Frau zurückgekehrt war und dass er sich nun so abweisend verhielt –, dann war mir klar, dass das Urteil über ihn schon feststehen würde, bevor der Prozess überhaupt begann. Bevor ich die Gelegenheit hätte, seine Seite der Geschichte zu hören. Ich musste erfahren, was er zu alledem zu sagen hatte.

„Was ist mit dir, Olivia?", fragte Deputy Santos. „Hast du etwas gesehen?"

Ollie schaute zu mir auf, dann schüttelte sie den Kopf.

Deputy Santos klappte ihr Notizbuch zu und steckte es wieder ein. Sie gab mir eine Visitenkarte. „Falls dir irgendetwas einfällt, ruf mich an, okay? Falls ich nicht da bin, sprich auf den Anrufbeantworter."

Ich nahm die Visitenkarte und nickte.

Sie hielt einen Moment lang inne und beobachtete mich, dann seufzte sie und bedeutete Detective Talbert, dass sie fertig seien und gehen könnten.

Der Detective fuhr sich mit der Hand über den kahlen Kopf und sagte: „Danke, dass Sie sich die Zeit für uns genommen haben."

Bear schaute nicht von seinem Banjo auf, hörte nicht mal auf, zu spielen.

Deputy Santos und Detective Talbert verschwanden zwischen den Bäumen, und dann waren wir wieder zu dritt. Ollie, Bear und ich. Wir drei und all die Lügen, die wir der Polizei aufgetischt hatten.

Am Nachmittag hockte ich auf den Knien im Gemüsegarten und riss zwischen den Tomatenstöcken Unkraut aus der Erde. Im angrenzenden Kürbisbeet schob Bear die Blätter beiseite und hielt nach reifen Exemplaren Ausschau. Ich erreichte das Ende der Tomatenreihe und begann mit der nächsten. Als ich nach einer Weile fertig war, ging ich hinüber zu den Bohnenpflanzen. Ich arbeitete längst nicht so gründlich wie früher in Moms Blumenbeeten. Bear kümmerte es nicht, ob der Gemüsegarten hübsch aussah. Er sollte nur ergiebig sein, deshalb riss ich nur das größte Unkraut heraus, das das Gemüse zu überwuchern begann und ihm wertvolles Sonnenlicht und Wasser zu nehmen drohte. Ich arbeitete schnell und achtlos, ließ die kleineren Unkrautsträucher in der Erde stecken. Mein verschwitztes T-Shirt klebte mir am Rücken, Schweiß tropfte von meiner Stirn. Mir taten die Schultern und die Knie weh. Meine Hände starrten vor Dreck. Ständig hatte ich das zerschundene Gesicht der Toten vor Augen, und ich fragte mich, welchen Unterschied es jetzt noch machen würde, mit der Wahrheit herauszurücken. Nichts würde die Frau wieder zum Leben erwecken.

Ich packte einen großen Löwenzahn am Stängel und zog, aber er rührte sich nicht. Ich kratzte die Erde über der Wurzel fort und zog erneut, kräftiger diesmal. Der Löwenzahn zerriss, und ich hielt nur die obere Hälfte in der Hand. Ich warf sie in meinen Unkrautkorb und schaute zu Bear hinüber.

„Glaubst du, die Frau, die gefunden wurde, stammte von hier?“, fragte ich.

Er hob einen Kürbis auf und drehte ihn in den Händen. Der Kürbis war buttergelb, beinahe dreißig Zentimeter lang, oben schlank, unten bauchig.

„Keine Ahnung“, brummte Bear.

„Glaubst du, Franny weiß es?“

Er legte den Kürbis in einen leeren Eimer und griff nach einem weiteren Exemplar unter den Blättern. Zuerst antwortete er nicht, dann sagte er schließlich: „Macht es denn einen Unterschied, ob die Frau aus der Gegend stammte oder von anderswo?“

Ich setzte mich zurück auf die Fersen. „Woher hast du die Kratzer im Gesicht?“

Bear fasste sich an die Wange und blickte zu den Bäumen. „Ein Brombeerstrauch hat mich erwischt, als ich durch den Wald lief.“

„Und die Jacke? Lag sie am Boden, als du sie gefunden hast? Oder hing sie an einem Ast oder so was?“

„Sie hing im Dickicht am Fluss.“ Bear trug seinen halb mit Kürbissen gefüllten Eimer zu einer Tomatenreihe. „Hab ich dir doch schon erzählt. Ich dachte, es wäre deine. Deshalb nahm ich sie mit.“

Ich schüttelte den Kopf, dann streckte ich den Arm aus und zog zwischen zwei Bohnenpflanzen eine hohe Distel aus dem Boden.

„Du glaubst mir nicht“, sagte er.

„Du warst nicht zurück, bevor es dunkel wurde“, entgegnete ich.

„Was?“

„Montagabend. Du hast gesagt, du würdest zurück sein, ehe es dunkel wird.“

Bear schlurfte zwischen den Tomatenstöcken herum, drückte vorsichtig die Exemplare mit der kräftigsten Rotfärbung und wählte die reifen aus. Er blickte kurz zu mir herüber, schaute gleich wieder weg.

„Wo warst du?“, fragte ich ihn.

Er seufzte und fasste sich ins Kreuz. „Ich habe mit den Sternen gesprochen.“

„Du warst lange fort.“

Er beugte sich wieder über die Tomatenstöcke.

„Ollie und ich haben uns Sorgen gemacht.“

„Ich kann gut auf mich aufpassen.“

Ich funkelte ihn an. „Du lebst jetzt nicht mehr allein hier draußen, verstehst du? Es gibt noch zwei andere Menschen, auf die du aufpassen musst. Nicht nur auf dich selbst.“

Ich brach eine grüne Bohne von dem Strauch ab, unter dem ich das Unkraut herausriss, brach sie entzwei und schob mir beide Teile in den Mund. So mochte ich Bohnen am liebsten, direkt aus dem Garten, knackig und sonnengewärmt. Ich kaute und kaute, bis mir nicht mehr so sehr nach Schreien zumute war.

Ich schluckte die Bohne hinunter und fragte Bear unumwunden: „Hattest du etwas mit dieser Frau zu tun?“

Er ließ eine Tomate fallen, hob sie wieder auf und rieb sie an seinem T-Shirt ab. „Wie kommst du denn darauf?“

„Du hast dem Detective nichts von der Jacke erzählt.“ Ich pulte den Dreck unter meinen Fingernägeln heraus.

Bear legte die Tomate zu den anderen in den Eimer, ganz langsam, als dächte er über etwas nach, dann richtete er sich wieder auf und schaute mir in die Augen. „Du auch nicht.“

Einige Sekunden lang starrten wir uns an. Ich schaute als Erste weg.

„Gibt es etwas, das du mir erzählen müsstest, Sam?“

Eine Haarsträhne war mir vor die Augen gerutscht. Ich schob sie hinter mein Ohr, aber sie rutschte gleich wieder heraus. Meine kastanienbraunen Locken waren früher lang gewesen, hatten mir bis über die Schultern gereicht, so wie bei Mom, aber nun trug ich mein Haar deutlich kürzer, und ich hatte mich noch nicht daran gewöhnt, dass es machte, was es wollte. Ich hatte es mir selbst abgeschnitten, einige Stunden vor Moms Beerdigung. Mit einer Schere war ich ins Badezimmer gegangen, hatte die Tür verriegelt und mir die Locken abgesäbelt, bis ein dunkelbrauner Haarberg am Boden lag. Als ich wieder herauskam, hatte Grandma gefragt: „Fühlst du dich besser?“ Und ich hatte Ja gesagt, auch wenn es nicht stimmte.

„Sammy?“, sagte Bear sanfter und trat einen Schritt in die Richtung, wo ich auf dem Boden saß.

Ich schaute zu ihm auf. Er hatte dieselbe Augenfarbe wie Ollie – bernsteinfarben mit grünen und goldenen Tupfern –, aber erst jetzt bemerkte ich, wie traurig sie aussahen, wie viele neue Falten sich ringsum gebildet hatten.

Er sagte: „Ich habe dieser Frau nichts getan, falls du das denken solltest. Ich würde so etwas nie tun. Ich würde unsere Familie niemals in Schwierigkeiten bringen, vor allem nicht nach dem, was geschehen ist ... Sam, ich würde nie ...“

„Ollie und ich haben sie gesehen“, platzte es aus mir heraus.

Überrascht wich er einen halben Schritt zurück. „Was?“

„Im Fluss.“ Ich sprach hastig, versuchte, alles zu erzählen, bevor mich wieder der Mut verließ. „Gestern früh. Wir gingen zur Badestelle, und die Frau ... trieb im Wasser. Sie war tot.“

„Oh, mein Gott.“

„Wir haben versucht, sie ans Ufer zu ziehen, aber sie war zu schwer. Wir haben es versucht ...“ Meine Stimme brach. Seit Moms Beerdigung hatte ich nicht mehr geweint, aber plötzlich spürte ich den Druck hinter meinen Augen und wie es mir die Kehle zuschnürte. Falls ich jetzt anfing zu weinen, würde ich nicht mehr aufhören können. Ich holte tief Luft und wischte mir mit dem Handrücken über die Nase. Schniefend sagte ich leise: „Sie wurde von der Strömung erfasst.“

Bear stellte den Eimer ab und kam zu mir. Er hockte sich neben mir hin, schien aber nicht zu wissen, was er mit seinen Händen anstellen sollte. Er wollte mich in die Arme nehmen, zog die Hände aber wieder zurück, klopfte mir auf die Schulter, zog die Hand wieder zurück. Mit dem Daumen rieb er seine Fingerknöchel und sagte: „Also war es ihre Jacke?“

Ich nickte. „Glaub schon.“

„Dann müssen wir sie Detective Talbert geben."

Ich starrte auf meine schmutzigen Hände. „Können wir sie nicht einfach wieder dort hinlegen, wo du sie gefunden hast?"

Bear lachte ein wenig, aber ich verstand nicht, was daran lustig sein sollte.

„Nein", sagte er. „Das können wir nicht. Wir müssen es ihnen erzählen."

„Was, wenn sie dich für den Täter halten?", murmelte ich.

Bears Blick wanderte zu der Stelle neben dem Gemüsegarten, wo Ollie im Gras saß und einen Kranz aus Gänseblümchen flocht. Er zog ein kleines Stofftuch aus der Tasche und wischte sich die Stirn ab. „Keine Sorge, Sam. Wenn wir ihnen die Wahrheit erzählen, ist alles in Ordnung."

Er erhob sich und schaute blinzelnd in die Sonne. „Meinst du, heute wird es über vierzig Grad?"

Ich antwortete nicht. Ich blickte ihm nach, während er sich von mir entfernte, den Eimer mit den Kürbissen und Tomaten nahm und aus dem Garten ging. Als er außer Sichtweite war, griff ich unter die Bohnen und riss das nächste Unkrautbüschel heraus.

OLLIE

Vier Wochen, ein Tag, vierzehn Stunden, vierzig Minuten, zweiunddreißig Sekunden, dreiunddreißig, vierunddreißig, fünfunddreißig … So lange ist meine Mom nun tot, so lange lebe ich schon ohne sie. Noch fünfzehn weitere Sekunden. Eine weitere Minute und noch eine, dann verzähle ich mich und muss wieder von vorn anfangen.

4. Juli 1988.

Todeszeit: 22:26 Uhr.

Vier Wochen, ein Tag, vierzehn Stunden, neunundvierzig Minuten.

Es geht immer weiter.

Bear gießt Wasser auf eine Tomatenpflanze. Meine Schwester jätet Unkraut. Eine Zitterspinne krabbelt über meinen Schuh. Über den orangefarbenen Ringelblumen tanzt ein weißer Schmetterling. Ich hebe eines der Blätter auf und entdecke darunter einen Marienkäfer. Wenn ich die Augen zusammenkneife, kann ich mir vorstellen, dass die Maisstängel ein bisschen größer sind.

Ein Schatten bewegt sich zwischen den Gemüsebeeten.

Sie versucht, sich zu verbergen, aber ich sehe sie trotzdem. Und ich weiß, wer sie ist. Sie ist meiner Schwester vom Fluss gefolgt, voller Hass und Zorn. Sie möchte, dass wir ihr helfen. Sie will Rache. Ich löse den Blick von ihr und lenke mich mit den Gänseblümchen ab.

Bear geht mit dem leeren Eimer zur Regentonne, um ihn mit Wasser zu füllen.

Meine Schwester hockt am Boden, wischt sich die Hände an der Hose ab und schaut mit zusammengekniffenen Augen zu mir herüber. „Es würde viel schneller gehen, wenn du mithilfst."

Aber im Schatten ist es angenehm. Und mein Bauch ist voll. Und jedes Mal, wenn ihre Finger in der Erde wühlen, sehe ich vor meinem inneren Auge, wie meine eigenen Hände die feuchte Erde nehmen und sie über eine offene Grube halten, wie die Erde zwischen meinen Fingern hinabrieselt und auf den Sarg prasselt. Grandma sagte, dies sei der Brauch, um Lebewohl zu sagen, und dass ich ein tapferes Mädchen sein und es genauso machen solle, obwohl ich es eigentlich gar nicht machen wollte. Sie sagte, wir würden nicht losfahren, solange ich es nicht täte. Und ich wollte doch losfahren, denn es waren so viele Schimmernde da, und ich bekam kaum Luft.

Ich schaute nach meiner Schwester, aber sie war schon fertig, ging schon über den Friedhof zum Parkplatz.

Ich hob ein bisschen Erde auf und ließ sie hinabrieseln und dachte: Es tut mir leid, ich nehme es zurück, ich nehme alles wieder zurück. Genau wie wenn man die Geburtstagskerzen auspustet oder die Wünschelrute durchbricht und das größere Stück bekommt, ist es nur Wunschdenken und ändert gar nichts.

In Grandpas Auto starrte ich auf meine schmutzigen Hände und versuchte, die Schimmernde zu ignorieren, die mir von Moms offenem Grab zum Parkplatz und ins Auto gefolgt war. Während wir nach Hause fuhren, starrte meine Schwester ununterbrochen aus dem Fenster. Die Schimmernde saß zwischen uns auf der Rückbank. Sie weinte und weinte und machte mir Bauchweh.

Vier Wochen, ein Tag, vierzehn Stunden, dreiundfünfzig Minuten, und sie ist immer noch hier. Sie sitzt auf einem Ast über meinem Kopf und wiegt sich im Wind. Sie möchte, dass ich zu ihr aufschaue, aber ich tue es nicht.

Sie sagt meinen Namen, und ich ignoriere sie.

Sie sagt: *Gott hat die Erde erschaffen, und ein bisschen Erde tut niemandem weh.*

Und ich denke: Sie ist ganz schön kindisch.

Sie sagt: *Hör auf deine Mom.*

Ich denke: Meine Mom ist tot.

Sie seufzt, und es klingt wie raschelndes Laub und knackende Rinde. Sie seufzt, und mein Herz möchte mir am liebsten aus der Brust brechen. Ich springe auf und gehe schnell davon.

„Wo gehst du hin?“, ruft meine Schwester mir nach. „Ollie?“

Auf dem Weg zum Tipi gehe ich an Bear vorbei. Er bleibt stehen und stellt den Eimer ab. Wasser schwappt über den Rand.

„Alles in Ordnung, Kleine?“

Ich gehe schneller, aber ich weiß, dass es mir nicht helfen wird. Sie ist direkt hinter mir und kommt immer näher. Sie wird ihre Arme um mich schlingen und mir den Atem aus dem Leib pressen. Ich kann sie nicht abschütteln.

Ich bin am Leben, und sie hängt fest zwischen Leben und Tod. Wohin ich auch gehe, sie ist immer bei mir. Sie ist meine Strafe. Für meine entsetzliche Tat. Für die schlimmste Sache, die ich je im Leben getan habe. Jeden Tag, jede einzelne Minute erinnert sie mich daran, und ich versuche so sehr, es zu vergessen.

„Probier mal, ob er dir passt." Ich setzte Ollie meinen Fahrradhelm auf. Er war ihr ein bisschen zu groß, aber ihr Helm war in irgendeinem Karton verstaut, und ohne Kopfschutz wollte sie nicht aufs Rad steigen. Ich zog den Riemen unter ihrem Kinn straff und klopfte leicht aufs Plastik. „So sitzt er prima."

Sie umfasste die Lenkergriffe meines blau-weißen Schwinn-Fahrrads und schwang sich auf den Sitz. Ihre Zehen berührten kaum die Pedale.

„Steig ab", sagte ich.

Sie sprang wieder herunter, und ich stellte den Sitz tiefer. Als sie wieder aufstieg, war die Höhe genau richtig. Sie fuhr los, langsam zuerst, dann, als sie ihr Gleichgewicht gefunden hatte, immer schneller; sie holperte über das unebene Gras auf den Pfad zu, der von der Weide fortführte.

„Ollie! Warte!" Ich schwang mich auf ein größeres, schwereres schwarz-rotes Schwinn und radelte ihr hinterher.

Wir folgten dem schmalen Pfad, wichen scharfkantigen Steinen und spitzen Zweigen aus. Unsere genoppten Reifen pflügten durch die lockere Erde, zermalmten das Unkraut. Das Sonnenlicht, das durch das Blätterdach fiel, malte uns goldene Streifen und Farbtupfer auf die Arme.

Bear hatte die beiden Fahrräder vor vier Sommern gekauft. Mir hatte er gesagt, er hätte sie mit dem Honiggeld bezahlt, aber Mom musste auch etwas beigesteuert haben, denn ich wusste genau, dass wir nicht so viel Honig verkauften, dass wir von dem Erlös zwei brandneue Schwinns hätten bezahlen können. Und dann sagte er noch, er hätte die Räder gekauft, damit wir gemeinsam in die Stadt fahren könnten, aber ich hatte ihn nur ein einziges Mal Fahrrad fahren gesehen, und da war er so langsam und wackelig gefahren, dass ich die ganze Zeit Angst hatte, er würde stürzen und sich den Arm brechen. Ich glaube, in Wahrheit hatte er die Räder damals in der Hoffnung gekauft, dass Ollie eines Tages dazukommen und den Sommer auf unserer Weide verbringen würde. Ja, ich glaube, eigentlich waren die Räder für meine Schwester und mich gedacht, damit wir die Umgebung unsicher machen und dem Wind hinterherjagen konnten.

Als ich auf eine leichte Senke zufuhr, trat ich kräftiger in die Pedale, und für einen Sekundenbruchteil hoben meine Reifen vom Boden ab. Mein Magen purzelte in die Tiefe, dann schoss er wieder nach oben, und ich flog. Ich stieß unseren Schlachtruf aus, eine Mischung aus Wolfsgeheul und Tarzanschrei – eigentlich war ich zu alt dafür, aber ich tat es trotzdem, eigens für Ollie –, und wartete auf ihr Echo, aber sie radelte stumm weiter, ohne auch nur über die Schulter zu blicken. Bei der Landung prallte mein Vorderrad auf die lockere Erde und drohte wegzurutschen. Ich stellte mich auf, um nicht zu stürzen, und dabei verschob sich die lederne Umhängetasche, die ich über der Schulter trug. Der Trageriemen über meinem Brustkorb spannte. Ich lockerte ihn wieder und beeilte mich, zu Ollie aufzuschließen. Als wir den Tannen-Baumstumpf passierten und der Pfad in den Feldweg überging, stand ich auf den Pedalen, schoss an Ollie vorbei und übernahm die Führung.

Ich wollte, dass sie wütend wurde und mir hinterherrief: Ich werde nicht die ganze Zeit auf deinen blöden Hintern starren. Auf keinen Fall! und sich ins Zeug legte, damit wir Schulter an Schulter um die Wette fuhren, aber sie tat es nicht. Sie behielt ihr gemächliches Tempo bei, radelte schweigend weiter. Ich setzte mich auf den Sattel zurück und konzentrierte mich auf den Weg.

Wir fuhren um eine letzte scharfe Kurve, dann ging es vorbei an der Scheune und an Zebs und Frannys Haus und weiter bis zum Ende der Zufahrt. Ab dort führte die Lambert Road dreieinhalb Meilen an Wiesen und Schafsweiden entlang, bis wir schließlich den Smith Rock Way erreichen, die zweispurige Straße, die mitten durch Terrebonnes Zentrum führte.

Dort gab es mehr leer stehende Häuser und überwucherte Vorgärten, als ich aus den Vorjahren in Erinnerung hatte. Mehr „Zu verkaufen“- und „Zu vermieten“-Schilder in leeren Schaufenstern. Weniger Autos waren unterwegs. Auf der Hauptstraße kamen weniger Leute aus den Geschäften und Restaurants. Terrebonne war schon immer eine verschlafene Kleinstadt gewesen, aber neuerdings wirkte sie noch verschlafener, noch stiller; die ganze Stadt schien zusammenzuschrumpfen, bis sie eines Tages womöglich vollständig verschwunden sein würde.

Ich fuhr über die Bordsteinkante auf den Gehsteig und stoppte vor einem eingeschossigen Backsteingebäude mit einem riesigen Schaufenster. Darauf stand in schablonierten weißen Großbuchstaben

DELILAHS SCHATZKAMMER. Dahinter grinste uns ein Spielzeugaffe an, der kleine Messingzimbeln in den Händen hielt. Daneben stand ein kleiner Aufsteller mit der Aufschrift *Träumer willkommen.* Ich ging nicht oft in das Geschäft. Es war eine Mischung aus Antiquitäten- und Kuriositätenladen, in dem es zu viele zerbrechliche Gegenstände gab, und die Besitzerin schien für Kinder nicht viel übrigzuhaben, obwohl sie einen Sohn hatte, der ein paar Jahre älter war als ich. Aber es war der einzige Laden in Terrebonne, wo man Bücher kaufen konnte, und ich hatte Ollie Bücher versprochen.

Wir lehnten unsere Räder an die Hauswand und gingen hinein.

Eine Türglocke bimmelte, und aus dem Hinterzimmer rief eine Frau: „Komme gleich!"

Schleifgeräusche waren zu hören, als würde jemand Kartons herumschieben, dann rief die Frau: „Mama Roses Enkelin möchte mir die Überbleibsel des Hausverkaufs vom letzten Wochenende bringen. Gott habe sie selig." Etwas Metallisches, Schweres wurde über den Boden geschoben. „Ich schaffe Platz, bevor sie mit den Sachen kommt."

„Lassen Sie sich Zeit", sagte ich mit gehobener Stimme, um den Lärm zu übertönen. „Wir wollen uns nur ein bisschen umsehen."

Im Hinterzimmer trat für einige Sekunden komplette Stille ein. „Gebt Bescheid, falls ihr Hilfe benötigt", rief die Frau zu uns heraus, dann setzten die Geräusche wieder ein.

Ich schob Ollie zur anderen Seite des Ladens. „Die Bücher stehen dort hinten."

Wir gingen vorbei an altmodischen Überseekoffern und Milchkrügen aus Aluminium, an viktorianischen Kleidern und staubigen Kunstpelzmänteln. Vorbei an Zylindern und Billardkugeln, an Schneekugeln und leeren Zigarrenschatullen. An Teeservices, Waschbrettern, alten Radios und japanischen Stellwänden. An Gemälden mit frommen Motiven, alten Blumenvasen und Art-déco-Lampen. An Kisten voller Modeschmuck. Und schließlich standen wir ganz hinten vor vier hohen, mit Büchern vollgestopften Regalen. Liebesromane, Krimis, Horror, Klassiker, Kochbücher, Ratgeber. Gebundene Bücher, Taschenbücher, eine Fundgrube der Wörter. Die Regale reichten bis unter die Decke, und es gab darin keine einzige freie Stelle.

Ollie schaute auf mich, dann auf die Bücher.

„Glaubst du, du findest vier, die du noch nicht kennst?"

Sie schob sich die Brille höher auf die Nase und ging langsam am ersten Regal entlang, den Kopf zur Seite geneigt, mit der Hand über die Buchrücken streichend. Als sie das Ende erreichte, blieb sie stehen und richtete ihre Aufmerksamkeit auf einen purpurnen Ohrensessel in der Ecke, auf dem eine getigerte Katze schlief. Der Kater öffnete die Augen und blinzelte uns an. Er wedelte mit dem Schwanz, und dann, als wir nicht näher kamen, um ihn zu streicheln, schloss er wieder die Augen, vergrub sein Gesicht in den pelzigen Pfoten und begann zu schnurren.

Ollie richtete ihre Aufmerksamkeit wieder auf die Bücher. Ich blickte über meine Schulter. Die Ladenbesitzerin fuhrwerkte immer noch im Hinterzimmer herum. Ollie und ich waren die einzigen Leute im Verkaufsraum.

Ollie zog zwei Bücher aus dem Regal und legte sie neben dem Ohrensessel auf den Stapel, den sie aufzuhäufen begonnen hatte.

„Hör mal, Ollie", sagte ich und schaute zur verlassenen Ladentheke. „Ich muss ... ich möchte kurz etwas sehr Wichtiges erledigen."

Ollie löste den Blick vom Regal, drückte sich ein Buch an die Brust und nagte an der Unterlippe.

Ich sagte: „Dauert nur ein paar Minuten. Du wirst schon klarkommen."

Ollie schaute auf das Dutzend Bücher, die sie bereits herausgesucht hatte, dann blickte sie an mir vorbei zur Theke und auf den Vorhang, hinter dem das Hinterzimmer lag. Nach einigen Sekunden zupfte sie an ihrem Zopf.

„Fünf Minuten", sagte ich. „Dann bin ich wieder da. Versprochen."

Ollie wandte sich von mir ab und legte das nächste Buch auf den wachsenden Stapel neben dem Ohrensessel.

„Geh nicht aus dem Laden", sagte ich.

Sie stellte sich auf die Zehenspitzen und griff nach einem Buch auf einem der oberen Regalbretter. Ich ließ sie machen und eilte nach draußen.

Vor dem Frühstück heute Morgen, während Ollie noch schlief, waren Bear und ich zum Fluss gegangen. Die aufgehende Sonne hatte den rötlichen Himmel gewärmt und die Bäume gelb angemalt. Wir hatten kein Wort gesprochen, bis wir die Badestelle erreichten.

„Sie lag genau dort", sagte ich und deutete auf das kleine Staubecken.

Bear kratzte sich am Bart und starrte auf das dunkle Wasser. Er blickte flussaufwärts, dann zur Flussmitte, wo die Stromschnellen die Frau erfasst und fortgetrieben hatten. Schließlich seufzte er, und der Laut war erfüllt von aller Traurigkeit der Welt.

Ich sagte: „Was, wenn ich der Polizei erzähle, *ich* hätte die Jacke gefunden?"

„Sam ..."

„Nein, hör zu. Es wird funktionieren." Ich hatte es nicht durchdacht, aber während ich weitersprach, gelangte ich zu der Überzeugung, dass es ein guter Plan sei, der beste Plan – der einzige, der Bear aus der Sache heraushielt und verhinderte, dass unsere Familie erneut auseinandergerissen würde. „Ich bringe die Jacke persönlich zu Deputy Santos und erzähle ihr, ich hätte sie dort gefunden, wo du sie entdeckt hast. Ich hätte dir nichts davon erzählen wollen, weil ich Angst hatte, dass du sauer werden würdest, weil ich mich so weit von der Weide entfernt hatte, und dann ... dann erzähle ich ihr, dass Ollie und ich auch die Leiche entdeckt haben, aber es für uns behielten, weil wir dachten, wir könnten in Schwierigkeiten geraten, weil wir sie nicht aus dem Wasser ziehen konnten und ... und ..." Ich schaute zu ihm auf. Er hielt den Kopf gesenkt. „Bitte, lass es mich so machen."

Er wandte sich um und sah mich aus hellen, feuchten Augen an. Seine Lippen zuckten, als wäre er im Begriff, etwas zu sagen.

„Wir dürfen dich nicht auch noch verlieren", sagte ich und schob meine Hand in seine.

Er starrte wieder auf den Fluss hinaus, drückte meine Hand und ließ sie wieder los.

Nach dem Mittagessen standen wir uns vor dem Tipi gegenüber. Er hielt die lederne Umhängetasche in den Armen und beschrieb mir, wo genau er die Jacke gefunden hatte. An einer Anliegerstraße anderthalb Meilen südlich von Zebs und Frannys Haus. Etwa fünfzig Meter hinter der Lambert Road, in einem Weißdornbusch.

Ich streckte die Hände aus, aber statt mir die Tasche zu geben, sagte Bear: „Wenn deine Mutter das wüsste, würde sie mich umbringen." Er zuckte zusammen, während er sich sprechen hörte.

„Nein, würde sie nicht", sagte ich. „Sie würde wollen, dass ich es tue."

Er schüttelte den Kopf, gab mir aber die Tasche.

In der Gasse hinter der *Schatzkammer* entdeckte ich neben dem Personaleingang von *Patti's Diner* einen Müllcontainer, der überquoll von schwarzen Abfallbeuteln, verfaultem Gemüse und durchweichten Pappkartons. Wenn ich sie dort tief genug hineinstopfte, würde jemand, der sie zufällig entdeckte, sie für weggeworfenen Plunder halten. In ein, zwei Tagen käme die Müllabfuhr, und die Jacke wäre auf Nimmerwiedersehen verschwunden. Für immer. Niemand würde wissen, dass sie überhaupt existiert hatte, und niemand – weder ich noch Ollie oder Bear – würde in Schwierigkeiten geraten. Die Weide würde weiterhin unser Zuhause bleiben, und Ollie und ich würden nicht nach Boston zu unseren Großeltern ziehen müssen, wo wir letztlich wie Gefangene leben und vor lauter Glas und Stahl und Beton ersticken würden. Wir könnten in Terrebonne bleiben. Wir könnten versuchen, wieder glücklich zu werden.

Ich öffnete die Umhängetasche und zog die Jacke heraus. Die Hintertür von *Patti's* flog auf. Ich versuchte, mich zu ducken, damit man mich nicht sah, doch ich war nicht schnell genug.

Jemand rief: „Hey! Hey, du!" Und dann: „Sam!"

Die Tür fiel ins Schloss.

Ich erstarrte und wandte mich langsam um, drückte mir die Jacke an die Brust.

Ich erkannte ihn sofort. Travis Roth. Seiner Mutter gehörte *Delilahs Schatzkammer*. Ein paarmal hatte ich ihn dort hinter der Kasse stehen sehen. Ich hatte ihn auch schon im *Patti's* als Bedienung jobben gesehen. Er war älter als ich und ein bisschen größer, aber nicht viel. Sein Haar war kurz geschnitten und mit ein bisschen Gel aufgerichtet. Er trug ein schwarzes T-Shirt, eine schwarze Hose und schwarze, fest geschnürte Army-Stiefel, um die Taille eine fleckige Schürze. Er sah mich aus Augen an, die die Farbe eines Kiefernwaldes in der Dämmerung hatten, und als er lächelte, zeigten sich kleine Grübchen an seinen Wangen.

„Ich hätte dich fast nicht erkannt." Er streckte den Arm aus und zupfte mir am Haar. „Gefällt mir."

Ich errötete und trat einen Schritt zurück, schob mir die kinnlangen Locken hinter die Ohren. In all den Sommern, die ich bei Bear verbracht hatte, hatten Travis und ich kaum miteinander gesprochen. Bis heute war ich mir nicht einmal sicher gewesen, ob er meinen Namen kannte.

Sein Blick fiel auf die Jacke in meiner Hand, und er fragte: „Was machst du überhaupt hier hinten?"

„Nichts." Ich stopfte die Jacke in die Tasche und knöpfte die Klappe zu. „Ich … ich … na ja … hab die Aussicht genossen …" Ich hob die Hand, und dann ließ ich sie schlaff an meiner Seite herunterfallen. Am liebsten wäre ich fortgekrochen, hätte mich auf der anderen Seite des Zaunes im hohen Gras versteckt, wäre überall lieber gewesen als ausgerechnet hier, wo ich mich komplett zum Trottel machte.

Travis zog eine Marlboro-Schachtel aus der Schürzentasche und bot mir eine Zigarette an.

Ich schüttelte den Kopf. „Die Dinger bringen dich um."

Er zuckte mit den Schultern, wölbte die Hände um seine Marlboro und zündete sie mit einem goldenen Feuerzeug an. Er nahm einen tiefen Zug und hielt kurz den Atem an, dann legte er den Kopf in den Nacken und blies den Rauch zum Himmel.

Einen Moment lang schwiegen wir und beobachteten, wie der Rauch sich kringelte und verschwand. Dann fragte Travis: „Hast du von der Toten gehört, die am Smith Rock gefunden wurde? Die ganze Stadt redet drüber."

„Ja." Ich legte meinen Arm über die Umhängetasche. „Habe ich gehört."

„Wahnsinn, oder? Hab die Leute nicht mehr so aufgeregt gesehen, seit Johnny Sommers vor drei Jahren auf dem Jahrmarkt das Hotdog-Wettessen gewann." Er nahm den nächsten Zug von der Zigarette, dann deutete er mit einer Kopfbewegung zur Hintertür des Restaurants. „Die Leute da drin schließen schon Wetten ab."

„Worauf?"

„Auf alles Mögliche. Wie sie getötet wurde. Wer der Mörder ist. Solche Sachen eben."

Mir wurde schlecht. „Wer der Mörder ist …?"

„Ja, ob es ihr Freund war oder eine eifersüchtige Exfrau. Ein Trucker. Oder ein Landstreicher, der längst über alle Berge ist. Oder ob vielleicht jemand aus Terrebonne der Täter ist. Vielleicht Pastor Mike." Er grinste. Das mit Pastor Mike sollte lustig sein, aber wenn sein Name genannt worden war, selbst nur zum Spaß, dann hatten die Leute bestimmt auch Bear erwähnt. Und da hatte bestimmt niemand gelacht, dessen war ich mir sicher.

„Ich habe zwanzig auf den Landstreicher gesetzt."

Ich starrte auf meine Schuhe.

Ich musste eine ganze Weile zu Boden gestarrt und versucht haben, mir eine passende Erwiderung einfallen zu lassen, denn das Nächste, was ich bemerkte, war, dass Travis mich an die Schulter fasste und fragte: „Hey, alles in Ordnung mit dir?"

„Hä?" Ich hob meinen Blick.

Die Hintertür flog erneut auf. Travis ließ mich los und trat einen Schritt zurück.

Ein rothaariger Bursche, den ich manchmal zusammen mit Travis gesehen hatte, steckte den Kopf aus dem Türrahmen und sagte: „Hey, Dumpfbacke! Wir müssen los! Am Meadowlark ist etwas im Gange. Das Motel wurde abgesperrt. Davor parken schwarze Autos, und Männer in Anzügen wuseln herum ..." Er bemerkte mich, und sein Gesichtsausdruck veränderte sich, als hätte er etwas mitbekommen, was er nicht hätte mitbekommen sollen. „Oh. Hallo." Und dann, zu Travis gewandt: „Sieht aus, als wärst du beschäftigt. Tut mir leid ... ich wollte nicht stören."

„Bin nicht beschäftigt. Hab nur eine geraucht." Er nahm einen letzten Zug von der Zigarette und schnippte sie fort.

Sie landete im Gras am Rand eines verlassenen Feldes, und ich beobachtete sie, wartete darauf, dass alles in Flammen aufging, aber ich sah nur eine dünne graue Rauchfahne und dann nichts mehr.

Der Rothaarige deutete mit dem Daumen über seine Schulter Richtung Vordereingang. „Kommst du jetzt, oder was?"

„Klar doch. Wir sind gleich da." Travis nahm die Schürze ab und warf sie sich über den Arm. Er wandte sich zu mir um, hob seine dunklen Augenbrauen, bedachte mich mit einem schiefen Grinsen und fragte: „Oder hast du gerade irgendwas anderes vor?"

Ich dachte nicht an Ollie und nicht daran, dass ich ihr gesagt hatte, ich würde gleich wieder da sein. Ich dachte nicht an die Jacke oder daran, dass Bear zu Hause auf uns wartete. Das Einzige, woran ich in diesem Moment dachte, war, dass ich mich zum Meadowlark Motel begeben musste für den Fall, dass diese Sache mit der toten Frau zusammenhing. Ich musste wissen, was los war.

Hinter dem gelben Absperrband winkte Deputy Santos uns fort. „Zurück mit euch, Leute! Wir brauchen Platz."

Sie meinte mich und Travis und jede Menge anderer Leute, eine Meute von Schaulustigen, auf dem Gehsteig, auf dem Rasen, auf dem Parkplatz, mitten auf der Straße. Hätte ich mich umgeschaut, hätte ich vermutlich einige der Leute erkannt, die von hinten gegen mich drängten und versuchten, nach vorn zu gelangen, während wir selbst zurückgeschoben wurden. Doch mein ganzes Augenmerk galt Detective Talbert und Zimmer hundertneunzehn. Alles andere war nur Teil der Kulisse, verschwommene Gestalten am Rand meines Blickfelds, ein Stimmengewirr, das mal lauter, mal leiser wurde.

„Ich wette, sie war eine Nutte …"

„Ein Drogendealer …"

„Eine Crack-Süchtige …"

„Bestimmt hat sie bekommen, was sie verdiente."

Detective Talbert klopfte nur ein Mal kurz an, ehe er dem Motel-Manager den Schlüssel aus der Hand nahm und die Tür öffnete. Für einige lange Minuten verschwand er in dem Zimmer. Als er wieder herauskam, hatte er sich das Sakko über den Arm gelegt und rieb sich den kahlen Kopf. Er starrte über den Parkplatz, wo die ganze Stadt wartete und kollektiv den Atem anhielt.

Hatte sie in den Tagen vor ihrem Tod hier gewohnt?

Hatte sie hier ihren letzten Traum geträumt? Zum letzten Mal geduscht? Zum letzten Mal die Fernsehnachrichten gesehen? Ihre letzte Mahlzeit gegessen?

Und ihre Sachen – ihre Kleider und Schuhe und ihr Schminktäschchen und was sie sonst noch an einen solchen Ort mitgenommen hatte –, waren all ihre Habseligkeiten noch im Zimmer, kaum ausgepackt? Lag das meiste noch im aufgeklappten Koffer?

Wusste man jetzt, wer sie war? Würde man uns nun ihren Namen nennen?

Detective Talbert nickte einer Gruppe von Männern zu, die alle dunkelblaue Hemden und schwarze Hosen trugen und, einige Schritte von Zimmer hundertneunzehn entfernt, unter der Markise standen.

Ihr Zimmer.

Die Gruppe löste sich auf und machte sich an die Arbeit. Drei der Männer, einer mit einer Kamera um den Hals, folgten Detective Talbert in das Motelzimmer. Die übrigen blieben mit einigen Beamten aus dem Sheriffbüro auf dem Parkplatz und schwärmten aus, um in

Schlaglöchern, Rissen im Gehsteig, am Bordstein und in den Gullys nach Blutspuren, Haaren, Schuhabdrücken, Zigarettenstummeln, Kaugummipapier und nach allem anderen zu suchen, das wichtig sein und helfen konnte, die letzten Stunden der Toten zu rekonstruieren.

Jemand stieß gegen mich und riss mir dabei fast die Umhängetasche von der Schulter. Ein Anflug von Panik überkam mich, und ich schalt mich dafür, die Jacke ausgerechnet an den Ort mitgebracht zu haben, wo jeder der Anwesenden in Verdacht geraten konnte, wo jeder herrenlose Gegenstand ein Hinweis sein konnte. Ich versuchte, vom Absperrband zurückzuweichen, und stieß gegen eine Menschenmauer. Alle versuchten, einen besseren Blick zu erhaschen. Ich wand mich, suchte nach einer Lücke, wo ich mich hätte durchquetschen können, aber es gab kein Durchkommen. Wir standen zu dicht beieinander, Schulter an Schulter, Ellbogen an Ellbogen, Knie an Knie. Ich steckte fest.

„Sam? Alles in Ordnung mit dir?" Travis fasste mich am Arm.

Ich zuckte zurück und stieß gegen die Frau, die neben mir stand.

„Entschuldigung", murmelte ich und zog meine Arme dicht an meinen Leib.

„Hey", sagte Travis. „Du siehst ganz schön mitgenommen aus."

Ich nickte und sagte etwas über die Hitze und dass ich nicht genug getrunken hätte und mir schwindlig sei. Er zog mich hinter sich her, drängelte sich durch die Menschenmenge, weg vom Absperrband und dem Chaos, den Polizisten und dem Motelzimmer der toten Frau.

Wir überquerten die Straße und stellten uns in den Schatten eines Ahornbaums, der vor der *First Baptist Church* stand. Ich ließ die Umhängetasche von der Schulter zu Boden gleiten.

„Ich hole dir Wasser", sagte Travis.

Ehe ich ihn aufhalten konnte, war er schon auf halbem Weg zur Kirche gegangen.

Ich lehnte mich an den Baumstamm und starrte zu den Ästen hinauf. Die dunkelgrünen Blätter bewegten sich nicht, obwohl die Luft im gleißenden Sonnenschein vor Hitze vibrierte.

Travis kehrte mit einem Pappbecher voll kaltem Wasser zurück. Ich trank ihn in einem Schluck aus.

„Möchtest du mehr?", fragte er.

Ich zerdrückte den Becher in der Hand und schüttelte den Kopf. „Dank dir."

„Man muss aufpassen bei der Hitze“, sagte er. „Immer schön trinken.“

Er schaute zum Motel hinüber. Mein Blick wanderte ebenfalls dorthin, aber die Menschenmenge war zu dicht. Man sah nichts außer Hinterköpfen. Ich rieb meine Augen, wischte den Schweiß und Staub und das Bild vom zerschundenen Gesicht der toten Frau fort. Ein Sommer sollte träge und sorgenfrei sein, erfüllt von endlosen Tagen, an denen man sich treiben lässt, an denen man nur das tut, wonach einem der Sinn steht, an denen man faul und unbeschwert sein kann. Nicht erfüllt von sinnloser Gewalt und einem grauenvollen Verbrechen und so vielen Fragen und Geheimnissen und Lügen.

Travis kniete sich neben der Umhängetasche hin, um seinen Schuh zuzubinden. Als er mich auf ihn hinabblicken sah, richtete er sich schnell wieder auf.

„Glaubst du, sie haben die Familie schon unterrichtet?“, fragte ich.

„Falls sie überhaupt eine Familie hatte.“ Er fummelte am Baumstamm herum, riss kleine Rindenstücke ab, warf sie in die Luft, beobachtete, wie sie zu Boden fielen.

Er zog die Mundwinkel nach unten, kräuselte die Stirn und ließ die Schultern hängen. Er sah mich nicht an. Dies war der Travis, an den ich mich erinnerte, der Junge aus den vorherigen Sommern, der missmutig den Blick senkte, wenn wir auf dem Bürgersteig aneinander vorbeigingen, der Junge, der immer so distanziert und unnahbar war und so viel cooler als ich. Dann hob er den Blick und schaute mir in die Augen. Er lächelte, und ich fragte mich, ob ich vielleicht falschlag, ob er vielleicht alles andere als cool war. Vielleicht war er einfach nur schüchtern. Genau wie ich.

Er sagte: „Ich schätze, jeder hat irgendwo eine Art Familie, oder?“

„Mist“, sagte ich, hob rasch die Tasche auf und hängte sie mir über die Schulter. „Ich muss los.“

Ich marschierte davon und ließ Travis vor der Kirche stehen.

Wie viel Zeit war vergangen, seit ich Ollie verlassen hatte? Zwanzig Minuten? Dreißig? Eine Stunde? Auf jeden Fall so lange, dass sie sich bestimmt Sorgen machte und glaubte, dass etwas Schlimmes passiert sei und ich vielleicht überhaupt nicht mehr zurückkehrte.

„Sam, warte“, rief Travis mir hinterher. „Habe ich etwas falsch gemacht? Etwas Blödes gesagt?“ Er holte mich schnell ein und packte mich am Ellbogen, sodass ich stehen bleiben musste. „Ich wollte dich nicht sauer machen."

„Hast du auch nicht", sagte ich kopfschüttelnd. „Es ist wegen meiner kleinen Schwester. Ich …"

„Du hast eine Schwester?"

Ich nickte.

„Oh."

„Ich habe sie im Laden deiner Mutter zurückgelassen."

Er ließ meinen Ellbogen los. „Ganz allein?"

„Sie schmökert in den Büchern." Als ob dies alles erklärte und es deshalb in Ordnung ginge, sie allein zu lassen.

„Ich begleite dich", sagte er und steckte sich die nächste Zigarette an.

Ich höre kreischende Bremsen, quietschende Reifen auf dem Asphalt. Dann zerberstendes Glas. Sie biegen um die Ecke und bleiben stehen. Ein totenbleiches Mädchen und ein Mann, der nicht weiß, dass sie ihm folgt. Hier hinten sind die Schatten so dunkel, dass ich die Umrisse ihres gesenkten Kopfes und ihrer blonden, frei schwingenden Zöpfe erkenne und dass sie sich die Arme um den Leib geschlungen hat und mit nach innen gerichteten Zehen dasteht.

Sie ist jung.

In meinem Alter.

Nein, jünger.

Ich sacke in mich zusammen, genauso wie sie. Die Last so vieler grauenvoller Dinge drückt mir so schwer auf die Brust, dass ich kaum Luft bekomme.

Der Mann reißt die Augen auf, zuckt zusammen, schüttelt ungläubig den Kopf. Sein langes graues Haar, hinten mit einem Gummi zusammengebunden, fliegt hin und her. Er knetet seine Finger, während er ihren Namen ausspricht: „Delilah?“ Aber er starrt mich an, nicht sie.

Kopfschüttelnd weiche ich zu dem purpurnen Sessel zurück, wo die, die mir folgt, sich auflöst. Goldene Lichtexplosionen, wie bei einem Feuerwerk. Ich fasse mir an die Brust, denn ich löse mich auch auf. So ist das eben, ich fühle, was die Schimmernden fühlen.

Ich fühle alles.

Stirnrunzelnd sagt der Mann: „Tut mir leid. Ich wollte dich nicht erschrecken. Aber du erinnerst mich an meine Tochter. An meine Delilah.“

Hinter ihm hebt das bleiche Mädchen den Kopf und blinzelt mir zu, als würde sie gerade aufwachen. Ich flehe sie an: Mach, dass er weggeht! Aber sie senkt wieder den Blick, zu schwach, um etwas anderes zu tun, als zu seufzen.

Der graue Kater auf dem Sessel faucht und schlägt mit der Pfote in die Luft. Er spürt die Schimmernden, weiß, dass sie da sind. Er fürchtet sich vor ihnen.

Die, die mir folgt, will, dass ich den Mund aufreiße und schreie, aber ich habe Angst, dass ich nicht mehr aufhören kann, wenn ich einmal zu schreien anfange.

„Sie hatte die gleichen Haare wie du.“ Der Mann streckt die Hand nach mir aus.

Das bleiche Mädchen schlingt sich die Arme fester um den Leib.

„So lange, schöne Haare.“ Er tritt einen Schritt näher.

Ich schüttle den Kopf und hebe meine Hände wie Schutzschilde.

Plötzlich erscheint die, die mir folgt und sich eben aufgelöst hat, zwischen ihm und mir. Aber seine Hand greift mitten durch sie hindurch, und seine Finger kommen auf der anderen Seite heraus, getaucht in Gold und Silber und Rot und in andere Farben, für die es keine Namen gibt. Ich kann nicht vor ihm wegrennen.

Ich stoße gegen den Sessel. Der Kater jault auf und springt herunter, verschwindet in einem dunklen Spalt zwischen den Bücherregalen, lässt mich allein mit dem Mann und dem bleichen Mädchen.

Der Mann lächelt und streicht über meinen Zopf. „Spinnenseide. So haben wir es genannt. Gesponnenes Gold.“

Die Frau aus dem Hinterzimmer ruft: „Billy?“ Sie ist ganz in der Nähe, aber außerhalb meines Blickfelds.

„Ich bin hier hinten, Maggie“, sagte der Mann, dann zieht er die Hand zurück und lächelt mich an. „Bemerkenswert.“

„Billy? Was tust du da?“ Sie biegt um die Ecke, sieht uns dicht beieinanderstehen.

Sie beeilt sich. Sie fasst ihn am Ellbogen und dreht den Mann um, führt ihn in den vorderen Ladenteil. „Du musst mir mit den Kartons helfen.“

Sie wirft mir einen kurzen Blick über die Schulter zu, und zwischen uns entsteht eine Verbindung, aber nur für eine Sekunde, dann löst sie den Blick wieder von mir.

Das bleiche Mädchen schlurft mir hinterher. Aber selbst als sie aus meinem Blickfeld verschwunden ist, höre ich zerfetzendes Metall und berstendes Glas und spüre weiterhin, wie mir etwas unsagbar Schweres auf den Brustkorb drückt. Benommen und erschöpft setze ich mich in den purpurnen Sessel, ziehe die Beine hoch und schiebe sie ineinander.

Die, die mir folgt, kichert und sprüht Funken. Ich wünschte, auch sie würde verschwinden.

Travis drückte die Ladentür auf, und das Glöckchen bimmelte. Kaum eine Sekunde verging, ehe der Vorhang, der den Verkaufsraum vom Hinterzimmer trennte, zur Seite geschoben wurde. Mrs Roth marschierte um die Theke und hielt mit schnellen Schritten auf uns zu. Ihr rabenschwarzes Haar hatte sie zu einem strengen Dutt gebunden, ihre ohnehin schmalen Lippen waren zu einer noch schmaleren Linie zusammengepresst. Ihre Nasenflügel bebten, und einen Moment lang hätte ich schwören können, dass ihre braunen Augen plötzlich tiefschwarz waren. Aber vielleicht war es nur ein Lichtreflex, verursacht durch einen Schatten, den irgendetwas warf, das von der Decke herabhing, denn als sie uns erreichte, hatten ihre Augen wieder ihre normale Farbe, die Pupillen ihre gewöhnliche Größe.

Sie packte Travis am Ellbogen und zog ihren Sohn hinter die Theke.

Für jemanden, der so klein war – sie reichte Travis kaum bis zur Brust, und ihr Körper sah federleicht aus –, war sie überraschend stark. Oder vielleicht schien es nur so, weil Travis es wehrlos über sich ergehen ließ.

„Deine Schicht im Restaurant ist seit zwanzig Minuten vorbei“, sagte sie. „Wo warst du?“

Ich stand einige Schritte entfernt von den beiden und tat so, als würde ich mich für einen Stapel antiker Lunchboxen interessieren.

„Wir waren drüben am Meadowlark“, sagte Travis. „Die Polizei hat eines der Zimmer durchsucht. Ich glaube, die Frau hat dort gewohnt.“

„Welche Frau?“ Sie sog scharf die Luft ein, dann sagte sie: „Ich brauche dich heute hier.“

„Hier bin ich.“ Er schüttelte ihre Hand ab.

Mrs Roth stellte sich auf die Zehenspitzen und schnüffelte an Travis’ Hals. Dann wich sie abrupt zurück und verzog den Mund. „Hast du etwa geraucht?“

Travis verschränkte die Arme vor der Brust. Sie starrten sich einige Sekunden lang an. Mrs Roth setzte an, etwas zu sagen, aber ein lautes Geräusch, das klang, als würde etwas Schweres auf den Boden fallen, ließ sie innehalten.

Travis blickte zum Vorhang. „Ist Dad hier?“

„Unten“, sagte Mrs Roth.

Travis schickte sich an, um sie herum auf den Vorhang zuzugehen.

Sie packte ihn am Arm, diesmal nicht ganz so kräftig, und sagte: „Lass ihn in Ruhe."

„Ich muss mit ihm reden."

„Er arbeitet." Und dann: „Du weißt doch, wie er manchmal ist."

Ein Moment verstrich, in dem die beiden sich nur wortlos anstarrten. Irgendwo in dem Durcheinander hinter mir hörte ich eine Uhr die Sekunden heruntersticken. Schließlich ließ Mrs Roth ihren Sohn los. Er ging an ihr vorbei und verschwand hinter dem Vorhang.

Sie richtete ihr Augenmerk auf mich. „Und du? Was fällt dir ein, das Kind hier allein zurückzulassen?"

Ich wandte den Kopf, schaute in Richtung der Bücherregale. „Alles in Ordnung mit ihr? Ist irgendetwas passiert?"

„Es geht ihr gut", sagte Mrs Roth und setzte sich auf einen Hocker hinter der Theke. „Aber dies ist keine Bücherei, und ich bin kein Babysitter."

Ich zog den Kopf ein und murmelte etwas, von dem ich hoffte, dass es als Entschuldigung durchging, und versprach, dass es nie wieder vorkommen würde.

„Davon gehe ich aus." Mrs Roth warf mir einen eindringlichen Blick zu, dann begann sie, einen Stapel Rechnungen durchzusehen; ihr Schweigen signalisierte mir, dass ich entlassen war.

Ich entdeckte Ollie im purpurnen Ohrensessel; ihr Kopf lehnte an einer Seite, die Beine waren unter ihrem Po eingeklemmt, die Arme um ihren Bauch geschlungen. Sie starrte in eine dunkle Ecke, blickte nicht einmal auf, als ich zu ihr herantrat. Der graue Kater war verschwunden.

Ich hockte mich vor ihr hin. „Hey. Alles in Ordnung?"

Sie schloss die Augen.

„Hey." Ich berührte sie am Arm. „Ich bin wieder da."

Sie setzte sich auf, schlang ihre Arme um mich und vergrub ihr Gesicht an meinem Shirt. Ich drückte sie, so fest ich konnte, an mich.

„Alles ist gut", sagte ich. „Ich habe doch versprochen, dass ich zurückkomme. Du brauchst keine Angst zu haben. Alles ist in Ordnung."

Vor einigen Jahren, als Ollie sieben war, hatte Mom sie im Lebensmittelgeschäft vergessen. Als wir die Parkplatzausfahrt erreichten, fiel mir auf, dass es im Wagen ungewöhnlich still war.

Auf meinem Sitz wandte ich mich halb zur Seite, sah Ollies leeren Platz und rief: „Mom! Du hast Ollie vergessen!"

Sie fluchte und bremste so scharf, dass mein Sicherheitsgurt blockierte, mein Kopf nach vorn schnellte und ich mir die Schulter aufschürfte. Dann riss sie das Steuer herum und hätte beinahe ein anderes Auto gerammt, raste zurück und hielt auf dem Behindertenparkplatz direkt vor dem Laden. Sie ließ den Motor laufen, und wir beide rannten zum Eingang.

„Der Geschäftsführer!", brüllte Mom eine der Kassiererinnen an. „Wo ist der Geschäftsführer?"

Die junge Frau war total erschrocken und sah aus, als würde sie gleich in Tränen ausbrechen. Ein Mann mit Spitzbart und finsterem Blick kam auf uns zumarschiert. „Mrs McAlister?"

„Meine Tochter! Wo ist sie?" Mom blickte dem Mann über die Schulter, aber Ollie war nirgends zu sehen.

„Beruhigen Sie sich, meine Dame. Olivia geht es gut. Sie sitzt in meinem Büro." Er schien ihr einen Vortrag halten zu wollen, aber Mom eilte an ihm vorbei, riss eine Tür auf, auf der „Nur für Mitarbeiter" stand, und stürmte in ein kleines Büro mit einem Metallschreibtisch und einigen Aktenschränken, die mehr als den halben Raum einnahmen.

Ollie saß auf dem Drehstuhl hinter dem Schreibtisch. Sie drehte sich im Kreis, Runde um Runde, ihr Kopf zurückgeworfen, ihre Haare flogen, ein glückliches Lächeln im Gesicht.

„Ollie!" Als sie um den Schreibtisch herumeilte, stieß Mom einen Aktenstapel vom Schreibtisch.

Ollie hielt den Drehstuhl an und streckte die Arme aus. Mom hob sie hoch und drückte sie so fest an sich, dass ich fürchtete, Ollie könnte zerbrechen.

„Es tut mir so leid, Schatz", flüsterte Mom ihr ins Ohr. „Es tut mir so, so leid."

„Schon gut, Mom", sagte Ollie. „Du kommst ja immer zurück."

An dem Abend kochte Mom Ollies Lieblingsessen: Spaghetti und Hotdogs. Als wir uns hinsetzten, unsere Teller noch leer, stützte Mom sich mit den Ellbogen auf den Tisch und legte das Kinn auf die ineinandergeschobenen Hände. Sie sah Ollie und mich an und sagte: „Ich liebe euch beide über alles. Das wisst ihr doch, oder?"

„Natürlich, Mom", sagten wir. „Das wissen wir." Wir glaubten, es zu wissen. Zu dem Zeitpunkt waren wir beide noch so jung, und der Tod war etwas, dem wir nur in Geschichten begegneten. Ich denke, keine von uns beiden begriff, was sie meinte. Nicht richtig jedenfalls. Wie entsetzt sie gewesen war, als sie glaubte, Ollie verloren zu haben. Und dass sie alles, wirklich alles, was in ihrer Macht stand, tun würde, damit uns nichts geschah. Dass wir sie eines Tages verlieren könnten. Dass sie eines Tages womöglich nicht mehr zurückkommen würde und dass wir uns, falls dies geschähe, an ihre Liebe erinnern sollten.

Nun verstand ich es.

Ich hielt Ollie noch einige Sekunden in den Armen, bis ihre Atmung sich beruhigt hatte. Dann trat ich einen Schritt zurück, damit ich ihr Gesicht sehen konnte. „Was ist passiert?"

Sie blickte über meine Schulter. Ich wandte mich um, aber da war niemand. Ich strich ihr mit der Hand über die Stirn, so wie Mom es immer getan hatte. Ollie war warm, aber nicht fiebrig.

„Ich hätte dich nicht allein lassen sollen. Es tut mir leid. Aber dir geht es gut. Dir geht es doch gut, nicht wahr?" Ich richtete mich auf, hielt aber weiter Ollies Hand. „Hast du schöne Bücher entdeckt?"

Der Buchstapel, den sie aufgetürmt hatte, ehe ich ging, war verschwunden. Ich schaute hinter dem Sessel nach, aber auch dort lagen keine Bücher.

„Nichts?"

Sie zuckte mit den Schultern und wischte sich mit dem Handrücken über die Wange.

„Nicht mal eins?"

Ollie griff in ihre Gesäßtasche und zog ein kleines grünes Buch heraus. Ihre *Alice im Wunderland*-Ausgabe. Sie drückte es sich ans Herz.

„Wird dir das nicht langsam langweilig?"

Sie schüttelte den Kopf.

Achselzuckend führte ich sie in den vorderen Ladenteil. „Du wirst weiterhin nichts verraten, nicht wahr? Über … du weißt schon." Ich klopfte auf die Umhängetasche an meiner Schulter.

Sie drückte meine Hand.

„Ich verstehe das als ein Ja."

Als wir an der Theke vorbeigingen, räusperte sich Mrs Roth. Sie beäugte das *Alice*-Buch in Ollies Hand.

Ich legte einen Arm um Ollie und sagte: „Das haben wir mitgebracht. Es gehört uns."

Mrs Roth hob ihre dünn gezupften Augenbrauen. Eine tiefe Furche durchzog ihre Stirn. Ehe sie etwas sagen konnte, ertönte ein ohrenbetäubender Knall aus dem Zimmer hinter ihr. Die Regale und Fensterscheiben erbebten. Der Krimskrams, der auf der Theke lag, wackelte. Mrs Roth schrak so heftig zusammen, dass sie den Hocker neben sich umstieß. Sie starrte auf den Vorhang.

Laute, wütende Stimmen näherten sich dem Verkaufsraum.

„Jetzt hör mir doch mal zu!" Ich erkannte Travis' Stimme, obwohl sie ganz hoch war und sich beinahe überschlug.

„Verschwinde! Geh mir aus den Augen!"

„Dad, bitte. Ich versuche doch nur, zu helfen."

„Wenn ich deine Hilfe brauche, dann sage ich dir schon Bescheid."

Der Vorhang erzitterte.

Ollie versuchte, sich unter meinem Arm herauszuwinden, aber ich hielt sie fest.

Die Stimmen wurden lauter, kamen näher, hatten uns fast erreicht. Jemand schleuderte etwas Schweres an die Wand. Ein lautes Krachen ertönte, als würde etwas zersplittern, dann brüllte Travis: „Scheiße!"

Mrs Roth wandte den Kopf und starrte uns an, als sähe sie uns zum ersten Mal. „Ich glaube, ihr beide geht jetzt lieber."

Sie wartete nicht, bis wir uns in Bewegung setzten. Sie fuhr herum und verschwand hinter dem Vorhang.

„Was ist denn hier los?" Ihr Tonfall erinnerte mich an Grandmas Stimme, als Ollie und ich sie einmal besucht und versucht hatten, in ihrer Küche Milchshakes zu machen, aber vergaßen, den Deckel des Mixers fest zu verschließen.

Ein weiterer Gegenstand flog scheppernd an die Wand.

Travis rief: „Scheiße!"

Mrs Roth sagte: „Achte auf deine Sprache." Und dann: „Ich dulde nicht, dass ihr beide euch in meinem Geschäft zankt. Dies ist weder der passende Ort noch der richtige Zeitpunkt."

Der Vorhang bewegte sich. Mrs Roths lange Finger mit den violett angemalten Nägeln stießen durch den Stoff, umfassten die Vorhangkante, waren im Begriff, den Vorhang aufzureißen. „Hol einen Besen und kehr den Unrat weg."

Ich schob Ollie aus der Ladentür. Wir sprangen auf unsere Räder und fuhren schnell aus der Stadt.

Zeb und Bear saßen nebeneinander auf der umgeklappten Heckklappe von Zebs Truck, der vor dem Tannen-Baumstumpf stand. Sie schwangen ihre Beine vor und zurück wie gelangweilte Jungs im Sommer. Als Ollie und ich um die letzte Biegung geradelt kamen, sprang Bear als Erster herunter. Zeb folgte ihm etwas langsamer.

Vor zweieinhalb Jahren, im tiefsten Winter, hatte Zeb sich auf dem Weg zum Briefkasten am Ende der Zufahrt die Hüfte gebrochen. Hinterher sagte er, er habe nicht darauf geachtet, wo er hintrat, sondern nur auf die herabrieselnden Schneeflocken geschaut. Er war auf einer Eisfläche ausgerutscht und unglücklich gelandet. Für einen Mann seines Alters – neunundsiebzig – war er erstaunlich schnell genesen; es liege an der frischen Vollmilch, die er jeden Tag trinke, hatte er gesagt. Für ein paar Wochen hatte er eine Gehhilfe benutzt, aber inzwischen konnte er sich wieder ganz normal bewegen und hatte nur dann leichte Schwierigkeiten, wenn er irgendwo herauf- oder herunterkletterte oder wenn ein Wetterumschwung anstand. Und selbst da bemerkte man es kaum. Beim Aussteigen stellte er vorsichtig einen Fuß auf den Boden, testete kurz die Belastung; bei einem Wetterumschwung rieb er sich über die Hüfte und massierte den Schmerz einfach weg. Mom hatte einst gesagt, dass Zeb uns alle überleben würde.

Ich stieg vom Rad und lehnte es an den Baumstumpf. Ollie ließ ihres zu Boden fallen und rannte zu Bear. Er hockte sich hin und breitete die Arme aus, und als sie sich an ihn warf, hob er sie hoch und schwang sie herum. Für ein paar Sekunden war er so stark wie Zeus, sie leicht wie eine Wolke, und so etwas wie Schwerkraft gab es nicht. Als er sie wieder abstellte, hielt sie weiter seine Hand fest.

Ich war nun nahe genug, um die Ausrüstung zu erkennen, die auf der Ladefläche des Trucks stand. Eine Sprühflasche mit Zuckerwasser, eine Säge, eine Leiter, ein Eimer, ein leeres Langstroth-Magazin. Mein Bienenanzug und der Helm.

Zeb lächelte mich an, tippte sich an die Krempe seines Strohhuts und nickte. „Ein Bienenschwarm richtet sich gerade häuslich in einem meiner Apfelbäume ein. Dein Vater meint, dagegen könntest du etwas tun."

„Ich?" Ich schaute zu Bear hinüber.

Er lehnte am Truck und blickte zu den Bäumen, einen langen Grashalm zwischen den Zähnen. Ich hatte ihm zwar schon dabei zugesehen, wie man das bewerkstelligte, aber selbstständig einen Bienenschwarm eingefangen hatte ich noch nie – das war immer Bears Aufgabe gewesen.

„Bist du dir sicher?", fragte ich ihn. „Meinst du, ich bin so weit?"

Bear zog den Grashalm heraus und warf ihn zu Boden. „Man braucht nicht so weit zu sein. Man muss es einfach nur tun." Er stieg auf Zebs Truck und reichte mir die Hand. „Ich bin ja dabei und helfe dir."

Ich packte seine Hand und zog mich auf die Ladefläche.

„Hast du schon mal gesehen, wie man einen Bienenschwarm aus einem Baum herausholt?", fragte Zeb meine kleine Schwester.

Ollie schüttelte den Kopf.

„Nein?" Zeb sah sie so entgeistert an, als hätte er sie gefragt, ob sie schon einmal das Meer gesehen habe. „Nun, dann wird es aber Zeit, dass wir das ändern."

Er führte sie nach vorn und öffnete die Beifahrertür des Trucks. Während sie hineinkletterte und zur Mitte der Sitzbank rutschte, fragte Zeb: „Wusstest du, dass die alten Ägypter Bienen für Gesandte des Sonnengotts Ra hielten? Die Griechen hielten Bienen dagegen für die Seelen der Toten, die zurückkehren, um uns Gesellschaft zu leisten."

„Erzähle ihr nicht solche Sachen, Zeb", sagte ich.

Der alte Mann ging wieder nach hinten und hob erst mein und dann Ollies Fahrrad auf die Ladefläche; Bear fand Platz für sie zwischen den Imkerutensilien.

„Ist doch nicht schlimm, sich vorzustellen, dass es einen Ort gibt, an den wir gehen, wenn wir mit diesem Leben fertig sind", sagte Zeb. Er schloss die Heckklappe, ging auf der Fahrerseite wieder nach vorn und stieg ein.

Das Rückfenster des Fahrerhauses war offen. Ollie blickte geradeaus durch die Windschutzscheibe, doch ich wusste, dass sie die Ohren gespitzt hatte. Ich sagte: „Ist schon schlimm genug, dass sie glaubt, Geister sehen zu können. Sie braucht keinen weiteren Vorwand, um nicht mehr zu sprechen."

„Aber vielleicht sieht sie ja wirklich Geister."

„Die gibt es nicht." Ich setzte mich auf die erhöhte Reifenausbuchtung und hielt mich an der Seite fest.

Zeb startete den Motor. Er rief: „Vielleicht gibt es sie ja doch, und du hast nur noch keinen gesehen."

Ich schaute zu Bear und wartete, dass er mir zu Hilfe kam und sagte, ich hätte recht und Ollie bräuchte keine weiteren Geschichten über Geister und Seelen und ein Leben nach dem Tod, aber Bear hatte den Kopf in den Nacken gelegt und beobachte einen am Himmel kreisenden Geier. Wäre Mom dort gewesen, hätte sie mir beigepflichtet. Sie hätte Ollie die Wahrheit gesagt: Wenn man tot ist, ist man tot. Es gibt kein Zurück.

Wir rumpelten über den Feldweg und dann über den schmalen Pfad, der zum Apfelgarten führte. Ollie hielt den Arm aus dem Fenster und machte im Fahrtwind wellenförmige Bewegungen mit der Hand.

Die Fahrt dauerte nur wenige Minuten. Zeb parkte den Truck ein paar Meter vor dem Baum mit dem Bienenschwarm und stellte den Motor ab.

„Hörst du das?", fragte er Ollie, den Kopf aus dem Fenster geschoben, eine Hand ums Ohr gewölbt. „Eine Ansammlung alter Seelen, die vom Himmel singen."

„Es sind nur Bienen", sagte ich zu Ollie. „Sie schlagen so schnell mit den Flügeln, dass man die Luft vibrieren hört."

„Für mich klingt es wie Musik", sagte Zeb.

Ich nahm das Zuckerwasser und meinen Bienenanzug und sprang von der Ladefläche. Bear lud den Rest der Ausrüstung ab und gesellte sich zu mir unter den Apfelbaum. Ollie blieb bei Zeb im Truck sitzen.

Bienen schwärmen aus, wenn das Bienenvolk zu groß für den Stock wird und die Insekten das Gefühl bekommen, mehr Platz zu benötigen. Die Königin und Tausende Arbeiter fliegen gemeinsam los und suchen sich ein neues Zuhause, während die, die im ursprünglichen Stock zurückbleiben, eine neue Königin ausbrüten und mit ihrer Honigherstellung fortfahren. Bears Bienenvölker waren nur einige wenige Male ausgeschwärmt, und jedes Mal hatte er sie eingefangen, ehe sie sich zu weit entfernt hatten, und ihnen einen neuen, größeren Stock eingerichtet. Manchmal aber tauchte ein Schwarm aus dem Nichts auf, vielleicht aus dem Bienenstock eines anderen Imkers oder aus einem wilden Bienenvolk. Obwohl auch ausgeschwärmte Bienen in der Regel überaus sanftmütig sind, hatte die Art, wie sie sich auf einem Ast oder unter der Dachtraufe eines Hauses zusammenballten, etwas Geheimnisvolles und Beunruhigendes an sich. Eine wogende dunkle Masse, die einen tiefen, niemals endenden Summton ausstieß, der Klang von Zehntausenden von Flügeln, die in einem unsteten Rhythmus schlugen.

Dieser Schwarm hing zusammengeballt an einem dünnen Ast, etwa fünf Meter über dem Boden. Es hätte schlimmer sein können. Einmal hatte Bear einen Schwarm einfangen müssen, der Zebs und Frannys Schornstein als neues Zuhause ausgewählt hatte. Ich war nicht dabei gewesen, aber Franny hatte gemeint, es sei ziemlich gefährlich und von Bear ganz schön verrückt gewesen, sich mit den Bienen anzulegen.

Bear stellte die Leiter an den Baum und schob sie so nahe wie möglich an den Bienenschwarm heran. „Bereit?"

Ich zog den Reißverschluss des Schutzanzugs zu, verschloss meine Handschuhe, zog mir den Schleier vor das Gesicht und hob den Daumen.

Ich war auf halbem Weg die Leiter hinaufgeklettert, als Bear sagte: „Ging alles gut heute bei Deputy Santos?"

Ich verfehlte die nächste Sprosse und wäre beinahe abgerutscht. Ich hielt mich fest, fand wieder Halt und kletterte weiter.

„Ja", rief ich zu ihm hinunter. „Erst war sie ein bisschen sauer, aber sie glaubt, die Jacke könnte helfen, eine Zeitachse zu erstellen. Wie auch immer, es liegt jetzt nicht mehr in unseren Händen."

Bear nickte. „Gut."

Es überraschte mich, wie leicht und schnell mir die Lüge über die Lippen ging. Auch überraschte mich, dass Bear mir glaubte.

Er reichte mir den Eimer und die Handsäge. „Jetzt gut aufpassen. Dieser Teil kann heikel werden."

OLLIE

Meine Schwester schiebt sich den Helm zurecht, den Schleier, ihre Handschuhe.

Bear deutet auf den leeren Eimer und sagt: „Stell ihn genau unter den Ast und halte ihn gut fest."

Papa Zeb bietet mir einen Schluck von seiner Cola an. „Glaubst du, wir sind weit genug weg?"

Die Bienen fliegen um die Frau vom Fluss herum, zeichnen in der Luft ihre Umrisse nach. Sie versucht so sehr, sich meiner Schwester zu erkennen zu geben. Aber meine Schwester sieht nur das, was sich direkt vor ihren Augen befindet, und sagt, der Rest sei Einbildung, vom Licht verursachte Sinnestäuschungen. Trugbilder, imaginäre Freunde, alles nur in meinem Kopf.

Vielleicht hat sie recht.

Ich wünschte, es wäre so.

Solange ich zurückdenken kann, habe ich sie gesehen. Im Halbdunkel scheinen sie beinahe von fester Form zu sein. Bei starker Helligkeit sieht man sie kaum. Wenn ich sie berühre, ist es Feuer und Eis, brennende Energie. Sie schimmern und funkeln, sind da und dann verschwunden. Wie Hitze, die vom Asphalt aufsteigt.

Als ich vier war, im Zoo mit Sam und meiner Mutter, packte ich Moms Ärmel und fragte sie: „Wer ist der Mann dort drüben?"

„Welcher Mann, Schatz?"

„Der neben dem Tigerkäfig. Unter dem Baum. Er trägt einen komischen Hut."

„Ich sehe niemanden." Sie legte einen Arm um mich und drückte mich an sich. „Schatz, da ist niemand."

Als ich sechs war, an dem Abend, bevor Grandma und Grandpa für zwei Wochen zu uns zu Besuch kamen, setzte Mom sich zu mir ans Bett und erzählte mir, Tante Charlotte hätte beim Bergsteigen einen Unfall gehabt. Sie sei abgestürzt und wäre gestorben. Ich würde sie niemals wiedersehen, nie wieder mit ihr sprechen. Sie sei für immer von uns gegangen.

Aber das war sie gar nicht.

Plötzlich erschien sie in unserem Haus, kam hinter Grandma durch die Eingangstür und erfüllte die Zimmer mit eisiger Kälte. Aber ich war die Einzige, die sie sah, die Einzige, die fror. Ich fing an zu weinen, und Mom fragte: „Oh, Schatz, was ist denn los?", und hob mich auf ihre Hüfte. Aber ich konnte es ihr nicht sagen. Ich konnte es niemandem sagen. Tante Charlottes Stimme überdeckte meine. Ihre Worte waren in mir gefangen, gelangten nicht aus mir heraus. Tagelang sprach ich kein einziges Wort.

Mom sagte: „Schatz, jetzt sag doch etwas."

Aber ich hatte zu große Angst, denn ich wusste, dass die Stimme, die ich hören würde, nicht meine war.

Wenn Grandma aus dem Zimmer ging, ging auch Tante Charlotte. Wenn Grandma hereinkam, kam direkt hinter ihr auch Tante Charlotte herein. Innen am Fenster bildeten sich Eiskristalle, in den Ecken des Fensterrahmens lagen Schneeflocken. Nachts lag ich bibbernd unter meiner Decke.

Als Mom mich eines Abends zu Bett brachte, legte sie eine zweite Decke über mich und sagte: „Hoffentlich hast du keine Grippe."

Tagsüber verdrehte meine Schwester die Augen und sagte: „Hör auf, dich wie ein Baby aufzuführen."

Bei der Beerdigung begriff ich zum ersten Mal, dass sie sprechen können und dass ich sie verstehen kann. Tante Charlottes Stimme, ein hauchzartes Flüstern in meinem Nacken, sagte: *Ich liege da gar nicht drin, weißt du? Sie haben mich an dem gottvergessenen Berg zurückgelassen. Es hieß, es sei zu gefährlich, mich herunterzubringen. Was sie da begraben, ist nur ein leerer Kasten.*

Einige Tage später verließen uns Grandpa und Grandma und Tante Charlotte. Im Haus wurde es wieder warm, die Hand an meiner Kehle öffnete sich, und meine Stimme kehrte zurück. Ich fragte Mom, ob der Sarg leer gewesen sei und warum es ohne die Leiche überhaupt eine Beerdigung gegeben habe.

Mom sah mich überrascht an. „Wer hat dir das erzählt?"

„Tante Charlotte."

„Deine Tante ist tot, Ollie."

„Aber sie war bei der Beerdigung, sie stand neben Grandma."

Da fing Mom an zu weinen, zog mich auf den Stuhl neben ihr und erzählte mir vom Himmel und dass die Menschen nach ihrem Tod dort weiterlebten und dass Tante Charlotte lächelte und mit den Engeln sänge. Ich ließ sie sagen, was sie sagen musste, obwohl ich mich insgeheim fragte, ob das alles wohl stimmte.

Einmal fragte ich meine Schwester, ob sie sie auch sähe.

„Wen?"

„Die Schimmernden. Die leuchtenden Lichtformen, die Menschen zurücklassen, wenn sie sterben."

„Du erzählst wirres Zeug."

„Glaubst du, es sind Geister?"

Meine Schwester verdrehte die Augen. „Ich glaube nicht an Geister."

„Und an Engel?"

Sie schüttelte den Kopf. „Auch nicht an Engel."

„Aber was passiert denn, nachdem man gestorben ist?"

„Nichts."

„Irgendetwas geschieht", sagte ich.

„Überhaupt nichts geschieht. Nichts, nichts, nichts." Sie drehte sich mitten im Wohnzimmer ein paarmal im Kreis. „Man wird in der Erde verbuddelt wie Tante Charlotte, und dann kommen die Leute ans Grab und vergießen ein paar Tränen, und hinterher gehen die Dinge genauso weiter wie davor. Das ist alles."

„Aber was passiert mit der Seele?"

„Falls es so etwas wie eine Seele wirklich gibt, wird sie wahrscheinlich auch begraben."

„Natürlich gibt es eine Seele", sagte ich.

„Was ist denn eine Seele, wenn man gar keinen Körper mehr hat?" Meine Schwester streckte mir die Zunge heraus.

Ich streckte meine Zunge auch heraus und fragte: „Und was ist ein Körper, wenn er gar keine Seele hat?"

„Ich werde es Mom erzählen", sagte meine Schwester.

Die Ärztin trug einen Faltenrock und eine rote Bluse und ein viel zu breites Lächeln im Gesicht. Sie nannte mich Miss Olivia. Ihr Fuß trat unentwegt auf den Boden, war fortwährend in Bewegung.

„Erzähle mir von diesen ... Schimmernden. Wie oft siehst du sie?"

„Manchmal."

„Jeden Tag?"

„Nein."

„Und welche Gefühle lösen sie bei dir aus? Hast du Angst? Bist du aufgeregt, glücklich, nervös?"

„Es ist, als würde jemand versuchen, meinen Brustkorb zu öffnen und hineinzuschlüpfen", sagte ich ihr.

Sie schrieb etwas auf einen gelben Notizblock, dann lächelte sie Mom an und sagte: „Diese spielerischen Fantasien sind typisch für Kinder in ihrem Alter, besonders wenn sie auf derart traumatische Weise einen geliebten Menschen verloren haben. Sie füllt die Lücken. Machen Sie sich keine Sorgen. Olivia wird da herauswachsen. Aber nur für den Fall, dass ..." Dann reichte sie Mom einen weißen Zettel.

Im Auto auf der Heimfahrt zwickte mich meine Schwester und sagte: „Du bist ein Freak."

Die, die mir folgt, schwebt wie eine Wolke über uns. Sie leuchtet zartrosa und rosenrot, himmelblau und honiggolden. Es gefällt ihr, wenn wir alle zusammen sind – meine Schwester, mein Vater und ich. Sie tut so, als gehöre sie dazu, und das macht sie glücklich. Aber in Wirklichkeit ist sie nicht da. Nicht auf die Weise, die zählt.

Diejenige vom Fluss windet sich immer enger um die Umhängetasche, die meine Schwester auf der Ladefläche liegen ließ. Sie faucht mich an, aber ich beachte sie nicht.

Meine Schwester benutzt die Handsäge, um den kurzen Ast vom Apfelbaum abzuschneiden. Einige der Bienen schwirren ihr dicht vor dem verschleierten Gesicht herum, aber sie arbeitet ruhig und gewissenhaft weiter. So hat sie es sich bei Bear abgeguckt. Behutsam legt sie den Ast samt Bienenschwarm in den Eimer und verschließt ihn mit einem Deckel aus feinmaschigem Draht.

„Gute Arbeit", sagt Bear.

Papa Zeb fröstelt. „Ich habe eine Gänsehaut."

Mit dem Eimer voller Bienen klettert meine Schwester die Leiter hinunter und trägt ihn zum Truck. Das Summen ist so laut, dass ich mir die Ohren zuhalte.

Freitags bei Zeb und Franny zu frühstücken war für Bear eine alte Tradition, eine Tradition, die längst auch für Ollie und mich galt. Um Punkt neun sollten wir dort sein und uns an den Küchentisch setzen. Aber als Ollie und ich an diesem Morgen aufwachten, war Bear verschwunden. Er hatte einen Zettel innen an die Zeltklappe gehängt: *Bin bald zurück.* Ich drehte den Zettel um, aber auf der Rückseite stand nichts, keine weitere Erklärung. Ollie und ich warteten so lange, bis wir nicht länger warten konnten, dann gingen wir ohne ihn die halbe Meile zu Zeb und Frannys Haus.

Die beiden wohnten in einem zweistöckigen Farmhaus mit einer ringsum verlaufenden Veranda und leuchtend roten Fensterläden. Am Dachgesims baumelten Windspiele und Futterkrippen für Vögel. Sie hatten das Haus und die dreißig Hektar Land gleich nach ihrer Hochzeit gekauft. Als ich Franny einmal gefragt hatte, warum sie und Zeb allein in einem so großen Haus lebten, hatte Franny geantwortet, der viele Platz sei für die Kinder und Enkel gedacht gewesen, und, falls Gott es so wollte, auch für die Urenkel, aber ihre erste Tochter war an einer Lungenentzündung gestorben, und später starb auch die zweite Tochter, nachdem sie vom Pferd gefallen war. Obwohl sie danach keine eigenen Kinder mehr gehabt hatten, hatten sie für lange Jahre Pflegekinder bei sich im Haus, und Franny sagte, all diese Kinder hätten ihr Herz mit so viel Liebe erfüllt, dass es bis an ihr Lebensende reichen würde. Außerdem hätten sie ja nun uns.

Ich öffnete die Fliegengittertür. Die Angeln quietschten.

Aus der Küche rief Franny: „Kommt rein, kommt rein! Meine Lieblinge von der Weide, rein mit euch!"

Ollie und ich zogen unsere Schuhe aus und gingen durch das Wohnzimmer in den hinteren Teil des Hauses. Überall sah man gerahmte Fotos – an den Wänden, in den Regalen, auf den Beistelltischen, selbst auf dem Klavier. Es waren Fotos, die beinahe ein halbes Jahrhundert eines gut geführten Lebens festhielten. Ein sepiafarbenes Foto von Zeb im Anzug und Franny im Hochzeitskleid, Händchen haltend, die Köpfe einander zugeneigt. Schwarz-Weiß-Bilder von so vielen Kindern, dass ich mich fragte, wie Franny und Zeb all die Namen im Gedächtnis behielten.

Ein Foto unterschied sich von all den anderen; es stand auf einem Beistelltisch neben dem Sofa. Vor drei Jahren aufgenommen, zeigte es Bear, Mom, Ollie und mich zusammengeknuddelt auf den Verandastufen. Bear hatte den Arm um Moms Taille geschlungen, Moms Hände lagen auf meiner und Ollies Schultern. Alle vier lächelten wir breit. Zeb stand hinter uns, groß und kerzengerade, mit ernster Miene. Es war Frannys Idee gewesen, das Foto zu machen. Sie hatte gesagt, sie wollte all die Menschen, die sie liebte, auf einer einzigen Aufnahme vereinen. Ich blieb davor stehen und strich mit dem Finger über unsere Gesichter.

In der Küche war Franny dabei, Teig in eine Pfanne mit heißem Öl zu gießen, um ihre legendären Krapfen zuzubereiten. Der Raum duftete nach warmem Zimt und Puderzucker.

Sie lächelte, als wir hereinkamen. „Meine hübschen Mädchen."

Ollie ging zu ihr und schlang die Arme um sie.

„Papa Zeb könnte draußen ein wenig Hilfe mit den Blaubeeren gebrauchen." Sie verpasste Ollie einen Schmatzer auf den Kopf und schob sie auf die offene Glasschiebetür zu.

Sekunden später hörte ich Zeb draußen reden und lachen, ein einseitiges Gespräch führend. Ich fragte mich, wie viel Bear ihm über Ollie erzählt hatte, ob er wusste, dass fast fünf Wochen vergangen waren, seit sie das letzte Mal gesprochen hatte.

Franny nahm einen Krapfen aus dem heißen Öl und legte ihn zum Abtropfen auf ein Papiertuch. Sie sagte: „Papa ist seit fast einer Stunde draußen zugange. Es wird kein Obst zum Frühstück geben, wenn er weiter in dem Tempo arbeitet. Langsam wie eine Schnecke an einem Januarmorgen."

Doch wir beide wussten, dass sie weniger dagegen einzuwenden hatte, als sie vorgab.

„Ich habe mich noch immer nicht an deine neue Frisur gewöhnt", sagte sie. „Erinnert mich an ein Starlet aus den Zwanzigerjahren."

Ich fasste mir in den Nacken, den keine Haare mehr bedeckten. „Ist praktischer so."

Sie nickte und deutete auf ihre eigene Kurzhaarfrisur, dann fragte sie: „Ist dein Vater schon von dem Vorstellungsgespräch zurück?"

„Welches Vorstellungsgespräch?"

Sie strich sich mit dem Handrücken über die Stirn, ließ einen Mehlstreifen darauf zurück. „Er hat dir nichts davon erzählt?"

Ich schüttelte den Kopf.

Franny goss die nächste Portion Teig ins Öl. Es zischte und knisterte. „Vielleicht soll es eine Überraschung sein."

„Wofür bewirbt er sich denn?", fragte ich.

Sie zögerte, biss sich auf die Lippen, schaute zur Decke auf.

„Komm schon, Franny. Erzähl es mir."

Seufzend sagte sie: „Für die Hausmeisterstelle im Sägewerk."

Sie hob den goldbraunen Krapfen aus der Pfanne und fuhr fort: „Das hat er Papa jedenfalls gestern Nachmittag erzählt." Sie lächelte mich an, und ich fand, dass sie ein bisschen traurig aussah. „Vielleicht wollte er nicht, dass ihr Mädchen euch zu große Hoffnungen macht, und ich dummes Ding habe nichts Besseres zu tun, als es auszuplaudern. Vergiss einfach, was ich gesagt habe."

Ich lehnte mich an den Küchentresen, schob die rechte Hand in die Hosentasche und umfasste den Schlüssel, den ich letzten Abend in einem kleinen Seitenfach in Bears Umhängetasche entdeckt hatte.

Ich war allein im Tipi gewesen, hatte die Tasche in meinen Schlafsack gestopft, wo sie niemand finden konnte, und hatte mir selbst versprochen, dass ich sie bei der nächsten Gelegenheit entsorgen würde, so wie ich es ursprünglich geplant hatte. In meiner Eile kippte die Tasche um, und ein silberner Schlüssel fiel heraus. Darauf eingraviert stand das Wort TOYOTA. Ich kannte niemanden, der einen Wagen dieser Marke fuhr. Ich wiegte den Schlüssel in meiner Hand, spürte seine Kälte auf der Haut und steckte ihn schließlich in die Hosentasche meiner Jeans, um Bear später darauf anzusprechen. Aber zwischen gestern Abend und heute Morgen hatte sich keine Gelegenheit dafür ergeben.

Ich zog die Hand aus der Tasche, wandte mich um und öffnete den Küchenschrank über der Spüle. Direkt vor meinen Augen, so, als hätte jemand gewollt, dass ich ihn fand, stand Moms Lieblingsbecher, der, den sie immer benutzt hatte, wenn wir hier waren. Er war rund, fast so groß wie eine Suppenschüssel, rubinrot mit weißen Punkten und einem kleinen Sprung im Griff. Der Becher hatte perfekt in ihre gewölbten Hände gepasst. Ich griff nach einem anderen Becher, einem blauen, der für niemanden wichtig war, aber dann hielt ich inne und entschied mich doch für Moms Lieblingsbecher. Er war schwerer, als ich ihn in Erinnerung hatte, und sah sonderbar aus zwischen meinen kurzen Fingern statt zwischen ihren langen, anmutigen. Aus dem Kessel auf dem Herd goss ich heißes Wasser hinein, dann rührte ich drei gehäufte Teelöffel Kakaopulver darunter und setzte mich an den Tisch. Der Autoschlüssel bohrte sich in meinen Oberschenkel. Vielleicht kannte ich Bear doch nicht so gut, wie ich glaubte.

Ich lehnte mich zurück und pustete auf den Kakaotrunk in Moms Kaffeebecher; die heißen Dampfschwaden wallten mir ins Gesicht.

Nach dem Frühstück, nachdem wir das Geschirr gespült und die überzähligen Blaubeeren in Fünfhundertgrammkartons abgepackt hatten, räusperte sich Zeb und sagte eine Spur zu laut: „Mutter, ich glaube, jetzt wäre ein guter Zeitpunkt, um der kleinen Schwester die neuen Küken zu zeigen."

Franny wischte sich die Hände am Geschirrtuch ab, dann nahm sie die Küchenschürze ab und hängte sie an den Haken neben dem Herd; bei alledem ließ sie sich viel Zeit, so, als würde sie überlegen, was sie als Nächstes sagen sollte. Schließlich entgegnete sie: „Ja, das wäre wohl schön für die Kleine."

„Eigentlich wollte ich, dass Ollie mir heute Morgen bei der Arbeit am Honigstand hilft", sagte ich und zuckte mit den Schultern. „Aber meinetwegen sehen wir uns zuerst die Küken an."

Zeb und Franny wechselten einen Blick, der nichts und gleichzeitig alles bedeuten konnte. Dann meinte Franny: „Warum begleite ich dich nicht einfach und helfe dir, den Stand aufzubauen? Und wenn Ollie genug hat vom Gezwitscher der gelben Stoffbälle, bringt Zeb deine Schwester zu uns zur Straße."

Da wusste ich, dass Franny etwas Wichtiges mit mir besprechen wollte, etwas, das meine jüngere Schwester nicht hören sollte, denn in den drei Jahren, in denen ich nun Honig am Ende ihrer Zufahrt verkaufte, war Franny nie mitgekommen, um mir zu helfen. „Dieser alte Frauenkörper funktioniert einfach nicht mehr so gut wie früher", hatte sie immer gesagt und sich dabei auf die geschwollenen Gelenke geklopft. „Ich würde kaum die Hälfte des Weges schaffen, und dann müsstest du mich tragen, und ich weiß, dass du dafür nicht stark genug bist." Dann hatte sie gelacht und mich fortgescheucht. Aber heute war es anders. Heute bestand Franny darauf, mich zu begleiten.

Ich holte zwei volle Kartons mit Honiggläsern aus dem Keller und lud sie zusammen mit den Blaubeeren, einer metallenen Geldkassette und einem Plastik-Klappstuhl für Franny auf den Holzwagen. Als sie aus der Haustür trat, trug sie große Gummistiefel und einen breitkrempigen Strohhut; vorsichtig stieg sie die Verandastufen herunter.

„Bist du dir sicher, dass du mitkommen möchtest, Franny? Es wird brütend heiß so nahe an der asphaltierten Straße." Ich hielt ihr meinen Arm hin, damit sie sich bei mir abstützen konnte, aber sie winkte mich fort.

„Es wird Zeit, dass ich mir mal ansehe, was du dort treibst, findest du nicht?" Sie erreichte die letzte Stufe und hielt kurz inne, um Atem zu schöpfen, ehe sie auf den ebenen Erdboden hinabstieg.

Wir gingen die kiesige Zufahrt hinauf, langsam und schlurfend, und als ich ihr abermals meinen Arm anbot, nahm Franny ihn.

Der Verkaufsstand war meine Idee gewesen. Die Leute kauften Limonade und Blumen am Straßenrand, daher nahm ich an, dass sie auch andere Dinge kaufen würden. Bessere, leckerere Dinge wie zum Beispiel Honig. Zeb hatte den schlichten Holzstand zusammengebaut und hellgelb angemalt. Bear hatte ihm dabei geholfen, den Stand zu einer kleinen Grasfläche am Ende der Zufahrt zu tragen, die etwas zurückgesetzt von der Lambert Road lag, sodass man keine Unfälle befürchten musste, aber dennoch so nahe, dass jeder, der vorbeifuhr, den Stand sah. Ich hatte mir den Namen und das Design für die Schildchen ausgedacht, die Franny mir auf die Gläser zu kleben half. Dann banden wir rote Schleifen um die Deckel, und Franny sagte, es seien die schönsten Honiggläser, die sie je gesehen habe. In jenem ersten Sommer verkauften wir nicht viel. Vielleicht ein halbes Dutzend Gläser, vor allem an Leute, die mit Zeb und Franny befreundet waren. Aber im folgenden Jahr kehrten dieselben Leute zurück und wollten Nachschub; sie sagten, Bears Honig sei der beste, den sie je gegessen hatten, und ihre Allergien seien dieses Jahr längst nicht so schlimm wie sonst und überhaupt, sie hätten den ganzen Winter über keine einzige Erkältung gehabt, nicht einmal einen kleinen Schnupfen. Diese Leute erzählten es ihren Freunden, und diese wiederum erzählten es anderen Freunden, und am zweiten Wochenende waren wir ausverkauft.

Bear begann, Sonderbestellungen anzunehmen, und lieferte sie wegen der großen Nachfrage sogar selbst aus. Auch in Potters Lebensmittelgeschäft, wo man uns im Regal zwischen der Marmelade und der Erdnussbutter Platz freihielt, verkauften wir unseren Honig. Aber einige Gläser reservierte er extra für mich. Er sagte, die Einnahmen am Stand durfte ich für mich selbst behalten. Jung wie ich war, kam es mir wie viel Geld vor – fünfzig, sechzig Dollar für ein paar Stunden Arbeit. Einmal nahm ich hundertfünfzehn Dollar ein. Danach musste ich tagelang grinsen, als hätte ich im Lotto gewonnen. Ich sparte die gesamten Einnahmen vom Honigverkauf, dazu das Geburtstagsgeld und das Geld, das ich für kleine Arbeiten am Haus bekam, um mir nach meinem sechzehnten Geburtstag ein Auto zu kaufen. Letzte Woche hatte ich es gezählt, und ich besaß inzwischen fast tausend Dollar. Und letzte Woche hatte ich auch beschlossen, dass das Auto warten konnte. Mit meinen bisherigen Ersparnissen und dem Geld, das ich diesen Sommer verdienen würde, würde ich die erste Monatsmiete für eine Wohnung bezahlen oder Ollie einen neuen Wintermantel kaufen oder Bear einen schicken Anzug für seine Vorstellungsgespräche. Ich musste ab jetzt mehr Verantwortung übernehmen, helfen, wo ich konnte.

Als wir den Stand erreichten, ließ Franny sich erschöpft auf den Klappstuhl fallen und fächerte sich mit dem Strohhut Luft ins Gesicht. Sie atmete lange und lautstark aus, mehr ein Stöhnen als ein Seufzen, und fächerte sich auch Luft unter die Achselhöhlen, wo auf dem hellgrünen Baumwollkleid große Schweißflecken zu sehen waren. Ich begann, den Wagen zu entladen, und als Franny sich anschickte, mir zu helfen, bedeutete ich ihr, sitzen zu bleiben.

„Lass gut sein“, sagte ich. „Ruh dich aus.“

Sie setzte sich wieder den Strohhut auf, verschränkte die Arme vor der Brust und streckte die Beine aus.

Ich stellte die Honiggläser pyramidenförmig auf, und zwar so, dass der Honig im Sonnenschein glitzerte. Die Landstraße war leer, aus keiner Richtung kamen Autos, aber es war ja noch früh. Bald schon würde jemand über die sanft geschwungenen Hügel herangefahren kommen.

Franny sagte: „Neulich hat Deputy Santos bei uns vorbeigeschaut.“

Ich nahm die Honiggläser wieder herunter und stellte sie in einer geraden Reihe auf, um zu schauen, ob es so besser aussah. Es sah nicht besser aus. Ich baute sie wieder zu Pyramiden auf, drei nebeneinander.

„Diese arme Frau, die sie gefunden haben“, fuhr Franny fort. „Ich will mir gar nicht vorstellen, was …“ Sie schüttelte den Kopf. „Wie auch immer, Deputy Santos hat mir viele Fragen über deinen Vater gestellt.“

„Zum Beispiel?“

„Zum Beispiel, ob wir ihn am Tag davor gesehen hätten“, sagte Franny. „Was er gesagt hat. Wie er sich benahm.“

„Was hast du ihr erzählt?“

„Die Wahrheit natürlich.“

Am Horizont erschien ein dunkelblauer Minivan, der aus südlicher Richtung auf uns zugefahren kam. Er wurde langsamer und langsamer, fuhr aber geradewegs an uns vorbei, und sobald er uns passiert hatte, nahm er wieder Tempo auf und raste auf Terrebonne zu.

Franny verlagerte ihr Gewicht im Klappstuhl. Die Hutkrempe beschattete ihr Gesicht, und ich konnte nicht erkennen, ob sie lächelte oder die Stirn runzelte oder ob sie überhaupt einen bestimmten Gesichtsausdruck hatte. Sie sagte: „Dein Vater hat sich an dem Abend den Truck geborgt, Sam.“

„Ich weiß. Hat er mir erzählt.“ Ich drehte ein Honigglas um, sodass die Beschriftung zur Straße zeigte. „Er fuhr nach Bend, um eine Lieferung abzuholen.“

Franny nickte. „Das hat er uns auch gesagt. Aber nachdem Deputy Santos und dieser Detective vorbeikamen, habe ich noch mal nachgedacht, und es gibt einige Dinge, die nicht so richtig zusammenpassen.“

Etwa fünfzig Meter in südlicher Richtung lag auf der anderen Straßenseite etwas zurückgesetzt der Blue Heron Pond, ein künstliches Wasserreservoir, das die Farmer für die Bewässerung ihrer Felder benutzten. Das Bassin war rechteckig und hatte schräge, Schmutz abweisende Innenwände; es lag hinter einem Maschendrahtzaun und war über eine Kieszufahrt erreichbar. Das Sonnenlicht reflektierte grell von der Wasseroberfläche. Ich starrte so lange hin, bis meine Augen schmerzten. Als ich wieder zu Franny blickte, sah sie aus wie ein verschwommener, zarter, papierweißer Geist. Ich blinzelte ein paarmal, dann sah Franny wieder normal aus; sie fummelte an ihren Knien herum und hatte sich den Strohhut tief ins Gesicht gezogen, als würde sie überlegen, wie sie mir möglichst schonend erzählen konnte, was ihr schon den ganzen Morgen über auf der Seele lastete. Bestimmt dachte sie: Das arme Kind musste schon genug durchmachen. – Aber ich musste es wissen.

„Was denn für Dinge?“

Sie betrachtete mich unschlüssig, dann wandte sie den Blick ab und sagte: „Als er den Truck zurückbrachte, hatte die Tankanzeige sich kaum verändert. Der Truck ist ein Spritfresser. Man braucht eine Vierteltankfüllung, um nach Bend zu fahren. Und für die Rückfahrt noch mal ein Viertel."

„Vielleicht hat er nachgetankt, bevor er euch den Truck zurückgab."

Franny starrte auf das Wasserreservoir und nickte langsam. „Vielleicht."

Eine mögliche Erklärung war, dass Bear spät am Abend noch eine offene Tankstelle gefunden und irgendwie das Geld zum Nachtanken zusammengekratzt hatte. Eine andere Erklärung – die Franny vermutlich Sorge bereitete – hätte sein können, dass er an dem Abend gar nicht nach Bend gefahren war, dass er überhaupt nicht weit gefahren war.

Sie nahm den Hut ab und wischte sich mit dem Ärmel über die Stirn. Ihre Wangen waren gerötet, ihre Augen gegen die Helligkeit zusammengekniffen. Sie setzte den Hut wieder auf. „Kam er dir in letzter Zeit irgendwie komisch vor? Hat er sich ungewöhnlich verhalten?"

Ich zuckte mit den Schultern. „Er ist Bear. Alles an ihm ist ungewöhnlich."

Aber in letzter Zeit hatte er sich tatsächlich seltsam verhalten. Einige Male hatte er Ollie und mich ziemlich lange allein gelassen, hatte darüber gelogen, wo er hinging und was er tat, hatte das Freitagsfrühstück bei Zeb und Franny ausfallen lassen. All das ließ sich damit erklären, dass er ein Witwer war, der um seine kürzlich verstorbene Frau trauerte, und dass er nun ein alleinerziehender Vater war, der mit der neuen Verantwortung rang, die nun auf ihm lastete. Und dann fiel mir der Autoschlüssel in meiner Hosentasche ein.

„Du kannst es mir ruhig sagen, Sam", sagte Franny. „Du brauchst keine Angst zu haben."

Ich wandte mich von ihr ab und blickte zur Straße. „Wovon sprichst du? Was soll ich dir sagen?"

„Ob es etwas gibt, worüber du dir Sorgen machst bei Bear. Vielleicht hast du etwas gesehen oder gehört, das du mir erzählen solltest." Der Plastikstuhl, auf dem sie saß, quietschte. „Ich weiß, es ist schwer. Er ist dein Vater …"

„Es gibt nichts", sagte ich, aber meine Stimme brach, und Franny bemerkte es.

„Diese tote Frau hatte auch eine Familie, Sam", sagte Franny. „Menschen, die sie genauso liebten, wie du deine Mom geliebt hast."

Eine Krähe landete mitten auf der Fahrbahn, ging ein paar Schritte den Mittelstreifen entlang und stieg wieder in die Lüfte.

„Findest du nicht, dass die Familie es verdient, zu erfahren, was geschehen ist?"

Ich griff hinter mich, nahm ein Honigglas und hielt es in die Sonne, bis das Licht im Innern des zähflüssigen Bernsteins gefangen zu sein schien. In der griechischen Mythologie aßen die Götter Honig, um ihre Unsterblichkeit zu bewahren. Ich wünschte, bei normalen Menschen wäre es genauso. Zumindest hätte man dann eine Wahl gehabt, ob man sterben wollte oder nicht.

Ich stellte den Honig wieder zu den anderen Gläsern und versuchte, zu entscheiden, wie viel ich Franny – wenn überhaupt – erzählen sollte. Über welche Sachen man sich Sorgen machen musste und was nur Zufall war. Auf dem Hügel flackerten rote und blaue Lichter, und ein Streifenwagen kam in Sicht, der in Höchstgeschwindigkeit Terrebonne hinter sich ließ. Seltsamerweise ohne eingeschaltete Sirene.

Franny beugte sich auf dem Stuhl vor. „Was soll das denn nun wieder?"

Auf dem Hügelkamm erschien ein zweiter Streifenwagen, dieser ohne Sirene und ohne eingeschaltete Lichter, und kam herabgefahren. Dichtauf folgte ein Abschleppwagen. Während das vordere Auto auf Zebs und Frannys Zufahrt zufuhr, wurde es immer langsamer, und ich dachte: Das war's. Dies ist der Moment, in dem alles kaputtgeht. Eine Sekunde noch, vielleicht zwei – dann ein Fingerschnippen, und deine gesamte Zukunft nimmt einen anderen Verlauf ... Blaues Blitzen, rotes Blitzen, blau, rot, blau, rot. Die Lichtblitze brannten mir in den Augen und ließen mich viel zu schnell blinzeln.

Der erste Wagen fuhr an der Zufahrt vorbei, und ich sah nur die Bremslichter. Er rollte an den Straßenrand und hielt an, aber nicht direkt vor uns, nicht, um mich abzuholen. Der Wagen parkte auf dem kiesigen Seitenstreifen vor dem Blue Heron Pond.

Die Fahrertür öffnete sich, und Detective Talbert stieg aus. Er zog seine Hose zurecht und schaute, ob die anderen Autos aufgeschlossen hatten, dann wandte er sich um und ging zum Eingangstor des Wasserreservoirs. Einen Moment lang stand er da, die Hände in die Hüften gestemmt, und starrte auf das Vorhängeschloss. Dann nahm er sein Funkgerät vom Gürtel und sprach hinein. Wir waren zu weit entfernt, um ihn zu verstehen.

„Wahrscheinlich gibt es wieder Probleme wegen unbefugten Betretens", sagte Franny und hob die Hutkrempe, um einen besseren Blick zu haben.

Ich legte meine Finger um die vorstehende Kante des Honigstands.

Der zweite Streifenwagen parkte auf dem Seitenstreifen hinter dem ersten. Neben ihnen kam der Abschleppwagen herangerollt und hielt an. Mit laufendem Motor, den Ellbogen auf dem offenen Fenster abgestützt, wartete der Fahrer, was als Nächstes geschehen sollte.

Ich erkannte Deputy Santos, sobald sie ausstieg. Sie sprach kurz mit dem Fahrer des Abschleppwagens, dann ging sie zu Detective Talbert ans Tor, das sie ohne Schwierigkeiten öffnete. Offenbar hatte man die Kette durchtrennt, denn sie hatte keinen Schlüssel benutzt, und als das Tor aufschwang, fielen das Schloss und die Kette zu Boden. Sie blieben eine Weile vor dem Zaun stehen und blickten auf die kurze Zufahrt zum Reservoir, starrten aufs Wasser. Detective Talbert hob den Arm und deutete auf etwas, das ich nicht sah. Deputy Santos wandte den Kopf zum Abschleppwagen und bedeutete dem Fahrer, rückwärts heranzufahren. Dann bemerkte sie den Honigstand an der Straße und sah Franny und mich.

Ich wollte, dass sie uns zuwinkte, dass sie die Mütze abnahm und durch die Luft schwenkte wie bei einer Straßenparade, so, als wäre das alles eine Routineangelegenheit, nichts Ernstes. Als hätte dies nichts mit der toten Frau zu tun. Aber sie winkte nicht. Sie nickte nur kurz, dann kehrte sie uns wieder den Rücken zu und ging auf den Wasserspeicher zu. Ich schob den Holzwagen dicht an den Stand und begann, die Blaubeeren und den Honig wieder zu verstauen.

„Hörst du schon wieder auf?", fragte Franny. „Wir sind doch gerade erst gekommen."

Die Einweckgläser klirrten aneinander.

Ich sagte: „Franny, hast du dich jemals in einem Menschen getäuscht?"

„Ich bin mir nicht sicher, was du meinst."

Ich unterbrach meine Arbeit für einen Moment. „Hast du schon mal eine bestimmte Meinung von einer Person gehabt, aber dann geschah etwas, und du hast herausgefunden, dass diese Person eigentlich ganz anders ist? Dass sie dir die ganze Zeit etwas vorgespielt hat, damit du ihr wahres Wesen nicht erkennst?"

Franny hob ihren Blick gerade so weit, dass ich unter der Hutkrempe ihre blaugrauen, uralten Augen erkennen konnte. Sie starrte mich lange an und saß völlig reglos da, sodass ich schon dachte, sie hätte meine Frage noch immer nicht verstanden.

Dann seufzte sie, rutschte auf dem Stuhl hin und her und sagte: „Ein Mensch kann sein wahres Wesen nur für eine gewisse Zeit verbergen. Nach einer Weile wird es anstrengend, und bald schon kommen seine wirklichen Wesensmerkmale zum Vorschein." Sie kratzte ihre Handfläche. „Denkst du an eine bestimmte Person, Samantha?"

Dass sie mich mit meinem vollen Namen ansprach, erinnerte mich an meine Mutter, und plötzlich bekam ich schwer Luft und musste wegschauen. Ich steckte meine Hand in die Tasche und umschloss den Schlüssel mit meiner geballten Faust.

Auf der anderen Seite der Landstraße hatte der Abschleppwagen das Reservoir erreicht. Die Hinterreifen waren halb im braunen Wasser versunken, und der Fahrer stand zwischen Detective Talbert und Deputy Santos am Beckenrand, dort, wo die Kieszufahrt ins Wasser führte. Die drei starrten auf die glasige Oberfläche, starrten und rührten sich nicht, und ich fragte mich, warum es so lange dauerte. Schließlich wandte der Fahrer des Abschleppwagens sich um, kehrte zu seinem Fahrzeug zurück und drückte am hinteren Wagenteil auf einen Schalter. Die Winde erwachte zum Leben. Ihr metallisches Klappern und Rasseln schallte über die Straße.

„Was um alles in der Welt ...?", entfuhr es Franny.

Der Fahrer watete bis zur Taille ins Wasser und befestigte den Stahlhaken an etwas unter der Oberfläche. Dann stapfte er triefend zum Abschleppwagen zurück und drückte abermals auf den Schalter. Ein tiefes, schmirgelndes Geräusch ertönte, das Geräusch von Metall, das über Stein kratzt, und dann schimmerte etwas Weißes im Sonnenlicht auf, während sie ein kleines Auto aus dem Wasser zogen. Aus der Ferne war es schwer zu erkennen. Ich konnte mir nicht sicher sein.

„Franny?", sagte ich, wandte ihr das Gesicht zu und zog den Schlüssel aus der Tasche, hielt ihn auf meiner offenen Handfläche. „Es ist vielleicht nichts, aber ..." Ich schaute zu dem weißen Auto hinüber.

Sie zog die Augenbrauen zusammen, beugte sich vor, und dann wurden ihre Augen groß, und sie schlug sich die Hand vor die Brust. „Wo hast du den denn her?“, fragte sie mich.

Da erzählte ich ihr von der toten Frau im Fluss und den Kratzern in Bears Gesicht und davon, dass Bear Ollie und mich am Montagabend, also an genau dem Abend, als er sich den Truck geborgt hatte, Stunde um Stunde auf der Weide allein gelassen und dass ich den Autoschlüssel in seiner Umhängetasche gefunden hatte. Nur die Jacke erwähnte ich mit keinem Wort. Ich wollte nicht, dass Franny erfuhr, dass ich Bear überredet hatte, mich die Jacke zur Polizei bringen zu lassen, dass ich ihn angelogen und sie stattdessen hatte wegwerfen wollen und dass ich wahrscheinlich alles noch viel schlimmer für ihn gemacht hatte, für uns alle, weil ich mich nicht sofort bei der Polizei gemeldet hatte.

Als ich fertig war, stemmte Franny sich aus dem Klappstuhl. „Du musst auf der Stelle dort rübergehen und Detective Talbert alles erzählen“, sagte sie. „Du musst ihm diesen Schlüssel geben und ihn seine Arbeit erledigen lassen.“

Ich schaute über die Straße, wo der Detective und Deputy Santos um das Auto herumgingen, hineinschauten und sich Notizen machten.

„Nein“, sagte ich. „Auf keinen Fall.“

„Dann mache ich es.“ Sie griff nach dem Schlüssel.

Ich schloss schnell die Hand und wich vor Franny zurück, schüttelte den Kopf, kämpfte gegen das panische Gefühl an, dass es ein Fehler gewesen war, ihr alles gebeichtet zu haben. Nun ließ die Sache sich nicht länger verheimlichen. Wir konnten nicht mehr vorgeben, mit alledem nichts zu tun zu haben.

„Er hat nichts Falsches getan“, brach es aus mir heraus.

„Das habe ich auch nicht behauptet. Aber Sam, wir müssen es trotzdem Detective Talbert erzählen. Falls wir etwas über den Tod dieser armen Frau wissen ... falls wir glauben, etwas darüber zu wissen, selbst wenn es sich als Irrtum herausstellt ... Wir müssen es trotzdem der Polizei melden. Wir tun das Richtige.“ Sie griff nach meiner Hand. „Wir gehen gemeinsam rüber.“

Ich sprang vor ihr zurück und rannte die Zufahrt hinauf zu ihrem Haus. Franny rief mir nach, aber ich drehte mich nicht um und rannte weiter, bis ich die Veranda erreichte. Einen Moment lang lehnte ich mich ans Geländer, um Atem zu schöpfen, dann wollte ich reingehen und

Ollie holen. Den Schlüssel hielt ich immer noch in meiner zusammengeballten Faust. Ich öffnete sie. Die Zacken hatten rot schimmernde Abdrücke in meiner Handfläche hinterlassen. Ich schob den Schlüssel wieder in die Hosentasche, dann nahm ich zwei Stufen auf einmal.

Zeb und Ollie spielten am Küchentisch Karten. Ich unterbrach sie und sagte: „Ollie, komm, wir gehen."

Sie beachtete mich nicht, sondern drehte seelenruhig eine Karte um und legte sie in die Mitte des Tisches.

„Ollie!", schnappte ich, packte sie am Arm und riss sie auf die Beine.

Schnaubend schleuderte Ollie die Spielkarten auf den Tisch und schob ruckartig den Stuhl zurück, sodass die Stuhlbeine über den Holzboden schrammten. Sie wand sich aus meinem Griff, schob sich an mir vorbei, ging durch das Wohnzimmer und nach draußen. Die Fliegengittertür knallte zu. Sie stapfte die Stufen hinunter. Zeb sagte etwas, aber ich blieb nicht stehen, um ihm zuzuhören. Auch vor ihm rannte ich fort.

Der Stein sauste in gerader Linie durch die Luft und traf den Baumstamm genau an der Stelle, auf die ich gezielt hatte. Ich bückte mich und nahm den nächsten Stein von dem Haufen zu meinen Füßen und warf ihn in die Luft. Als er wieder herabfiel, fing ich ihn auf, schloss die Hand um ihn und spürte sein Gewicht. Ich stand hundert Schritte von der Kiefer entfernt. So weit wie noch nie. Die meisten Väter bringen ihren Kindern Baseball bei. Von meinem hatte ich gelernt, wie man Steine wirft.

Bei meinem ersten Sommer auf der Weide hatte Bear mir einen so großen Stein gereicht, dass ich kaum die Finger darum schließen konnte. Er hatte auf eine fünf Meter entfernte Tanne gedeutet. „Zeig mir, was du draufhast." Ich holte weit aus und spürte, wie meine Schultermuskeln sich anspannten, bis ich schon glaubte, sie würden reißen. Dann ließ ich den Arm mit einem Aufschrei vorschnellen, weil ich dachte, durch den Schrei würde der Stein schneller und weiter fliegen. Keine zwei Meter vor uns fiel er ins Gras. Bear gab mir den nächsten Stein und sagte: „Übe weiter."

Wegen der Schwerkraft bestand der Trick darin, etwas höher zu zielen als die Stelle, die man treffen wollte, und den ganzen Körper in den Wurf zu legen. So brachte Bear es mir jedenfalls bei. Ich holte aus, dann schnellte mein Arm nach vorn, und ich ließ den Stein am höchsten Punkt meiner Armbewegung los, schaute ihm nach und sah, wie er das Ziel traf. Ich glaube, meistens hatte ich einfach nur Glück.

Mehr als eine Stunde war vergangen, seit wir Zebs und Frannys Haus verlassen hatten, und Bear war noch immer nicht von seinem Vorstellungsgespräch zurückgekehrt. Ständig schaute ich zum Pfad, erwartete, dass jeden Moment Detective Talbert und Deputy Santos aus dem Wald gestürmt kämen und wissen wollten, wo der Schlüssel, die Jacke und mein Vater seien. Ich war mir sicher, dass Franny ihnen inzwischen alles erzählt hatte, aber die Sonne stieg stetig höher in den Himmel. Nun stand sie direkt über unseren Köpfen, und noch immer ließ sich niemand blicken.

Ich hob den nächsten Stein auf und rieb mit dem Daumen über seine glatte Oberfläche. „Möchtest du es auch mal versuchen, Ollie?"

Sie lag mit ihrem *Alice*-Buch bäuchlings im Gras unter einem Baum, las und ignorierte mich. Ich hielt ihr den Stein hin. Sie ließ das Buch herabsinken, blickte auf meine ausgestreckte Hand und schüttelte den Kopf.

„Es ist nicht so schwierig, wie es aussieht", sagte ich.

Ollie rührte sich nicht.

„Komm, es macht Spaß." Ich wedelte mit dem Stein, als wäre es ein Bonbon.

Sie hob das Buch und verbarg ihr Gesicht dahinter.

Achselzuckend sagte ich: „Na schön. Dann eben nicht", und versuchte, nicht allzu enttäuscht zu klingen.

Diesmal verfehlte ich den Ast, auf den ich gezielt hatte, traf aber immerhin den Baum, und das war ja auch nicht übel.

In der Ferne hörte ich einen näher kommenden Motor, aber für ein Auto klang das Geräusch zu hoch, und es näherte sich zu schnell. Es klang nach einem Cross-Motorrad. Ollie wandte den Kopf in Richtung des Geräuschs. Sie klappte das Buch zu und setzte sich auf. Wir warteten, blickten zum Waldrand.

Das Motorengeräusch erstarb, und in die nachfolgende Stille flutete das Zwitschern der Vögel. Kurz darauf trat Travis zwischen den Bäumen hervor, unterm Arm eine weiße Kuchenschachtel. Dort, wo das Unterholz den Wildblumen und die Dunkelheit dem Sonnenschein wich, blieb er stehen, blickte auf die Weide. Er war lässiger gekleidet als gestern – verwaschenes graues T-Shirt, schwarze Jeans und rote Chuck Taylors mit offenen Schnürsenkeln.

Dann sah er mich und kam mir lächelnd entgegen.

Und plötzlich wünschte ich, ich hätte heute Morgen die Gartenwerkzeuge fortgeräumt, den Staub von den Bienenstöcken gewischt und die Wäsche von der Leine genommen, also den gewöhnlichen Teil unseres Lebens hier draußen versteckt. Ich wollte, dass er nur die Schönheit unserer Weide sah, den Rest sollte er nicht sehen müssen. Nur die schönen Wildblumen und das herrliche Licht, das satte Grün der Weide, den Sommer in seiner ganzen Pracht, das strahlend blaue Himmelsdach, die Seele dieses Ortes.

Wir trafen uns am Picknicktisch. Ich wischte rasch den Schmutz von der Sitzbank und setzte mich hin. Er nahm mir gegenüber Platz, stellte die Kuchenschachtel auf den Tisch und öffnete sie. „Brombeerkuchen aus dem *Patti's*. Ist noch warm."

Er zog drei Gabeln aus der Gesäßtasche und reichte mir eine.

Ich nahm sie. „Wofür ist das?"

„Wegen gestern", sagte er. „Eine Art Entschuldigung dafür, wie ich mich im Laden aufgeführt habe. Dass ich so rumgebrüllt und alle in Aufregung versetzt habe."

„Ach, war doch halb so schlimm."

„Na ja, meine Mutter sah das anders." Er fummelte an seiner Gabel herum. „Jedenfalls ist es ein guter Vorwand."

„Wofür?"

„Dich zu sehen." Er starrte mich so eindringlich an, dass ich wegschauen musste.

Laura hatte immer über die hübschen Jungs in unserer Klasse geflüstert und ihre Namen in ihr Schulheft geschrieben. Letzten Sommer hatte sie sogar mit Derek Bosch herumgeknutscht. Das Höchste, was ich in dieser Richtung zu bieten hatte, war, mit Gavin Thompson im Bus Händchen gehalten zu haben, als wir in der fünften Klasse ins Wissenschaftsmuseum fuhren. Mit Jungs hatte ich nicht viel am Hut – und sie mit mir auch nicht. Aber mit Travis war es anders. Ich merkte, dass ich ihn zu mögen begann, auch wenn der Zeitpunkt nicht gerade gut gewählt war angesichts dessen, was in meinem Leben gerade los war.

Ich stieß meine Gabel in den Kuchen und nahm einen großen Bissen. Er schmeckte himmlisch. Es erinnerte mich an die langen Sommertage, wenn man seine Füße ganze Nachmittage in den Fluss baumeln lässt und die ganze Welt frischen Honig atmet. Ich schluckte herunter, nickte und sagte: „Lecker."

Travis aß ein paar Happen. „Der beste Brombeerkuchen westlich des Mississippis."

„Echt?"

„Denke schon."

Ich lachte leicht und aß weiter, und nach einigen Minuten war die Hälfte des Kuchens aufgefuttert.

Bis zu diesem Moment hatte Ollie uns aus der Ferne beobachtet. Nun stand sie auf und trottete, noch mit dem Buch in der Hand, auf den Tisch zu. Einige Schritte davor blieb sie stehen.

Travis hielt ihr die verbliebene Gabel hin. „Greif zu, sonst futtern wir ihn allein auf."

Sie starrte ihn ungerührt an.

Er rutschte ein wenig herum, wedelte mit der Gabel und sagte: „Ich habe den Kuchen für euch beide mitgebracht."

Den starren Blick auf Travis gerichtet, stellte sie sich neben mich und lehnte sich mit ihrem ganzen Gewicht an meine Schulter. Sie zog an meinem T-Shirt-Ärmel.

„Sei nicht unhöflich", sagte ich zu ihr.

Travis lächelte und zuckte mit den Schultern. „Schon gut. Umso mehr haben wir." Er legte die dritte Gabel auf den Tisch und aß den nächsten Happen.

Ollies Blicke wanderte zwischen Travis und mir hin und her. Dann verzog sie den Mund, schob ihre Brille höher und zog kräftiger an meinem Shirt.

„Hör auf damit, Ollie." Ich schob sie von mir. „Lass uns in Ruhe."

Sie bedachte mich mit einem letzten durchdringenden Blick, dann wandte sie sich um, rannte zum Tipi und verschwand darin.

Travis schüttelte den Kopf. „Ich bin noch nie einem Kind begegnet, das sich so was Leckeres entgehen lässt."

„Sie ist manchmal ein bisschen schüchtern." Ich beobachtete die Zeltklappe, wartete, dass sie sich öffnete und Ollie wieder herauskam. Nichts geschah.

Travis blickte zum Waldrand in Richtung Fluss, dann wandte er sich wieder zu mir und fragte: „Hast du Lust, zum Wasser zu gehen?"

„Klar“, sagte ich achselzuckend, als wäre es keine große Sache.

Travis klappte die Kuchenschachtel zu und erhob sich vom Stuhl.

Ich ging zum Tipi und steckte meinen Kopf hinein, um Ollie zu sagen, dass ich nicht lange weg sein würde und dass sie mich rufen solle, falls sie etwas bräuchte. Sie beugte sich über den Kartentisch und schrieb etwas auf ein Blatt Papier. Unter ihr auf dem Teppich lag bereits ein ganzer Haufen von zerknüllten Zetteln.

„Was machst du da?“, fragte ich.

Sie blickte kurz über die Schulter, schrieb dann aber weiter.

„Ich gehe mit Travis zum Fluss“, sagte ich.

Sie zerknüllte den Zettel, auf den sie geschrieben hatte, und warf ihn an die Zeltwand. Er fiel herunter und rollte unter Bears Bett. Sie riss eine leere Seite aus Bears Skizzenblock und kritzelte weiter.

Ich ließ sie machen und ging mit Travis in den Wald.

Ich folge den beiden. Meiner Schwester und ihrem neuen Freund. Travis. Travis verbirgt etwas vor ihr. Travis ist ein Mensch mit dunklen Geheimnissen. Er sagt etwas zu ihr, das ich nicht hören kann. Meine Schwester lacht und fasst ihm an den Arm. Diejenige vom Fluss schlingt sich um den Fußknöchel meiner Schwester, um ihren Oberkörper und drückt zu. Meine Schwester spürt es nicht.

Ich schon.

Mir dreht sich der Magen um. Ich kriege kaum Luft. Ich stütze mich mit einer Hand an einem Baumstamm ab und warte, dass die beiden weitergehen.

Ich halte Abstand, bin so leise wie möglich. Ich gehe wie auf Geisterfüßen: Das hat Mom immer gesagt, wenn ich mich an sie anschlich.

Sie sehen mich nicht. Sie sehen nichts außer einander.

Travis steckt eine Hand in die Tasche. So geht er eine Weile, eine Hand verborgen, die andere locker an seiner Seite herabhängend.

Sie haben fast die Stelle erreicht, wo die Bäume enden. Das hohe Gras reicht mir bis zur Taille. Der Pfad ist schmal und überwuchert mit Unkraut. Sie müssen hintereinandergehen. Meine Schwester übernimmt die Führung. Hinter ihr gleitet diejenige vom Fluss durchs Gras, dann folgt Travis. Er verlangsamt sein Tempo, lässt den Abstand zu meiner Schwester größer werden. Ich bin die Letzte und liege weit zurück, trotzdem erkenne ich, dass er die Hand aus der Tasche zieht und die Finger öffnet. Etwas fällt auf den Boden, doch er bleibt nicht stehen, um es aufzuheben.

Er schließt zu meiner Schwester auf, und sie verschwinden über einen kleinen Hügel.

Ich bleibe zwischen den Bäumen.

Der Gegenstand, den er fallen ließ, liegt hell glitzernd vor mir am Boden. Die Schimmernde, die mir folgt – eine Art Lichtkugel, deren Farbe von Rot zu Blau zu Grün und schließlich zu Weiß wechselt, schwebt auch über der Stelle. Ich bücke mich und hebe den Gegenstand auf. Ein Feuerzeug. Schwer, massiv, aus Gold. Eine Seite ist ganz glatt. Ich drehe es um und streiche mit dem Daumen über die eingravierte Klapperschlange; sie ist halb aufgerichtet, bereit, zuzuschnappen.

Vor mir höre ich ihre Stimmen, aber ihre Worte verstehe ich nicht. Ich stecke das Feuerzeug ein und kehre zur Weide zurück, um zu warten.

Ich mag diesen Kerl nicht, der irgendwie ein Zwischending ist aus einem Jungen und einem Mann.

Ich versuchte, es meiner Schwester zu sagen, bevor sie mit ihm loszog. Ich ging ins Zelt, denn ich wusste, dass sie mir folgen würde. Ich ging ins Zelt, nahm einen Stift und presste ihn aufs Papier, versuchte, ihr eine Warnung zu schreiben.

Eigentlich hätte es ganz leicht sein sollen. Die Sätze klangen mir klar und deutlich im Kopf:

Er ist nicht der, für den du ihn hältst.

Er ist nicht dein Freund.

Wir können ihm nicht trauen.

Er wird uns schaden.

Sag ihm, er soll weggehen.

Aber mit dem Schreiben ist es so, wie wenn ich versuche, zu sprechen. Die Schimmernden möchten in mich hineinklettern und sich ihren Weg freischreiben. Aber wenn ich es zulasse, habe ich Angst, dass sie nie wieder aus mir verschwinden.

Meine Schwester kam ins Zelt, und diejenige vom Fluss war direkt hinter ihr. Sie war wütend. Beide waren wütend.

Die Frau vom Fluss glitt zu mir heran, legte ihre Hand auf meine und versuchte, den Stift über das Papier zu führen. Es kam mir vor, als stäche mir jemand Nadeln unter die Fingernägel, als verdrehe jemand meine Knochen. Es war, als hätte ich in einen Brennnesselstrauch gegriffen. Ich riss die Hand weg. Der Stift ruckte quer über das Papier und hinterließ eine hässliche gezackte Linie.

„Was machst du da?“, fragte meine Schwester.

Sie muss die Wahrheit über ihren Freund erfahren. Und ich bin die Einzige, die es ihr sagen kann.

Ich versuchte, ein T zu schreiben, aber meine Hand zitterte so stark, dass es mehr wie ein S aussah.

Meine Schwester starrte mich genauso an wie nach der Beerdigung, als sie mich in Moms Kleiderschrank fand; ich trug Moms grauen Kolani, all ihre Winterschals und ihre rosafarbenen Gummistiefel und las im Licht meiner Taschenlampe im *Alice*-Buch. Sie starrte mich an, als wüsste sie nicht mehr, wer ich bin.

Ich zerknüllte mein nutzloses Gekritzel und schleuderte das Papier so fest ich konnte gegen die Zeltwand.

Meine Schwester sagte: „Ich gehe mit Travis zum Fluss“, und verschwand.

Ich muss einen anderen Weg finden. Sie muss es erfahren, bevor es zu spät ist.

SAM

Erst drei Tage waren vergangen, seit Ollie und ich an unserer Badestelle die Tote gefunden hatten. Drei Tage, die wie eine Ewigkeit erschienen.

Ich erreichte das Flussufer vor Travis und zog meine Schuhe und Socken aus. Auf den ersten Blick sah alles gleich aus. Dieselben weißen Erlen am Ufer, dieselben Stromschnellen in der Flussmitte. Dieselben Insekten über dem Flachwasser.

Aber etwas war anders.

An meiner Badestelle breitete sich ein dunkler Fleck auf der Wasseroberfläche aus, als würde aus der Tiefe ein Körper aufsteigen, als würden schwarze Finger nach mir greifen. Ich blinzelte, und der Fleck bewegte sich weiter. Es war gar kein Fleck, sondern nur der Schatten einer Wolke, die vor der Sonne vorbeizog, und dann schimmerte das Wasser wieder und schwappte einladend über meine Füße. Ich machte einen großen Schritt nach hinten, brachte Abstand zwischen mich und den Fluss.

Hinter mir krachte Travis durch das Unterholz. Er zog ebenfalls die Schuhe aus, stellte sich neben mich in den Sand und starrte aufs Wasser hinaus.

„Ich wette, genau hier ist sie vorbeigetrieben", sagte er mit leiser Stimme.

Er schien darauf zu warten, dass ich etwas entgegnete, aber ich war verloren in meinen Gedanken an die tote Frau. Obwohl sie wahrscheinlich in irgendeinem Krankenhauskeller lag, verstaut in einem Leichensack, sah ich sie immer noch unter der Wasseroberfläche treiben. Genau dort an meinem Lieblingsschwimmplatz. Ihre bleiche Haut reflektierte das Sonnenlicht, und dann kam sie näher, stieg an die Oberfläche. Ihre Finger durchbrachen sie als Erstes, dann ihr Gesicht, die Augen, der offen stehende Mund. Das Wasser lief ihr über die aufgesprungenen purpurnen Lippen und die schwarzen Haarsträhnen. Sie flüsterte meinen Namen und streckte die Hand nach mir aus, dann glitt sie wieder hinab und sank ins Dunkel. Das Wasser kräuselte sich, kleine Wellen rollten an den halb versunkenen Felsen vorbei zur Flussmitte und verschmolzen mit der Hauptströmung. Echos der Toten.

Travis tätschelte meine Schulter. „Erde an Sam."

Ich kniff die Augen zu, und als ich sie wieder öffnete, war die Frau verschwunden. Es war alles in meinem Kopf passiert. *Sie* war in meinem Kopf gewesen.

„Weiß man schon, wer sie war? Warum sie in Terrebonne war?", fragte ich und stieg auf einen großen flachen Felsen gleich am Wasser. Ich setzte mich und schlang die Arme um meine angezogenen Beine.

Travis kletterte mir hinterher und setzte sich zu mir. „In der Zeitung von heute Morgen steht ein Artikel über sie. Sie stammte wohl aus Eugene. Morgen kommen ihre Eltern, um die Leiche zu identifizieren."

„Es ist so traurig", sagte ich.

Travis nickte und blickte zu den Bäumen am anderen Ufer.

Wir saßen Schulter an Schulter nebeneinander und lauschten dem Rauschen des Flusses, dem Vogelgezwitscher, dem Schrei eines Falken.

Während ich an einem Stück Moos herumzupfte, das auf dem Felsen wuchs, schaute ich Travis von der Seite an und fragte: „Ist dein Vater oft wütend auf dich?"

Travis zuckte zusammen, sein Arm stieß gegen meinen.

„Tut mir leid", sagte ich schnell und wünschte, die Frage zurücknehmen zu können. „Ich hätte nicht ... du musst nicht antworten."

„Nein, ist schon gut", sagte Travis. Er streckte die Beine aus. Seine nackten Füße baumelten über dem Wasser. „Er hat in den letzten Wochen viel Zeit in seinem Atelier verbracht, um eine Ausstellung in New York vorzubereiten, die Ende des Monats beginnt. Vor der Eröffnung ist die Lage ein bisschen ... angespannt."

Billy Roth war Terrebonnes berühmtester Künstler – oder „ehemals berühmtester Künstler", wie Deputy Santos einmal gesagt hatte, denn er hatte seit über zehn Jahren kein neues Werk verkauft. Er war ein Skulpteur, der keine Skulpturen mehr anfertigte. Ein Ehemaliger, ein Ausgebrannter, ein Verbrauchter. Wenn so ein Mann wieder künstlerisch tätig war und eine neue Ausstellung vorbereitete, dann war es eine große Sache. Ich wusste nicht viel über seinen Aufstieg und Niedergang – wann er angefangen und warum er aufgehört hatte –, nur dass seine Skulpturen sonderbar aussahen und sich in bestimmten Kreisen für viel Geld verkauften. Obwohl einige Leute seine Sachen abscheulich fanden – Franny zum Beispiel –, schien es mir, dass eine oder mehrere neue Billy-Roth-Skulpturen der Familie dringend benötigtes Geld einbringen würden. Und Terrebonne würde davon sicherlich auch finanziell profitieren.

„Das ist toll, Travis“, sagte ich und stieß ihn mit der Schulter an. „Du bist bestimmt aufgeregt!“

Er zuckte mit den Schultern.

„Hast du gesehen, woran er gerade arbeitet?“

Er schüttelte den Kopf. „Er schließt immer die Tür ab. Ich habe keinen Schimmer, was er in seinem Atelier treibt.“ Er zog eine zerdrückte Marlboro-Schachtel aus der Tasche und klopfte sich damit aufs Knie. „Aber meine Mutter hat die Sachen gesehen.“

„Und?“

„Sie scheint es gut zu finden. Sie sagt, es sei anders als alles, was er bisher gemacht hat. Experimentell. Provokant. Mehr noch als seine älteren Sachen. Sie glaubt, es wird sein großes Comeback. Seine ‚Wiederauferstehung‘ in der Kunstwelt.“ Er fischte eine Zigarette aus der Packung und steckte sie sich in den Mund, dann hielt er inne und starrte sie an, als wüsste er nicht, wie sie dorthin gelangt war. Er schob die Zigarette wieder zurück in die Packung und verdrehte die Augen. „Klingt für mich wie ein Haufen Bockmist.“

„Vielleicht solltest du warten, bis du es gesehen hast, ehe du dir eine Meinung bildest“, sagte ich.

Er grunzte und wechselte das Thema. „Was ist mit deiner Schwester los?“

„Wie meinst du das?“

„Na ja, sie ist ein bisschen … seltsam.“

Ich kaute auf meiner Wange herum, versuchte, mir eine gute Antwort auszudenken.

Travis zog die Knie an die Brust, sodass wir beide in der exakt gleichen Position dasaßen. „Ich meine es überhaupt nicht böse oder so. Sie kommt mir einfach so still vor.“

„Sie hat schwere Wochen hinter sich“, sagte ich.

„Erzähl.“

Wir schwiegen für eine Weile, jeder hing seinen eigenen Gedanken nach, und dann fragte Travis: „Wo ist eure Mutter?“

Ich verkrampfte mich, sagte aber nichts.

„Sie wohnt nicht bei euch auf der Weide, oder?“, bohrte er weiter.

Ich schob die Hände ineinander und drückte zu, bis meine Finger wehzutun begannen. Ich war mir nicht sicher, was ich sagen sollte und was nicht. Ich wusste nicht, wie viel er bereits wusste und wie viel zu erzählen ich bereit war. Ein gelb-schwarzer Schmetterling flatterte an uns vorbei und verschwand über dem Wasser.

Er berührte mich am Arm. „Sam?“

Meine Fingerspitzen waren weiß geworden, taten aber nicht mehr so weh. Es war gar nichts im Vergleich zu dem Kloß in meinem Hals und den pulsierenden Kopfschmerzen, die ich plötzlich hatte. Ich starrte auf den Teil eines Holzzauns, den man am anderen Ufer des Crooked River zwischen den Bäumen erkannte. Ich starrte und starrte und versuchte, nicht in Tränen auszubrechen.

Ich schlang so fest ich konnte die Arme um meine Knie und sagte: „Unsere Mutter ...“, aber mehr brachte ich nicht über die Lippen.

Ist tot, schien mir zu kalt und brutal, ganz so, als würde ein Fremder einem in die Rippen boxen. *Ist von uns gegangen* klang mir zu altmodisch. *Hat den Löffel abgegeben* zu flapsig. Schließlich entschied ich mich für: „Sie hatte einen Herzinfarkt.“

Travis wandte sich zu mir, sodass er mir direkt ins Gesicht schaute, und sagte: „Oh, mein Gott. Es tut mir leid. Aber sie hat es überlebt, stimmt's? Es geht ihr wieder gut.“

Mehr als alles andere wollte ich sagen: Ja, es geht ihr wieder gut. Sie verbringt den Sommer in Griechenland oder Spanien oder auf den Fidschis. Irgendwo, wo es warm und schön und interessant ist. In ein paar Wochen kehrt sie zurück und holt Ollie und mich nach Hause.

„Sam?“ Travis tätschelte mich am Arm.

Ich sah ihn an, dann schaute ich wieder weg, damit ich nicht auseinanderbrach. Und in diesem kurzen Moment, während ich meinen Blick in die Ferne richtete, verstand er, was geschehen war, ohne dass ich ein winziges Wort gesagt hätte. Er ließ meinen Arm los und fuhr sich mit den Fingern durchs Haar.

Er schüttelte den Kopf und sagte: „Es tut mir leid. Es tut mir so leid“, obwohl er mit alledem nicht das Geringste zu tun hatte.

Ich starrte in die Sonne, bis meine Tränen versiegten.

„Ist schon in Ordnung“, sagte ich. „Mir geht es gut. Ich gewöhne mich allmählich daran.“

Ich wollte das Thema wechseln. Ich wollte vom Felsen runterrutschen und davonschleichen. Ich wollte, dass Travis aufhörte, sich mit den Handballen die Augen zu reiben und sich ständig zu entschuldigen. Ich wollte, dass er mich anlächelte. Dann sah er besonders süß aus.

„Vielleicht hättest du zwei Brombeerkuchen mitbringen sollen", sagte ich.

Travis starrte mich an. Er schüttelte den Kopf und sagte: „Du musst das nicht tun."

„Was?"

„So tun, als sei es nicht wichtig."

Ich zuckte mit den Schultern. Sich zu verstellen war leichter.

Travis seufzte und starrte wieder aufs Wasser hinaus. Nach einigen Sekunden sagte er: „Ich wette, du weißt nicht, dass ich eine Schwester hatte."

„Echt?" Es war mir peinlich, das nicht gewusst zu haben. In Terrebonne lebten neunhundertsechzehn Menschen, und obwohl ich hier bislang immer nur ein paar Wochen im Jahr verbracht hatte, hatte ich von Franny und Deputy Santos viele Geschichten über die einzelnen Leute gehört. Ich hätte wissen müssen, dass Travis eine Schwester hatte.

Er räusperte sich. „*Früher* hatte ich eine Schwester." Er griff nach den Marlboros, zog aber keine heraus. Es schien ihm zu reichen, die Packung in der Hand zu halten. „Sie ist vor langer Zeit gestorben."

Ich lehnte mich an Travis' Schulter, um seine Wärme zu spüren, seine Kraft, wollte spüren, wie er den Druck erwiderte. „Was ist geschehen?"

„Autounfall." Er kniff sich ins Handgelenk. „Es hieß, sie sei auf der Stelle tot gewesen, habe keine Schmerzen gehabt. Aber ich glaube, sie sagten es nur, damit ich aufhörte, zu weinen."

„Wie alt warst du?" Ich flüsterte jetzt, bekam die Worte nicht lauter heraus.

„Sieben", sagte er. „Sie war gerade neun geworden. Es geschah an ihrem Geburtstag, sie fuhren von der Party nach Hause."

Ich konnte nicht schlucken, so groß war der Kloß in meinem Hals, und wegen der Faust in meiner Brust tat es weh, zu atmen.

Travis erzählte weiter: „Dad fuhr den Wagen. Mom und ich hätten auch drinsitzen sollen, aber ich hatte an dem Morgen hohes Fieber. Deshalb blieben sie und ich zu Hause. Irgendein Arschloch fuhr über den Mittelstreifen, und mein Dad raste voll gegen einen Baum."

„Oh, mein Gott." Die Worte waren kaum ein Flüstern.

Der Fluss flutete in unser Schweigen, endlos strömend und tosend.

„Es hört niemals richtig auf, verstehst du?", sagte Travis. Er hob eine Hand und drückte mir mit einem Finger auf den Punkt unter der Kehle, gleich über dem Schlüsselbein. „Der hohle Schmerz, den man dort spürt. Man gewöhnt sich daran, aber er hört nie auf."

„Wie ein Bienenstich, der nie verschwindet", flüsterte ich.

Er nickte und zog die Hand weg, doch ich spürte immer noch den Druck seines Fingers, die brennende Hitze auf der Haut. Ich holte tief Luft und schluckte, versuchte, an irgendetwas anderes zu denken, aber ich sah nur sie: Mom, wie sie mit dem Rücken auf der Flickendecke lag, die Augen offen, zu den Sternen hinaufstarrend. Am Himmel explodierte das Feuerwerk, und sie starrte und starrte, aber sie sah nichts. Und ihre Haut war so grau. Einfach nur grau. Alle Farbe war aus ihr gewichen, alles Leben, alle Liebe. Und dann Ollie, neben ihr kniend. Sie packte Moms Arm, schüttelte ihn und rief: „Mom? Mom? Mom, wach auf", wieder und wieder. Ich stieß sie zurück und schrie: „Fass sie nicht an! Fass sie nicht an!", weil ich irgendwo gehört hatte, es brächte Pech, wenn man einen Toten berührt. Ich glaubte zwar nicht an solche Sachen, aber trotzdem.

„Wir waren dabei", sagte ich. „Ollie und ich. Wir saßen neben ihr und haben nichts gemerkt. Vielleicht lag es am lauten Feuerwerk oder weil so viele Leute durcheinanderschrien. Wir haben ja alle geschrien. Die Sterne waren so groß. Die Nacht stand in Flammen. Es war so schön. Aber dann nicht mehr."

Ich kniff die Augen zu, schüttelte den Kopf und öffnete die Augen wieder, aber die schrecklichen Bilder blieben.

„Ich habe Ollie von ihr fortgestoßen." Meine Stimme bebte. „Ich habe sie fortgestoßen, als wäre Mom irgendwie ansteckend oder so. Ich dachte, wenn Ollie sie anfasst, würde sie auch sterben."

Ich merkte erst, dass ich weinte, als Travis mir sanft über die Wange strich. Ich zuckte zurück und wischte meine Tränen selbst ab.

Ich lachte leise, starrte hinaus aufs schäumende weiße Wasser und sagte: „Es war ihre letzte Gelegenheit, sich von Mom zu verabschieden, ihr noch ein paar liebe Worte zu sagen, und nicht einmal das habe ich Ollie zugestanden."

„Sam …"

„Dann kamen die Sanitäter, und irgendeine alte Frau namens Marge fuhr uns ins Krankenhaus. Wir riefen Moms beste Freundin Heather an und danach Bear und meine Großeltern. Dann warteten wir in der Kapelle mit einer Sozialarbeiterin, die pinkfarbene Fingernägel hatte und ständig ihre Kaugummiblase platzen ließ und viel zu jung aussah, um dort zu sein. Als ich sie fragte, wann wir unsere Mutter sehen konnten, sagte sie: ‚Bald, ihr Süßen, bald.' Und dann erschien Heather, tränenüberströmt. Sie führte uns aus dem Krankenhaus, fuhr uns nach Hause, brachte uns zu Bett und meinte, wenn wir am nächsten Morgen aufwachten, wäre Bear dort, und alles wäre wieder in Ordnung." Ich zuckte mit den Schultern und warf ein Stück Moos ins Wasser. „Am Morgen war Bear wirklich da. Unsere Großeltern auch. Aber nichts war in Ordnung, und seither ist auch nichts wieder in Ordnung gekommen."

Einige Sekunden lang sagte Travis nichts, dann leise: „Hast du sie noch einmal sehen können? Hattest du noch einmal die Gelegenheit, dich zu verabschieden?"

Ich schüttelte den Kopf. „Grandma war dagegen."

„Und bei der Beerdigung?"

„Der Sarg war geschlossen. Da hätte sonst wer drin liegen können. Oder niemand."

Er lehnte sich leicht zurück, seine Schulter streifte meine. „Ich konnte mich auch nicht verabschieden."

Einen Moment lang sagte keiner von uns etwas, dann nahm Travis' Stimme einen dunklen, geheimnisvollen Klang an: „Du musst mir versprechen, es nicht zu verraten, denn eigentlich ist es nicht legal ..."

Ich nickte, und er fuhr fort, immer noch mit gedämpfter Stimme, die kaum mehr als ein Flüstern war: „Meine Eltern haben meine Schwester hinter unserem Haus im Wald begraben, nachts, als ich schlief."

Mich fröstelte, obwohl wir in der prallen Sonne saßen.

„Als sie es mir am nächsten Morgen erzählten, wurde ich wütend, weil ich nicht hatte dabei sein dürfen, worauf sie meinten, es sei besser so, weil es etwas gewesen sei, was ein Kind in meinem Alter lieber nicht mit ansehen sollte. Ich bin dann eine Zeit lang zu der Stelle gegangen und habe mich unter den neu gepflanzten Baum gesetzt. Aber da musste ich ständig daran denken, wie meine Schwester dort unten lag und verweste, nur durch ein bisschen Erde von mir getrennt." Er zitterte auch ein wenig. „Ich war seit Jahren nicht mehr dort. Denn es ist ja gar nicht sie, die dort liegt, stimmt's? Zumindest nicht der Teil von ihr, der sie ausgemacht hat."

Ich wandte meinen Kopf, und zum ersten Mal sah ich, wie dicht wir nebeneinandersaßen, unsere Gesichter berührten sich beinahe. Er roch wie der Fluss, nach tosendem Wasser, geschmolzenem Schnee, nach Sonne und grünen Algen und darunter nach anderen Dingen. Ein Hauch von Wildblumen und Honig und endlosen Tagen. Er roch wie der Sommer.

Er hob die Hand an mein Gesicht und legte sie um mein Kinn. Ich hielt die Augen weit geöffnet. In seinen schimmerten winzige sturmwolkengraue Farbtupfer. Ich glaubte, er würde mich gleich küssen, und überlegte, ob ich zurückweichen sollte, ob ich ihn fragen sollte, ob er wisse, was er tue, ob er mich küssen wollte, weil er mich mochte oder weil ich ihm leidtäte. Aber ich blieb still sitzen, ließ mich von ihm heranziehen. Sein Atem war warm und schnell. Seine Wangen glühten rot vor Lebendigkeit.

Irgendwo hinter uns im Wald knackte ein Zweig, und wir wichen hastig voreinander zurück, ehe unsere Lippen sich trafen. Travis nahm die Hand herunter und wandte sich von mir ab. Der dünne Faden, der uns zueinandergezogen hatte, zerriss, und dann war ich wieder allein, ohne Anker umhertreibend. Travis erhob sich und sprang vom Felsen, vergrößerte den Abstand zwischen uns. Meine Chance auf meinen ersten Kuss war dahin, aber vielleicht war es besser so, weniger kompliziert.

Erneut knackte ein Zweig, und ich wandte mich um. Bear trat zwischen den Bäumen hervor und kam langsam auf uns zu. Ich kletterte vom Felsen, hob meine Schuhe auf und trottete ihm entgegen.

„Wo ist deine Schwester?" Sein suchender Blick wanderte am Ufer entlang.

„Auf der Weide. Sie wollte nicht mitkommen." Ich starrte auf seinen braunen Anzug, auf das weiße Oberhemd, auf die marineblaue Krawatte mit den goldenen Punkten, auf seine polierten braunen Halbschuhe. Sein Haar war nach hinten gegelt, sein Bart gekämmt, sein Gesicht gewaschen. „Wo bist du gewesen?"

Mit einer Kopfbewegung deutete Bear auf Travis, der hinter mir herangetreten war. „Was macht er hier?"

„Franny sagte, du hättest ein Vorstellungsgespräch im Sägewerk gehabt?"

„Das sollte sie dir doch nicht verraten." Bear fummelte an seiner Krawatte herum, öffnete den Knoten und nahm sie ab. Wie eine sich häutende Schlange. „Ich möchte nicht, dass du deine Schwester allein lässt."

„Es geht ihr gut. Sie ist im Zelt und liest." Ich nahm ihm die Krawatte aus der Hand.

Es war eine seiner Krawatten aus der Zeit, als er noch einen richtigen Job hatte und in einem richtigen Haus wohnte und sein Haar kurz geschnitten trug. Mit dem Daumen strich ich über die goldenen Punkte, die eigentlich kleine Goldlöwen waren, in diagonalen Reihen angeordnet auf dem dunkelblauen Untergrund.

„Wie ist es gelaufen?", fragte ich.

Er nahm die Krawatte zurück und stopfte sie in seine Hosentasche. „Ich möchte, dass du ab sofort mehr Verantwortung für deine Schwester übernimmst, okay? Vor allem, wenn ich nicht da bin."

„Ich sage doch, es geht ihr gut. Wenn sie etwas gebraucht hätte, wäre sie hergekommen und hätte mich geholt – oder sie hätte geschrien oder sonst was. Wir sind ja nicht weit weg. Ich hätte sie gehört."

„Sie ist ein kleines Mädchen, Sam."

„Sie ist zehn."

„Deine Mutter hätte gewollt, dass du auf sie aufpasst."

Ich funkelte ihn an. Die Worte, die ich sagen wollte – woher willst du wissen, was Mom gewollt hätte? –, blieben mir im Hals stecken. Ich schob meine Füße in die Schuhe und machte mich, ohne die Schnürsenkel zuzubinden, auf den Rückweg zur Weide.

Travis folgte mir.

Bear rief uns etwas nach, aber wir waren schon zu weit gegangen, um ihn zu verstehen.

Travis stupste mich am Ellbogen an. „Hey, tut mir leid, wenn ich dich in Schwierigkeiten gebracht habe."

„Hast du doch gar nicht."

„Meinst du, es ist sicher für dich hier draußen?", fragte er.

„Warum denn nicht?" Ich schlug ein Blatt aus dem Weg, das über dem Pfad von einem Ast herabhing.

„Na ja." Er räusperte sich. „Wegen Bear und so."

„Wovon sprichst du?"

„Meinst du, du bist bei ihm sicher?“

Ich verlangsamte meine Schritte. „Wie meinst du das? Natürlich bin ich bei ihm sicher.“ Aber plötzlich musste ich wieder an die Nacht denken, als er Ollie und mich allein gelassen hatte, und mir fielen die Kratzer in seinem Gesicht ein und der Autoschlüssel, den ich gefunden hatte. „Warum sollte ich bei meinem Vater nicht sicher sein?“

„Seit man diese Tote gefunden hat, wird viel geredet“, sagte Travis. „Die Leute erzählen, dass Bear etwas damit zu tun haben könnte.“

„Welche Leute?“

Travis zuckte mit den Schultern. „Keine Ahnung. Leute in der Stadt.“

„Und denen glaubst du?“

Zuerst antwortete er nicht, und als er schließlich sprach, war seine Stimme ganz leise, so, wie wenn jemand im Begriff ist, eine schlechte Nachricht zu überbringen. „Er war ja schon immer ein bisschen … exzentrisch. Er lebt ganz allein hier draußen. Er kommt mit niemandem in der Stadt gut aus. Viele Leute halten ihn für gefährlich.“

Von einem Strauch am Wegrand riss ich ein Blatt ab, zerdrückte es und ließ es fallen. „Das ist das Blödeste, was ich je gehört habe.“

„Wirklich?“ Travis packte meine Hand.

Ich riss mich los und ging schneller. „Die Leute sollen sich um ihre eigenen Angelegenheiten kümmern.“

„Sie sind besorgt, das ist alles. Wegen ihrer Familien und ihrer Kinder“, sagte Travis und schloss zu mir auf. „Und um dich machen sie sich auch Sorgen. Um dich und deine Schwester. Ihr lebt hier draußen allein mit ihm, und niemand weiß, wozu er imstande ist.“

„Nun, sie verschwenden ihre Zeit. Bear ist nicht gefährlich. Er tut keiner Fliege etwas zuleide.“ Aber noch während ich den Satz zu Ende sprach, kamen mir Zweifel.

Wir hatten den Rand der Weide erreicht. Travis packte mich am Arm und zwang mich, stehen zu bleiben. „Sei einfach vorsichtig. Mehr sage ich ja gar nicht.“

Er schaute mich mit aufrichtiger Besorgnis an, und ich wusste nicht, was ich entgegnen sollte außer: „Uns passiert schon nichts.“

Ich glaube nicht, dass ihn das überzeugte, aber er ließ mich los und sagte nichts mehr dazu.

Ollie war wieder draußen, saß mit ihrem Buch im Zeltschatten. Als Travis und ich zwischen den Bäumen hervortraten, ließ sie das Buch fallen, sprang auf und kam zu uns herübergerannt. Sie baute sich vor Travis auf und hielt ihm ihre geballte Faust entgegen, mit den Fingern nach oben. Ihre Lippen wurden fast weiß, so fest presste sie sie zusammen, und ihr Gesichtsausdruck war viel zu ernst für ein Kind, obgleich ich ihn bei Ollie in diesem Sommer schon des Öfteren gesehen hatte.

„Was ist denn?“, fragte ich sie.

Sie sah mich nicht an, während sie langsam die Faust öffnete und auf ihrer Handfläche ein Feuerzeug zum Vorschein kam. Es schimmerte golden in der Sonne.

Ich schaute zu Travis. „Ist das deins?“

„Nicht dass ich wüsste, nein.“ Er schüttelte den Kopf und senkte den Blick.

Ollie hielt es ihm näher hin.

„Es sieht aber aus wie deins“, sagte ich, und dann fiel mir ein, wie er eine Zigarette herausgeholt, sie aber nicht angezündet hatte. „Sieh in deinen Taschen nach.“

Er klopfte seine Taschen ab, fand nichts und schaute noch einmal auf das Feuerzeug. Er rieb sich den Nacken und sagte schließlich: „Weißt du was? Doch, ich glaube, es ist meins.“

Er nahm es Ollie aus der Hand und drehte es ein paarmal hin und her, dann steckte er es ein.

„Danke“, sagte er, dann, zu mir gewandt: „Ich gehe jetzt besser.“

Ich nickte und legte Ollie einen Arm um die Schultern, zog sie zu mir. „Danke für den Kuchen und den Spaziergang.“

Er lächelte, aber es war ein schwaches, halbherziges Lächeln, das ihn traurig und leer aussehen ließ. Er schien noch etwas sagen zu wollen, etwas Wichtiges, aber da trat Bear zwischen den Bäumen heraus, und was immer Travis auf der Zunge gelegen haben mochte, er behielt es für sich.

Mit hängenden Schultern, die Hände tief in den Taschen, trottete Travis allein über die Weide. Er erreichte den Pfad, der zum Feldweg führte. Ich wartete, ob er sich noch einmal umdrehte und mir zuwinkte, aber er ging mit gesenktem Kopf weiter. Kurz darauf hörte ich, wie sein Motorrad ansprang und davonknatterte.

Am Abend brutzelte Bear uns eine Forelle über dem offenen Feuer. Das Fleisch war rosafarben und zart, mit Pfeffer und einem Löffel Honig eingerieben. Ich glaube, der Festschmaus sollte von Bear eine Art Entschuldigung und Wiedergutmachung sein, weil er uns den ganzen Tag allein gelassen hatte. Ollie schlang ihre Portion hinunter, als ob sie seit Tagen nichts gegessen hätte. Ich stocherte nur auf meinem Teller herum, nahm ein paar kleine Bissen und hörte schließlich ganz auf zu essen.

Mit einer Kopfbewegung deutete Bear auf meinen Teller. „Keinen Hunger?“ Seine Lippen schimmerten ölig im Feuerschein.

Ich zuckte die Achseln und stocherte weiter im Fisch herum.

Über die knisternden Flammen hinweg schaute er mich an und sagte: „Am Nachmittag war ich kurz bei Zeb und Franny.“

Ich sah ihn nicht an.

„Franny war ziemlich aufgebracht. Sie sagte, du seist es auch gewesen.“ Er wartete, ob ich etwas entgegnete. Als nichts von mir kam, fuhr er fort: „Morgen früh gehen wir rüber und biegen die Sache gerade, okay? Wir rufen Detective Talbert an und erzählen ihm alles, so, wie wir es von Anfang an hätten tun sollen.“

Ich stellte meinen Teller auf den Boden.

„Danach wirst du dich besser fühlen“, sagte er und beugte sich vor, um die abgegessenen Fischgräten ins Feuer zu werfen. „Versprochen.“

Er täuschte sich, aber ich konnte nichts sagen, was ihn von seiner Meinung abgebracht hätte. Ich stand vom Stuhl auf und ging auf das Tipi zu.

Bear rief mir nach: „Und halte dich von diesem Jungen fern, Sam. Er taugt nichts.“

OLLIE

Der Halbmond scheint in unser Zelt. Er ist so hell, dass ich im Dunkeln die Umrisse meiner Hand erkenne.

Bear schläft, zusammengerollt unter seiner Decke. Sein Schnarchen ist ein lautes Knurren.

Meine Schwester ist wach. Sie wälzt sich hin und her, seufzt laut und ungleichmäßig. Sie hebt die Hände, nimmt sie wieder herunter, ihr Schlafsack raschelt.

Sie möchte es nicht erzählen. Genau wie ich befürchtet sie, dass sie nur das sehen werden, was sie sehen möchten, nicht das, was tatsächlich da ist. Sie werden aufhören, nach der Wahrheit zu suchen.

Bear glaubt, hinterher wird alles gut.

Ich starre durch das Tipi und durch die Schimmernden auf den Mann, der Tomaten wachsen und Bienen summen lässt, der den Sternen Namen gibt und am Sonnenstand die Uhrzeit abliest, auf den Mann, der mir zu Weihnachten einen Donnerkeil schenkte und erzählte, dass die schwarzgraue Oberfläche des Steins zwar hart sei, die purpurnen Kristalle im Innern aber zerbrechlich seien und dass dies den Stein zu etwas Besonderem mache.

Seine Atmung ist tief und gleichmäßig. Er liegt ganz ruhig da. Ein schuldiger Mensch schläft nicht so friedvoll.

Ich ziehe mein Buch unterm Kissen hervor und schlage in der Mitte eine Seite auf. Darauf steht ein Satz, den ich unterstrichen habe.

Diejenige vom Fluss kauert am Eingang und starrt durch die Zeltklappe auf die Außenwelt. Sie lauscht den Bienen, die für die Nacht in ihre Behausung gesteckt wurden und einander Geheimnisse zuwispern. Ein Luftzug hebt die Zeltklappe und trägt den Duft reifer Brombeeren und warmen Honigs herein. Sie wendet den Kopf und deutet auf mein Buch, dann richtet sie ihre Aufmerksamkeit wieder auf die nächtliche Weide.

Ich setze mich auf und schiebe den Schlafsack von meinen Beinen.

„Alles in Ordnung?“, flüstert meine Schwester.

Ich greife nach meiner Taschenlampe.

Diejenige, die mir folgt, schwebt als ein diamantener Regen durch die Zeltöffnung herab, und ich muss an eine Schneekugel denken, die man schüttelt und wieder hinstellt. Sie, die mir folgt, ist eine Fontäne, ein Sprühregen, ein Strom aus unsichtbaren Mondflocken; sie verspürt Unbehagen wegen dem, was morgen geschehen könnte. Sie möchte in unsere Träume schlüpfen und uns die Wahrheit zeigen, uns zeigen, was geschieht, wenn der falsche Mensch beschuldigt wird. Aber es ist unmöglich, denn für meine Schwester, für meinen Vater und selbst für mich sind Träume Orte, an die man geht, um allein zu sein.

SAM

Die Ziffern auf Deputy Santos' Visitenkarten verschwammen und fügten sich wieder zusammen. Mit dem Daumen strich ich langsam über die leicht erhabene Oberfläche und fragte mich, wie es wohl wäre, blind zu sein. Als ich meine Augen schloss, waren die Ziffern immer noch da, weiß auf schwarzem Untergrund. Als ich die Augen wieder öffnete, waren sie *schwarz* auf *weißem* Untergrund. Ich drehte die Karte um, aber auf der Rückseite stand nichts. Ich drehte sie wieder nach vorn und las die Telefonnummer rückwärts und fragte mich, wer sich wohl melden würde, wenn ich stattdessen diese Nummer anriefe.

Bear schob das schnurlose Telefon über Frannys Küchentisch. „Ruf an."

Er wollte, dass ich den Anruf tätigte, weil ich ihn wegen der Jacke, die ich angeblich Deputy Santos übergeben wollte, angelogen und ihm überdies nichts von dem Autoschlüssel erzählt hatte. Beide Gegenstände hatte er an sich genommen und zur Sicherheit in seiner Kommode verwahrt. Ich sollte Deputy Santos all das erzählen, was ich ihr von Anfang an hätte erzählen sollen, und danach würde Bear ihr seinen Teil erzählen, und dann würde sie zu uns rausfahren und wir würden ihr die Jacke und den Schlüssel geben, und alles wäre gut. So betete Bear es mir immer wieder vor. Ich hielt das Telefon in der einen und die Visitenkarte in der anderen Hand. Mein Daumen bewegte sich über die Tasten, drückte sie aber nicht.

Letzte Nacht hatte Ollie sich im Schlafsack aufgesetzt, die Taschenlampe eingeschaltet und mir ihr *Alice*-Buch gegeben. Es war aufgeschlagen auf der Seite, die ich lesen sollte, und Ollie richtete die Taschenlampe darauf, damit ich etwas erkennen konnte. Sie hatte einen Satz unterstrichen: *„Es ist von Anfang bis Ende falsch", sagte die Raupe.*

Ich klappte das Buch zu und gab es ihr zurück. „Ich schlafe."

Sie schlug eine andere Seite auf und hielt mir das Buch wieder vor das Gesicht. Diesmal lautete der Satz: *Alice seufzte verstimmt. „Ich dachte, ihr könntet die Zeit besser nutzen", sagte sie, „als mit Rätseln, die keine Auflösung haben."*

Ich drehte mich um, sodass ich ihr den Rücken zukehrte. Sie kletterte über mich hinweg und streckte sich neben mir aus, sodass wir Nase an Nase nebeneinander auf dem Boden lagen. Sie guckte böse, das Buch an die Brust gedrückt. Ich drehte mich auf den Rücken und starrte nach oben zum Mond. Ollie setzte sich auf, schlug die Beine übereinander und blätterte im Buch. Dann hielt sie es mir ein drittes Mal hin.

„Hau ab“, flüsterte ich.

Sie schnaubte leise.

Ich stützte mich auf die Ellbogen. „Na schön. Halt die Lampe hin.“

Der letzte unterstrichene Satz, den ich lesen sollte, lautete: *„Wenn sich jeder um seine eigenen Angelegenheiten kümmerte“, knurrte die Herzogin, „würde die Welt sich bedeutend schneller drehen als jetzt.“*

Ich sank auf den Rücken zurück und schloss die Augen. Ollie rührte sich nicht. Sie wartete darauf, dass ich das Spiel zu Ende spielte; wenn es sein musste, würde sie die ganze Nacht warten.

Ich seufzte und sagte: „Ich hab's kapiert. Du möchtest nicht, dass wir morgen die Polizei anrufen. So, und jetzt schlaf bitte.“

Sie rutschte wieder in ihren Schlafsack hinein und schaltete die Taschenlampe aus. Ich hatte es richtig verstanden, aber das änderte rein gar nichts.

Am Morgen stupste Bear uns so lange an, bis wir wach waren, und forderte uns auf, uns anzuziehen. Wir würden zu Franny gehen. Ollie und ich kämpften uns aus unseren Schlafsäcken und meckerten, denn wir hatten Hunger. Aber Bear eilte mit uns los und meinte, frühstücken könnten wir, nachdem das alles vorüber wäre. Franny erwartete uns mit dem Telefon in der Küche. Sie ging mit Ollie ins Wohnzimmer und ließ mich mit Bear allein. Seit zehn Minuten starrte ich nun auf das Telefon und hoffte, dass irgendetwas geschehen würde – ein Feuer, eine Explosion, das Ende der Welt –, das es mir ersparen würde, diesen Anruf zu machen. Wir hatten Bear schon einmal verloren, und obwohl er immer wieder sagte, dass wir das Richtige täten und dass alles gut werden würde, glaubte ich es nicht und hatte entsetzliche Angst, dass wir unseren Vater nicht mehr zurückkriegen würden, falls wir ihn ein zweites Mal verlören.

„Gib es mir“, sagte Bear und griff nach dem Telefon.

Ich zog es schnell weg. „Ich mache es ja. Gib mir noch einen Augenblick Zeit.“

Zwischen uns auf dem Tisch lag die Tageszeitung, mit dem Foto der Frau auf der Titelseite. Sie schien uns direkt anzublicken. Während der Aufnahme hatte sie direkt in die Kamera geschaut, denn ihre dunklen

Augen folgten mir, ganz gleich, wie weit ich nach links oder nach rechts rutschte. Obwohl es eine körnige, leicht unscharfe Aufnahme war, sah man, dass sie zu Lebzeiten eine schöne Frau mit funkelnden Augen gewesen war. Ganz anders als an dem Tag, als ich ihre Schulter umfasst und sie auf den Rücken gedreht hatte, bevor sie mir entglitten war. Sie trug eine Halskette mit einem kleinen Anhänger. Auf dem Foto hatte sie sehr kurzes Haar, fast wie ein Junge, und sie war deutlich jünger. Oder aber sie sah so jung aus, weil ihre Haut unverletzt war und sie voller Hoffnung und Lebenslust die Welt anlachte.

Auch Bear starrte jetzt auf das Foto; stirnrunzelnd rieb er seinen Bart. Ohne den Blick von ihr zu nehmen, sagte er: „Noch zehn Sekunden, Sam."

„Und was passiert dann?" Ich drückte den Rücken durch. „Was tust du, wenn ich nicht anrufe? Kriege ich Stubenarrest? Schickst du mich in mein Zimmer?"

Er kniff die Lippen zusammen und legte die Hände flach auf den Tisch. Er konnte mich nicht bestrafen, und das wusste er. Außer mich zu meinen Großeltern zu schicken, um bei ihnen zu leben – was er nie tun würde –, gab es nichts, was er mir androhen konnte, denn nichts wäre schlimm genug, um mich Deputy Santos' Nummer wählen zu lassen.

„Ich dachte, wir hätten dir eine bessere Erziehung angedeihen lassen", sagte er, erhob sich halb aus dem Stuhl und griff erneut nach dem Telefon.

Wieder zog ich es von ihm weg und versteckte es diesmal hinter meinem Rücken.

„Gib her", sagte er.

„Nein."

Jetzt erhob er sich vollständig aus dem Stuhl, die Hände auf den Tisch gestützt. Zornesröte stieg ihm ins Gesicht. Zum ersten Mal seit Jahren brüllte er mich an: „Ich sagte, gib mir das Telefon!"

Ich sank auf meinem Stuhl zusammen.

Er hielt mir seine Hand hin, die langen Finger ausgestreckt, fordernd. „Auf der Stelle, verdammt noch mal!"

„Aber das ist doch verrückt!", brüllte ich zurück. „Es macht alles kaputt. *Du* machst alles kaputt!"

Er richtete sich zu voller Größe auf. Seine Nasenflügel bebten, seine Augen blitzten. Ich funkelte ihn an, gab nicht klein bei.

Franny erschien in der Küchentür. Sie stützte sich am Türrahmen ab, als bräuchte sie diesen zusätzlichen Halt, und sagte nur ein Wort: „Frank."

Es war sein richtiger Name, ein Name, den ich zuletzt als kleines Mädchen gehört und der ohnehin nie so recht zu ihm gepasst hatte. Als er ihn hörte, zuckte er zusammen, trat vom Tisch zurück und verließ, ohne Franny oder mich anzuschauen, mit hängenden Schultern und gesenktem Kopf die Küche, trottete durch das Wohnzimmer und ging nach draußen. Einige Sekunden später setzte auf der Veranda das leise, rhythmische Quietschen der Hollywood-Schaukel ein.

Franny seufzte und setzte sich auf den Stuhl, auf dem eben noch Bear gesessen hatte. Sie nahm die Zeitung, faltete sie auf und strich sie glatt. Sie räusperte sich.

„Taylor Bellweather." Sie las aus dem Artikel auf der Titelseite vor. „Alter: fünfundzwanzig. Machte kürzlich ihren Abschluss in Journalismus an der University of Oregon. Jahrgangsbeste. Präsidentin ihrer Abschlussklasse. Hatte gerade als Reporterin beim *Register Guard* angefangen."

Ich zog das Telefon wieder zu mir heran, brachte es aber noch immer nicht fertig, die Nummer zu wählen. Ein lautes Rascheln im Wohnzimmer ließ mich zusammenzucken. Auch wenn ich wusste, dass es nur Ollie war, die irgendwelchen Unsinn kritzelte und den nächsten Zettel zusammenknüllte und fortwarf – ohne zu sprechen, sagte sie mir damit, dass sie über all das überhaupt nicht glücklich war.

„Taylor Bellweather", wiederholte Franny den Namen, und diesmal sah sie mich dabei an. Die Falten auf ihrer Stirn, am Mund und an der Nase waren tiefer, als ich sie je gesehen hatte.

Ich schaute auf meine Daumen herab, die über der Tastatur schwebten, aber keine Zahlen eingaben.

Franny raschelte mit der Zeitung und las mit brüchiger Stimme weiter. „Einzige Tochter von Mitch und Teresa Bellweather. Todesursache: stumpfe Gewalteinwirkung auf den Kopf. Das Sheriffbüro in Deschutes County geht von einem Tötungsdelikt aus und bittet die Bevölkerung um sachdienliche Hinweise. Hier steht, momentan versuchen sie, Taylors Aufenthaltsorte und Aktivitäten in der Todesnacht zu rekonstruieren."

Aus dem Wohnzimmer hörte man, wie der nächste Zettel zusammengeknüllt wurde. Auf der Veranda quietschte die Hollywood-Schaukel weiter.

Franny schob mir die Zeitung zu und tippte mit dem Finger auf das Foto der toten Frau. Taylor Bellweather. Sie hatte einen Namen, ein Geburtsdatum, eine Lebensgeschichte, eine Familie. Sie war jetzt eine Person, so real wie Ollie und ich. So real wie jeder andere Mensch auch. Aber noch immer brachte ich es nicht fertig, die Tasten zu drücken. Obwohl die Frau mich anstarrte, obwohl Franny wartete, obwohl Bear sagte, alles würde gut werden. Ich brachte es nicht über mich.

Ich drehte die Zeitung um und schob sie von mir fort. Franny nahm meine Hand und tätschelte sie. Ihre Haut war wie Seidenpapier, kreideweiß und dünn. „Du schaffst das, Sam."

Ich starrte auf das Telefon, Tränen in den Augen. Mit dem Handrücken wischte ich sie fort.

Franny sagte: „Ich bin ja bei dir", und ich gab die erste Ziffer ein, dann die zweite und dritte. Meine Finger zitterten so stark, dass ich mich beinahe verwählte, aber dann klingelte es. Zweimal, dreimal, viermal.

„Sie geht nicht ran", sagte ich.

„Hinterlasse eine Nachricht."

Nach dem zehnten Klingelton sprang der Anrufbeantworter an, aber ehe ich etwas sagen konnte, hörten wir Autos heranfahren. Die Reifen rollten über den knirschenden Kies, die Motoren brummten.

Franny erhob sich vom Tisch und schlurfte zum Wohnzimmerfenster. „Wer mag das wohl sein?"

Ich beendete den Anruf, ohne eine Nachricht zu hinterlassen. Es gab einfach zu viel zu erzählen, um es in aller Kürze auf Band zu sprechen. Ich ließ das Telefon neben der Zeitung auf dem Tisch liegen und ging ins Wohnzimmer.

Franny und Ollie standen am breiten Fenster und starrten hinaus. Ich stellte mich zu ihnen und sah zu, wie erst ein Streifenwagen und dann zwei weitere – alle mit kreisenden Lichtern auf dem Dach, aber ohne eingeschaltete Sirene – am Haus vorfuhren und auf den Feldweg hinter der Scheune zuhielten.

Die Hollywood-Schaukel auf der Veranda war leer, schwang noch hin und her, als wäre Bear eben erst aufgestanden. Ich hielt nach ihm Ausschau, sah ihn aber nirgends. Nicht sofort. Den Lattenzaun, der die Einfahrt entlangführte, säumte eine hohe Hecke, und als Bear dahinter hervortrat, sah ich ihn. Er ging langsam vom Haus weg, weg von uns, und folgte den Streifenwagen zur Weide.

Franny schlug eine Hand vor den Mund, dann wandte sie sich vom Fenster ab, eilte zurück in die Küche und sagte etwas darüber, dass Zeb nie da wäre, wenn man ihn brauchte, und warum er ausgerechnet heute auf seine verdammten Felder hatte verschwinden müssen. Es war das erste Mal, dass ich Franny fluchen hörte.

Ich blickte den Autos nach, bis sie hinter der Biegung verschwanden und der aufgewirbelte Staub sich legte und Bear ebenfalls aus meinem Blickfeld verschwand. Dann endlich wandte ich mich um und sah Ollie an. Ihre Kiefermuskeln waren angespannt, ihre Augen weit aufgerissen. Die Arme vor der Brust verschränkt, sah sie mich vorwurfsvoll an.

Ich schüttelte den Kopf. „Ich hab sie nicht angerufen, Ollie."

Ihre Nasenflügel bebten.

„Niemand hat die Polizei angerufen." Ich streckte die Arme nach ihr aus, aber sie fuhr herum und stapfte zum Wohnzimmertisch, wo sie gemalt oder geschrieben hatte, ehe die Streifenwagen erschienen waren. Sie nahm einen Bleistift und drückte die Spitze auf ein neues Blatt Papier. Ihre Hand ruckte scharf zu einer Seite, der Stift hinterließ eine dunkle Bleispur auf Frannys weißer Eiche.

„Pass doch auf!", rief ich.

Sie biss die Zähne zusammen, presste die Bleistiftspitze wieder oben auf das Papier und machte erneut eine ruckartige Handbewegung. Diesmal eine nach unten, das Papier zerriss in der Mitte.

„Ollie! Hör auf!"

Sie schleuderte den Stift quer durch den Raum, dann zerknüllte sie das Papier und warf auch das weg. Der Papierball landete nahe der Haustür und rollte zum Garderobenständer, der schwer behangen war mit Sweatshirts und Mützen und Jacken. Ich war mir nicht sicher, ob sie dieses Ziel mit Absicht gewählt hatte, ob sie wollte, dass ich die Jacken sah und den Zusammenhang erkannte – wie viel schlimmer es für Bear wäre, wenn man in seiner Umhängetasche in der Kommode Taylor Bellweathers Jacke fände, wie viel schlimmer es für uns alle wäre. Ich wusste nicht, ob Ollie mir dies zu sagen versuchte, aber ich kam jedenfalls auf diesen Gedanken.

Ich fuhr herum und rannte zur Tür, stürmte nach draußen. Hinter mir knallte die Fliegengittertür zu.

„Sam!“ Mein Name klang wie ein Pistolenschuss.

Auf der untersten Verandastufe stolperte ich über meine eigenen Füße und fiel der Länge nach hin, schrammte mit den Handflächen und Knien über den Kies. Die vielen kleinen Schnittwunden brannten und bluteten, aber ich konnte aufstehen und beide Beine voll belasten, und die Handgelenke konnte ich auch kreisen lassen. Nichts gebrochen. Nichts, weswegen man heulen müsste. Ich wischte mir die Hände am T-Shirt ab, hinterließ dunkelrote Schlieren auf der weißen Baumwolle.

Hinter mir wurde die knarrende Fliegengittertür geöffnet.

„Sam?“ Franny rief erneut nach mir, aber ich wandte mich nicht um. Ich wollte mir nicht anhören, was sie noch zu sagen hatte.

Ich stürmte los. Mit jedem Schritt schienen die Schnittwunden in meinen Knien größer zu werden. Am liebsten wäre ich stehen geblieben. Aber ich rannte weiter. Ich zischte um die Scheune zum Feldweg, folgte den frischen Reifenspuren und den kaum sichtbaren Fußspuren meines Vaters zum Baumstumpf. Ich war noch gut fünfzig Meter vom Rand der Weide entfernt, als ich Bear herumbrüllen hörte.

„Das ist unbefugtes Betreten! Verschwinden Sie, verdammt noch mal! Auf der Stelle!“

Noch nie hatte ich ihn so aufgebracht gehört. So panisch.

„Mr McAlister, bitte treten Sie zurück. Lassen Sie uns unsere Arbeit tun.“ Ich erkannte Deputy Santos’ Stimme. Die Polizistin versuchte, ihn zu beruhigen. „Wir möchten uns nur ein wenig umsehen.“

„Ich weiß, was Sie vorhaben“, unterbrach Bear sie. „Ich weiß, warum Sie hier sind. Fassen Sie das nicht an! Ich erlaube es nicht. Da dürfen Sie nicht reingehen!“

Äste schlugen mir ins Gesicht. Ich hob die Arme, schob Zweige und Blätter zur Seite, und dann öffnete sich der Pfad, und ich stürmte hinaus in die Sonne.

Dann blieb ich abrupt stehen. Man hatte die Zeltklappe zurückgezogen und mit dem kurzen Seil festgebunden. Ich erkannte Bewegungen im Zelt, braune Uniformen, die sich gleich hinter dem Eingang hin und her bewegten. Bear stand einige Schritte vom Zelt entfernt neben Deputy Santos. Ich kam zu spät. Beide waren wir zu spät gekommen.

„Wir haben einen Durchsuchungsbefehl, Mr McAlister.“ Deputy Santos hielt ihm mehrere Papiere hin. „Gestern Abend vom Richter unterschrieben. Lesen Sie selbst, falls Sie mir nicht glauben.“

Bear funkelte die Frau an, nahm die Papiere aber nicht entgegen.

Sie faltete die Schriftstücke wieder zusammen und schob sie in ihre Gesäßtasche. „Falls Ihnen irgendetwas einfällt, was wir erfahren sollten, Mr McAlister, dann wäre jetzt ein guter Zeitpunkt, es mir zu erzählen."

Er verschränkte die Arme vor der Brust, wandte sich von ihr ab und beobachtete die Männer im Tipi.

Seufzend schob Deputy Santos eine Hand unter ihre Dienstmütze und wischte sich den Schweiß von der Stirn. Dann verschränkte auch sie die Arme vor der Brust. Sie sagte: „Na schön. Wir können warten."

Im Tipi wurde das Mobiliar herumgeschoben, Decken wurden gehoben, Schubladen aufgerissen. Etwas fiel zu Boden und ging zu Bruch, und Bear traten die Kiefermuskeln hervor.

„Sie mögen ja einen Durchsuchungsbefehl haben", sagte er. „Aber das berechtigt Sie nicht, meine Sachen kaputt zu machen."

Deputy Santos verzog das Gesicht. „Warum setzen wir uns nicht?" Sie deutete auf den Picknicktisch hinter ihnen. „Es könnte eine Weile dauern."

Bear schüttelte den Kopf. „Ich stehe lieber."

„Wie Sie möchten", sagte Deputy Santos.

Sie standen schweigend nebeneinander und beobachteten die Polizisten im Innern des Zeltes, und es gab einen Moment, in dem ich wirklich glaubte, sie würden nichts finden. Ich glaubte tatsächlich, wir würden davonkommen.

Ich trat ein paar Schritte auf die Weide hinaus, und unter meinem Fuß knackte ein Zweig.

Deputy Santos wandte den Kopf und murmelte etwas, das ich nicht verstand, dann wandte sie sich Bear zu und sagte: „Sie bleiben hier. Lassen Sie die Männer ihre Arbeit tun." Dann ließ sie ihn stehen und kam zu mir herüber.

Auch Bear sah mich, aber er sagte nichts, machte keine Gesten in meine Richtung, winkte mich nicht zu sich. Er sah nur kurz zu mir herüber, dann wandte er den Blick ab und richtete seine Aufmerksamkeit wieder auf die Polizisten, die unser Leben auseinanderrissen. Ich fragte mich, warum er nur herumstand und nichts tat, warum er ihnen nicht von der Jacke und dem Autoschlüssel erzählte, von all den Dingen also, die er ihnen vor kaum einer Viertelstunde noch hatte offenbaren wollen. Sein Schweigen war mir unverständlich, machte mir Bauchschmerzen, und mich beschlich der bange Gedanke, dass er mir vielleicht nicht alles erzählt hatte, dass er womöglich doch etwas vor mir verbarg.

Deputy Santos blieb vor mir stehen, sodass ich nicht mehr freie Sicht auf Bear hatte. „Du blutest ja", sagte sie.

Ich schaute hinunter auf meine Knie. Aus einem tiefen Schnitt unter meiner rechten Kniescheibe quoll Blut. Das andere Knie war auch böse aufgeschürft, ganz dunkel vom Kies und Sand. An meinem T-Shirt klebte Blut, dort, wo ich mir die Hände abgewischt hatte, und aus den kleinen Schnitten auf meinen Handflächen sickerte es auch rot heraus.

„Ich bin hingefallen", sagte ich.

„Was tust du hier?"

Ich blickte an ihr vorbei. Bear hatte sich nicht von der Stelle gerührt, aber jetzt zupfte er sich am Bart und kratzte sich am Kopf.

„Ich wohne hier."

„Wo ist deine Schwester?"

„Bei Franny."

„Warum gehst du nicht auch dorthin zurück? Bleib dort, bis ich dich hole."

„Was ist mit unseren Sachen?"

Deputy Santos stieß ein langes, leises Seufzen aus. Sie blickte über ihre Schulter. „Ich bringe sie euch vorbei."

„Wird Bear verhaftet?"

Deputy Santos rieb sich die Augen. „Das weiß ich nicht, Sam", sagte sie und klang, als hätte sie seit Tagen nicht geschlafen. „Aber falls es so kommt, möchte ich dich nicht hier haben. Ich will nicht, dass sich dir dieses Bild einprägt. Bitte. Geh jetzt einfach zu Zeb und Franny. Ich komme rüber, sobald ich kann, und werde versuchen, alle deine Fragen zu beantworten."

Mittlerweile hatte ich verschnauft, mein Herz schlug nicht mehr so schnell, und durch meinen Körper flutete nicht mehr ganz so viel Adrenalin, aber dafür spürte ich nun meine schmerzenden Knie umso stärker. Es war, als hätte man mit einem Hammer auf sie eingeschlagen. Ich bückte mich und zog einen spitzen Kieselstein aus dem tiefsten Schnitt und versuchte, den Schmutz abzuwischen, aber es tat nur umso schlimmer weh. Ich ließ das Knie in Ruhe und richtete mich wieder auf.

„Ich will hierbleiben", sagte ich.

„Nein." Deputy Santos schüttelte den Kopf. „Auf keinen Fall."

„Ich bin kein Baby. Ich halte das aus."

Sie rieb ihre Unterlippe, schien zu überlegen, mich doch dortbleiben zu lassen, aber ehe sie etwas entgegnen konnte, rief jemand aus dem Tipi. „Hab was gefunden!"

Deputy Santos fuhr herum und machte einen Schritt in Bears Richtung.

Ich packte ihren Arm. „Warten Sie."

„Geh zu Franny. Jetzt sofort." Sie riss sich los und ließ mich stehen.

Bear sah nicht zu Deputy Santos, als sie an ihn herantrat. Sie berührte seine Schulter, und er zuckte zusammen. Sie zog die Hand wieder weg, legte sie auf ihr Holster. Sie blieb neben Bear stehen, wirkte stark und auf alles gefasst. Worauf genau, war mir schleierhaft.

Drei Polizisten kamen nacheinander aus dem Tipi. Der erste war Detective Talbert, die beiden anderen Deputys hatte ich noch nie gesehen. Sie gingen direkt auf meinen Vater zu und blieben zu dritt vor ihm stehen, der Detective einen halben Schritt vor den beiden anderen.

Er hob einen großen durchsichtigen Plastikbeutel, in dem die Umhängetasche lag. „Gehört das Ihnen, Mr McAlister?"

Bear nickte.

Ich verlagerte das Gewicht auf meine Fußballen.

Detective Talbert leckte sich über die Lippen. Er bewegte sich ganz langsam, als hätte er alle Zeit der Welt. Er reichte die Umhängetasche einem der Deputys und hob einen zweiten Plastikbeutel.

„Diese Jacke haben wir in der Umhängetasche gefunden, Mr McAlister."

Im hellen Sonnenschein wirkte der blaue Stoff viel zu dunkel, wie Mitternachtsblau.

„Gehört sie auch Ihnen?"

Bear blickte blinzelnd auf die Jacke, aber antwortete nicht.

Der Detective hob einen dritten, viel kleineren Plastikbeutel. „Und dieser Autoschlüssel?" Er blickte mit übertriebener Gestik über die Weide. „Wo parken Sie Ihre Autos, Mr McAlister?"

Einer der Deputys kicherte.

Bear schaute über seine Schulter, und unsere Blicke trafen sich.

„Tut mir leid", flüsterte ich, aber nicht leise genug. Alle wandten sich zu mir um und sahen mich an.

Detective Talbert runzelte die Stirn. „Was in aller Welt hat das Mädchen hier verloren?"

Deputy Santos ging wieder auf mich zu, sah mich überrascht an. „Wusstest du davon?"

„Wir wollten es Ihnen erzählen."

Ihre Augenbrauen schossen in die Höhe.

Ich starrte auf meine Füße. „Ich habe vor ein paar Minuten bei Ihnen angerufen."

Sie seufzte und sagte über ihre Schulter hinweg: „Ich kümmere mich darum."

„Allmächtiger", schimpfte Detective Talbert leise und strich sich über den kahlen Kopf.

Deputy Santos legte mir eine Hand auf den Arm und drehte mich von den anderen weg. „Wir müssen deinen Vater aufs Revier mitnehmen und ihm einige Fragen stellen."

„Nein, tun Sie das nicht." Ich zog meinen Arm weg.

„Wir müssen es tun, Sam." Sie streckte wieder die Hand nach mir aus, aber ich machte einen Schritt zur Seite.

„Bitte, nehmen Sie ihn nicht mit. Können Sie ihm Ihre Fragen nicht hier stellen? Er hat nichts verbrochen. Ich kann ... wir können alles erklären. Es ist nicht so, wie es aussieht. Es ist nicht so, wie Sie denken."

Detective Talbert hatte uns schweigend beobachtet. Jetzt seufzte er und sagte: „Das wird mir zu bunt. Wentworth, bringen Sie sie weg."

Einer der Deputys löste sich aus der Gruppe und trat mir entgegen.

Mit einer Handbewegung bedeutete Deputy Santos dem Mann, stehen zu bleiben. „Lassen Sie. Ich mach das schon."

„Fassen Sie sie nicht an", sagte Bear.

Es waren seine ersten Worte, seit die Polizisten aus dem Tipi herausgekommen waren. Niemand rührte sich. Niemand sagte etwas. Alle beobachteten meinen Vater, warteten.

„Wagen Sie es nicht, meine Tochter anzufassen." Er machte einen Schritt in unsere Richtung, als wollte er sich, falls nötig, mit den Polizisten prügeln.

„Das reicht", sagte Detective Talbert mit schallender Stimme.

Bear blieb stehen, ließ aber einige Male den Kopf kreisen, ließ seine Fingerknöchel knacken. Doch er holte nicht zum Schlag aus. Als er sprach, war seine Stimme so leise, dass ich ihn kaum verstand. „Ich komme mit, aber lassen Sie meine Tochter in Ruhe."

Detective Talbert griff nach seinen Handschellen.

Bear trat einen Schritt zurück.

„Vorsichtsmaßnahme", sagte der Detective.

„Ich komme freiwillig mit", sagte Bear. „Die Handschellen sind unnötig."

Detective Talbert beugte sich zu meinem Vater vor. Die Handschellen klickten.

„Woher stammen die Kratzer in Ihrem Gesicht, Mr McAlister?"

Er hob die Hand und wollte mit den Fingern über die beiden Kratzspuren auf Bears Wange streichen. Obwohl schon vier Tage alt, waren sie noch gut zu erkennen, waren inzwischen aber verschorft.

Bear zuckte zurück. „Fassen Sie mich nicht an."

Detective Talbert verzog das Gesicht und zog die Hand zurück, dann nickte er dem Deputy neben ihm zu. „Verfrachten Sie ihn in den Streifenwagen. Ich gebe über Funk durch, dass Sie kommen."

Der Deputy trat einen Schritt vor und packte Bears Arm.

Mein Vater schüttelte ihn ab, wandte sich in Richtung der Streifenwagen und ging allein los. „Ich sagte, fassen Sie mich nicht an."

Als er die Bäume erreichte und zwischen ihnen verschwand, wollte ich ihm nachrennen, aber Deputy Santos hielt mich zurück. Sie drückte mich an ihre Seite, ihr Arm lag fest auf meinen Schultern. „Komm", sagte sie. „Ich fahr dich zum Haus, damit du dich sauber machen kannst."

OLLIE

Das Auto, das meinen Vater fortbringt, fährt als Erstes vorbei. Ohne kreisende Lichter. Ohne Eile. In gleichmäßigem Tempo rollen die Reifen über die Erde und den Kies, werden nicht langsamer, halten nicht hier an. Der Fahrer starrt geradeaus. Auf der Rückbank, umgeben von Gitterstäben und Maschendraht, sitzt mein Vater, der unschuldig ist. Er wendet den Kopf und schaut durch die getönte Scheibe zu mir heraus. Seine Augen sind hohl und dunkel. Sein Mund ist offen. Er sieht so traurig aus.

Nana Fran legt mir eine Hand auf die Schulter und sagt: „Komm rein."

Ich winde mich unter der Hand hervor und nehme die eins, zwei, drei Verandastufen hinunter zum steingesäumten Weg.

„Olivia."

Mein Name ist eine Warnung, aber es genügt nicht, um mich aufzuhalten.

Ein zweites Auto kommt um die Biegung gefahren, rollt an der Scheune vorbei, wird langsamer und hält vor mir an. Die Fahrertür geht auf, und Deputy Santos steigt aus, streckt sich, setzt die Mütze auf und nickt Nana Fran und mir zu.

„Was ist denn los?", fragt Nana Fran von der Veranda herunter; sie kann nicht so schnell die Stufen hinuntereilen. Also schickt sie stattdessen ihre Stimme herab. „Was ist passiert? Ist es wegen dieser Frau? O Grundgütiger, ich muss mich hinsetzen."

Geraschel, ein Knarzen alter Knochen und noch älterer Sitzmöbel. Ich drehe mich nicht um, ich gehe nicht hoch, um der alten Frau zu helfen. Ich starre durch die Windschutzscheibe auf meine Schwester, die unserem Vater nachstarrt. Der andere Wagen, in der Staubwolke kaum noch zu erkennen, biegt auf die Lambert Road ein und verschwindet über den Hügel.

Deputy Santos beugt sich über die offene Wagentür und sagt ins Wageninnere: „Steig aus, Sam. Hier endet die Fahrt."

„Ich möchte ihn begleiten. Er braucht mich."

„Was ist mit Ollie?", fragt Deputy Santos. „Sie braucht dich auch."

Das stimmt. Aber auf eine ganz andere Weise, als die Polizistin glaubt. Ich brauche Sam, damit sie mir glaubt. Damit sie erkennt. Damit sie die Dinge ausspricht, die ich nicht sagen kann.

Im Wageninnern ist es dunkel genug, um diejenige vom Fluss zu erkennen. Sie sitzt auf der Rückbank, direkt hinter meiner Schwester. Ihre Haare sind Schlangen. Ihre Zähne sind Fänge. Ihre Augen kalte schwarze Steine, die sie auf mich richtet. Sie schwankt und zischt. Sie möchte sich meine Stimme borgen. Sie möchte, dass ich sage: *Das ist nicht richtig. Er war es nicht.* Aber ich kann es nicht.

Ich werde es nicht tun.

Wenn ich es für sie täte, dann müsste ich es auch für all die anderen tun, und wenn ich es für all die anderen täte, würden meine Worte – meine eigenen Worte, die, die nur mir gehören und niemandem sonst – nicht mehr zählen. All die anderen würden sie verdrängen, sie niedertrampeln und hinabstoßen in tiefste Tiefen, so lange, bis nichts mehr von mir übrig ist.

Deshalb schweige ich.

Diejenige, die mir folgt, kann nicht still sitzen. Sie ist eine Explosion aus Licht, mal hier, mal dort, brennend vor Angst. Auch ich habe Angst.

Deputy Santos sagt: „Du kannst im Augenblick nichts für ihn tun."

Nana Fran sagt: „Kommt doch alle rein. Ich brühe uns einen schönen Kamillentee auf."

Meine Schwester sagt: „Er war es nicht. Er hat dieser Frau nichts getan."

Diejenige vom Fluss trommelt gegen die Fensterscheibe und die Gitterstäbe, die den hinteren Teil des Streifenwagens vom vorderen trennen.

„Sam." Deputy Santos reibt ihren Nacken. „Sam, steig aus dem Wagen. Sofort. Ich werde dich kein zweites Mal bitten."

Ich trete näher an die Motorhaube heran. Meine Schwester sieht mich durch die Windschutzscheibe. Ihr Gesicht ist gerötet, als ob sie geweint hätte, und ich wünschte, ich könnte ihr sagen, dass sie keine Schuld an alledem trage und dass wir einen Weg finden würden, alles in Ordnung zu bringen.

Seufzend steigt meine Schwester aus. Diejenige vom Fluss folgt ihr. Gemeinsam gehen sie an mir vorbei auf das Haus zu. Die, die mir folgt, fällt herab wie eine Sternschnuppe und landet vor meinen Füßen im Sand. Ich steige über sie und gehe ebenfalls zum Haus.

SAM

Später am Abend kam Franny ins Gästezimmer am oberen Treppenabsatz. Sie setzte sich auf eines der beiden Betten und erklärte: „Deputy Santos und ich haben mit dem Sozialarbeiter gesprochen. Sie erlauben, dass ihr bei uns bleibt, bis wir eure Großeltern erreicht haben."

Ollie und ich saßen ihr gegenüber auf dem anderen Bett, ich am Fußende, wo ich aufpassen musste, nicht herunterzufallen, Ollie am Kopfende an der Wand, wo die Kissen lagen. Sie trug eines von Frannys alten T-Shirts, hatte darunter die Beine angezogen, ihr Kinn lag auf den Knien. Sie machte sich so klein wie möglich.

Vor Moms Tod hatten Grandma und Grandpa aus Anlass ihres vierzigsten Hochzeitstags eine zweiwöchige Kreuzfahrt über den Atlantik gebucht, von Fort Lauderdale nach Lissabon. Eine Woche vor ihrem Abreisedatum hatten sie das Reisebüro anrufen und die Reise stornieren wollen, aber ihre Tickets waren nicht erstattungsfähig, und ich ermutigte sie, die Reise anzutreten. Bear könne problemlos auf uns aufpassen, sie bräuchten sich keine Sorgen zu machen. Dem Reiseplan zufolge, den sie mir gegeben hatten, befanden sie sich im Moment irgendwo mitten auf dem Atlantik. Deputy Santos mochte sie dort erreichen können, aber bis sie am Donnerstag im Hafen von Lissabon einliefen, konnten sie ohnehin nichts anderes tun, als sich um uns zu sorgen.

So vieles könnte in den nächsten fünf Tagen passieren. So viel könnte sich ändern.

Ich zupfte an den Ärmeln des alten Flanellhemds, das Franny mir gegeben hatte, als sie meine blutverschmierten Sachen in die Wäsche warf. Irgendwo unten hörte ich die Waschmaschine rumpeln.

„Unsere Papiere sind nicht ganz auf dem neuesten Stand", fuhr sie fort. „Aber unter den gegebenen Umständen und aufgrund des guten Wortes, das Deputy Santos für uns eingelegt hat, ist das Jugendamt bereit, eine Ausnahme zu machen."

„Was ist mit unseren Sachen?"

„Die im Tipi?"

Ich nickte.

Franny sagte: „Maribel meinte, sie würde alles herbringen, sobald sie mit der Arbeit am Ort der Verhaftung fertig seien."

Ort der Verhaftung. Bears Weide. *Unsere* Weide. Unser Zuhause.

Ich rieb mir die Augen. Ollie schlang die Arme noch fester um ihre Knie.

„In der Scheune stehen doch eure Kleiderkartons“, sagte Franny. „Morgen machen wir sie auf und suchen euch Sachen raus, die ein bisschen besser passen.“

Nach Moms Beerdigung hatten wir das Haus in Eugene durchforstet und entschieden, was wir behalten wollten und was wir verschenken oder wegwerfen würden. Die Sachen, die wir behielten, packten wir in Kartons und brachten sie zu Zeb und Franny. Sie in der Scheune zu lagern sollte nur ein temporäres Arrangement sein. Wir wollten ja bald in eine Wohnung oder in ein Haus ziehen, mit Zimmern und Schränken und jeder Menge Platz, um uns auszubreiten. Wir wollten uns darüber klar werden, wie wir wieder eine Familie werden konnten. Uns um eine weitere Tote Gedanken zu machen und darüber, wie lange mein Vater wohl im Gefängnis sitzen würde, das hatte nicht auf dem Plan gestanden.

„Ich weiß, ihr seid etwas anderes gewöhnt.“ Franny strich über die Decke aus rosafarbenen und gelben Flicken. „Aber die Laken sind frisch. Und der Kühlschrank ist voll. Und hier seid ihr wenigstens sicher. Das ist das Wichtigste.“

Ollie seufzte.

„Sollen wir morgen nach der Kirche in den Laden gehen?“, fragte Franny. „Uns ein paar Dinge besorgen? Zahnbürsten, Unterwäsche, Socken. Schokoladeneis mit Minz-Schoko-Splittern?“ Sie lächelte, aber nur kurz. Sie beugte sich vor, und das Bett knarrte. Sie nahm unsere Hände, tätschelte sie. „Wir möchten, dass ihr beide euch wohlfühlt bei uns. Unser Zuhause ist euer Zuhause. Wenn ihr etwas braucht, dann fragt einfach.“

Im Flur knarrte eine Holzdiele, und Zeb räusperte sich.

„Mutter“, sagte er. „Die Mädchen haben genug für heute. Lass sie schlafen.“

Franny erhob sich und fasste sich ins Kreuz. Sie schlurfte zur Tür und blieb noch einmal stehen. An den Türrahmen gestützt, sah sie Ollie und mich an. „Falls ihr irgendetwas braucht, egal was, wir sind am Ende des Flurs.“

Sie verließ das Zimmer – jetzt Ollies und mein Zimmer – und schloss die Tür hinter sich.

Ich erwachte, eingedreht ins Laken.

Ich japste nach Luft, war am Ersticken wegen eines panischen Albtraums, in dem ich neben Taylor Bellweather, die irgendwie auch meine Mutter war, lebendig begraben wurde. Bear hielt die Schaufel. Immer wenn ich den Mund öffnete, um zu schreien, schluckte ich mehr Erde. So ging es weiter und weiter, bis ich keine Luft mehr bekam, und das riss mich aus dem Schlaf – das Gefühl, zu ersticken.

Ich schlug die Decke zur Seite, setzte mich auf und starrte in eine Dunkelheit, die viel dichter war als alles, was ich kannte. Keine Zikaden. Keine Frösche. Kein Wind. Kein Duft nach Morgentau und feuchten Tannennadeln. Ich war es nicht gewohnt, im August drinnen zu schlafen, eingezwängt zwischen vier Wänden, unter einem gedeckten Dach. Ich brauchte Luft zum Atmen. Ich musste die Sterne sehen.

Ich wandte meinen Kopf zum einzigen Fenster. Der Vorhang stand ein Stück offen, ließ einen Schlitz silbernen Mondlichts herein. Ich war nicht die Einzige mit Schlafproblemen. Ollie stand schon am Fenster, eine Hand am Glas, und blickte hinaus in den Garten. Das offene Haar fiel ihr auf die Schultern. Der Saum des langen T-Shirts hing bis auf den Boden; es sah aus, als trüge Ollie ein altmodisches Nachthemd. Sie stand still und schweigend da, wie ein aus Seide gesponnener Traum vor dem Schwarz der Nacht. Sie drückte das Fenster auf. Ein Luftzug mit dem Geruch nach feuchter Erde wehte herein und ließ Ollies Haare sekundenlang zu einem schimmernden Heiligenschein aufflattern.

Unter meinen Füßen knarrte eine Diele.

Ollies Kopf fuhr zu mir herum, und als sie sah, dass ich es war, wandte sie ihn wieder zum offenen Fenster.

Wir standen nebeneinander, ohne uns zu berühren, ohne zu sprechen. Wir starrten nur über Zeb und Frannys Felder zu den fernen dunklen Bäumen, die unsere Weide umgaben. Der Wind rauschte durch das hohe Gras und bog die Wipfel der Fichten. Die Glockenspiele auf der Veranda schepperten wie wild durcheinander. Es war nicht die Art von Wind, der Regenwolken herbeischob oder einen kühlen Morgen brachte. Es war ein Wind, der Staub und Hitze in sich trug. Die Art von Wind, der einen Menschen austrocknete, ihn auslaugte. Am nächsten Morgen würden wir mit rauen Kehlen und brennenden Augen aufwachen.

„Ich weiß, dass du wütend auf mich bist“, sagte ich. „Du glaubst, alles wäre meine Schuld.“

Ollie nahm all ihr Haar in eine Hand und schlang es um ihre Faust.

„Und vielleicht ist es ja so. Hätte ich Deputy Santos gleich am Anfang die Jacke gegeben, so wie Bear es wollte, dann hätten die Dinge sich vermutlich anders entwickelt.“

Ollie machte eine Schnute, dann zog sie die Lippen zurück und presste sie zwischen den Zähnen zusammen.

„Vielleicht auch nicht.“

Ollie schaute mich an. Im Mondschein sah ihre Haut grau aus, ihre Augen pechschwarz. Sie ließ ihr Haar los, ließ es sich in wallenden Kaskaden wieder über die Schultern fallen. Sie schien darauf zu warten, dass ich noch etwas sagte.

„Ich möchte auch glauben, dass er unschuldig ist, Ollie“, sagte ich. „Aber es besteht die Möglichkeit, dass er nicht nach Hause zurückkehrt. Ich glaube, darauf sollten wir auch gefasst sein.“

Sie wandte sich vom Fenster ab, ging die wenigen Schritte zu ihrem Bett, nahm ihr *Alice*-Buch vom Kissen und kehrte zu mir zurück. Sie hielt mir das Buch hin, auf eine der Anfangsseiten aufgeschlagen. Sie deutete auf den untersten Absatz, auf einen Satz, der lautete: *Nach einem solchen Sturz wird es mir gar nichts mehr ausmachen, die Treppe hinunterzufallen.*

Ich lachte. Sie drückte sich das Buch ans Herz und schmiegte sich an mich.

Als wir im Krankenhaus darauf warteten, dass uns jemand abholte, hatte Ollie noch gesprochen und mich gefragt, ob ich Angst habe. Ich antwortete ihr nicht. Sie schmiegte ihren kleinen Körper an meinen, legte ihre Hände über meine und sagte: „Man darf ruhig Angst haben, Sammy.“ Und dann, nach einer langen Pause: „Wir können zusammen Angst haben, okay?“ Ich nickte und schluckte den Kloß im Hals hinunter und starrte so lange an die Decke, bis mir die Tränen nicht mehr in alle Richtungen aus den Augen schießen wollten. Und dann zog ich meine Hand weg, stand auf und sagte: „Ich hole mir Skittles aus dem Automaten. Möchtest du auch etwas?“

Sie schlang die Arme um ihre angezogenen Beine und legte ihr Kinn auf die Knie. „Glaubst du, es gibt Mini-Donuts mit Streuseln? Die mag ich am liebsten." Es gab sie, und ich kaufte ihr welche. Sie verdrückte alle bis auf einen. Den verbliebenen Donut legte sie auf den Stuhl neben ihr. „Den hebe ich für Mom auf. Wenn es ihr wieder besser geht." Dann beugte sie sich zu mir hinüber, wölbte die Hand vor dem Mund und flüsterte: „Krankenhausessen ist das Schlimmste, was es gibt."

Ich sagte ihr nicht, dass Mom sich nicht mehr erholen würde, dass sie längst tot war. Ich sagte es ihr nicht, weil ich Angst davor hatte. Aber ich wünschte, ich hätte es getan. Vielleicht wäre es leichter für sie gewesen, wenn sie nicht so lange gehofft hätte.

Einige Tage später fand Grandma den Donut in Ollies Tasche und warf ihn weg. Ollie vergoss bittere Tränen. Zu der Zeit geschahen so viele Dinge – die Beerdigung, Packen, Bears Streit mit Grandma darüber, was mit Ollie und mir geschehen sollte –, dass ich mich wahrscheinlich nicht ausreichend um Ollie kümmerte, nicht so, wie man es von einer großen Schwester hätte erwarten können. Mir fiel nichts ein, was ich ihr hätte sagen können, damit sie sich besser fühlte. Es gab keine Erklärung dafür, dass etwas so Schreckliches geschehen war, und keine magischen Worte, um uns zu heilen.

Diesmal wollte ich eine bessere Schwester sein. Zumindest wollte ich es versuchen. Ich sagte: „Ich weiß nicht, was mit uns geschieht, Ollie. Ich wünschte, ich könnte dir sagen, dass alles in Ordnung kommen wird und wir die Sache heil überstehen. Aber ich kann es nicht."

Ihre Hand fand meine. Ich fand es schön, wie warm sie war. Ihre Handfläche war wie ein Stein, der in der Sonne lag.

„Ich wünschte, ich könnte irgendetwas tun, um alles, was geschehen ist, zu ändern", fuhr ich fort. „Ich wünschte, ich könnte Bear zurückholen. Und Mom auch." Meine Stimme brach.

Ollie drückte so fest sie konnte meine Hand.

„Jetzt haben wir nur noch uns", sagte ich. „Wir müssen aufeinander aufpassen."

Sie lehnte den Kopf gegen mich. Ihre langen Haare kitzelten mich am Arm, aber ich hatte nichts dagegen.

Wir blieben am Fenster stehen, bis der Mond hinter den Bäumen verschwand und die Scheune eine geduckte Bestie in der Dunkelheit wurde, bis die Luft im Zimmer sich anfühlte wie die Luft im Freien und bis die Lieder der Frösche und Zikaden lauter waren als unsere

Gedanken. Als wir zu unseren Betten zurückkehrten, ließen wir das Fenster offen und den Vorhang flattern.

In dem Traum, den ich in dieser Nacht hatte, sah ich uns mit angemalten Gesichtern durch den Wald schleichen. Wir jagten Hasen und heulten wie Wölfe. Wir lebten wie Wilde. Und als die Menschen uns suchen kamen, versteckten wir uns im hohen Gras und in den Büschen, und Ollie legte einen Finger über ihre Lippen, und niemand entdeckte uns. Nach einer Weile verschwanden die Menschen und überließen uns unserem wilden Selbst.

Als Franny uns am nächsten Morgen für den Kirchbesuch weckte, sagte ich ihr, dass ich mich krank fühle. Sie beugte sich zu mir herab, legte mir eine Hand auf die Stirn und sagte: „Du bist wirklich ein bisschen warm."

Ich nickte und schloss die Augen. „Ich kann trotzdem mitkommen", sagte ich. „Ich kann es versuchen ..."

Sie zog mir die Bettdecke bis unters Kinn und packte mich gut ein. „Du bleibst schön liegen, Kind, und ruhst dich aus."

Sie brachte mir eine trockene Scheibe Toast und einen Pfefferminztee, dazu einen Stapel mit alten Ausgaben von *Better Homes and Gardens*. „Gegen Mittag sind wir zurück." Sie gab mir einen Kuss auf die Stirn und ging.

Es dauerte noch eine Viertelstunde, bis sie das Haus verließen und ich hörte, wie draußen der Truck ansprang und losfuhr. Danach vergingen weitere zehn Minuten der Stille, ehe ich aufstand, mich ankleidete, meine Schuhe anzog und durch die Hintertür schlüpfte.

Am Morgen war Deputy Santos vorbeigekommen, um uns unsere Schlafsäcke zu bringen. Als sie die Zufahrt hinaufgefahren kam, hatte das Motorengeräusch mich aufgeweckt, und ich war zum oberen Treppenabsatz geschlichen und hatte mich dort versteckt und gelauscht. Sie hatten mit gesenkten Stimmen gesprochen, aber ich verstand trotzdem jedes Wort.

„Wir haben ihn wegen des Mordes an Taylor Bellweather festgenommen", hatte Deputy Santos gesagt. „Ganz offiziell."

„Oh." Das war Franny, ihre Stimme flatternd wie ein junger Vogel. „Oh, nein. Nein, nein."

Zeb fragte: „Was ist mit einer Kaution?"

„Die Anhörung findet Dienstagmorgen statt. Bis dahin müssen wir ihn festhalten."

„Das Ganze muss ein Irrtum sein."

„Es gibt Beweise. Zeugen. Zu viele Dinge weisen in diese Richtung."

„Dann muss es dafür eine Erklärung geben", sagte Zeb. „Er muss einen Grund für sein Verhalten gehabt haben, etwas, das einen Sinn ergibt."

„Er weigert sich, zu kooperieren. Er sagte, selbst wenn er uns die Wahrheit erzählte, würden wir ihm nicht glauben, weil unser Urteil längst feststehe. Dann bat er um einen Anwalt."

„Aber das bedeutet nicht, dass …", sagte Franny. „Er kann doch unmöglich …"

„Es sieht nicht gut aus. Die Dinge summieren sich. Es gibt einfach zu vieles, was gegen ihn spricht …"

An der Stelle schlich ich wieder in unser Zimmer und vergrub meinen Kopf unter dem Kissen. Als ich Franny sagte, dass ich mich krank fühlte, war es nicht gelogen. Aber wie viel von meinen Bauchschmerzen von der Vorstellung herrührte, dass all die Leute in der Kirche mich anstarren und zwischen den Liedern über uns tuscheln würden und wie viel Schuld ich an allem trug, vermochte ich nicht zu beurteilen.

Mein Vater, ein Mörder. Ich konnte es nicht glauben.

Das Gras auf der Weide war platt getrampelt. Überall Stiefelabdrücke zwischen dem Müll. Unter unserem Picknicktisch lag ein zerknüllter Latexhandschuh. Ein gelbes Absperrband hing schlaff von einem Ast herab, vor dem Pfad, der zu unserer Badestelle führte. Am Bienenstand flogen die Bienen vor ihren Kästen herum. Für die Insekten hatte sich nichts geändert. Den Bienenstock hatte die Polizei in Ruhe gelassen; der Anbau, in dem wir unser Werkzeug aufbewahrten, war hingegen leer geräumt. Die Polizei hatte alles mitgenommen, was Bear benötigte, um die Bienen zu versorgen. Sogar mein Schutzanzug war verschwunden. Beweise. Danach hatten sie gesucht. Vielleicht hatten sie welche gefunden.

Die Bienen würden einige Tage allein zurechtkommen; die etablierten Schwärme benötigten überhaupt keine Hilfe von uns. Sie hatten genug Honig gelagert, um bis zum nächsten Frühling zu überstehen, wenn die Blumen wieder zu blühen begannen. Es waren die neueren

Völker, um die ich mich sorgte, besonders um den Schwarm, den wir kürzlich erst nach Hause geholt hatten. Sie hatten nicht die Zeit gehabt, um genug Honig zu produzieren, und um den Winter zu überleben, brauchten sie unsere Unterstützung. Aber im Augenblick konnte ich nichts für sie tun, nicht ohne meinen Schutzanzug. Ich wandte mich um und ging zum Tipi.

Ich stand am Eingang und schaute hinein. Alles war ein einziges Durcheinander. Bears Feldbett lag umgekippt auf der Seite, seine Decken lagen zerknüllt am Boden. Die kleine Truhe war offen, Bears Kleidung war überall verstreut. Auch die Schubladen der Kommode standen offen, und ich sah jetzt, was gestern solchen Lärm verursacht hatte. Ein Honigglas war zersprungen, der ganze Honig ausgelaufen. Seitdem waren einige Bienen dem Duft gefolgt und schwirrten nun im Tipi herum.

Ich stellte Bears Bett auf, dann den Klappstuhl, der ebenfalls umgekippt war; ich schob ihn an seinen Platz am Tisch. Dann sammelte ich die Zettel auf, die überall am Boden herumlagen, und sah sie durch. Bei einigen handelte es sich um Bears Zeichnungen, die an der Zeltwand gehangen hatten. Ich legte sie auf dem Tisch zu einem sauberen Stapel zusammen. Die anderen Zettel waren Quittungen und Bestellformulare, Unterlagen für das Honiggeschäft. Ich stopfte sie in einen leeren Kissenbezug, den ich zu Zeb und Franny mitzunehmen gedachte.

Zwischen alten Imker-Magazinen entdeckte ich ein Foto. Vor langer Zeit hatte ich es schon einmal gesehen, es seither aber völlig vergessen. Ein frisch rasierter junger Mann mit kurzem, kastanienbraunem Haar umschlang die Taille einer elfenhaften Frau. Sie hatte hohe Wangenknochen, dunkle Sommersprossen, und ihre braunen Locken ergossen sich über ihre zarten Schultern, genauso wie bis vor Kurzem bei mir. Sie schmiegte sich eng an den Mann, blickte aus hellblauen Augen zu ihm auf, ein verliebtes Lächeln auf den vollen Lippen. In ihrem Blick spiegelte sich ihre gesamte gemeinsame Zukunft: Glück, Kinder, gemeinsam alt werden, gemeinsam sterben. Als Mom mir das Foto vor Jahren zeigte, hatte sie gesagt, sie und Bear wären dort in den Flitterwochen in der italienischen Provinz unterwegs gewesen, und ein Mann namens Giovanni, der zufällig vorbeiradelte, hätte sich erboten, sie vor einem Olivenhain zu fotografieren. Giovanni hätte sie aufgefordert, sich für die Aufnahme zu küssen, aber Bear sei zu schüchtern gewesen. Ich starrte das Foto noch einen Moment lang an, versuchte, in den Gesichtern dieser Fremden meine Eltern zu erkennen; diese Frau und dieser Mann, so jung, so verliebt. Diese Frau, die das ganze Leben vor sich hatte. Dieser Mann, der nichts zu verbergen hatte.

Ich schob das Foto in meine Gesäßtasche und hob die letzten Zettel auf, die noch am Boden lagen. Auf dem obersten fiel mir ein Name ins Auge.

Liebe Sam,
es tut mir leid.

Der Rest der Seite war leer.

Ich blätterte durch den Stapel. Hier war noch einer:

Liebe Sam,
ich möchte Dir so vieles darüber erzählen, was geschehen ist, aber –

Das letzte Wort endete in einem langen, nach unten verlaufenden Strich, wie wenn man mit dem Ellbogen von der Tischplatte abrutscht und der Stift über das Papier schmiert.

Auf einem anderen Bogen standen mein Vorname und in der Ecke ein Datum von vor drei Jahren, aber nichts weiter. Es gab zwanzig bis dreißig dieser Bögen, angefangene, aber nie zu Ende geschriebene Briefe. Durchgestrichene Wörter, ganze Sätze, die mit dicker schwarzer Tinte übermalt waren. Das Papier war dünn, die Kanten waren stumpf geworden. Diese Briefe waren vor Jahren aufgesetzt worden. Ich versuchte, sie in die richtige Reihenfolge zu bringen, aber die meisten waren undatiert. Doch selbst wenn es ein Datum gab, konnte man den wenigen Worten unmöglich entnehmen, was er mir mitzuteilen versucht hatte.

Auf jedem der Zettel standen nur einige wenige Wörter, meistens Sachen wie *Es tut mir leid* oder *Ich wünschte, die Dinge wären anders gewesen* oder *Ich wünschte, ich wäre ein besserer Mensch gewesen.* Der älteste datierte aus dem Jahr, in dem ich acht wurde, im Januar, und ich noch viel zu jung war, um viel zu begreifen. In dem Winter hatte ich mich drei Tage lang geweigert, mit Mom zu sprechen, weil ich sie bestrafen wollte. Denn ich gab ihr die Schuld dafür, dass Bear nicht mehr nach Hause kam, dass wir nicht für immer bei ihm auf der Weide leben durften. Dass unsere Familie zerbrochen war.

Der Brief begann wie all die anderen mit:

Liebe Sam.

Und dann:

Heute hat es geschneit. Und zwar so viel, dass ich eine Schneefamilie bauen konnte. Und als ich mir die vier Familienmitglieder anschaute, erinnerten sie mich an Dich und Deine Schwester und Deine wunderschöne Mutter. Es erinnerte mich daran, was wir hätten sein können.

Danach nichts mehr. Nur leere Zeilen.

Ich wusste nicht, ob ich für diese Briefe dankbar sein sollte – weil ich nun wusste, dass er während meiner Abwesenheit an mich gedacht und versucht hatte, mir zu schreiben – oder ob ich wütend sein sollte, weil sie keinen Sinn ergaben und sie nicht zu Ende geschrieben waren und ich nicht wusste, ob er sie überhaupt abgeschickt hätte, selbst wenn er sie zu Ende geschrieben hätte. Ich beschloss, mir darüber nicht den Kopf zu zerbrechen, und legte sie neben Bears Zeichnungen auf den Tisch.

Als ich ging, schloss ich die Zeltklappe hinter mir und band sie fest zu.

Den Kissenbezug warf ich mir über die Schulter. Neben den Geschäftsunterlagen hatte ich auch Bears Zeichenstifte und ein paar leere Zeichenblöcke hineingeworfen. Vielleicht würde er sich im Gefängnis darüber freuen, falls ich ihm die Sachen überhaupt geben durfte.

Zwischen den Bäumen hindurch lief ich zum Crooked River. Die Polizisten waren auch hier entlanggegangen, hatten das Gras und das Bischofskraut platt getreten und überall nach Hinweisen gesucht – nach kleinen, großen, nach allem, was ohne jeden Zweifel Bears Schuld beweisen würde.

Während der kurzen Fahrt zu Franny und Zeb hatte ich Deputy Santos geschildert, wie ich Taylor Bellweathers Leiche gefunden und die Strömung sie mir aus den Händen gerissen hatte, mehrere Stunden bevor Toni Grant die Leiche ein zweites, letztes Mal entdeckte. Ich erzählte ihr auch, dass Bear uns eine ganze Nacht auf der Weide allein gelassen und dass ich am nächsten Morgen die Jacke in seiner Umhängetasche gefunden hatte und zwei Tage später dann den Autoschlüssel. Als sie mich fragte, warum ich bei ihrem ersten Besuch auf der Weide nichts gesagt hätte, entgegnete ich, ich hätte zu viel Angst gehabt. Ich dachte, wir würden in Schwierigkeiten geraten. Ich sagte ihr, Bear hätte mir versichert, nichts mit dem Mord zu tun zu haben, und dass es allein meine Schuld sei, dass wir die Polizei nicht früher informiert hätten.

„Ich dachte, ich könnte ihn beschützen." Es war das Falscheste, was ich hätte sagen können angesichts des Schlamassels, in dem wir steckten, aber nun war es zu spät, um es wieder zurückzunehmen.

Deputy Santos fasste fester um das Lenkrad. „Es ist nicht deine Aufgabe, deinen Vater zu beschützen. Es muss andersherum sein."

Es gab eine Zeit vor der Weide, als wir in Eugene zu viert in einem Reihenhaus mit vier Zimmern wohnten, sechs Straßenblocks von der Universität entfernt. Mom lachte viel und sang Country-Songs beim Kochen. Mein Vater ging im Anzug zur Arbeit und kam manchmal zum Mittagessen nach Hause. Ollie war ein Baby, nicht mal ein Jahr alt, aber sie hatte schon ihr erstes Wort gelernt: Daddy. Ich war fünf, ging auf sechs zu, und glaubte, die Welt bestünde nur aus samstäglichen Zeichentrickfilmen, Fangenspielen und Schokoladeneis mit Minz-Schoko-Splittern und Karamellsauce. Wir waren glücklich. Dann verließ uns unser Vater.

Vielleicht wäre es leichter gewesen, wenn ich es hätte kommen sehen. Wenn er einen Koffer gepackt oder uns einen Abschiedskuss gegeben oder einen Grund genannt hätte. Aber so war es nicht. Eines Tages kam er einfach nicht mehr nach Hause. Ich wartete auf ihn am Fenster, so wie ich es immer tat, aber die Einfahrt blieb leer. Am nächsten Tag wartete ich auch auf ihn, am übernächsten auch. Schließlich setzte Mom sich mit mir hin, nahm meine Hand und erzählte mir, er würde nicht mehr nach Hause kommen, zumindest für eine Weile nicht. Sie sagte, es habe nichts mit uns zu tun, er benötige einfach ein bisschen Zeit für sich allein, um sich selbst wiederzufinden. Mir erschien es sonderbar, dass er sich überhaupt verloren hatte. Sich selbst zu verlieren schien mir ein Ding der Unmöglichkeit.

Ich hörte auf, am Fenster auf ihn zu warten, aber nachdem Mom mich zu Bett gebracht und mir einen Gutenachtkuss gegeben hatte, dachte ich mir Geschichten aus, um nicht leise vor mich hin zu weinen. Geschichten, in denen Daddy wegen irgendwelcher Umstände, für die er nichts konnte, irgendwo festsaß, aber verzweifelt versuchte, nach Hause zu gelangen. Geschichten, in denen er entführt und in einen Van geworfen und irgendwo im Wald ausgesetzt worden war, wo er nun orientierungslos umherirrte, oder dass mitten in der Wüste sein Auto kaputtgegangen war oder dass er wegen der Arbeit irgendwohin geflogen und dass das Flugzeug über einer Tropeninsel abgestürzt war. Ich glaubte, es wäre nur eine Frage der Zeit, bis eine Suchmannschaft ihn fand oder er auf eine Tankstelle zugetaumelt kam, und dann würde unser Telefon klingeln, und ich würde rangehen und am anderen Ende der Leitung seine Stimme hören, und er würde mir sagen, dass ich mir keine Sorgen machen solle, denn er komme jetzt nach Hause.

Die Geschichte, die ich mir am häufigsten zurechtfantasierte, war, dass er irgendeinen Unfall gehabt und einen Schlag an den Kopf bekommen hatte, für eine Weile das Bewusstsein verloren hatte und vielleicht unter Gedächtnisverlust litt. Er hatte seinen Führerschein verloren und trug nichts anderes bei sich, um sich auszuweisen. Deshalb konnten die Ärzte und Krankenschwestern nicht herausfinden, wer er war oder wie sie Kontakt mit seiner Familie aufnehmen konnten. Eines Nachts, fast genau ein Jahr nach seinem Verschwinden, war ich dermaßen überzeugt, dass dies die einzig mögliche Erklärung für seine Abwesenheit war, dass ich am nächsten Morgen in die Küche rannte, wo Mom einen Tee aufbrühte, und aufgeregt rief: „Wo ist das Telefonbuch?"

Beinahe hätte sie den Kessel fallen lassen. „Was ist denn los? Beruhige dich. Wozu brauchst du ein Telefonbuch? Komm, Sam, erzähl es mir."

„Die Krankenhäuser." Ich war kurz davor, zu hyperventilieren, mein Kopf war ganz leicht, mein Puls raste. „Wir müssen die Krankenhäuser anrufen."

Mom hockte sich vor mir hin und packte mich bei den Schultern. „Langsam, langsam. Ich kann dir nicht folgen."

„Dad", sagte ich. „Er ist verletzt. Er erinnert sich nicht an uns. Wir müssen ihn finden und ihm helfen, dass er sich wieder an uns erinnert.“

Ich versuchte, mich von ihr loszureißen und wollte selbst nach dem Telefonbuch suchen, aber Mom hielt mich fest, drückte mich an sich und flüsterte mir ins Ohr: „Oh, mein Liebling. Dein Daddy ist nicht verletzt.“

In dem Moment wurde mir klar, dass sie genau wusste, wo er war, dass er sich nicht verirrt hatte. Aber als ich sie bat, mir zu erklären, warum er fortgegangen war, entgegnete sie, darüber solle ich mir keine Gedanken machen. Ich sei zu jung. Sosehr ich auch bettelte, immer erhielt ich die gleiche Antwort: „Wenn dein Vater so weit ist, wird er es dir erklären.“ Aber mir war nicht klar, wie das funktionieren sollte, er war ja nicht da. Er war nirgendwo.

Zwei Jahre verstrichen, das Leben ging weiter. Dann saßen wir eines Abends, an einem Mittwoch, am Küchentisch und aßen Hackbraten mit grünen Bohnen und Apfelsoße, und ich versuchte, Mom zu überreden, mir einen neuen Wintermantel zu kaufen. Mom entgegnete: „Der alte passt dir doch noch“, und plötzlich klingelte das Telefon.

Mom ging ran, und an der Art, wie sie sich auf den Stuhl fallen ließ – das Kinn sank ihr auf die Brust, die Haare fielen ihr ins Gesicht, beinahe fiel ihr der Hörer aus der Hand –, erkannte ich, dass mein Vater am Apparat war.

„Wo steckst du?“, fragte sie. „Ich dachte, du wolltest heute Morgen anrufen.“ Und dann schwieg sie eine ganze Weile, hörte nur zu, nickte, als wäre er bei uns im Zimmer statt irgendwo weit weg. Schließlich sagte sie: „Okay. Mhm. Okay. Ich liebe dich auch.“ Dann reichte sie den Hörer an mich weiter. „Dein Vater.“

Ich drückte mir den Hörer ans Ohr, aber sagte einige Sekunden lang nichts. Ich wollte ihn nur atmen hören. Nach einer Weile sagte er: „Hallo? Sam? Bist du da?“

„Ja.“

„Oh, hi.“

„Hi.“

„Es ist so schön, deine Stimme zu hören.“

„Wo warst du?“

Es folgte eine lange Pause, und ich dachte schon, er hätte aufgelegt. Dann sagte er: „Ich musste eine Weile allein sein.“

„Warum?“

„Ich brauchte Zeit zum Nachdenken."

Seine Antworten waren schrecklich, aber nach so langer Zeit seine Stimme zu hören genügte mir. Ich fragte: „Wann kommst du nach Hause?"

Er sagte nichts.

„Morgen?"

Er seufzte. „Nein, nicht morgen."

„Übermorgen?"

„Nein, wahrscheinlich nicht."

„Wann dann?"

„Ich weiß nicht, Sam."

„Oh."

„Ich möchte, dass du ein großes Mädchen bist, okay? Sei es für mich. Ich möchte, dass du tapfer bist und dich um deine Mutter und deine kleine Schwester kümmerst. Kannst du das tun?"

„Okay."

Er räusperte sich, und im Hintergrund hörte ich ein Auto vorbeifahren. Dann fragte Bear: „Hast du Lust, diesen Sommer ein paar Wochen bei mir zu verbringen? Wir können unter den Sternen schlafen. Ich kann dir beibringen, wie man fischt."

„Wirklich?"

„Hast du Lust?"

„Ja."

Und so war mein Vater endlich in mein Leben zurückgekehrt, wenngleich anders, als ich es mir vorgestellt hatte. Als ich ihn dann nach so langer Zeit zum ersten Mal wiedersah, erkannte ich ihn kaum. Ich hatte Angst, aus dem Auto zu steigen. Da stand dieser bärtige Mann, kaum größer als meine Mutter, obwohl ich ihn als Riesen in Erinnerung hatte. Ein hohlwangiger Fremder, viel dünner als in meiner Erinnerung. Ich war mir sicher, dass es ein Irrtum war. Dann lächelte der Mann mich an, und plötzlich war es, als wär mein Vater nie weg gewesen.

Nun war er wieder weg.

Ich war hier, er war woanders. Außerhalb meiner Reichweite. Nur diesmal gab es keine Geschichten, die meine Hoffnung nährten, und keine Mom, die auf mich aufpasste und mich in den Arm nahm, wenn ich weinte.

Am Flussufer hob ich einen Stein auf und versuchte, ihn über das Wasser springen zu lassen, aber die Strömung war zu stark, die Stromschnellen zu schnell, und der Stein wurde sofort mitgerissen.

In der Luft schoss ein kleiner dunkler Fleck an mir vorbei. Ich folgte seiner Bewegung, beobachtete, wie er in die Tiefe stürzte und wieder nach oben geschossen kam, dann ließ er sich plötzlich dicht neben mir ins Flachwasser fallen. Ich kniete mich am Ufer hin und beugte mich vor, um ihn besser zu erkennen. Es war eine Honigbiene, vielleicht aus Bears Bestand, aber das ließ sich nicht so einfach erkennen. Ihre heutige Aufgabe bestand darin, Wasser zum Bienenstock zu bringen. Sie trank lange, saugte sich mit Wasser voll, dann stieg sie triefnass wieder in die Luft, schwankte ein wenig, flog einen Kreis und dann flussaufwärts davon, in die entgegengesetzte Richtung von Bears Bienenstöcken. Ich sprang auf und rannte ihr nach.

Wenn Bienen nach Hause fliegen, nehmen sie immer den direkten Weg. Das wusste ich von Bear. Auch erklärte er mir, dass man Bienen am besten bei bedecktem Himmel verfolgen könne, weil man vor den hellen Wolken ihre schwarzen Körper am besten erkenne. Heute war der Himmel strahlend blau, aber solange die Biene sich von den Bäumen fernhielt, bestand die Chance, dass ich mein erstes wildes Bienenvolk fand.

Bear sagte immer, man sei kein richtiger Bienenzüchter, solange man keine Biene zu ihrem wilden Bienenstock zurückverfolgt habe. In den letzten vier Jahren war es ihm sechs Mal gelungen, und er hatte gesagt, es käme daher, dass er geduldig und aufmerksam sei und Adleraugen habe. Ich fragte mich hingegen, ob die Bienen bei ihm womöglich langsamer flogen, denn immer wenn ich versucht hatte, einer zu folgen, verlor ich sie nach wenigen Schritten aus den Augen und gab auf. „Bienen zu verfolgen ist zu zehn Prozent Geschick und zu neunzig Prozent Glück“, sagte Bear gern. Bienen sind klein und fliegen schnell; es ist, als würde man versuchen, im Sturm einer Staubflocke nachzujagen. Das Beste, was man tun kann, ist, die Umgebung komplett auszublenden, nicht darauf zu achten, wo man hintritt, und der Biene so schnell wie möglich in direkter Linie hinterherzurennen.

Es war so schön, den Boden unter meinen Füßen dahinfliegen zu spüren, in vollen Zügen die Luft in meine Lunge zu saugen und mir in rasendem Tempo einen Weg durch die Büsche zu bahnen. Der Kissenbezug schlug mir gegen den Rücken, und alle paar Schritte stolperte ich über einen losen Stein oder über ein aus der Erde ragendes Stück Holz, aber ich fiel nicht hin, wurde nicht langsamer. Die Biene flog. Ich rannte.

Etwa eine halbe Meile lang hielt sie sich dicht am Crooked River, und es war leicht, ihr zu folgen. Das Ufer südlich meiner Badestelle wurde immer flacher, der Fluss breiter, die Strömung langsamer. Das Gras raschelte an meinen Fußknöcheln. Aus einem Rohrkolbenfeld explodierte ein Schwarm winziger Vögel.

Ich hatte diesen Teil des Flusses schon einmal erkundet, und es war noch ein gutes Stück, bis Zebs Grundstück endete und das eines anderen Landbesitzers begann. Ich glaubte nicht, dass die Biene nun noch viel weiter fliegen würde, und ich wurde ganz aufgeregt bei der Vorstellung, bald einen wilden Bienenstock zu entdecken. Er würde sich in einem hohlen Baum befinden oder an einem verrotteten Baumstamm oder vielleicht in einer Höhle, halb verborgen in einer Felsspalte. Sobald ich nahe genug herangekommen war, würde ich mehr Bienen sehen, sie vielleicht sogar summen hören. Und ich fragte mich, ob sie genauso klingen würden wie Bears Bienen – zufrieden, entspannt, fröhlich – oder ob das Summen wilder Bienen aufgeregter, drängender und wütender klingen würde. Und ich stellte mir Bears Gesichtsausdruck vor, wenn ich ihm schilderte, wie ich einer Biene von meiner Badestelle am Fluss bis sonst wohin gefolgt war. Er würde sich freuen, würde mich angrinsen, wäre bestimmt stolz auf mich.

Ich dachte: Jetzt muss es ganz in der Nähe sein, und blickte kurz zum Waldrand. Und da verlor ich die Biene aus den Augen.

Man muss aufmerksam bleiben. Darf keine Sekunde unkonzentriert sein. Das hatte mir Bear gesagt. Der Blick muss gehoben bleiben, die Augen weit aufgerissen.

Ich blieb stehen und hielt nach der Biene Ausschau, am Himmel, zwischen den Bäumen, überall. Sie war verschwunden. Verschwunden, während ich kurz woandershin geschaut hatte. Ich trat gegen einen Stein. Er rollte von mir weg und landete im Wasser.

Die Sonne stieg immer höher in den Himmel. Mir blieb vielleicht noch eine Stunde, bis Zeb, Franny und Ollie vom Kirchbesuch zurückkehrten. Ich befand mich in unmittelbarer Nähe der Anliegerstraße, wo Bear die Jeansjacke gefunden hatte. Wenn ich dem Weg bis zur Lambert Road folgte, konnte ich die Farm von dort aus schneller und bequemer erreichen, als wenn ich wieder zwischen den Bäumen und über die Weide zurückging. Ich trottete ein paar Meter flussaufwärts, folgte der Biegung des Ufers, trat gegen Steine und schlug mit einem zerbrochenen Stock auf das Unkraut. Schließlich erreichte ich eine Lücke im Unterholz, eine Stelle, wo die Bäume weniger dicht nebeneinanderstanden.

Die Anliegerstraße war eigentlich nur ein unbefestigter, löchriger Weg, der in der Mitte mit Gras und Unkraut bewachsen war; er ähnelte dem Feldweg zwischen unserer Weide und Zebs und Frannys Scheune. Aber statt mehrere Meilen vor dem Fluss zu enden, führte der Weg bis ans Wasser. Vielleicht hatte es hier einst eine Brücke gegeben oder eine Furt, an der man den Fluss hatte durchqueren können. Ich blickte ans andere Ufer, wo die Bäume dicht an dicht nebeneinanderstanden. Es schien mir keine geeignete Stelle, um durch den Fluss zu gelangen. Das Wasser war zu hoch, die Strömung zu stark.

Einige Schritte flussabwärts lag eine winzige Insel, ein aufgehäuftes Durcheinander aus Felsen, Gras und ein paar dürren Bäumchen, die niemals höher als meine Hüfte wachsen würden. Zwischen ihren schlaff herabhängenden Zweigen und Blättern hing irgendein kleiner Gegenstand, der im Sonnenschein golden glitzerte.

Ich zog meine Schuhe aus und legte sie zusammen mit dem Kissenbezug auf einen Felsen. Ich rollte meine Hosenbeine nach oben und watete ins Flachwasser. Die starke Strömung drohte mich von den Beinen zu holen. Ich beugte mich vor, kämpfte gegen die Strömung an und watete tiefer ins Wasser hinein. Als ich die Insel erreichte, war meine Hose klitschnass und der Saum meines T-Shirts ebenfalls. Der Fluss umspülte meine Taille, drückte mich gegen die Felsen. Ich packte einen stabilen Ast, der aufs Wasser hinausragte, und hielt mich an ihm fest. Mit der freien Hand griff ich nach dem Gegenstand, der sich an einem Zweig verfangen hatte. Es war eine Halskette, wie ich jetzt sah.

Mit den Fingerspitzen bekam ich sie zu fassen. Ich versuchte, sie vorsichtig zu mir heranzuziehen, aber sie hing fest. Ich wackelte mit der Kette ein bisschen hin und her und zog weiter. Schließlich rutschte sie vom Zweig und fiel mir in die Hand.

Ich wandte mich um und kämpfte mich durch die Fluten zum Ufer zurück. Im Flachwasser lagen glitschige, mit Algen bedeckte Steinplatten am Flussboden. Vorsichtig stieg ich über sie hinweg und ging an Land.

Das Wasser tropfte mir von der Hose und dem T-Shirt, benässte den Sand um meine Füße. Ich öffnete meine Hand und nahm die Halskette in Augenschein. Sie war schlicht, bestand aus Gold. An ihr hing ein runder Anhänger, ein dunkler Stein in einer goldenen Fassung. Ich erkannte die Form und die Verzierungen in dem Stein wieder, sah nun, dass es winzige Schlangen waren, keine Ranken, wie ich geglaubt hatte, als ich die Halskette in der Zeitung gesehen hatte. Derselbe Anhänger hatte an Taylor Bellweathers Halskette gehangen.

Ruckartig schaute ich auf und blickte suchend zum Wald hinter mir. Plötzlich hatte ich das Gefühl, beobachtet zu werden. Mir schauderte, ich bekam eine Gänsehaut. Niemand war bei mir, ich war allein mit dem Wind und den Bäumen in einem Wald voller Vögel.

Aber da war niemand.

Ich starrte wieder auf die Halskette. Der Verschluss war zerbrochen, und zwischen dem Stein und der Fassung klebte ein bisschen Schlamm. Aber es war ihre Kette. Ich war mir sicher. Deshalb begann ich, mich umzuschauen, und nun bemerkte ich noch andere Dinge.

Tiefe Reifenspuren führten vom Weg bis ans Wasser. Sie waren deutlich zu erkennen, waren noch nicht verkrustet, waren noch nicht von Wind und Wasser verwischt. Sie waren ja erst wenige Tage alt. Und dort, so dicht neben einer der Reifenspuren, dass ich es beinahe übersehen hätte, war ein perfekter Stiefelabdruck. Größer als jeder Schuh, den ich je getragen hatte, mit einem Waffeleisenmuster und einem mir unbekannten Logo.

Der Stiefelabdruck war ein Beweis. Ein Beweis für Bears Unschuld. Ich war mir vollkommen sicher. Ich schob die Halskette tief in meine Hosentasche. Dann kramte ich im Kissenbezug nach dem Zeichenblock und einem Stift. Ich setzte mich neben den Stiefelabdruck, schlug eine leere Seite auf und begann, ihn abzuzeichnen.

OLLIE

Die Kellnerin fragt: „Ihr seid zu zweit?"

Meine Schwester nickt und sagt Ja, obwohl außer uns beiden noch zwei Schimmernde dabei sind, und zwei plus zwei macht vier.

Die Kellnerin, auf deren blauem Namensschild „Belinda" steht, nimmt die Speisekarten aus einer Ablage neben der Kasse und führt uns zu einer Nische. Auf einer Seite rutsche ich hinein, auf der anderen meine Schwester. Diejenige vom Fluss und die, die mir folgt, steigen in die Höhe. Im hellen Sonnenlicht, das durch das Fenster strömt, schweben sie über unseren Köpfen wie Staubwolken, die sich niemals legen.

Belinda legt die Speisekarten vor uns hin. „Unser Tagesgericht ist Hackbraten mit Kartoffelpüree. Die Kindermenüs stehen auf der Rückseite." Sie verlässt den Tisch, damit wir unsere Wahl treffen können.

Für einen Montag ist es ziemlich voll in *Patti's Diner*; die Leute beobachten uns. Die beiden Männer an der Bar. Die Frau und ihr Mann, die sich einen Stapel Pfannkuchen teilen. Die grauhaarigen Damen, die alle gleich aussehen. Sie flüstern hinter vorgehaltenen Händen, so, wie sie es auch in der Kirche gemacht haben. Aber heute sind ihre Stimmen nicht leise genug, und ich verstehe Sachen wie „die armen Mädchen", „verhaftet", „hab's immer vermutet", „Monster".

Meine Schwester räuspert sich ein bisschen zu laut und rutscht auf ihrem Platz hin und her. Die Plastiksitzbank quietscht. Meine Schwester sagt: „Weißt du, was du möchtest?"

Ich deute auf das gegrillte Käse-Sandwich, zu dem es auch eine Tomatensuppe gibt. Futter für die Seele. Genau so etwas hätte Mom mir an einem Tag wie heute auch gekocht. Sie hätte mein Gesicht in die Hände genommen, mich auf die Nasenspitze geküsst und gesagt: „Es ist okay, wenn man mal traurig ist."

Ein heller Lichtfleck schwebt mir vor das Gesicht. Ich winke die Schimmernde fort.

Sie ist nicht meine Mutter, denn meine Mutter ist tot. Und doch ist sie meine Mutter. Im Dunkeln habe ich ihr Gesicht erkannt. Irgendwie sind wir beide stecken geblieben zwischen hier und dort, zwischen Leben und Tod.

Belinda kehrt an unseren Tisch zurück, in den Händen ein Notizblock und einen Bleistift. „Was darf's sein, Mädchen?"

Meine Schwester gibt unsere Bestellung auf, und Belinda verschwindet wieder. Als sie mit zwei Gläsern Wasser zurückkehrt, setzt meine Schwester zu einer Frage an. „Ich frage mich, ob …" Aber dann verstummt sie und schüttelt den Kopf, schaut aus dem Fenster und nagt an ihrer Unterlippe. Als Belinda sich bereits abwendet, sagt meine Schwester: „Ich hätte gern einen Kaffee."

Belinda bringt einen braunen Becher und schenkt aus einer halb vollen Kanne Kaffee ein.

Meine Schwester schiebt eine Hand in die Brusttasche ihrer Bluse, dann räuspert sie sich und sagt mit etwas zu lauter Stimme, so wie sie es immer macht, wenn sie versucht, vor anderen Leuten älter zu klingen, als sie wirklich ist: „Diese Frau, die gefunden wurde … gibt es etwas Neues darüber? Irgendeine neue Entwicklung?"

Belinda hält die Kaffeekanne dicht vor ihrer Brust und schaut aus zusammengekniffenen Augen zu uns herab. An meinem Glas rinnt ein Wassertropfen hinunter. Ehe er die Tischplatte erreicht, wische ich ihn mit der Fingerspitze weg und lecke sie ab.

Es ist eine gute Frage. Aber nicht die richtige.

Das Schweigen beunruhigt meine Schwester.

Ihre Hand steckt immer noch in der Brusttasche. Sie umfasst etwas, das ich nicht sehen kann. Mit der anderen Hand zupft sie an ihrer Papierserviette, reißt winzige Fetzen ab. Sie stammelt: „Ich meine … Sie begegnen hier doch so vielen Leuten … ein ständiges Kommen und Gehen … Ich dachte … ich dachte, Sie hätten vielleicht etwas gehört …"

„Möchtest du Milch in deinen Kaffee?", fragt Belinda.

Meine Schwester schüttelt schnell den Kopf und nimmt eine kleine Zuckerpackung aus dem Behälter am Tischrand. „Nein, danke. So ist es gut."

Und dann sind wir wieder allein, und ich möchte ihr sagen, dass sie ihr Bestes gibt und dass sie es weiter versuchen soll. Wir dürfen nicht aufgeben. Nicht jetzt. Niemals!

Bis wir die Wahrheit ans Tageslicht gebracht haben.

Sie trinkt einen Schluck Kaffee, verzieht das Gesicht und schiebt den Becher von sich. Sie schaut aus dem Fenster, und als ihr der Sonnenschein ins Gesicht fällt, weiß ich, dass sich etwas verändert hat. Etwas ist anders. Ich erkenne es daran, wie sie die Kiefermuskeln anspannt und wieder entspannt, wie sie mit den Fingern auf den Tisch trommelt. Und ich erkenne es auch daran, wie diejenige aus dem Fluss sich plötzlich aufgeregt hin und her windet, wie sie zitternd zwischen uns in der Luft schwebt. Beiden rast der Puls, beide können sich kaum beherrschen.

Meine Schwester hat etwas entdeckt. Etwas Wichtiges.

Etwas, das alles verändert.

Wir gingen ins *Patti's*, weil Deputy Santos dort für gewöhnlich ihre Mittagspause verbrachte. Aber heute saßen andere, mir unbekannte Leute in ihrer Lieblingsnische. Ich wollte auf der Stelle kehrtmachen und direkt zu Santos nach Hause gehen, aber Ollie hielt sich den Bauch und starrte dermaßen gierig auf die im Glaskasten ausgestellten Kuchen, dass ich schon dachte, ihr würden die Augen übergehen. Am Morgen hatte Detective Talbert Zeb angerufen und ihn gebeten, so schnell wie möglich den Truck zur Polizei zu bringen. Spurensuche. Ollie und ich waren bei Zeb mitgefahren unter dem Vorwand, dass wir in die Bücherei gehen wollten, die nur ein paar Straßen entfernt war. Um drei Uhr wollten wir ihn vor dem *Patti's* treffen. Bis dahin blieben uns noch einige Stunden. Deshalb fand ich es nicht schlimm, uns in eine der Nischen zu setzen und etwas zu essen.

Ich fasste in die Brusttasche meiner Flanellbluse, prüfte zum tausendsten Mal, dass die Halskette noch da war und ich mir das alles nicht nur eingebildet hatte.

Als ich gestern zu Zeb und Franny zurückgekehrt war, verwahrte ich die Kette sofort in einem kleinen Plastikbeutel und steckte ihn in meine Tasche. Ollie erzählte ich nichts davon, weil ich nicht wollte, dass sie sich zu große Hoffnungen machte. Zeb und Franny verschwieg ich es auch; die beiden hatten schon genug um die Ohren. Doch ich rief Deputy Santos an. Leider erreichte ich sie aber nicht. Deshalb beschloss ich, ihr die Kette und die Zeichnungen persönlich zu bringen. Den Rest es gestrigen Tages und ebenso heute Morgen, während wir frühstückten und uns fertig machten und sogar, als Ollie und ich nach draußen gingen, um die Hühner zu füttern, hatte ich die Kette ununterbrochen bei mir getragen. Sobald ich sie Deputy Santos aushändigte und ihr den Stiefelabdruck zeigte, sollte es nur eine Frage der Zeit sein, bis man Bear freiließ.

Mein Blick wanderte durch das Restaurant. Es überraschte mich, wie viele Leute da waren. Fast alle Tische und Nischen waren besetzt. Der Raum war erfüllt von Gelächter und lauten Stimmen, dem Duft frisch aufgebrühten Kaffees und dem Klirren der Bestecke. Mein besonderes Augenmerk galt den männlichen Gästen, besonders ihren Händen und Füßen. Die meisten trugen Sport- oder Straßenschuhe, einige aber auch Stiefel, und von dort, wo ich saß, schien mir, dass alle die passende Größe hatten.

Einer dieser Männer schaute über die Schulter zu mir zurück, in genau dem Moment, als ich sein breites Kreuz und seinen dicken Hals anstarrte und dachte, dass Taylor Bellweather in seinen Händen ein Streichholz gewesen wäre. Unsere Blicke trafen sich. Ich blinzelte, schaute aber nicht weg. Ich erkannte den Mann, seinen zurückweichenden Haaransatz, die Hakennase, die ewig gehobenen Mundwinkel, die winzigen dunklen Augen, die viel zu dicht beieinanderstanden.

Als ich meinen zweiten Sommer bei Bear verbrachte, kam Franny am Sonntag nach meiner Ankunft auf die Weide und bat mich, mir etwas Hübsches anzuziehen, weil sie mich in die Kirche mitnehmen wolle. Sie sagte, es sei an der Zeit, dass in meinem Leben die Gottesfurcht Einzug halte. Ich entgegnete, dass ich nicht an Gott glaube und dass ich, falls ich es täte, mich nicht vor ihm fürchten würde. Sie erwiderte, dass ich auf jeden Fall in die Kirche gehen würde, selbst wenn sie mich dorthin schleifen müsse. Und dann sagte sie, ich habe recht, es wäre nicht der liebe Gott, vor dem ich mich fürchten müsse. Damals war ich noch viel kleiner, jünger und schmaler, und Pastor Mike Freshour erschien mir wie ein schrecklicher Riese. Wenn er sich auf seiner Kanzel vorbeugte, um seinen Schäflein näher zu sein, kam er mir noch einmal doppelt so groß vor. Während seine Stimme sich in wütende Höhen schraubte, umfassten seine riesigen Pranken das Holzgeländer, die Fingerknöchel traten weiß hervor, und ich fürchtete, das weiß ich noch genau, dass das massive Geländer jeden Moment in Tausende von Holzsplittern zerbersten könnte. Ich erinnere mich nicht mehr, wovon seine Predigt handelte, wohl aber, dass ich nach dem letzten Amen nach draußen rannte, verzweifelt nach Luft gierend, die nicht nach dem Höllenfeuer stank.

Noch immer starrte er mich an und nahm nun eine Serviette, mit der er sich den Mund abtupfte. Seine Hände waren größer, als ich sie in Erinnerung hatte, alles Sehnen und Knöchel. Seit dem ersten Besuch hatte ich Franny nur einige wenige Male in die Kirche begleitet – immer wenn sie es sich in den Kopf gesetzt hatte, dass meine Seele errettet werden musste –, aber Pastor Mike schaute mich an, als wären wir alte Freunde, als würde er gleich aufstehen, herüberkommen und etwas sagen.

Ich schaute weg und richtete meine Aufmerksamkeit stattdessen auf Ollie. Sie starrte aus dem Fenster, trommelte mit den Fingern auf das *Alice*-Buch, das zwischen uns auf dem Tisch lag. Sie musste gespürt haben, dass ich sie anschaute, denn sie hörte auf zu trommeln und wandte sich mir zu. Unsere Blicke trafen sich. Ich lächelte sie an, versuchte, sie meine Zuversicht spüren zu lassen. *Alles wird in Ordnung kommen. Ich weiß jetzt, was zu tun ist, damit die Dinge sich zum Guten wenden.*

Ihre Mundwinkel zuckten leicht, und ich glaubte, ihr vielleicht ein richtiges Lächeln entlocken zu können. Aber dann richtete ihr Blick sich auf etwas, das hinter mir war, und sie öffnete den Mund und runzelte die Stirn. Ich wandte mich um.

Travis nahm die mit Öl bespritzte Schürze ab und kam auf unseren Tisch zu. Er lächelte nicht, als er zur Begrüßung sagte: „Überrascht mich, dich heute hier zu sehen."

Es war eigenartig, ihm so nahe zu sein, ihn zu sehen und so zu tun, als wäre alles ganz normal zwischen uns, nachdem die Dinge am Fluss so unvollendet geblieben waren. Obwohl es mir vorkam, als sei es eine Ewigkeit her, waren erst drei Tage vergangen, seit wir uns beinahe geküsst hatten, seit wir keine losen Bekannten mehr waren, die im Vorübergehen kaum zwei Worte miteinander wechselten. Was wir nun stattdessen waren, dafür hatte ich aber noch keine genaue Bezeichnung.

„Ich schätze, du hast das mit meinem Vater gehört", sagte ich.

Er nickte. „Klar. Reden ja alle drüber."

Ich zog den Kaffee näher zu mir heran, legte die Hände um den Becher und wünschte, ich hätte Ja gesagt, als Belinda fragte, ob ich Milch wolle. Bear trank seinen Kaffee immer nur mit einem Löffel Zucker – für mich war das noch zu bitter.

Travis räusperte sich. „Du weißt, dass es in der Zeitung steht, oder?"

„Echt?"

Er hob einen Finger – *warte* – und verließ unsere Nische, ging zwischen den Tischen zum Tresen und nahm die Zeitung vom Spanndraht neben der Kasse herunter. Er kehrte zurück und legte sie vor mir auf den Tisch. Bears Polizeifoto nahm beinahe die gesamte obere Hälfte der Titelseite ein. Die in Großbuchstaben gehaltene Schlagzeile lautete:

EIGENBRÖTLER FRANK „BEAR" MCALISTER ALS HAUPTVERDÄCHTIGER IM MORDFALL BELLWEATHER VERHAFTET

Ich drehte die Zeitung um, ohne den Artikel zu lesen. Ollie griff danach. Ich versuchte, die Zeitung zur Seite zu schieben, damit meine Schwester nicht das Foto sah, aber sie zog mir die Zeitung aus der Hand und drehte sie wieder um.

Ich sank gegen die Rückenlehne der Sitzbank. „Sie haben den Falschen verhaftet, verstehst du?"

„Üble Geschichte, diese Sache", sagte Travis und knetete die Schürze in seinen Händen. „Richtig übel. Aber sie hätten ihn nicht verhaftet, wenn sie keine Beweise hätten."

„Was für Beweise?"

Travis zuckte die Achseln. „Keine Ahnung. Irgendwas müssen sie ja gegen ihn in der Hand haben."

Ollie trat mit den Fersen gegen die Unterkante ihrer Sitzbank. Ich funkelte sie an, aber sie hörte nicht auf. *Bums! Bums! Bums!*

Ich sagte: „Tja, und ich habe den Beweis für seine Unschuld."

Travis hörte auf, die Schürze durchzukneten. Unterm Tisch trat Ollie mir gegen mein Schienbein.

Ich jaulte auf und zog mein Bein weg. „Wofür war das denn?"

Sie blinzelte mich an, sagte aber nichts.

Schulterzuckend sagte ich zu Travis: „Schwestern", und wünschte sofort, es nicht gesagt zu haben. Ich setzte zu einer Entschuldigung an, ließ es aber bleiben. Stattdessen schüttelte ich den Kopf und bedeutete Travis, näher zu kommen.

„Ich habe am Fluss etwas gefunden", sagte ich. „Etwas, das beweist, dass Bear nicht der Mörder ist."

„Sam …", sagte Travis gedehnt. Er glaubte, ich hätte es mir ausgedacht.

„Nein, echt. Ich zeige es dir." Ich griff in meine Tasche, um die Halskette und die Zeichnungen herauszuholen, die ich von dem Stiefelabdruck und den Reifenspuren angefertigt hatte.

Ollie steckte sich den Strohhalm in den Mund und blies hinein. Aus dem anderen Ende kam ein bisschen Spucke herausgeflogen und traf Travis an der Stirn.

Er trat einen Schritt zurück und wischte sich über die Augenbrauen. „Was soll der Scheiß?"

„Ollie!"

Der Strohhalm steckte noch in ihrem Mund. Sie blies erneut die Backen auf.

„Hör auf!" Ich beugte mich über den Tisch und packte sie am Arm.

Sie riss sich los und pustete das nächste Geschoss in die Luft. Travis duckte sich, und die Spucke flog harmlos über seine Schulter.

Ich bekam Ollies Arm zu fassen und riss ihr den Strohhalm aus der Hand. „Entschuldige dich."

Sie wandte ihr Gesicht zum Fenster.

„Ollie, ich sagte, du sollst dich bei Travis entschuldigen."

Sie ignorierte mich.

Travis berührte mich an der Schulter. „Schon gut."

„Ist es nicht."

Travis zuckte mit den Schultern. „Sie ist nur ein Kind." Er schaute hinter sich zur Küchenschwingtür, als hätte er jemanden seinen Namen rufen hören. „Ich muss wieder an die Arbeit. Ihr wohnt im Augenblick bei Zeb und Franny?"

Ich nickte.

„Vielleicht komme ich nach meiner Schicht mal vorbei. Du kannst mir zeigen, was du am Fluss gefunden hast."

„Klar, wenn du willst." Ich nippte noch einmal an meinem Kaffee. Inzwischen war er lauwarm und schmeckte noch widerlicher als beim ersten Schluck.

Nachdem Travis verschwunden war, wandte ich mich um und wollte Ollie ausschimpfen, aber sie lächelte – ganz leicht, ihre Mundwinkel waren vage gehoben –, und ich beschloss, den Vorfall einfach zu vergessen.

Kurz darauf erschien unsere Kellnerin mit dem Essen. Sie stellte die Teller vor uns ab und blieb scheinbar grundlos neben unserem Tisch stehen, trommelte sich mit ihrem Stift auf die Hand. Sie war ziemlich beleibt, und bei jedem Atemzug schnaufte sie ein wenig. Ihr blond gefärbtes Haar hatte sie zu einem Pferdeschwanz zurückgebunden, am Haaransatz war die eigentliche Farbe zu erkennen.

Ich zog meinen Teller heran.

Belinda hörte auf, mit dem Stift zu trommeln, und sagte: „Du solltest aufpassen, mit wem du über diese Frau sprichst."

Ollies Löffel schlug klirrend gegen die Suppenschüssel.

Belinda fuhr fort: „In der Gegend gibt es viele Leute, die deinen Vater nicht mögen, und die Situation, seine Verhaftung … nun, jetzt mögen die Leute ihn noch weniger."

„Er hat nichts …", aber Belinda ließ mich nicht aussprechen.

„Ich mag euch, Mädchen. Und eure Mutter mochte ich auch. Ich sollte wohl nicht darüber sprechen, aber ich erzähle euch trotzdem, woran ich mich erinnere, wenn ihr mir versprecht, es für euch zu behalten, okay? Wenn ihr herumerzählt, dass ihr es von mir habt, kriege ich Riesenärger." Sie wartete, bis Ollie und ich nickten, und dann sagte sie: „Wenn ich mich richtig erinnere, kam die arme Frau zwei Abende hintereinander hierher. Samstag und Sonntag. Sie saß dort drüben, zweimal in derselben Nische. Am ersten Abend bestellte sie Hackbraten, am zweiten das Club-Sandwich, aber ohne Fritten. Hat wahnsinnig viel Kaffee getrunken, bestimmt zwei Kannen. An beiden Abenden. Und sie hat irgendetwas geschrieben, ihre Hand flog nur so über das Papier. Und wenn sie nicht schrieb, dann blätterte sie in einem Stapel mit alten Zeitungsartikeln."

„Hat sie mit jemandem gesprochen?", fragte ich.

Mit ihrem Stift kratzte Belinda sich hinterm Ohr. „Nun, sie fragte mich, ob ich etwas über euren Vater wüsste."

„Und?"

„Ich sagte, ich wüsste nicht mehr als das, was in den Zeitungen stand, die vor ihr lagen."

Nachdem er damals auf die Weide gezogen war, hatte *The Bulletin* einige Artikel über Bear gebracht. Darin hatte man seinen Rückzug aufs Land und seinen Wunsch nach einem minimalistischen Leben gefeiert. Einige Schreiberlinge hatten ihn gar mit Henry David Thoreau verglichen. Als er mit seiner Bienenzucht begonnen hatte, waren weitere Artikel gefolgt; dabei ging es um das Honiggeschäft und um den richtigen Umgang mit Bienen, aber der letzte mir bekannte Artikel war vor über vier Jahren veröffentlicht worden, und ich konnte keinen vernünftigen Grund dafür erkennen, warum Taylor Bellweather den weiten Weg aus Eugene gekommen war, um über jemanden zu schreiben, der so uninteressant war wie Bear.

„Hat sie noch mit jemand anderem geredet?“, fragte ich. „Vielleicht mit jemandem, dessen Gegenwart ihr Unbehagen bereitete? Den zu sehen ihr missfiel?“

„Ich weiß, worauf du hinauswillst, aber nein. Da war niemand.“ Belinda verlagerte ihr ganzes Gewicht auf ein Bein. „Obwohl, wenn ich es mir genau überlege, dann sah ich sie mit Pastor Mike sprechen. Das war am zweiten Abend. Das Gespräch dauerte aber nicht lange, und sie hat ihn die ganze Zeit angelächelt. Du musst also nicht so komisch gucken, denn Pastor Mike hat mit alledem nichts zu tun.“

Ich beugte mich zu ihr vor. „Haben Sie gehört, worüber die beiden sprachen?“

Belinda musterte mich mürrisch und ließ ihren Bleistift in die Schürzentasche fallen. „Das ging mich nichts an, und dich geht es auch nichts an.“

„Das tut es sehr wohl“, sagte ich und schob ihr die Zeitung zu, mit Bears Polizeifoto auf der Titelseite. „Jetzt schon.“

Sie seufzte, und ihre Züge entspannten sich. „Ich weiß, er ist dein Vater. Und ich weiß, dass du ihn liebst. Und vielleicht hat er wirklich nichts zu tun mit der Sache. Vielleicht hat er rein gar nichts verbrochen. Aber vielleicht doch, und alles, was ich sage, ist, dass du aufpassen sollst. Manchmal glaubt man, eine Sache voll und ganz zu durchschauen, aber in Wahrheit hat man einen völlig falschen Blickwinkel.“ Sie klopfte zweimal auf den Tisch, dann sagte sie lächelnd zu Ollie: „Iss auf, Schatz, bevor die Suppe kalt wird.“

Als sie fortging, hatte ich wieder freie Sicht auf den Tisch, an dem Pastor Mike gesessen hatte. Sein Stuhl war leer. Das Essen war unberührt.

Draußen war es so heiß, dass unsere Schuhsohlen fast auf dem Gehsteig kleben blieben.

„Beeil dich“, sagte ich zu Ollie, aber sie ging nicht schneller.

Die Sonne knallte, der Asphalt glühte. Mein T-Shirt klebte mir feucht auf der Haut.

„Ollie, jetzt komm endlich!“

Sie war vor *Delilahs Schatzkammer* stehen geblieben und starrte auf den Spielzeugaffen in der Auslage. Ich packte sie bei der Hand und versuchte, sie weiterzuziehen. Ollie riss sich los und verschränkte die Arme vor der Brust.

„Bitte, Ollie. Es ist wichtig."

Deputy Santos wohnte am Nordende der Stadt, in einer Sackgasse nahe der Feuerwache, etwa eine Meile von hier entfernt. Es würde zwanzig Minuten dauern, dort hinzugehen, für den Rückweg musste man noch einmal zwanzig Minuten veranschlagen. Außerdem würde ich mindestens eine halbe Stunde benötigen, um Deputy Santos alles zu zeigen, was ich gefunden hatte, und sie zu fragen, was sie nun zu tun gedächte, fünfundvierzig Minuten, falls ich Überzeugungsarbeit würde leisten müssen. Deshalb hatten wir nicht viel Zeit.

Ich zog an Ollies Arm. „Wir kommen später wieder her."

Ollie trat dichter an die Fensterscheibe heran. Sie hob die Hand und fuhr mit dem Zeigefinger die schablonierten Buchstaben auf dem Glas nach: D-E-L-I-L-A-H. Als sie mit dem H fertig war, fing sie wieder von vorn an. Das S und das Wort „Schatzkammer" ignorierte sie.

Hinter uns auf der Straße kam ein Auto herangefahren. Der Motor knatterte so wie Zebs Truck. Ich fuhr herum, dachte, dass die Polizei mit der Spurensuche vielleicht schneller fertig geworden wäre, aber es war nicht Zebs Truck, sondern ein mir unbekannter, burgunderfarbener Van.

Ich packte Ollie am Ellbogen. „Jetzt komm", sagte ich und zerrte sie ein paar Schritte über den Gehsteig.

Sie widersetzte sich, zog mich mit ihrem ganzen Gewicht in die entgegengesetzte Richtung, hin zur *Schatzkammer*. Sie war stärker geworden in den letzten Monaten und auch ziemlich gewachsen. Früher konnte ich sie unter den Armen packen, sie hochheben und im Kreis herumschwingen, konnte sie auf meine Schultern setzen und stundenlang herumtragen. Aber die Dinge hatten sich verändert.

Ich ließ sie los. Sie taumelte zurück, fiel aber nicht hin.

„Na schön", sagte ich. „Möchtest du reingehen?"

Sie nickte.

„Dann geh."

Sie machte einen Schritt auf die Tür zu, dann blieb sie stehen und blickte zu mir zurück.

„Ich werde jetzt mit Deputy Santos sprechen."

Sie schob die Brille auf ihrer Nase hoch und zog die Lippen zwischen die Zähne, und es schien, als wäre sie im Begriff, etwas zu sagen. Ich dachte schon: Endlich! Wird auch langsam Zeit. – Aber dann zuckte sie nur die Achseln. Und sagte nichts.

„Du kannst hier auf mich warten", sagte ich. „Drinnen."

Ihre Nasenflügel bebten ein wenig.

„Entweder das, oder du kommst mit."

Sie schaute zu Boden, dann wieder zu mir. Ich wollte sie fragen, warum sie unbedingt in dieses Geschäft gehen musste, warum sie nicht noch eine Stunde warten konnte. Was war wichtiger als unsere Familie? Aber ich wusste, dass sie nicht antworten würde.

„Ich gehe jetzt", sagte ich und wandte mich um.

Ich ging etwas langsamer zur nächsten Ecke, als ich es normalerweise getan hätte, um Ollie Zeit zu geben, ihre Meinung zu ändern und zu mir aufzuschließen. Als ich die Straßenecke erreichte, blickte ich über die Schulter.

Ollie war verschwunden, der Gehsteig menschenleer. Vielleicht war es besser so – sollte sie sich ruhig in Büchern und Fantasiewelten verstecken. Mom hatte immer gesagt, Kinder sollten so lange wie möglich Kinder bleiben können. Sie sollten nicht mit belastenden Dingen konfrontiert werden. Manchmal vergaß ich wohl, wie jung Ollie mit ihren zehn Jahren noch war und was sie noch alles lernen musste.

Ich eilte über die Straße in Richtung von Deputy Santos' Haus und nahm mir vor, nicht lange dortzubleiben.

„Wo hast du das gefunden?" Deputy Santos drehte den kleinen Plastikbeutel um und hob die Halskette dicht vor ihr Gesicht.

Mit zusammengekniffenen Augen blickte sie auf den Anhänger, fuhr mit dem Daumen darüber, um das Plastik glatt zu streichen und die Details besser erkennen zu können.

„Im Crooked River, etwa eine Meile von unserer Weide entfernt." Dann erzählte ich ihr, wie ich der Biene hinterhergerannt war und dass ich über die Anliegerstraße zu Zeb und Franny hatte zurückgehen wollen, als ich auf der Mini-Insel plötzlich das goldene Funkeln bemerkte und hinübergewatet war.

„Es ist ihre", sagte ich. „Dieselbe trägt sie auf dem Zeitungsfoto."

Deputy Santos runzelte die Stirn.

„Stimmt doch, es ist dieselbe, oder?“, sagte ich.

„Glaub schon.“ Sie legte die eingepackte Halskette auf den Tisch zu dem Durcheinander aus bekritzelten Notizzetteln, Fotos, Aktendeckeln, der noch zusammengerollten Tageszeitung und leeren Bechern mit dunklen Kaffeerändern.

Als ich die Küche betreten und das Durcheinander auf dem Tisch gesehen hatte, dachte ich, sie wäre wohl mit einem der kalten Fälle beschäftigt, an denen sie gern nach Feierabend arbeitete. Oft nahm sie sich ganze Kartons voller staubiger Unterlagen mit nach Hause und ging alles noch einmal durch, denn mancher Fall wurde nicht durch ein neues Beweisstück gelöst, sondern durch jemanden, der sich die Dinge mit einem frischen Blick ansah, sie aus einer anderen Perspektive betrachtete. Einst hatte sie mir erzählt, an kalten Fällen zu arbeiten sei das Beste, was sie mit ihrer Freizeit anstellen könne, dass es wichtig sei, die Opfer niemals zu vergessen. Dass sie Antworten verdienten. „Wir schulden es ihnen, in unseren Bemühungen niemals nachzulassen“, hatte sie gesagt. Und als sie mir die Tür öffnete und mich hineinbat, dachte ich, sei sie gerade mit einem dieser kalten Fälle beschäftigt. Aber dann sah ich auf einem der Zettel den Namen *Taylor Bellweather* hingekritzelt, auf einem anderen den meines Vaters. Zu sehen, dass es ihr wichtigster Fall geworden war, ermutigte mich.

Deputy Santos strich noch einmal über die kleine durchsichtige Plastiktüte, ihre Finger verweilten einen Moment lang über dem Anhänger. „Du hättest die Kette dort liegen lassen sollen. Du hättest direkt zu den Johnsons gehen und mich sofort anrufen sollen.“

„Ich habe Sie angerufen“, sagte ich. „Sie waren nicht da.“

„Du hättest eine Nachricht hinterlassen sollen.“

„Bis Sie dort eingetroffen wären, wäre die Kette verschwunden gewesen.“ Ich log nicht, sondern dehnte nur ein wenig die Wahrheit, denn ich wollte, dass Deputy Santos mir folgte. „Die Strömung war extrem stark.“

„Warum hast du dann nicht unser Hinweistelefon angerufen? Oder gleich den Notruf, um Himmels willen?“ Sie verschränkte die Arme, umfasste ihre Ellbogen. „Jemand wäre sofort hinausgefahren.“

„Ich habe die Kette sofort sicher verwahrt und ununterbrochen bei mir getragen.“ Ich zuckte die Achseln. „Ich dachte mir nichts Schlimmes dabei.“

Sie rieb sich die Augen und seufzte.

„Sie können die Kette aber trotzdem verwenden, oder? Nach Fingerabdrücken suchen und so?"

Sie antwortete mir nicht.

„Schauen Sie." Ich zog die beiden Zeichnungen heraus, klappte sie auf und legte sie vor der Polizistin auf den Tisch. „Das habe ich auch entdeckt."

Sie nahm die Zeichnung des Stiefelabdrucks und betrachtete sie einen Moment lang, dann legte sie sie hin und nahm die Zeichnung, die ich von der Reifenspur angefertigt hatte. „Wo war das?"

„Gleich am Wasser im Schlamm."

Sie legte auch die zweite Zeichnung wieder hin, betrachtete nun beide.

„Ich habe nichts angefasst, weder den Stiefelabdruck noch die Reifenspuren", sagte ich. „Sie müssten noch dort sein. Genau so, wie ich sie vorfand."

Sie starrte auf meine Zeichnungen. Der Deckenventilator im Wohnzimmer klapperte laut, als wäre eine Schraube locker oder als schlüge eines der Blätter gegen die Zugschnur.

„Und?" Ich deutete auf den gezeichneten Stiefelabdruck. „Das ist doch der Beweis, oder? Bear ist unschuldig. Lassen Sie ihn jetzt frei?"

„Das beweist gar nichts", sagte sie. „Höchstens, dass es womöglich ein Müllabladeplatz ist." Und dann biss sie sich auf die Unterlippe, als würde sie ihre Worte bereuen.

„Natürlich ist es ein Beweis." Ich schob die Zeichnung über den Tisch näher zu ihr heran. „Bear besitzt keine solchen Stiefel."

„Du weißt nicht alles über deinen Vater, Sam. Es gibt Dinge, die er dir nicht erzählt hat." Sie versuchte, sanft zu klingen, aber es war trotzdem wie ein Tritt in den Bauch.

„Nein. Sie begreifen es nicht", sagte ich. „Er trägt keine Stiefel. Punkt. Er sagt, die Schnürsenkel gäben ihm das Gefühl, eingeschnürt zu sein, als würde er in Ketten herumlaufen. Er besitzt keine Stiefel. Er hasst Stiefel. Er weigert sich, welche zu tragen."

Deputy Santos nahm wieder die Zeichnung in die Hand, betrachtete sie aus verschiedenen Blickwinkeln. „Die Größe stimmt."

„Er trägt Mokassins." Meine Stimme überschlug sich. „Oder er geht barfuß. Stiefel zieht er nie an. Nie."

„Soweit du weißt." Deputy Santos legte die Zeichnung wieder auf den Tisch.

„Sie haben doch die gesamte Weide abgesucht, richtig? Sie haben sich alle seine Sachen angesehen. Haben Sie solche Arbeitsstiefel gefunden?" Ich zeigte auf die Zeichnung. „Oder überhaupt irgendwelche Stiefel?"

Sie presste die Lippen zusammen, und die Furchen in ihrer Stirn vertieften sich. Sie sagte: „Morgen findet die Anhörung statt. Das weißt du, oder?"

Ich nickte. Zeb hatte versprochen, mit mir dorthin zu gehen.

„Deshalb kann ich in der Sache heute nichts mehr tun."

Ich nickte erneut, auch wenn ich nicht nachvollziehen konnte, wieso man einen Menschen hinter Gittern behielt, obwohl er doch ganz eindeutig unschuldig war.

„Okay", sagte ich. „Aber Sie werden es sich noch einmal aus einer anderen Perspektive anschauen, ja?"

An ihrem plötzlich verkniffenen Mund erkannte ich, dass sie sich an ihre eigenen Worte erinnerte.

„Ich kann dir nichts versprechen", sagte sie. „Aber ich werde tun, was ich kann."

Beinahe hätte ich sie umarmt. Stattdessen nahm ich ihr die Zeichnung aus der Hand und sah sie mir noch einmal genau an, versuchte, mich zu erinnern, ob ich alle Einzelheiten richtig hinbekommen hatte. „Ich habe auch noch ein paar andere Ideen", plapperte ich. „Über bestimmte Personen, die Sie überprüfen sollten."

„Sam, hör zu", sagte sie und schob den Zettel vor meinem Gesicht zur Seite. „Die Dinge könnten trotzdem anders laufen, als du es gern hättest. Natürlich kümmere ich mich um die Stiefelabdrücke und die Reifenspuren, aber nicht, weil du mich darum bittest, sondern weil es meine Arbeit ist. Weil sie ein wichtiger Teil der Ermittlungen sind. Aber sie könnten uns wieder direkt zu Bear zurückführen. Das weißt du, oder?"

„Das werden sie nicht."

„Es gibt vieles bei diesem Fall, das du nicht weißt. Viele Dinge, die wir dir nicht erzählt haben … die wir niemandem erzählt haben. Wir haben deinen Vater nicht verhaftet, weil wir versessen darauf sind, ihn hinter Gitter zu bringen. Wir haben es getan, weil die Beweise uns in diese Richtung führen."

Ich wedelte mit der Zeichnung. „Aber jetzt führt ein neuer Beweis Sie in eine andere Richtung.“

Deputy Santos schloss für einige Sekunden die Augen. „Das hoffe ich“, sagte sie, öffnete die Augen und sah mich eindringlich an. „Das hoffe ich sehr.“

Und zum ersten Mal seit Langem verspürte ich Optimismus, und es war, als würden tausend winzige Finken im Wald ein Lied anstimmen, als würde hinter den Wolken die Sonne hervorkommen und ihr goldenes Licht auf meine Badestelle im Crooked River werfen. Ein paar Tage noch, dann würde Bear nach Hause zurückkehren, und wir würden unser Leben wieder in die Hand nehmen – und alles würde gut werden.

„Aber ich möchte, dass du mir etwas versprichst, Sam“, sagte Deputy Santos. „Versprich, dass du so etwas nicht mehr tust. Hör bitte auf, durch die Gegend zu rennen und nach Beweisen oder Zeugen zu suchen. Sei bitte keine Nancy Drew.“

Ich wollte entgegnen, dass ich überhaupt nichts gesucht hatte, sondern rein zufällig auf die neuen Beweise gestoßen war, und dass sie mir diesen Vortrag nicht würde halten müssen, wenn die Polizei von Anfang an vernünftige Arbeit geleistet hätte. Aber ich hielt den Mund und ließ sie ausreden.

„Und falls du zufällig etwas findest … falls du meinst, es könnte wichtig sein und etwas mit dem Fall zu tun haben, dann fass es nicht an. Heb es nicht auf, steck es nicht ein. Verändere nicht seine Position. Male es nicht ab. Hauche es nicht an. Lass es liegen und rufe uns an. Hast du mich verstanden?“

Ich nickte.

„Versprich mir, dass du mich und Detective Talbert unsere Arbeit verrichten und uns die Ermittlungen führen lässt. Ich möchte nicht, dass dir etwas zustößt. Kannst du mir das versprechen?“

Ich sagte, was sie von mir hören wollte: „Ich verspreche es.“

An der Querseite steige ich drei Betonstufen hinunter und stehe vor einer Tür mit einem Messingknauf. Ich greife danach.

Diejenige, die mir folgt, führte mich von der Ladentür fort, um die Ecke und in die Gasse hinein, wo viele Kisten stehen und der Müll abgeholt wird. Nun schimmert sie hinter mir und flüstert: *Tu es. Ich bin ja bei dir.*

Ich drehe den Knauf. Die Tür öffnet sich nach außen, dahinter führen sechs Holzstufen in einen dunklen Keller. Auf der Türschwelle, dort, wo Licht und Dunkelheit sich vermischen, zögere ich.

Lausche.

Irgendwo in der Ferne bellt ein Hund.

Der Wind seufzt in den Bäumen. Oder bin ich diejenige, die seufzt?

Sie flüstert: *Hab keine Angst. Ich gehe vor.*

Sie schwebt die Stufen hinunter. Sie ist hellblau mit einer dunkelgrauen Mitte, und ihr Haar steht ab, als wäre es elektrostatisch aufgeladen. Funken sprühend winkt sie zu mir hinauf, bedeutet mir, ihr nach unten zu folgen.

Ich schaue hinter mich. Die Gasse ist leer.

Ich schaue nach unten. Die Schimmernde flackert wie ein schlechtes Fernsehbild. Etwas ist dort unten, etwas, das ich mir anschauen soll, etwas, das mir helfen wird, zu verstehen, und jetzt ist der beste Zeitpunkt dafür, dort hinabzusteigen. Jetzt oder nie. Ich umfasse das Geländer und gehe hinunter. Als ich die vierte Stufe erreiche, fällt hinter mir die Tür ins Schloss. Ich bleibe stehen und blinzele in die Dunkelheit. Aber meine Augen gewöhnen sich nicht daran. Ich bin blind.

Bei hellem Licht sind die Schimmernden unsichtbar, dasselbe gilt bei völliger Dunkelheit. Sie haben nicht genug Masse, um einen eigenen Schatten zu werfen, und nicht genug Energie, um eigenes Licht zu erzeugen. Aber obwohl ich sie im Moment nicht sehe, weiß ich, dass sie bei mir ist. Ich spüre ihre Hitze auf meinen Wangen und auf den Handrücken, während sie mich durch die Dunkelheit führt.

Zuerst setze ich die Zehen auf, dann die Ferse. Eine Hand liegt auf dem Geländer, die andere tastet in der Dunkelheit. Erst die Zehen, dann die Ferse. Dann komme ich unten an, der Boden unter meinen Füßen ist eben.

Sie richtet ihre Energie auf meine linke Hand, und es ist, als würde ich heißes Metall anfassen. Ich ziehe die Hand zurück, aber das hilft nicht, deshalb halte ich sie zur Seite und berühre die Wand. Die Hitze bewegt sich vorwärts, und ich folge ihr, bis meine Finger einen Lichtschalter finden. Ich betätige ihn, und gelbes Licht lässt die Dunkelheit schmelzen.

Gegenüber der Treppe, die ich hinabstieg, führen Stufen zu einer anderen Tür hinauf. Dahinter muss der Laden liegen. Unter einer nackten Glühbirne steht ein Metallschreibtisch. Darauf stapeln sich Faltmappen und Berge von Papier. An der Glühbirne hängt ein Spinnennetz, das bis auf den Globus herabreicht, der auf der Tischecke steht.

Rings um den Tisch ist ein bisschen freier Platz, und zwischen den beiden Treppen kann man ungehindert entlanggehen. Aber der Rest des Kellers ist vollgestellt mit altem Krempel, überall Kartons und überquellende Wandregale.

In dieser Ecke: eine kopflose Schaufensterpuppe. Dort drüben: ein Karton voller Plastikpuppen, die an die Decke starren, ihre verrenkten Gliedmaßen wirr ineinander verhakt. In dem Regal dort: Einweckgläser mit Körperteilen und winzigen, schrumpeligen Tierchen, die in einer dicken gelben Flüssigkeit schweben.

Dort liegt ein schwarzer Sonnenschirm, dort ein ausgestopftes, ramponiertes Eichhörnchen, da hinten steht ein offener, leerer Sarg.

Es sind alles hässliche, kaputte Sachen, und ich frage mich, warum sie hier unten herumliegen, warum man sie nicht wegwirft.

Diejenige, die mir folgt, schwebt zum Schreibtisch und deutet auf einen Stapel Papiere. Im trüben Glühbirnenlicht glitzert sie wie zerborstenes Glas.

Ich gehe an einem Kleiderständer mit alten Mänteln vorbei, an einem braunen Kinderwagen, an einem Karton voller alter Decken, an einer Tonne mit Arm- und Beinprothesen, an einem leeren Vogelkäfig aus Messing, dessen Tür offen steht, an einem metallenen Waschzuber, der mit bunten Türknäufen gefüllt ist, an Holztüren, die nirgendwohin führen.

Auf dem Tisch liegen Unmengen liniertes Papier; darauf stehen Zahlen und Gleichungen und hingekritzelte Wörter, die keinen Sinn ergeben; an den Rändern erkenne ich zwischen schwarzen Tintenflecken krude Bleistiftzeichnungen von Händen und Augen und verschiedenen menschlichen und tierischen Körperteilen. Ich schiebe die Papierstapel zur Seite, darunter kommen Fotografien zum Vorschein, einige in Schwarz-Weiß, andere in Farbe.

Über mir höre ich Schritte. Mit angehaltenem Atem starre ich hinauf zu den Trägerbalken, bis die Schritte verklungen sind.

Diejenige, die mir folgt, schaut mir über die Schulter. Die Fotografien scheinen uninteressant zu sein; sie dienen wohl eher Katalogisierungszwecken, haben keinen emotionalen Hintergrund. Es gibt Nahaufnahmen und Weitwinkelaufnahmen von mindestens dreißig verschiedenen Skulpturen, alles grauenvoll verzerrte Gebilde aus Metall und Holz, ausgestopfte Tiere mit zusätzlichen Gliedmaßen und Hörnern aus recycelten Abfällen und Ästen, Wesen mit einem sonderbaren neuen Leben.

Über mir läutet die Türglocke. Mit schweren Schritten eilt jemand quer durch den Laden, und dann höre ich gedämpfte, schnell sprechende Stimmen. Ich verstehe nicht, was gesprochen wird, nur, dass die Stimmen aufgeregt und wütend und besorgt klingen.

Schneller. Beeil dich.

Sie sind jetzt direkt über mir, und mein viel zu laut klopfendes Herz wird mich verraten.

Irgendetwas gibt es hier unten, das ich finden soll, aber ich weiß nicht, was. Diejenige, die mir folgt, schwebt zur Gassentür zurück. Sie knistert und sprüht Funken und will, dass ich verschwinde, aber sie hat mich ja überhaupt erst hierhergeführt, und ich werde nicht gehen, bevor ich das Gesuchte, was immer es sein mag, gefunden habe. Ich ziehe die Schreibtischschubladen auf, eine nach der anderen. Mehr Papierbögen und Faltmappen und ein Gewirr aus zerbrochenen Bleistiften und Kugelschreibern.

Die Schublade rechts unten quietscht.

Oben verstummen die Stimmen. Langsame Schritte nähern sich.

Ich blicke in die Schublade und zucke zurück, als ich sehe, was darin liegt: eine Waffe. Mit einem Perlmuttgriff, einem silbernen Metalllauf und einer Trommel für die Patronen. Die Waffe sieht aus wie ein Cowboy-Revolver. Ich schließe die Schublade wieder und eile zur Treppe, über die es nach draußen geht.

Hinter mir öffnet sich die Tür, die in den Laden führt; zusätzliches Licht strömt in den trübe beleuchteten Keller. Ich ducke mich zwischen einer kühlschrankgroßen Kiste voller alter Keksdosen und einem hohen Aluminium-Milchkrug und mache mich so klein wie möglich.

„Hallo? Ist da jemand?“ Ich erkenne Travis' Stimme.

Und dann Mrs Roth: „Es ist nichts. Wahrscheinlich nur eine Ratte.“

„Das Licht brennt.“

„Ich war vorhin unten. Hab wohl vergessen, es auszuschalten.“

Ich höre sie am oberen Treppenabsatz atmen. Das Licht aus dem Laden ist heller als die Glühbirne über dem Schreibtisch. Ihre langen Schatten fallen an die Wand.

Diejenige, die mir folgt, macht sich klein wie eine Kerzenflamme. Sie saust zwischen meinem Versteck und der Hintertür hin und her, will, dass ich endlich verschwinde.

Travis sagt: „Ich weiß nicht, warum du zulässt, dass er den ganzen Kram dort unten lagert.“

„Er benutzt die Sachen für seine Skulpturen. Das weißt du doch.“

„Vor zehn Jahren vielleicht.“

Mrs Roth seufzt.

Neben mir am Boden löst sich eine dunkle Gestalt aus einem Lumpenhaufen. Ich beiße mir auf die Lippe, aber dann entspanne ich mich, denn es ist nur der graue Kater aus dem Laden. Er reibt sich an meinem Bein, wedelt mit dem Schwanz. Ich schiebe ihn fort, aber er kommt gleich wieder zurück.

Travis sagt: „Ich sehe mir die Sachen mal an.“

„Sie sind noch nicht fertig. Du weißt doch, dass er es nicht mag, unfertige Arbeiten herzuzeigen.“

„Du hast sie doch auch schon gesehen.“

„Und du kriegst sie zu sehen, wenn sie fertig sind.“

Der Kater setzt sich vor mir hin und beginnt, seine Schnurrhaare zu putzen.

„Was ist, wenn sie nicht rechtzeitig fertig werden?“

„Das klappt schon.“

„Und wenn nicht? Was, wenn er sich zu viel zugemutet hat?“

Mrs Roth sagt: „Am besten ist, wenn wir ihn einfach arbeiten lassen und ihm den nötigen Freiraum geben.“

„Aber vielleicht kann ich ihm irgendwie helfen. Teile zusammenschrauben oder anmalen oder so was.“

„Nein, er muss es allein machen.“

Der graue Kater starrt mich an und miaut. Mit einer Handbewegung verscheuche ich ihn, und er flitzt zur Treppe.

Travis sagt: „Verdammte Katze."

Mrs Roth sagt: „Achte auf deine Sprache", und dann: „Ich weiß, es ist schwierig, aber versuche, dir keine Sorgen zu machen. Er wird rechtzeitig fertig werden. Ich habe ein Auge auf ihn. Ich kümmere mich darum, dass er …"

Die Dielenbretter knirschen. Travis und seine Mutter entfernen sich von der Treppe. Er sagt etwas, aber es ist zu leise, um es zu verstehen. Dann fällt die Kellertür ins Schloss.

Ich zähle bis dreißig, dann gehe ich.

Die lange Kette, die Bears Handschellen mit den Fußfesseln verband, machte es ihm unmöglich, sich vollständig aufzurichten. Er blickte ununterbrochen zu Boden, hatte kein einziges Mal aufgeschaut, seit der Gerichtsdiener ihn in den Saal geführt hatte. Sie hatten ihm den Bart abrasiert und die Haare geschnitten und ihn in einen orangefarbenen Overall gesteckt, der ihm nicht passte. Die Ärmel reichten nur ein paar Zentimeter über die Ellbogen, und die Hosenbeine waren so hoch, dass ich zuerst dachte, man hätte sie ihm absichtlich hochgekrempelt. Unter dem rechten Auge hatte er einen frischen Bluterguss, er war geschwollen und schimmerte rot. Ich versuchte, mir nicht vorzustellen, wie Bear sich den geholt hatte.

Als man ihn durch den Seiteneingang in den Gerichtssaal führte, erschrak ich bei seinem Anblick. Zeb beugte sich zu mir und flüsterte: „Mr Clemens meinte, der Bart habe ihn schuldig aussehen lassen." Ohne Bart sah es aber viel schlimmer aus, fand ich. Seine Augen lagen zu tief in den Höhlen, der Mund wirkte zu dünn, die vielen Falten sahen aus wie Messerklingen. Der Mann, den ich vor mir sah, war imstande, grauenvolle Dinge zu tun. Dinge, die mein Vater, ein sanfterer, freundlicherer Mensch, niemals tun würde. Nicht, dass es eine große Rolle spielte. Ob mit Bart oder ohne, ich hatte das Gefühl, dass die Öffentlichkeit ihr Urteil längst gefällt hatte.

„Worauf plädiert der Angeklagte?" Richter Latham stellte die Frage, als würde er gähnen.

Am Tisch vor uns hinter dem Geländer blätterte Mr Clemens, der Anwalt meines Vaters, in einem Stapel Papiere.

„Nicht schuldig", sagte er schließlich, und ich fragte mich, warum er dafür eigens in den Unterlagen hatte nachsehen müssen.

Wären meine Großeltern dort gewesen, hätten sie einen besseren Anwalt engagiert, jemanden, der nicht so viele Fälle hatte, jemanden, der für das entsprechende Honorar alles andere stehen und liegen gelassen hätte. Aber weder unser Sozialarbeiter noch Deputy Santos oder irgendwer sonst hatte sie bisher erreichen können. Sie versuchten es weiterhin, aber es würde noch zwei Tage dauern, bis meine Großeltern Lissabon erreichten, und dann vermutlich noch einmal einen vollen Tag, ehe sie in Terrebonne einträfen. Bis dahin mussten wir mit dem zurechtkommen, was wir hatten, und das war eben Mr Clemens, der Pflichtverteidiger aus Deschutes County.

Ich saß dicht genug hinter ihm, um die gelben Schweißflecken auf seinem gestärkten Hemdkragen zu erkennen und das purpurne Muttermal, das unter seinem Haaransatz hervorlugte. Er roch nach Brathühnchen und rohen Zwiebeln. Ständig schaute er auf seine Uhr und räusperte sich jedes Mal.

Auf der anderen Seite des Ganges erhob sich der Staatsanwalt, ein dünner Mann mit ölig-schwarzem Haar und prominentem Kinn, das aussah wie aus Marmor gehauen. Er sagte zum Richter: „Ich beantrage, dass der Angeklagte ohne Kaution in Untersuchungshaft verbleibt."

„Das erscheint mir ein wenig extrem, Euer Ehren", entgegnete Mr Clemens und blätterte wieder in seinen Unterlagen, ohne den Richter oder Bear oder irgendwen sonst eines Blickes zu würdigen. „Das dürfte kaum nötig sein angesichts der Tatsache, dass mein Mandant in der Vergangenheit keinerlei gewalttätiges Verhalten an den Tag legte. Und auch wenn seine Lebensumstände ein wenig unkonventionell sind, wohnt er doch seit acht Jahren am selben Ort. Seine Ehefrau ist kürzlich verstorben, Euer Ehren, und er besitzt das Sorgerecht für seine beiden Töchter. Eines der Mädchen ist heute anwesend."

Mit einer knappen Handbewegung deutete er auf mich. Ich straffte meine Schultern und hob ein wenig den Kopf, ignorierte das Geraschel und das grausame Geflüster der Leute ringsum, die gekommen waren, um sich an dem Spektakel zu ergötzen. Einige erkannte ich. Den rothaarigen Burschen, der mit Travis in *Patti's Diner* arbeitete, einige Leute, die bei Bear ein Mal im Jahr Honig kauften, den Mann aus dem Laden, in dem wir manchmal Saatgut und Dünger erstanden, ein Kassierer aus Potters Lebensmittelgeschäft. Alle Sitzbänke waren voll, viele Leute mussten stehen. Im hinteren Teil des Gerichtssaals machten Reporter sich Notizen; zwei Bänke links hinter mir saß Pastor Mike. Ich hatte ihn hereinkommen sehen, und er hatte mich gesehen, und ich spürte immer noch seinen Blick auf mir, selbst jetzt noch, obwohl ich es nicht wagte, mich zu ihm umzudrehen. Jede dieser Personen war ein Verdächtiger wie Bear. Jeder von ihnen hätte dort stehen können, wo mein Vater nun stand. Ich starrte auf seinen gesenkten Kopf, sah nicht weg, wandte nicht den Blick ab, zeigte keine Beschämung. Ich wollte den Leuten zeigen, dass ich an Bears Unschuld glaubte, dass ich absolut überzeugt war von seiner Schuldlosigkeit.

„Es besteht keinerlei Fluchtgefahr bei meinem Mandanten“, fuhr Mr Clemens fort. „Sein Reisepass ist abgelaufen. Aufgrund seines begrenzten, unregelmäßigen Einkommens bittet die Verteidigung darum, die Kaution auf zehntausend Dollar festzusetzen.“

Richter Lathams buschige Augenbrauen schossen in die Höhe. Er stützte sich auf die Ellbogen und bedeutete dem Staatsanwalt mit einem kurzen Nicken, dass er nun fortfahren möge.

„Euer Ehren.“ Der Staatsanwalt zog seine Krawatte zurecht und trat hinter seinem Tisch hervor, als hätte er nun etwas äußerst Gewichtiges vorzubringen, für das er mehr Raum benötigte. „Aufgrund der gewalttätigen Natur des Verbrechens, das man dem Angeklagten zur Last legt, aufgrund seiner ersten Gefängnisstrafe sowie aufgrund der Tatsache, dass er keinerlei Verbindung zu dieser Gemeinde hält, vertritt die Staatsanwaltschaft die Meinung, dass es im Interesse aller ist, Mr McAlister ohne Kaution in Untersuchungshaft zu behalten.“

Und als er „aller“ sagte, wandte er sich zu mir und sah mich an.

Ein Schweißtropfen lief mir über die Stirn. Der knöchellange Wollrock, den anzuziehen Franny mich gezwungen hatte – „Du möchtest doch nicht, dass der alte Richter denkt, dein Vater wüsste nicht, wie man Kinder anständig anzieht, oder?“ –, kratzte schrecklich, aber ich ließ meine gefalteten Hände auf dem Schoß liegen und rührte mich nicht. Neben mit rutschte Zeb auf der harten Sitzbank herum. Er walkte mit beiden Händen seinen Strohhut durch, presste ihn so klein zusammen, dass ich befürchtete, der Hut würde niemals wieder seine ursprüngliche Passform zurückerlangen.

Der Staatsanwalt sagte: „Euer Ehren, eine junge Frau wurde getötet. Brutal ermordet. Totgeprügelt von einem Tier, das keine Achtung vor dem menschlichen Leben besitzt. Und als er mit ihr fertig war, entsorgte er sie wie Müll, warf sie den Forellen und Krebsen im Fluss zum Fraß vor.“

Eine Frau schluchzte laut, aber nur ein einziges Mal. Ein hässliches, harsches Geräusch, das kurz durch den rappelvollen Gerichtssaal schallte. Jemand begann, leise zu murmeln, beruhigend auf die Frau einzureden. Ich verrenkte meinen Hals, um zu erkennen, wer diejenige war, die meinen Schmerz zum Ausdruck gebracht hatte, all die Dinge, die ich ständig hinunterschluckte, nein, hinunterwürgte, bis mein Mund austrocknete und meine Kehle lichterloh brannte. Sie saß in der ersten Reihe hinter dem Tisch des Staatsanwalts. Sie hatte sich vorgebeugt und die Hände vor das Gesicht geschlagen, sodass ich es nicht erkannte. Neben ihr saß ein kahlköpfiger, beleibter Mann, der ihr einen Arm fest um die Schultern gelegt hatte. Sein starrer Blick war auf Bear gerichtet. Schweiß klebte ihm an den Schläfen. Die tiefen Furchen in seiner Stirn kündeten eher von Ekel als von Zorn.

Der Staatsanwalt beendete seine Rede mit dem Satz: „Mr McAlister ist nicht die Sorte von Mann, bei dem man sicher sein kann, dass er während der Prozessdauer nicht flüchtet, Euer Ehren."

Woher wollen Sie das wissen? wollte ich brüllen. *Woher will irgendjemand von euch wissen, was für eine Art Mann mein Vater ist?* Und ich wollte ihnen erzählen, wie mein Vater jedes Weihnachten trotz seiner Abneigung gegen Städte und trotz seiner chronischen Reiseübelkeit mit dem Bus von Bend zu uns nach Eugene gefahren war, um mit uns Weihnachtslieder zu singen und Kekse zu backen und Heiligabend zu verbringen. Wie er uns als Weihnachtsgeschenke Sachen von der Weide mitgebracht hatte: getrocknete Wildblumen, platt gepresst zwischen Buchseiten, einen aufgebrochenen, polierten Donnerkeil, eine aus dem Ast einer Eiche geschnitzte Biberfigur, eine saphirblaue Albatrosfeder, ein Glas seines süßesten Honigs. Und ich wollte ihnen von dem Sommer erzählen, als wir ein Rehkitz mit einem gebrochenen Bein gefunden hatten, und wie es blökte und blökte, aber seine Mutter nie kam, und wie Bear das Rehkitz drei Meilen zur Weide getragen und das Bein geschient und wie er das Rehkitz gefüttert hatte, indem er einen Lappen in Milch tauchte und das Tier daran saugen ließ, und wie das vollständig genesene, groß gewordene Reh Monate später glücklich in den Wald gelaufen und verschwunden war. Und ich wollte ihnen erzählen, dass mein Vater uns an jenem Tag angerufen hatte, um meiner Mutter, Ollie und mir zu sagen, wie sehr er uns liebte. Ich wollte ihnen erzählen, dass er dabei geweint hatte.

Der Richter blätterte in den Unterlagen vor ihm auf den Tisch und kratzte sich an der Wange. Schließlich räusperte er sich und sagte: „Die Kaution wird auf fünfhunderttausend Dollar festgesetzt."

Der Richterhammer sauste herab.

Zeb zuckte zusammen.

Bear schloss die Augen.

Ich bohrte mir meine Fingernägel in den Arm und saß wie erstarrt da und starrte meinen Vater an, bis der Gerichtssaal sich leerte.

Kameras blitzten. Reporter riefen meinen Namen. Zeb legte den Arm um mich und führte mich durch die Menschenmenge, die sich auf den Stufen des Gerichtsgebäudes versammelt hatte. Er hielt seinen Hut vor mein Gesicht.

„Lasst das Mädchen in Ruhe", sagte er. „Pfui! Weg mit euch. Ihr widerlichen Geier!"

„Samantha! Samantha!"

„Was sagst du zur Verhaftung deines Vaters?"

„Was hältst du von der Kautionshöhe, die der Richter festgesetzt hat?"

„Samantha!"

„Hat dein Vater jemals Gewalt angewendet bei dir oder deiner Schwester?"

„Hat er dich jemals geschlagen?"

„Das reicht!" Zeb schob die Mikrofone beiseite, die Fragen aber konnte er nicht beiseiteschieben.

„Samantha, glaubst du, er ist schuldig?"

„Es gibt das Gerücht, dass du und deine Schwester die Leiche zuerst gefunden habt. Wie sah sie aus? Hast du ihr Gesicht gesehen?"

„Samantha! Samantha! Wie gehst du mit alledem um?"

„Wirst du aussagen?"

„Was ist mit deiner Schwester?"

„Samantha!"

„Wie ist es, zu wissen, dass dein Vater ein Mörder ist?"

Ich war froh, dass Ollie nicht dabei war. Sie hatte mitkommen wollen, war sogar neben mir auf den Beifahrersitz des Trucks geklettert, aber Franny hatte sie wieder herausgezogen, hatte zu ihr gesagt, dieser Zirkus sei nichts für sie und sie solle lieber auf der Farm bleiben und helfen, einen Blaubeerkuchen zu backen. Allmählich dachte ich, ich hätte auch lieber dortbleiben sollen.

Die Reporter traten zur Seite und krähten einen anderen Namen. „Sheriff Harper! Sheriff Harper!"

Ich bekam wieder Luft.

Zeb wollte weitergehen, mich auf schnellstem Weg zum Truck zurückführen, ehe die Reportermeute sich abermals auf mich stürzen konnte, aber ich trat zur Seite und blieb auf der untersten Stufe im Schatten eines Hartriegelstrauches stehen.

Ein großer, breitschultriger Mann mit einem dichten grauen Haarschopf stand am oberen Treppenabsatz vor dem Gerichtsgebäude. Er hob die Hände, brachte die Reporter zum Schweigen. Er hatte ein Politikerlächeln und trug einen fetten Goldring am kleinen Finger.

„Sam." Zeb griff nach meinem Ellbogen. „Gehen wir."

„Nein, warte", sagte ich.

Deputy Santos musste Sheriff Harper inzwischen von dem Stiefelabdruck und den Reifenspuren erzählt haben. Bestimmt würde er gleich verkünden, dass sie über neue Beweise verfügten, neue Hinweise verfolgten, dass die Ermittlungen nicht abgeschlossen seien, dass sie so lange weiterermitteln würden, bis zweifelsfrei feststünde, was warum mit Taylor Bellweather in jener Nacht geschehen war. Ich wollte dableiben und hören, was er zu sagen hatte.

Zeb seufzte frustriert, aber er ließ mir meinen Willen. Er setzte sich den Strohhut auf und richtete seinen Blick auf den Sheriff.

„Zunächst einmal möchte ich der Familie Bellweather mein tief empfundenes Beileid aussprechen und ihr für ihre Kooperation während der Ermittlungen danken. Wenn in einer Gemeinde etwas so Grauenvolles geschieht, wenn einer Familie so ein schreckliches Unglück widerfährt, dann fällt es schwer, die richtigen Worte zu finden. Eigentlich gibt es keine angemessenen Worte." An dieser Stelle schluckte er. Sein Kinn bebte, er blinzelte mehrmals. Und aus irgendeinem Grund hatte ich den Eindruck, dass das alles nur Show war.

„Das Sheriffbüro in Deschute County tut alles dafür, um Taylor Bellweather und ihrer Familie Gerechtigkeit widerfahren zu lassen. Wir arbeiten Tag und Nacht an diesem Fall. Er hat unsere oberste Priorität. Aus diesem Grund bitten wir weiterhin um sachdienliche Hinweise aus der Bevölkerung. Jeder, der eine Information zu besitzen glaubt, soll sich bei uns melden."

Einen Moment lang Hoffnung.

Dann rief einer der Reporter: „Heißt das, es gibt noch andere Tatverdächtige?"

„Im Augenblick nicht."

Ich trat einen Schritt zurück und stieß gegen den Hartriegel. Zeb packte meinen Ellbogen, hielt mich im Gleichgewicht.

Sheriff Harper sagte: „Wir gehen davon aus, dass wir den Mann in Gewahrsam haben, der dieses abscheuliche Verbrechen beging."

„Reichen die Beweise für eine Verurteilung?"

„Zu den Einzelheiten darf ich nichts sagen." Und dann zwinkerte er dem Reporter zu. Oder aber ihm war eine Staubfluse ins Auge geflogen.

Zeb drückte meinen Arm. „Bist du sicher, dass du dir das alles anhören möchtest?"

Ich nickte. Um ihnen zu beweisen, dass sie sich täuschten, musste ich mir alles anhören.

Ich musste jedes kleine Detail erfahren.

Meine Finger zitterten, aber mir gelang es, die richtigen Ziffern zu drücken, und nach dreimaligem Läuten meldete sich am anderen Ende der Leitung eine Stimme: „Register Guard, mit wem darf ich Sie verbinden?"

Die Zeitung anzurufen, bei der Taylor Bellweather gearbeitet hatte, schien mir ein guter Anfang zu sein, besonders weil die Zeitungen berichtet hatten, sie sei beruflich in Terrebonne gewesen. Sie hatten nicht geschrieben, über wen oder was Taylor hatte schreiben wollen – ihr Chefredakteur wurde mit den Worten „Kein Kommentar" zitiert –, nur, dass sie wegen einer Story hergekommen sei. Aber ich hielt diesen Teil für wichtig. Ein Ansatz, den es weiterzuverfolgen galt.

Ich trommelte an die Seitenwand der metallenen Telefonzelle und starrte auf die Tasten, die ich gerade gedrückt hatte. Ich versuchte, zu entscheiden, was ich sagen sollte, ob ich überhaupt etwas sagen oder einfach auflegen und weggehen sollte, weil diese Sache mich vielleicht doch nur in Schwierigkeiten bringen würde.

„Hallo …?", fragte die Frau am anderen Ende der Leitung. Dann noch einmal, lauter. „Hallo?"

Ich hatte die Nummer auf Anhieb im Telefonbuch gefunden und mir aus Zebs Becherhalter genügend Münzen geborgt, um mindestens eine Stunde telefonieren zu können, aber so lange würde es nicht dauern. Nach der Anhörung wollte Zeb Schrauben im Eisenwarenladen kaufen. Ich wollte auf dem Parkplatz warten, aber dann lachte mich im

Seitenspiegel des Trucks die Telefonzelle an, und obwohl es nur Zufall war, kam es mir doch so vor, als wäre es mehr. Vielleicht dass die Ereignisse sich in einer bestimmten Reihenfolge gefügt hatten, um mich an diesen Punkt zu führen, zum Anruf bei Taylor Bellweathers Arbeitgeber.

„Ist da jemand? Hallo?“ Die Frau klang ungeduldig. „Okay, ich lege jetzt auf.“

Es gab nur eine einzige Möglichkeit für mich: Augen zu und durch.

Ich schlang mich förmlich um das Telefon, hielt mir die Sprechmuschel dicht vor den Mund. „Joe Mancetti, bitte.“

„Wen darf ich melden?” Sie brüllte, denn ich hatte geflüstert, und sie glaubte, wir hätten eine schlechte Verbindung.

Ich rieb mir den Schweiß aus den Augen. Ich musste es hinbekommen. Ich musste so klingen, als täte ich solche Dinge jeden Tag, als wäre ich jemand Offizielles. Ich räusperte mich.

„Hier spricht Deputy Maribel Santos“, sagte ich und imitierte deren Stimmlage. „Ich rufe wegen des Bellweather-Falls an.“

Am anderen Ende trat Stille ein. Der Sekretärin stockte der Atem, dann sagte sie, nun leise, nicht mehr brüllend: „Einen Moment bitte.“

Ein Klicken und dann Stille. Keine gedämpften Stimmen im Hintergrund, keine klackenden Tastaturen, kein klingelndes Telefon. Nur das Echo meiner flachen Atemzüge schallte aus dem Hörer.

Ich wischte mir mit dem Ärmel über das Gesicht. Die knallende Sonne stand direkt über mir. Ich sollte im Schatten am Crooked River sitzen, die Füße ins kühle Wasser getaucht. Ich sollte Ollie Schwimmen beibringen. Ich sollte alles Mögliche tun, nur nicht das hier.

Eine Männerstimme durchbrach die Stille. „Deputy Santos?“

„Mr Mancetti“, sagte ich. „Schön, dass Sie Zeit für mich haben.“

„Hätte nicht gedacht, noch mal von Ihresgleichen zu hören nach meinem Telefonat mit Detective Talbert letzte Woche.“

Meine Finger krallten sich um das Telefonkabel. Natürlich hatte schon jemand mit dem Zeitungsmann gesprochen. Ganz klar. Vermutlich war er nach Taylor Bellweathers Eltern die erste Person, die Detective Talbert angerufen hatte. Und bestimmt hatte er dem Detective alles, was er wusste, erzählt, zumindest die entscheidenden Sachen.

Die Stille dehnte sich zu lange.

„Deputy? Sind Sie noch dran?“

„Ja, äh … ich …“ *Reiß dich zusammen, Sam.*

Ich räusperte mich erneut und ließ das Telefonkabel los, das in den freien Raum vor mir hineinschwang. „Ich bin noch da.“

„Zum Glück. Wir hatten letzte Woche Probleme mit unserer Telefonanlage, und wenn ich gerade davon spreche …“ Es folgte Geraschel, seine Hand bedeckte den Hörer, und dann ertönte ein gedämpftes Rufen: „Amanda! Ruf die Telefongesellschaft an und vereinbare einen Termin, um die Leitungen zu überprüfen. Das wird mir jetzt zu bunt.“ Dann donnerte seine Stimme mir plötzlich laut und deutlich ins Ohr. „Da bin ich wieder, Deputy. Was kann ich für Sie tun?“

„Ähm … ja, Detective Talbert und ich sind noch einmal seine Notizen durchgegangen, und wir hätten noch einige zusätzliche Fragen an Sie.“

„Ja, sicher. Fragen Sie mich alles, was Sie möchten. Taylor war ein wichtiger Bestandteil unseres Hauses, auch wenn sie nur kurze Zeit für uns gearbeitet hat. So ein vielversprechendes Talent.“ Seine Stimme wurde leiser, als hielte er den Hörer vom Mund weg. Er schnäuzte sich.

Ich sagte: „Es tut mir leid für Ihren Verlust“, und die Worte klangen hohl.

„Vielen Dank.“ Mancetti sprach wieder direkt in den Hörer.

Ich hielt die Zeitung dieses Morgens an die Seitenwand der Telefonkabine. Von der Titelseite starrte mir Taylor Bellweather entgegen. Ohne zu blinzeln. Blind, taub, stumm. Tot.

„Als Sie kürzlich mit Detective Talbert sprachen“, sagte ich und versuchte, nicht zu schlucken oder zu stammeln, „gaben Sie an, Taylor wäre nach Terrebonne gefahren, um jemanden zu interviewen …“ Ich raschelte mit der Zeitung und murmelte: „Lassen Sie mich nachsehen, ich habe es irgendwo aufgeschrieben.“

Einen Moment lang tat es mir leid, Deputy Santos inkompetent erscheinen zu lassen. Denn das war sie nicht. Sie war eine der Besten. Aber dann dachte ich an Bear, der wegen eines Mordes, den er nicht begangen hatte, in Untersuchungshaft saß, und danach kümmerte die Polizistin mich nicht mehr so sehr.

„Wir haben sie hingeschickt, um einen Artikel über einen der berühmtesten Einsiedler im Herzen Oregons zu verfassen“, sagte Joe Mancetti, und es klang, als würde er dabei lächeln, als fände er irgendetwas daran komisch. Als wäre ihm eben erst die Ironie des Ganzen bewusst geworden.

„Richtig. Natürlich." Ich kaute auf meiner Wange herum und überlegte, wie ich ihn nach dem Namen fragen sollte, ohne zu offenbaren, dass ich keine Ahnung hatte, wovon er sprach.

„Es war ein besonderer Auftrag", sagte Mancetti. „Ihre erste Titelseitenstory." Er machte eine kurze Pause, fuhr dann fort. „Na ja, auf die Titelseite hat sie es ja geschafft, was? Ich wünschte nur, sie hätte es auf andere Weise getan ..."

Ich gab einen unverbindlichen Laut von mir und starrte auf Taylor Bellweathers Foto. Ich kannte es inzwischen in- und auswendig, hätte Taylor mit geschlossenen Augen beschreiben können. Den pfiffigen Kurzhaarschnitt, die gewölbten Augenbrauen, den schelmischen Blick, die gehobene Nase, die schmalen Lippen, das kräftige Kinn, den langen Hals. So jung, so lebendig – und gerade deshalb wunderschön. Und ich fand es so ungerecht. Dass ich mich an so vieles von ihr, einer Fremden, erinnern konnte, während ich, wenn ich mir meine geliebte Mom vorstellte, nur ein verschwommenes, ausgegrautes Bild sah.

„War das alles, Deputy?" Joe Mancettis Stimme holte mich in die Gegenwart zurück, konfrontierte mich mit der Frage, was ich ihm als Nächstes erzählen sollte, aus welchem Grund ich ihn eigentlich anrief.

Ich faltete die Zeitung zusammen und schob sie in meine Rocktasche. „Haben Sie am Tag ihres Todes mit Taylor gesprochen?"

Es schien mir eine unverfängliche Frage, etwas, das man bei so einem Fall typischerweise fragt, aber die nachfolgende Stille zog sich zu lange hin, und als Mancetti schließlich antwortete, klang er nicht mehr warm und freundlich, sondern kühl und kurz angebunden. „Habe ich Detective Talbert doch alles erzählt. Sie rief mich an dem Abend um halb sieben an."

„Und danach?", fragte ich.

„Nichts", sagte er. „Ich habe nie wieder von ihr gehört."

„Haben Sie versucht, Taylor zu erreichen?"

„Ja, natürlich", sagte Joe Mancetti. „Das Interview sollte um neunzehn Uhr stattfinden, und hinterher sollte sie mich anrufen. Aber das tat sie nicht. Deshalb rief ich in ihrem Motelzimmer an. Einige Male. Ich rief sogar den Manager an und bat ihn, rüberzugehen und bei ihr anzuklopfen. Hören Sie, das alles weiß der Detective doch längst."

An dieser Stelle hätte ich auflegen sollen. Ich konnte den Argwohn in seiner Stimme hören, spürte, dass er sich zurückzog, dass er sich zu fragen begann, ob ich wirklich diejenige sei, die zu sein ich vorgab. Und doch legte ich nicht auf, denn ich brauchte Antworten. Nicht mehr nur für Bear und mich, sondern auch für Taylor Bellweather, für ihre Eltern und für alle anderen Menschen, die sie geliebt hatten. Sie verdienten es, die Wahrheit zu erfahren.

„Wann war das noch gleich?“, fragte ich und strengte mich nun nicht mehr so an, wie Deputy Santos zu klingen.

„Was? Wann ich anrief? Welche Rolle spielt das? Sie war schon …“

„Nein“, unterbrach ich ihn. „Wann war das Interview? An welchem Tag? Zu welcher Uhrzeit? Wo wollte sie die Person treffen?“ Alles kam als eine einzige zusammenhängende Frage heraus.

Joe Mancetti atmete tief durch, und dann fragte er mich leise: „Wer sind Sie?“

Ich antwortete nicht.

Er sagte: „Sagen Sie mir, wer Sie sind. Auf der Stelle.“

Ich hob die Hand, um die Leitung zu unterbrechen. Meine Finger schwebten über der Gabel, aber ich drückte sie nicht hinunter.

„Ich weiß, dass Sie nicht Deputy Santos sind. Das weiß ich. Hallo? Sind Sie ein Reporter? Sie wissen, dass es ein Verbrechen ist, sich als Polizist auszugeben, oder? Das wissen Sie, nicht wahr? Hallo? Hallo. Ich höre Sie atmen.“

„Über wen sollte sie den Artikel schreiben, Mr Mancetti? Über Frank McAlister? Ist das der Mann, den Taylor Bellweather interviewen sollte?“

„Frank wer?“ Und dann: „Verdammt noch mal! Verflixt und zugenäht! Für wen halten Sie sich, einfach hier anzurufen und nach Dingen zu fragen, die Sie nichts angehen? Ich kann herausfinden, wer Sie sind, das wissen Sie, oder? Und wenn ich das tue, gehe ich mit ihrem Namen zur Polizei, und die wird Sie so schnell ins Gefängnis befördern, dass Ihnen …“

Ich hängte den Hörer ein und trat einen Schritt zurück. Meine Hände, meine Brust, mein ganzer Körper zitterte. Mancetti hatte den Namen meines Vaters nicht erkannt. Das hieß, Taylor Bellweather war nicht nach Terrebonne gekommen, um Bear zu interviewen. Was wiederum bedeutete, dass die Person, die sie hatte befragen wollen, die einzige andere Person in Terrebonne war, auf die die Bezeichnung „berühmtester Einsiedler im Herzen Oregons“ zutraf: Billy Roth.

Das Telefon klingelte, und ich sprang zurück, erschrocken von dem schrillen, wissenden Ton und der Art, wie es immer weiter klingelte und klingelte, als ob Joe Mancetti mich dort stehen sehen konnte und wenn nötig den ganzen Tag warten würde, bis ich endlich den verdammten Hörer abnähme. Ich hob ihn kurz an und drückte ihn gleich wieder auf die Gabel. Das Klingeln hörte auf.

„Mist“, sagte ich. Mein Herz schlug zu schnell, meine Hände waren taub.

Das Telefon klingelte erneut. Erneut hob ich ab und legte sofort wieder auf, aber statt einzuhängen, ließ ich den Hörer einfach fallen und am Kabel baumeln. Falls Mancetti es ein drittes Mal versuchte, bekäme er das Besetzt-Zeichen.

„Sam?“ Jemand rief mich.

Ich wandte mich um. Travis kam mir aus Richtung der *Schatzkammer* entgegen, die nur wenige Straßen entfernt lag vom Eisenwarenladen. Seine Hände steckten in den Hosentaschen seiner Jeans. Seine roten Sneakers schlurften über den Gehsteig.

Als er mich erreichte, pfiff er anerkennend. „Sieht hübsch aus. Hast du das meinetwegen angezogen und bist den weiten Weg gekommen, um mich zu sehen?“

Ich errötete und zupfte am Rock; ich kam mir blöd darin vor und ärgerte mich, dass ich mich von Franny hatte überreden lassen, ihn anzuziehen. Ich deutete zum Eisenwarenladen und auf Zebs Truck. „Zeb wollte noch ein paar Sachen kaufen, ehe wir nach Hause fahren.“

„Verstehe“, sagte Travis. „Wie lief die Anhörung?“

„Du warst nicht dort?“

Er schüttelte den Kopf. „Meine Mutter ist hingegangen. Und sie hasst es, mitten am Tag den Laden zu schließen. Deshalb musste jemand dortbleiben und die Kasse übernehmen.“

Jetzt fiel mir ein, dass ich Mrs Roth hinten im Gerichtssaal nahe am Eingang hatte stehen sehen; ich dachte, sie hätte in meine Richtung geblickt und mich angeschaut, deshalb hatte ich ihr zugewinkt, aber sie hatte die Geste nicht erwidert.

„Hast nichts verpasst“, sagte ich. „Der Prozess hat nicht mal begonnen, aber sie haben ihr Urteil schon gefällt.“

Er blickte an mir vorbei zur Telefonzelle, deutete mit einer Kopfbewegung auf den am Kabel baumelnden Hörer. „Habe ich dich unterbrochen?"

„Nein. Ich habe nur …" Ich hängte schnell den Hörer ein, dann überquerte ich die Straße und hielt auf den Eisenwarenladen zu.

Travis folgte mir. „Hey, du bist nicht sauer wegen gestern, oder? Im Restaurant? Ich musste wirklich wieder an die Arbeit. War keine Ausrede, um vor dir abzuhauen."

„Okay."

„Und abends wollte ich dich besuchen kommen", fuhr er fort. „Hab's versucht. Aber meine Mutter wollte, dass ich an irgendwelchen Einladungen für Dads Ausstellung arbeite, und als ich damit fertig war, war es fast Mitternacht."

Als wir Zebs Truck erreichten, lehnte ich mich an die Heckklappe und verschränkte die Arme vor der Brust.

„Also." Travis baute sich vor mir auf, verdeckte die Sonne. „Erzählst du mir jetzt, was du entdeckt hast, oder wie?"

„Was ich entdeckt habe?"

„Ja", sagte er. „Du wolltest mir gestern irgendetwas zeigen. Du hast gemeint, es würde Bears Unschuld beweisen."

„Ach so, das." Ich zuckte mit den Schultern. „Das war nichts."

Travis neigte seinen Kopf zur Seite. „Bist du sicher?"

Es konnte sein, dass mein Gespräch mit Joe Mancetti alles veränderte, oder es konnte sein, dass sich dadurch überhaupt nichts änderte. Die Wahrheit war, dass ich nach dem Anruf nicht viel mehr wusste als davor. Taylor Bellweather war nach Terrebonne gefahren, um Billy Roth zu interviewen. Na und? Das Sheriffbüro hatte offensichtlich davon gewusst, als sie Bear verhafteten, und es hatte keinen Unterschied gemacht. Immer wieder hatte Deputy Santos mich daran erinnert, dass sie der Richtung folgen mussten, in die die Beweise führten, und wie es schien, führten sie zu Bear. Die Beweise. Ich musste mir die Akten anschauen.

Ich stieß mich vom Truck ab. „Steht dein Motorrad vor eurem Laden?"

Travis zögerte kurz. „Ja. Warum?"

„Ich brauche deine Hilfe."

„Okay …"

„Und du musst versprechen, dass du niemandem davon erzählst."
„Worum geht es denn?"
„Versprich es zuerst."
Er rieb sich den Nacken. „Meine Mutter erwartet mich in einer Stunde zurück im Laden. Sie will, dass ich heute Abend wieder an der Kasse stehe."
„Es geht um Taylor Bellweather."
„Sam …"
„Nein, hör zu. Ich weiß, du hältst mich für verrückt …"
„Das stimmt doch gar nicht."
„… aber Bear hat diese Frau nicht umgebracht. Ich weiß, dass er es nicht war."
„Ich finde, du solltest einfach Ruhe geben." Travis trat gegen einen kleinen Stein. Er rollte unter Zebs Truck und war verschwunden.
Ich sagte: „Das kann ich nicht."
„Warum nicht?"
„Er ist mein Vater, Travis."
„Kein besonders guter."
„Was soll das heißen?"
Travis verschränkte die Arme vor der Brust und zuckte mit den Schultern.
„Du kennst Bear nicht. Nicht so, wie ich ihn kenne", sagte ich. „Niemand tut es. Sonst hätte man ihn gar nicht erst verhaftet."
„Vielleicht ist es genau andersherum. Vielleicht kennst du ihn nicht so gut, wie du ihn zu kennen glaubst. Du siehst ihn nur … wie oft? Einmal im Jahr?"
„Zweimal", sagte ich. „Weihnachten kam er immer zu uns nach Eugene."
Travis zuckte erneut mit den Schultern. „Wie viel kann man über einen Menschen wissen, mit dem man so wenig Zeit verbringt?"
„Hilfst du mir oder nicht?", fragte ich.
Er seufzte und nickte. „Aber nur, weil ich morgen früh nicht aufwachen und erfahren möchte, dass du in einem leer stehenden Lagerhaus rumgeschlichen bist und dir bei einem Treppensturz das Bein gebrochen hast und stundenlang mutterseelenallein herumliegen musstest, ehe ein Wachmann dich beim abendlichen Rundgang entdeckte."
„Wir gehen in kein leer stehendes Lagerhaus."

„Du weißt schon, was ich meine."

„Ja, aber es ist Blödsinn."

Er lachte.

Ich zog die gefaltete Zeitung aus der Tasche und ging um den Truck zum Beifahrersitz. Mit einem Kugelschreiber, den ich im Handschuhfach fand, schrieb ich, das Armaturenbrett als Unterlage benutzend, Zeb eine kurze Nachricht an den Seitenrand, dann schob ich die Zeitung unter den Scheibenwischer, wo man sie unmöglich übersehen konnte.

„Bereit?"

Travis blickte auf meinen Wollrock. „In dem Aufzug willst du losziehen?"

„Falls du mir keine anderen Klamotten mitgebracht hast, dann ja, in dem Aufzug ziehe ich los." Ich schritt an ihm vorüber und ging in Richtung *Delilahs Schatzkammer*.

Travis schloss schnell zu mir auf. „Jetzt verrate mir endlich, was wir vorhaben."

Papa Zeb kehrt allein nach Hause zurück. Er wirft eine zerknüllte Zeitung in den Müll und geht die Treppe hinauf. Als ich mir sicher bin, dass er nicht wieder herunterkommt, hole ich die Zeitung aus der Mülltonne und breite sie auf dem Küchentresen aus.

Bin mit Travis im Kino. Warte nicht auf mich. Er bringt mich nach Hause. Bin vor dem Abendessen zurück.

Lügen in der schrägen Schrift meiner Schwester.

Sie hasst es, ins Kino zu gehen, sagt, der Ton ist ihr immer zu laut, die Leinwand zu nah, der Geruch von abgestandenem Popcorn zu eklig. Das letzte Mal im Kino war sie vor drei Jahren, als Mom sie dazu überredet hatte – „deine Schwester hat Geburtstag. Tu es für sie." Sie hatte Ohrstöpsel mitgenommen, sich in die hinterste Reihe gesetzt und die ganze Heimfahrt lang herumgemeckert. Vielleicht hat sie sich ja wirklich mit Travis getroffen, aber ich weiß sicher, dass sie nicht im Kino sind.

Ich knülle die Zeitung zusammen und werfe sie wieder in den Müll.

Nana Fran kommt in die Küche, sieht mich mürrisch am Tisch sitzen und hält meinen Zorn für Langeweile. Sie sagt: „Im Schrank unter der Treppe liegt ein Kartenspiel. Hol es mal her, dann bring ich dir Rommé bei."

In dem Schrank unter der Treppe sind nicht nur die Spielkarten. Da sind Notizblöcke und Dominosteine und Plastikbecher mit zerbrochenen Buntstiften. Auf schmalen Regalen stapeln sich Brettspiele wackelig aufeinander. Schach und Dame und Monopoly und Spiel des Lebens.

Um an die Karten heranzukommen, muss ich mich auf die Zehenspitzen stellen, und als ich die Karten herausziehe, kommen gleich alle möglichen anderen Sachen mit heruntergefallen. Schachteln und Würfel und Spielbretter und Karten und Plastiksoldaten regnen auf mich herab.

„Alles in Ordnung da draußen?", ruft Nana Fran.

Ich bücke mich und hebe die Sachen auf.

Sie steckt den Kopf zur Küchentür heraus, und als sie das Durcheinander sieht, kommt sie herüber und hilft mir.

„Ich wollte den alten Wandschrank schon die ganze Zeit ausmisten", sagt sie und hebt eine Schachtel auf, die an vielen Stellen aufgeplatzt und wieder zusammengeklebt worden ist.

Ich erkenne die Beschriftung an der Seite und nehme ihr die Schachtel aus der Hand.

Sie schmunzelt. „Einmal lebte ein Pflegekind bei uns, ein Mädchen, das behauptet hat, es könne die Geister sämtlicher amerikanischer Präsidenten herbeirufen. Papa Zeb hat ihr das Spiel eines Tages mitgebracht, und ich glaube, es ist keine Minute vergangen, in der sie nicht irgendwelchen Hokuspokus damit veranstaltet hat."

Ich mache die Schachtel auf, nehme das Brett heraus und lege es auf den Boden. Die Buchstaben sind abgewetzt und blass, aber man kann sie noch lesen. Die hölzerne Planchette gleitet widerstandslos hin und her, als ich sie von einer Ecke in die andere schiebe.

Diejenige, die mir folgt, lacht, und ich weiß, dass sie es nur für ein albernes Kinderspiel hält, aber vielleicht ist ja doch etwas mehr dran.

Ich denke: Bist du mir böse wegen dem, was ich getan habe?

Die Planchette rührt sich nicht.

Ich denke noch einmal: Bist du mir böse?, und diesmal sehe ich sie direkt an.

Sie hört auf zu lachen, kauert sich neben mich und legt die Hand auf meine. Die Planchette bebt. Sie schiebt sie unter unseren Händen auf das Wort NEIN an der Oberkante des Brettes.

Ich denke: Hast du mich noch lieb?

Ihre Hand verschiebt meine erneut, diesmal auf das JA. Sie flüstert: *Für immer.* Dann sagt Nana Fran: „Es gehört dir, wenn du willst."

Ja.

Travis brachte das Motorrad vor der Einfahrt von Deputy Santos' Haus zum Stehen, ließ den Motor aber laufen. Er blickte über die Schulter und rief: „Was wollen wir hier?"

Die Einfahrt war leer, und die Vorhänge am vorderen Fenster waren zugezogen. Auf der anderen Straßenseite ging eine Garagentür auf, und ein schwarzer Kombi fuhr rückwärts heraus. Ein paar Häuser weiter goss eine Frau im blauen Bademantel ihre Rosen. Sie beschattete die Augen mit einer Hand und schaute in unsere Richtung.

Ich beugte mich vor, schlang Travis erneut die Arme um die Taille und rief: „Park weiter unten, hinter den Büschen da."

Ganz am Ende der Sackgasse markierte ein gelber Pfosten den Anfang eines schmalen Trampelpfads, der hinter den Häusern entlangführte. Dort hinten gab es auch einen Abzugskanal, die perfekte Tarnung. Travis parkte sein Motorrad neben einer Reihe überwucherter Lorbeerbüsche.

Ich stieg ab und zog mein zerknautschtes T-Shirt glatt, dann nahm ich den Helm ab und gab ihn ihm. „Danke."

Er hängte beide Helme – seinen und meinen – über die Lenkergriffe. Dann stieg er auch ab und zog am Kragen seines T-Shirts, um die Stellen abzulösen, die unter meinem Körpergewicht feucht geworden waren und ihm am Rücken klebten, denn ich hatte mich den ganzen Weg hierher an ihn geklammert. Es war meine erste Fahrt auf einem Cross-Motorrad gewesen, eigentlich überhaupt auf irgendeinem Motorrad, und in jeder Kurve hatte ich Panik bekommen, fest überzeugt, nur Millisekunden von einem plötzlichen, schmerzhaften Tod entfernt zu sein.

„So", sagte er. „Klärst du mich jetzt vielleicht mal auf, oder was?"

Ich streckte die Arme über den Kopf und bewegte die Finger, um das taube, kribbelnde Gefühl loszuwerden, das Gefühl, dass meine Seele, falls es so etwas überhaupt gab, sich von meinem Körper ablöste, ja, beinahe schon weg war.

„Wir brechen in Deputy Santos' Haus ein", sagte ich und ging um den Pfosten herum auf den Ablauf zu.

„Moment mal, was?" Travis rannte hinter mir her.

Der Trampelpfad zog sich ungefähr hundert Meter hin, ehe er an einem hüfthohen Maschendrahtzaun endete. Auf der anderen Seite war ein schmaler Vorsprung, der zu dem Ablauf hin abfiel, einer offenen Halbröhre von etwa drei Metern Breite und vier Meter fünfzig Tiefe. Dahinter war ein weiterer Maschendrahtzaun – und dann eine ausgedehnte, nicht erschlossene Fläche. Überwiegend Gestrüpp, Erde und loses Geröll, ein paar fast verdorrte Bäume.

Ich bog nach links ab, hielt mich auf dem Pfad, der zwischen dem Maschendrahtzaun auf der einen und einem Zaun aus Zedernholzbrettern auf der anderen Seite entlanglief, und folgte der Ablaufrinne auf Deputy Santos' Haus zu. Das Gras war niedergetrampelt, und überall lagen Zigarettenkippen herum. Hinter mir kickte Travis eine leere Bierdose durch die Gegend, und sie landete scheppernd am Maschendrahtzaun.

Ich sah ihn über die Schulter hinweg scharf an.

Achselzuckend verzog er das Gesicht: „'Tschuldigung."

Ich zählte die Häuser, hinter denen wir vorbeigingen, und als ich bei acht war, blieb ich stehen und spähte auf Zehenspitzen über den Zaun.

„Das ist es", flüsterte ich. „Hilf mir mal."

„Nix da." Travis verschränkte die Arme vor der Brust und schüttelte den Kopf. „Auf keinen Fall."

„Du hast gesagt, du hilfst mir."

„*Dabei* nicht. Ich helfe dir doch nicht, ins Haus einer Polizistin einzubrechen!"

„Na schön", sagte ich. „Du kannst ja beim Motorrad warten."

Ich trat vorsichtig an den Zaun und ergriff die Oberkante. Es wäre einfacher gewesen, wenn ich eine Hose getragen hätte, aber selbst im Wollrock, der ständig an irgendwelchen Holzsplittern hängen blieb, schaffte ich es, mich irgendwie über den Zaun zu hangeln und in den dahinterliegenden Garten fallen zu lassen.

Travis fluchte. Dann kletterte er ebenfalls über den Zaun und sprang neben mir ins vertrocknete Gras. Er wischte sich die Hände an der Hose ab und sagte: „Kannst du dir vorstellen, wie viel Ärger wir uns damit einhandeln können?"

Ich ignorierte ihn und rannte zur Veranda. Blumentöpfe standen auf der Ziegelumrandung, aber alle Pflanzen waren braun und verwelkt. Ich versuchte, die gläserne Schiebetür zu öffnen. Verschlossen, aber die Vorhänge waren offen, und ich konnte in das leere Wohnzimmer schauen. Der Fernseher war ausgeschaltet. Ein benutzter Teller mit Gabel lag auf einem der Couchkissen, drei Kaffeetassen standen auf dem Beistelltisch, und auf dem Boden stapelte sich ein Haufen Wäsche, als habe Deputy Santos sie gerade zusammenlegen wollen und wäre dabei gestört worden.

Schritte raschelten hinter mir im trockenen Gras, und Travis flüsterte: „Ist zugeschlossen? Nehmen wir's als Zeichen und hauen ab."

An der Rückwand des Hauses befanden sich drei Fenster. Eins lag zu hoch und war zu schmal, aber die anderen beiden lagen in unmittelbarer Bodennähe und waren groß genug, um hindurchschlüpfen zu können.

Um die Fenster zu erreichen, musste ich mich hinter einer Reihe hoher Hecken und durch klebrige Spinnweben hindurchzwängen. Ein abgebrochener Ast schrammte an meiner Wade entlang. Das erste Fenster war geschlossen. Das zweite stand einen Spaltbreit offen. Ich stieß das Fliegengitter auf, drückte die Fingerspitzen gegen die Plastikkante des Fensters und rüttelte vorsichtig daran, bis der Spalt so breit war, dass ich um den Rahmen herumgreifen und das Fenster ganz öffnen konnte.

Travis quetschte sich hinter mir her durchs Gebüsch und sagte: „Das ist wirklich verrückt, Sam." Er trat gegen einen Ast, der ihm den Weg versperrte. „Dafür kommt man ins Gefängnis, weißt du das? Einbruch und Hausfriedensbruch. Das ist strafbar."

Ich hievte mich auf die Fensterbank, raffte meinen Rock um die Knie und schwang die Beine ins Zimmer.

„Und wenn sie eine Alarmanlage hat?"

Drinnen blieb ich halb gebückt auf Deputy Santos' beigefarbenem Schlafzimmerteppich stehen und lauschte, sprungbereit für den Fall, dass eine Sirene losgehen sollte. In der Küche summte der Kühlschrank. Irgendwo draußen hupte kurz ein Auto. Sonst nichts. Kein Alarm. Kein hektisches Geheul. Es kam niemand, und wir waren allein.

Ich steckte den Kopf zum offenen Fenster hinaus und bedeutete Travis, hereinzukommen. Er schüttelte den Kopf.

„Jetzt hast du mich schon so weit begleitet", sagte ich.

Er starrte mich an, dann schaute er zum Himmel auf.

„Mach schon, ich brauch dich zum Schmierestehen."

„Sam?"

„Was ist?"

„Was zum Teufel machen wir hier?"

„Ich muss wissen, welche Beweise sie gegen Bear haben", sagte ich. „Ich muss wissen, warum sie ihn für schuldig halten."

Ich wandte mich um.

Travis kletterte ebenfalls ins Zimmer, blieb aber an der Tür zum Flur stehen.

„Jetzt komm", sagte ich.

Wir schlichen durchs Wohnzimmer und in die Küche. Der Tisch war noch immer mit Papieren und Akten übersät, noch mehr, als ich es von vor ein paar Tagen in Erinnerung hatte. Es war zu viel, um es jetzt alles durchzusehen. Ich würde etliche Stunden brauchen, vielleicht sogar einen ganzen Tag. Ich fuhr mit den Fingern über die oberste Papierschicht. Die Buchstaben und Zahlen verschwammen mir vor den Augen, ich war überwältigt von der verblüffenden Menge an Informationen und der Unmöglichkeit, die Antworten zu finden, nach denen ich suchte.

Travis pfiff leise durch die Zähne. „Du glaubst, da ist irgendwas Wichtiges dabei?"

Ich nickte und nahm einen der Berichte in die Hand. Ein kurzer Blick verriet mir, dass es die Aussage des Managers vom Meadowlark war, der bestätigte, Taylor Bellweather habe ein Zimmer für vier Nächte gemietet und mit Kreditkarte bezahlt. Er gab an, er habe möglicherweise am Sonntag spätnachts einen Mann aus ihrem Zimmer kommen sehen, sei sich aber nicht sicher, da er nicht darauf geachtet habe. Ich warf die Aussage beiseite.

Travis griff nach einem Zettel. Er hielt ihn sich dicht vors Gesicht und legte ihn dann wieder dahin, wo er ihn gefunden hatte. „Was suchen wir eigentlich genau?"

„*Ich* suche nach irgendetwas, das der Öffentlichkeit noch nicht mitgeteilt wurde", sagte ich. „Etwas, das die Polizei so sehr von Bears Schuld überzeugt. *Du* guckst vorn aus dem Fenster. Gib mir Bescheid, falls jemand kommt."

Durch das schmale Fenster neben der Eingangstür blickte Travis auf die Einfahrt. Dann wieder auf die Papierstapel auf dem Tisch. „Sicher? Das hier ist eine Menge Arbeit für einen Einzelnen."

Ich nickte.

Er stand im Halbdunkel, von wo aus er auf die Straße hinausblicken konnte, ohne selbst gesehen zu werden, falls draußen jemand vorbeiging. „Ich kapier's nicht, Sam. Warum jetzt? Warum auf diese Weise?"

„Weil ich herausfinden muss, was passiert ist."

„Aber warum fragst du nicht Deputy Santos?"

„Sie würde es mir nicht sagen."

„Warum warten wir dann nicht bis zur Verhandlung?"

„Weil es dann zu spät ist. Der Richter wird meinen Großeltern das Sorgerecht übertragen, Ollie und ich werden in einem Bostoner Rentnerviertel oder etwas noch Schlimmerem leben, und niemand wird je die Wahrheit erfahren. Sie halten Bear für den Mörder", sagte ich. „Und sie suchen nicht mehr nach anderen Verdächtigen. Wenn ich nichts unternehme, basteln sie sich eine Mordanklage zurecht, ob sie nun berechtigt ist oder nicht. Sie verdrehen die Fakten, bis alles zusammenpasst."

Ich überflog einen Stoß Telefonprotokolle und Kreditkarten-Abrechnungen.

„Was macht dich so sicher?", fragte Travis.

Ich schaute von dem Text auf, den ich gerade las, einer kurzen Aussage eines Tankstellenangestellten, der versicherte, dass Taylor Bellweather zwei Tage, bevor ihre Leiche gefunden wurde, ihren Toyota Corolla vollgetankt habe, einen weißen Viertürer wie den, den man aus dem Blue Heron Pond gezogen hatte.

„Dass Bear unschuldig ist?", sagte ich.

Er nickte.

Ich zuckte die Achseln. „Ich weiß es einfach."

Travis schwieg einen Moment, dann sagte er: „Manchmal kennen wir die Leute, die wir am meisten lieben, am allerwenigsten."

„Du sollst die Straße beobachten."

Er drehte sich wieder zum Fenster um. „Beeil dich", sagte er und verfiel in irgendwelches Gemurmel darüber, wie saudämlich das hier wäre und wie viel Ärger wir bekämen, wenn uns jemand hier fände, dass seine Mutter wahrscheinlich gerade den Sheriff anrufen würde, um Vermisstenanzeige zu erstatten, und dass er womöglich den ganzen gottverdammten Sommer über im Laden würde herumstehen müssen und was mir eigentlich einfiele, ihn in diese Scheiße hineinzuziehen, und dass es, falls wir verhaftet würden, vorbei wäre mit seinem guten Ruf und irgendeiner Chance auf eine College-Zulassung. Und was sollte er dann tun? Den Rest seines Lebens für einen Hungerlohn im Geschäft seiner Eltern an der Kasse sitzen? Das hier wäre eine schlechte Idee, eine richtig schlechte.

Ich überflog die Papiere noch hastiger und überging nichtssagende Notizen, Steno-Aufzeichnungen und das ganze unleserliche Gekritzel, das nur Deputy Santos entziffern konnte. Immer wenn ich auf den Namen meines Vaters stieß, hielt ich inne und las ein bisschen aufmerksamer, aber obwohl alles wichtig aussah, war nichts davon das, wonach ich eigentlich suchte. Nichts deutete klar auf Bear als Verdächtigen hin.

Ich fand den Autopsiebericht und las schnell bis zum Fuß der Seite, wo der Gerichtsmediziner die Todesursache eingetragen hatte. Schlag mit einem stumpfen Gegenstand gegen den Kopf, ein Tötungsdelikt. Deputy Santos hatte noch andere Stellen markiert, in denen von diversen Druckstellen an Taylor Bellweathers Hals und Brustkorb sowie von Abwehrverletzungen an ihren Händen und Armen die Rede war. Man hatte Fingernagelproben genommen, aber hier hatte Santos an den Rand gekritzelt, dass wahrscheinlich jegliche physischen Beweise im Fluss vernichtet worden waren. Ich legte den Bericht hin und suchte weiter.

Da waren Notizen auf lose Blätter gekritzelt, Bemerkungen wie *Portemonnaie des Opfers fehlt noch, ebenso diverse Schmuckstücke, Alibi des Verdächtigen nicht bestätigt, Kleidung des Opfers zerrissen, aber kein Hinweis auf Vergewaltigung.* Es gab die Aussagen von Taylors Eltern, denen zufolge sie noch zwei Tage vor dem Tod ihrer Tochter mit ihr gesprochen und keinerlei Veranlassung gehabt hätten, um ihre Sicherheit zu fürchten. Da war auch meine Aussage – alles, was ich Deputy Santos am Tag von Bears Verhaftung erzählt hatte, protokolliert und in aller Klarheit schwarz auf weiß ausgedruckt. Als ich es jetzt noch einmal durchlas und meine eigenen Worte mir in den Ohren gellten, merkte ich erst, wie schlecht das alles für Bear war und dass es so wirken musste, als hielte selbst seine eigene Tochter ihn für schuldig. Vielleicht hatte ich das ja auch einen Augenblick lang getan, nur einen Wimpernschlag, aber jetzt eben nicht mehr. Ich schob die Papiere beiseite.

Es musste da noch etwas anderes geben, etwas Grundlegenderes als Seiten um Seiten bedeutungsloser Wörter, eine Verbindung zwischen

Bear und Taylor Bellweather, eine Kette, ein Seil, ein Faden, eine Andeutung, etwas, das die beiden verband und das man unmöglich außer Acht lassen konnte.

Ich stieß auf Joe Mancettis Aussage, diejenige, die er Detective Talbert am Telefon gemacht hatte. Hier erzählte Mancetti Talbert klipp und klar und ohne Umschweife, dass Taylor Bellweather in Terrebonne gewesen war, um über Billy Roth zu schreiben und ihn über seine neue Ausstellung zu interviewen. Die sollte schockierend und schonungslos werden, sollte völlig anders sein als alles, was er je zuvor fabriziert hatte. Man erwartete, dass sie ihm ein Riesen-Comeback in der Kunstwelt verschaffen würde.

„Ich wollte Billy zu einem Neuanfang verhelfen", hatte Joe Mancetti Detective Talbert erzählt. „Wir waren Zimmergenossen auf dem College. Ich unterstütze ihn gern, wenn ich kann. Ich dachte, ein Zeitungsartikel könnte das nötige Aufsehen verursachen, das er braucht, um wieder in Fahrt zu kommen. Nachdem sie Delilah bei dem Autounfall verloren haben ... na ja, er war lange völlig fertig mit sich und der Welt. Es tut gut, zu sehen, dass er sich wieder aufrappelt."

Er hatte Taylor hingeschickt, weil Mrs Roth einen anderen Reporter verlangt hatte, einen, der nicht viel über Billys Vergangenheit und seine absonderlichen Skulpturen wusste. Jemanden mit einem frischen Blick. Joe Mancetti dachte, dass es eine gute Story für seine neue Reporterin war, mit der sie sich ihre ersten Sporen verdienen konnte. Das Interview war für Montagabend festgesetzt worden, und Joe hatte erwartet, dass Taylor ihn hinterher anrufen würde, sodass sie darüber reden konnten, was sie zusammengebracht hatte und ob es für die Titelseite ausreichte oder ob sie noch weiterfragen und noch ein paar zusätzliche Fotos schießen musste. Er war bis Mitternacht im Büro gewesen, aber sie hatte sich nicht gemeldet. Und als er versucht hatte, sie in ihrem Motelzimmer anzurufen, hatte niemand abgenommen. Er hatte gesagt, Mrs Roth habe ihn am nächsten Morgen angerufen und sich beschwert, dass Taylor sie versetzt hätte. Sie hätten stundenlang gewartet, aber es wäre niemand gekommen. Auf der letzten Seite der Aussage klebte ein Zettel, auf dem Billy Roths Name stand, aber er war mit schwarzer Tinte durchgestrichen.

Ich sah über die Schulter hinweg nach Travis. Er drehte eine unangezündete Zigarette zwischen den Fingern, den Blick aus dem Fenster gerichtet. Die Glasscheibe ließ Lichtreflexe über sein Gesicht tanzen. Er schaute auf, merkte, dass ich ihn beobachtete, und fragte lächelnd: „Was ist?"

Ich schüttelte den Kopf und fuhr fort, mich durch den Papierkram zu arbeiten.

„Schon was gefunden?"

„Vielleicht", sagte ich. „Wie sieht die Straße aus?"

„Alles klar", sagte er. „Bis jetzt. Aber ich hab ein ungutes Gefühl ..."

„Noch ein paar Minuten, okay?"

Travis entgegnete: „Zehn Minuten. Dann gehen wir."

Ich blätterte rasch einen Stapel Fotos durch. Größtenteils Fundortaufnahmen – vom Flussufer, wo sie Taylor Bellweathers Leiche gefunden hatten, vom Park und den Picknicktischen in der Nähe. Es gab ein Foto der Leiche im Wasser, das Gesicht zur Sonne gewandt, die Augen nur dunkle, glanzlose Pupillen. Ich schob das Foto hinter den Rest und legte den ganzen Stapel auf eine Seite.

In einem unbeschrifteten Aktendeckel fand ich etwas, das wie eine Vernehmung von Pastor Mike durch Detective Talbert aussah. Viele Seiten waren durcheinandergebracht, und manche fehlten sogar, aber nachdem ich sie sortiert hatte, blieb genug von dem Gespräch übrig, um zu verstehen, warum die Polizei so überzeugt war von Bears Schuld. Pastor Mikes Aussage bildete den Eckpfeiler des Falles, den sie konstruieren wollten. Die weiteren Bausteine waren die anderen Dinge – die Jeansjacke, die Kratzspuren an Bears Wange, der Autoschlüssel, die zeitliche Abfolge –, und hätte ich nicht die Stiefelabdrücke gesehen, vielleicht hätte das Ganze auch mich überzeugt.

Detective Randy Talbert: Also, was würden Sie sagen, wann ist das alles passiert?

Mike Freshour: So um Viertel vor fünf. Ich hab nicht auf die Uhr gesehen, aber Rosalee rief mich um halb fünf an, und ich brauche ungefähr fünfzehn Minuten, um von meinem Haus zum *Jack Knife* zu gelangen.

RT: Und wann haben Sie Mr McAlister gesehen?

MF: Also, meine Augen mussten sich erst an die schwache Beleuchtung da drin gewöhnen, aber es war nur ein paar Sekunden, nachdem ich zur Tür hereingekommen war. Er stand an der Bar, was mich überraschte angesichts der Probleme, die er früher mit dem Trinken hatte.

RT: War er allein?

MF: Eine Frau stand neben ihm, aber zuerst dachte ich nicht, dass die beiden etwas miteinander zu tun hätten. Ich hab mich so daran gewöhnt, Bear immer allein zu sehen.

RT: Und wann wurde Ihnen klar, dass sie sich unterhielten?

MF: Ich würde nicht direkt sagen, dass sie sich unterhielten.

RT: Was wollen Sie damit sagen?

MF: Er schien ihre Gesellschaft nicht gerade zu schätzen.

RT: War er verärgert?

MF: Ich würde sagen, er fühlte sich gestört. Belästigt. Sie ist ihm ziemlich auf die Pelle gerückt, und er ist immer zurückgewichen. Und er hat sie nicht angesehen. Deshalb brauchte ich ein paar Minuten, um mitzukriegen, dass irgendwas zwischen den beiden vor sich ging. Weil er sie wirklich lange nicht ansah. Sein Blick war starr geradeaus gerichtet, er starrte in den Spiegel hinter der Bar.

RT: Hat Mr McAlister etwas getrunken?

MF: Neben seinem Ellbogen stand ein volles Glas mit irgendwas. Scotch, schätze ich. Oder Bourbon. Ich bin selber kein großer Trinker, deshalb kann ich es schwer sagen.

RT: Und die Frau?

MF: Ob sie etwas getrunken hat?

RT: Ja.

MF: Ich glaube, ja. Vor ihr stand ein leeres Martiniglas.

RT: Kannten Sie die Frau?

MF: Nein. Also, ja. Flüchtig. Ich würde nicht sagen, dass ich sie kannte. Genauer.

RT: Hatten Sie sie vorher schon mal gesehen?

MF: Ja. Sonntagabend. Im *Patti's*.

RT: Fahren Sie fort, Mr Freshour. Beschreiben Sie bitte Ihre erste Begegnung mit Ms Bellweather.

MF: Es ist einfach so, dass sie dasaß, diese hübsche junge Dame, ganz für sich allein, und etwas aß. Ich ging rüber und stellte mich vor. Hab sie in der Stadt willkommen geheißen. Sie sagte, sie würde nicht lange bleiben. Ich fragte, ob ich ihr einen Drink spendieren dürfe. Sie lehnte ab. Und das war's.

RT: Hatten Sie sonst noch irgendwie mit ihr zu tun, bevor Sie sie im *Jack Knife* wiedersahen?

MF: … Nein, Sir.
RT: Mr Freshour?
MF: Na ja, ich sollte es Ihnen wohl lieber erzählen …
RT: Sie machen mir langsam Sorgen, Mr Freshour. Sie müssen mir ganz ehrlich sagen, was Sie wissen. Okay?
MF: Jawohl, Sir. Schon klar. Natürlich. Ich will ja helfen, so gut ich kann. Das ist alles so schrecklich. Sie war noch so jung. So lebenslustig. Ich kann mir nicht vorstellen, was der liebe Gott sich dabei denkt, so etwas passieren zu lassen.
RT: Mr Freshour, haben Sie sie wiedergesehen?
MF: Äh … nein.
RT: Mr Freshour …?
MF: Nein. Ehrenwort. Aber ich bin zu ihrem Motelzimmer gegangen. Sonntagabend, nachdem sie mich im *Patti's* hatte abblitzen lassen.
RT: Und?
MF: Sie war nicht da. Jedenfalls hat sie nicht aufgemacht, als ich angeklopft habe.
RT: Und dann?
MF: Dann bin ich nach Hause gegangen, hab mir eine Dose Tomatensuppe aufgemacht und mir *Mord ist ihr Hobby* angesehen. Also, Jessica Fletcher, die weiß, wie man ein Rätsel löst.

Ich überging die nächsten paar Fragen, wo anscheinend Pastor Mike die Konversation übernommen und sich in Nebensächlichkeiten ergangen hatte, wirklich nichts Wichtiges. Dann blieb mein Blick am Namen meines Vaters hängen, und ich ging ein paar Zeilen zurück und las wieder genauer.

RT: Kommen wir doch zurück zu Montagabend. Erzählen Sie mir mal, wie die Auseinandersetzung angefangen hat.
MF: Richtig, also … Ich ging hin und fand Rosalee und half ihr, aufzustehen, als Bear auf einmal aufsprang und anfing, herumzubrüllen.
RT: Erinnern Sie sich noch, was er gesagt hat?
MF: Er wollte von Taylor wissen, wie sie ihn gefunden habe. Sie sagte irgendwas wie, es sei nicht allzu schwer gewesen, und dann zog Bear vom Leder, dass sie das alles gar nichts angehe und sie solle sich dahin scheren, wo sie hergekommen sei, und ihn gefälligst in Ruhe lassen.
RT: Was haben Sie getan, als Sie das Gebrüll hörten?

MF: Ich setzte Rosalee wieder hin und sagte ihr, ich wäre gleich wieder da. Dann ging ich rüber, um zu schauen, ob ich helfen konnte. Inzwischen hatte sich Vic eingeschaltet. Er stützte sich auf den Tresen und sagte zu Bear, er solle sich beruhigen oder woandershin gehen.

RT: Und Ms Bellweather? Was machte sie die ganze Zeit?

MF: Sie hatte einen kleinen Notizblock und einen Stift herausgeholt und schrieb sich etwas auf. Bear versuchte immer wieder, ihr den Block wegzunehmen. Sie stellte ihm Fragen, aber Bear und Vic waren so laut, dass ich kein Wort verstand.

RT: Und was passierte dann?

MF: Bear kriegte sie zu fassen und fing an, sie zu schütteln. Ich wollte ihn wegziehen, aber er versetzte mir mit dem Ellbogen einen Schlag ans Kinn. Danach hab ich Abstand gehalten. Sie hat sich aber heftig gewehrt. Hat ihm das Gesicht zerkratzt, glaub ich. Als Vic die Polizei anrief, hat er sie losgelassen.

RT: Und dann?

MF: Ist er gegangen.

RT: Mr McAlister?

MF: Hm. Stand auf und spazierte hinaus.

RT: Und Ms Bellweather?

MF: Lief hinterher.

RT: Was taten Sie?

MF: Na ja, Vic brachte mir einen Eisbeutel. Für mein Kinn. Das tat inzwischen höllisch weh.

RT: Taten Sie sonst noch was, Mr Freshour?

MF: Na klar. Ich ging raus auf den Parkplatz. Ich hatte bei der ganzen Sache so ein komisches Gefühl.

RT: Und was war das für ein Gefühl?

MF: Sind Sie schon mal völlig atemlos aufgewacht? Sie wissen, dass Sie einen Albtraum hatten, einen ziemlich schlimmen diesmal, aber Sie können sich nicht erinnern, worum es ging? Alles, woran Sie sich erinnern, sind Sekundeneindrücke, dunkle Blitze, Angstgefühle. Sie wissen nur, dass Sie panische Angst hatten. So in der Art. Ein schlechtes Gefühl.

RT: Was passierte auf dem Parkplatz?

MF: Nichts.

RT: Könnten Sie ein bisschen präziser werden?

MF: Es passierte gar nichts. Als ich rauskam, waren beide weg.

RT: Haben Sie gesehen, wo sie hingegangen sind?

MF: Nein.

RT: Irgendetwas anderes, woran Sie sich erinnern?

MF: Bevor er die Bar verließ, sagte Bear so etwas wie, entschuldigen Sie die Ausdrucksweise: „Wenn Sie mich oder meine Familie noch mal bedrohen, breche ich Ihnen jeden einzelnen Ihrer gottverdammten Finger, sodass Sie nie wieder auch nur ein einziges Wort schreiben können."

Hier endete die Befragung. Abrupt. Ich suchte den Papierstapel nach dem Rest durch, konnte ihn aber nicht finden. Ich zog einen der Stühle unter dem Tisch vor. Die Beine schrammten über das Linoleum.

„Alles in Ordnung?", fragte Travis.

Ich musste mich hinsetzen. Wenn Pastor Mike die Wahrheit sagte, dann hatte Bear gelogen. Mir gegenüber. Ollie gegenüber. Allen gegenüber. Ich schlug die Hände vors Gesicht.

„Sam?" Travis verließ seinen Posten am Fenster, kam herüber und beugte sich über mich.

Ich sagte das Einzige, was mir in den Sinn kam: „Das kann nicht stimmen."

Travis nahm mir Pastor Mikes Aussage aus der Hand und blätterte alle Seiten durch. Dann sagte er: „Heiliger Bimbam", und legte die Papiere wieder in den Aktendeckel.

Er packte mich am Arm und versuchte, mich hochzuziehen. „Nichts wie raus hier."

„Nein." Ich riss mich los, obwohl ich wusste, dass er recht hatte. Wir waren schon viel zu lange hier. Aber in dem Moment war es mir völlig egal, ob man uns erwischte.

„Hier muss es noch irgendetwas anderes geben", sagte ich. „Etwas, das ich übersehe."

„Was denn? Diese Aussagen sind doch ziemlich eindeutig, findest du nicht?"

„Oder Pastor Mike ist ein Riesenarschloch. Ich stand auf und fing noch einmal an, in den Akten und losen Papieren zu wühlen.

„Sam."

Ich wühlte weiter.

Travis legte seine Hand auf meine. „Er hat ihr gedroht."

Ich zuckte zurück und schüttelte den Kopf.

Travis fuhr fort: „In der Zeitung stand, dass sie irgendwann Montagnacht gestorben ist. Pastor Mike hat gesagt, sie sind zusammen weggegangen."

„Nein, hat er nicht. Er sagte, er hätte gesehen, wie sie aufeinander losgingen. Dann ist Bear allein rausgegangen."

„Und sie auch. Gleich danach."

„Sagt Pastor Mike." Ich wühlte weiter in den Papieren und schob Travis beiseite. „Ein Wort gegen das andere. Das will gar nichts heißen."

„Sam, hör zu: Der Barkeeper war da. Andere Zeugen. Detective Talbert hätte es sofort herausgefunden, wenn Pastor Mike gelogen hätte."

Ich schlug mit der flachen Hand auf den Tisch. „Bear hat Taylor nicht umgebracht."

„Ich weiß, du möchtest das gern glauben ... Ich verstehe, dass du dir wünschst, er wäre unschuldig. Aber sieh dir doch mal die Tatsachen an. Was da alles zusammenkommt, das gegen ihn spricht." Er hob die Seiten an, überflog die Aussagen und zählte alles laut auf, was ich bereits wusste. Zum Schluss hielt er die Akte mit Pastor Mikes Aussage hoch und schüttelte den Kopf. „Tut mir leid, Sam."

Ich beugte mich über den Tisch und schob einige Papiere aus dem Weg auf der Suche nach etwas anderem. Doch ich wusste nicht, wonach ich Ausschau hielt. Vielleicht nach irgendetwas, das im Widerspruch zu Pastor Mikes Aussagen stand.

„Na schön", sagte ich. „Sagen wir mal, es hat sich so abgespielt, wie Pastor Mike sagt. Angenommen, das ist alles wahr. Es muss einen guten Grund gegeben haben, warum Bear so wütend war und solche Sachen gesagt hat. Und warum sie aufeinander losgegangen sind. Sie muss ihn provoziert haben. Also hat er sich geärgert. Hat rumgebrüllt. Eine Szene gemacht. Aber er hat sie nicht ... er würde nie ..."

„Wer dann?"

„Ich weiß nicht. Vielleicht Pastor Mike."

„Was? Das ist lächerlich."

„Nein, denk mal drüber nach." Ich hob einen dicken, mit Gummiband zusammengehaltenen Aktendeckel mit dem Namen meines Vaters auf dem Schildchen hoch. „Taylor Bellweather hat ihn abblitzen lassen. Vielleicht hat er sich darüber geärgert. Vielleicht fühlte er sich gedemütigt, weil sie ihn so in Verlegenheit gebracht hat. Dann sieht er, wie sie und Bear im *Jack Knife* aneinandergeraten, und versucht, den

Helden zu spielen, um ihr zu imponieren, aber sie beachtet ihn wieder nicht. Vielleicht läuft er ihr hinterher und versucht, sie zu küssen oder so was. Sie stößt ihn weg, und da ärgert er sich noch mehr, und alles läuft aus dem Ruder."

„Sam … stopp. Du bist wütend. Du kannst nicht mehr geradeaus denken."

Ich streifte das Gummiband von dem Aktenordner und redete weiter, dachte laut nach und versuchte, die Einzelteile passend zu machen und so zusammenzufügen, wie ich sie gern haben wollte. Je länger ich redete, desto mehr fing ich an zu glauben, dass meine Worte einen Sinn ergaben. Vielleicht hatte ich das Rätsel ja gelöst.

„Also schlägt er sie oder schubst sie zu Boden oder so was, und sie schlägt sich den Kopf auf. Vielleicht wollte er sie gar nicht umbringen, aber hat es versehentlich getan. Und jetzt muss er es vertuschen. Er braucht jemanden, dem er es in die Schuhe schieben kann. Wer passt ihm da besser in den Kram als Bear? Jeder in dieser blöden Stadt hasst meinen Vater."

„Sam. Pastor Mike war es nicht."

„Er ging zu ihrem Motelzimmer. Findest du das nicht gruselig?"

„Hör zu", sagte Travis. „Pastor Mike hat sie nicht umgebracht."

„Das weißt du doch gar nicht."

„Doch."

Ich hörte auf, in den Papieren zu blättern, sah Travis an und wartete darauf, dass er weitersprach.

„Er war an dem Abend bei uns."

„Was?" Mein Magen sackte ab.

„Er war Montagabend bei uns. Er kam irgendwann nach sieben zum Essen rüber, vielleicht um halb acht, und blieb bis gut nach Mitternacht. Er und mein Dad saßen auf der Veranda, tranken Bier und unterhielten sich so laut, dass ich nicht schlafen konnte. Er muss direkt aus der Bar gekommen sein."

Ich drückte den Aktendeckel an die Brust und fragte: „Was ist mit dem Interview, das Taylor mit deinem Vater führen sollte?"

„Was soll damit sein?" Travis schüttelte stirnrunzelnd den Kopf. „Es sollte nicht lange dauern. Ein paar Fragen. Ein paar Bilder. Aber das spielt alles keine Rolle. Sie ist gar nicht aufgetaucht."

Ich starrte ihn an.

„Taylor war nie da. Das Interview fand nicht statt“, erklärte er. „Pastor Mike war der Einzige, der an diesem Abend rüberkam.“

„Großes Ehrenwort?“

„Natürlich“, sagte er, und ich glaubte ihm.

„Wann ist er gegangen?“, fragte ich.

„Pastor Mike?“

Ich nickte. „Vielleicht hat er sie ja später umgebracht. Nachdem er von euch weggegangen war. Vielleicht hat er sie in seinen Kofferraum gestopft und dann …“

„Jetzt hör doch auf.”

„… nach dem Essen fuhr er raus an irgendeine abgelegene Stelle im Wald und versenkte ihre Leiche im Fluss, und das war's, und jetzt hatte er ein perfektes Alibi. Er hatte vorher und hinterher jede Menge Zeit und vielleicht …“

Er packte meinen Arm. „Sam. Hör jetzt auf. Bear war es.“

Ich starrte ihn wütend an, schüttelte seine Hand ab und öffnete den Aktendeckel wieder.

Es waren alte Arbeitsverträge von vor Jahren, als Bear noch einen richtigen Job hatte, Kontoauszüge, die gefährlich dicht über null schwebten, die Todesanzeige meiner Mutter, aus der Zeitung ausgeschnitten und auf ein einzelnes Blatt weißes Papier geklebt, die Fotokopie verschwommen und schwer zu lesen. Jedes winzige und langweilige Detail aus dem tragischen Leben meines Vaters. Nichts und wieder nichts. Und dann ein zusammengeheftetes Bündel Papiere, amtliche Schriftstücke, Gerichtsdokumente, Vorstrafenregister. Und dann erinnerte ich mich plötzlich an die Anhörung und daran, wie der Staatsanwalt eine frühere Gefängnisstrafe erwähnt hatte und dass es auf mich zu dem Zeitpunkt eigentlich gar keinen Eindruck gemacht hatte, weil so viel anderes vor sich ging und weil ich dachte, das würden alle Staatsanwälte bei solchen Anhörungen sagen, denn mein Vater war ja noch nie eingesperrt gewesen.

Draußen schlug jemand eine Autotür zu.

Travis schwenkte den Kopf Richtung Haustür. „Scheiße. Sam! Wir müssen weg. Sofort!“

Er packte meinen Arm. Ich schob ihn weg, überflog die Papiere und versuchte, irgendeinen Sinn in den Nummern und Abkürzungen zu erkennen, dem verschlüsselten und verworrenen Text, der nicht dafür gedacht war, dass normale Menschen ihn verstehen sollten. Endlich las ich etwas, woran ich mich orientieren konnte: *Fahrlässige Tötung. Körperverletzung. Alkohol am Steuer.* Es standen auch Daten dabei, die mit dem Tag, an dem Bear damals aus Eugene verschwunden war, und dem Tag, an dem er zwei Jahre später zu Hause angerufen hatte, zusammenfielen. *Überführt. Verurteilt. Strafe verbüßt. Auf Bewährung entlassen.* Und irgendwo da draußen gab es eine zerrissene, bekümmerte Familie, weil Bear das eine getan hatte, dessen ich ihn nie für fähig gehalten hatte. Ich dachte an all die Male, die ich meine Mutter gefragt hatte, wo er sei, all die Male, die sie sich geweigert hatte, es mir zu sagen. Mir wurden die Knie weich. Ich sank wieder auf den Stuhl.

Jemand kam die Stufen zur Haustür herauf. Schlüssel klapperten.

„Sam!“ Travis zog mich auf die Beine. Er nahm die Papiere, warf sie auf den Tisch und zerrte mich aus der Küche, den Flur hinab, ins Schlafzimmer.

Meine Füße waren wie aus Blei. Ich konnte sie nicht richtig in Gang bringen. Travis schob mich aus dem Fenster. Die Haustür ging auf.

„Los!“ Travis zog mich durch den kleinen Garten zum Zaun.

Ich sprang hoch und griff nach der Oberkante der Holzbretter, rutschte aber ab und fiel rücklings ins Gras. Ein Holzsplitter bohrte sich in meine Handfläche. Travis zog mich wieder hoch, schlang die Arme um meine Beine und hievte mich über den Zaun. Mein Rock blieb an einem Nagel weiter oben hängen und riss auf. Ich plumpste auf der anderen Seite ins Gras. Ein paar Sekunden später sprang Travis neben mir herab, packte meinen Ellbogen und zog mich zu dem Maschendrahtzaun. Wir kletterten drüber und ließen uns auf den Grund des Abzugskanals gleiten, pressten den Rücken gegen die Betonwand und rührten uns nicht.

„Scheiße“, flüsterte Travis. „Scheiße. Scheiße. Scheiße. Was sollte das denn? Was zum Teufel hast du dir dabei gedacht?“

Ich zog die Knie an die Brust, vergrub das Gesicht, schloss die Augen und zählte die Sekunden runter.

Eine Schiebetür ging auf, und ich wusste, dass wir in der Falle saßen. Nur noch wenige Sekunden, dann würde Deputy Santos über den Zaun und zum Kanal kommen, meinen Namen rufen, und ich würde hochschauen und sie über mir stehen sehen, vielleicht sogar mit gezogener Waffe, mit dem selben enttäuschten Blick, den sie gehabt hatte, als ich ihr Taylor Bellweathers Halskette gebracht hatte. Ich würde hochschauen, und sie würde vor der Sonne stehen.

Die Schiebetür knallte wieder zu.

Ich hob den Kopf und sah Travis an.

„Ist sie weg?“, flüsterte ich.

Er schüttelte achselzuckend den Kopf.

Wir lauschten noch eine Weile, warteten auf Schritte im Gras, das Klirren von Handschellen, darauf, dass Deputy Santos uns zurufen würde, wir sollten da rauskommen. Wir warteten. Wir lauschten. Ein Eichelhäher schrie. Irgendwo weit weg hämmerten Bassrhythmen und gaben das Hämmern in meinem Brustkorb wieder. Ich streckte die Beine aus und inspizierte den Riss in meinem Rock. Ein circa fünf Zentimeter langes gezacktes Loch direkt unter meinem linken Knie. Ich ließ den Kopf auf den Beton zurücksinken. Franny würde nicht begeistert sein, wenn sie das sah.

Travis' Schulter streifte die meine. Er atmete tief durch. Ich auch.

Immer wenn ich die Augen schloss, sah ich meine Mutter grau und tot vor mir. Ich sah Taylor Bellweather totgeprügelt im Fluss liegen. Alles Wahrhaftige auf dieser Welt, alles, was ich für echt gehalten hatte: tot, tot – oder es starb gerade.

Außer …

Ich wandte den Kopf, und Travis sah mich an. Ehe er irgendetwas sagen konnte, beugte ich mich zu ihm hinüber und drückte die Lippen auf seine. Er schmeckte nach Salz und Staub und kaltem Rauch. Zuerst erstarrte er, aber dann entspannte er sich und vergrub die Hand in meinen Haaren.

Ich küsste ihn, weil ich etwas Warmes brauchte, jemanden, der atmete, um zu sehen, wie es war, das Leben in mich aufzunehmen und wieder herzugeben. Ich wollte etwas spüren, irgendetwas. Wollte mich lebendig fühlen. Aber stattdessen spürte ich nur raue Haut und einen leichten Druck gegen meine Unterlippe. Kein Fingerkribbeln, keine Engelschöre. Kein heftiges Erröten. Kein Funke oder Knall oder blendendes Licht. Nichts, das überhaupt etwas bedeutete. Ein Kuss soll die Menschen zusammenbringen. Ein Kuss ändert alles, hatte Laura gesagt. Ein Kuss war ein Anfang, ein Erwachen, ein Austausch der Seelen. Ich glaubte nicht an die Seele. Dieser Kuss war einfach bloß ein Kuss, und die Toten waren alle immer noch tot.

Ich rückte von ihm ab. „Wir sollten gehen."

„Ja", sagte er, aber dann beugte er sich erneut herüber und griff nach mir und wollte mehr.

„Deine Mutter macht sich wahrscheinlich schon Sorgen." Ich schob ihn weg, stand auf und wischte Schmutz und trockene Grasstückchen von meinem Rock ab.

Er kroch hinter mir her und versuchte, meine Hand zu nehmen, aber ich lief vor ihm her.

Als wir bei seinem Motorrad angelangt waren, fragte er: „Hey, bist du … alles in Ordnung?"

Ich schnappte mir einen seiner Helme und stülpte ihn mir über den Kopf.

Die Kirchenbänke sind voll. Und die Dachbalken auch.

Die Leute neigen die Köpfe.

Die Schimmernden schweben still über ihnen, heute Abend sind sie besänftigt von so viel Gedenken. Jene, die ungebunden sind, die niemandem folgen, kommen an solche Orte: Kirchen, Moscheen, Tempel, Friedhöfe. Um zu beten und zu seufzen und zu warten.

Sie wispern, aber es ergibt keine Worte. Stattdessen ist es ein Geräusch wie beim Atmen, wie ein einzelner, letzter, verebbender Atemzug. Kerzen flackern auf dem Altar und in Haltern an jeder Wand. Es ist dunkel genug und hell genug, dass die Schimmernden aussehen wie die Menschen, die sie einmal waren, und das macht mich nervös. Es sind so viele hier, so viele, die ich nicht kenne.

Wenn sie ganz und gar Energie und Licht geworden sind, ist es leicht, so zu tun, als gäbe es sie nicht.

Aber in ihrer Gestalt, mit Gesicht und Umriss, ist es unmöglich, sie nicht wahrzunehmen.

Diejenige, die mir folgt, schwebt den Mittelgang auf und ab. Als sie an unserer Bankreihe vorbeikommt, lächelt sie und sieht so sehr wie Mom aus, dass ich anfange zu weinen. Ich lasse die Tränen laufen. Sie sind hier nicht fehl am Platz, wo alle außer meiner Schwester feuchte Augen und bebende Lippen haben.

„Es ist keine Beerdigung“, hat Franny auf dem Weg hierher gesagt, nachdem meine Schwester gefragt hatte, warum wir hingehen müssten. „Es ist ein Trauergottesdienst.“

„Aber warum brauchen wir so was überhaupt? Sie war nicht von hier. Und keiner kannte sie, bevor ...“

„Die Leute wollen ihre Anteilnahme ausdrücken und uns Unterstützung zeigen. Um einen Abschluss zu finden und dann weiterzumachen. Pastor Mike bietet uns einen sicheren Ort, wo unsere Gemeinde zusammenkommen und Trost finden kann.“

„Das ist verrückt“, sagte meine Schwester.

Pastor Mike beugt sich über die Kanzel. Er ist schweißgebadet und tupft sich dauernd mit einem zusammengeballten Taschentuch die Augen. Er sagt: „Wenn ein so junger und lebensfroher Mensch auf so gewaltsame Weise aus dieser Welt gerissen wird, dann ist es am einfachsten, Gott anzuklagen. Oder an Seiner Liebe zu zweifeln, Seiner Gnade, Seiner Gerechtigkeit. Aber wir dürfen Gott nicht die Schuld geben. Gott ist Liebe. Gott ist Güte. Er hat das Böse auf dieser Welt nicht erschaffen. Er ist es nicht, der es verursacht, sondern unsere Sünden und Unzulänglichkeiten sind es. Unsere falschen Entscheidungen. Wir werden das niemals ganz verstehen, nie wissen, warum. Das Beste, was wir tun können, ist, zu beten und unserem Herrn und Erlöser zu vertrauen, unseren Frieden in Ihm zu finden."

Meine Schwester verdreht die Augen und ringt die Hände im Schoß. Sie glaubt nicht an Gott.

Nach der Beerdigung unserer Mutter, als alle zu uns herüberkamen, um Zitronenkuchen zu essen und Himbeerbowle zu trinken, zog mich meine Schwester ins Nebenzimmer und sagte: „Was diese Leute erzählen, ist Blödsinn. Das weißt du doch, oder? Du wirst Mom nie wiedersehen. Es gibt keinen Himmel und keinen Tunnel mit einem hellen Licht am Ende. Sie sieht nicht auf uns herab. Sie ist nicht unser Schutzengel. Sie wird nicht da sein und uns eines Tages zu sich holen. Glaub das alles bloß nicht, Ollie, ja? Es ist besser, wenn du dich jetzt von ihr verabschiedest und dann ganz normal weiterlebst."

Es ist schwer, sich von jemandem zu verabschieden, der noch da ist.

Pastor Mike redet jetzt über einen höheren Plan, einen Grund für unsere Verluste.

Diejenige, die mir folgt, hält neben unserer Bankreihe inne. Sie breitet sich ganz dünn über mich und meine Schwester und Nana Fran und Papa Zeb aus. Sie macht sich dünn und lässt blaues Feuer auf unsere Köpfe herabregnen.

Ich möchte ihr gern sagen, dass mir leidtut, was ich in all den vergangenen Wochen gesagt und dass ich sie zum Weinen gebracht habe, aber ich habe Angst, dass sie dann verschwindet. Diesmal würde sie nicht zurückkehren. Sie würde fortgehen, dahin, wo sie alle hingehen, wenn sie hier alles erledigt haben. In den Himmel oder auf irgendeinen weit entfernten Sternenhaufen.

Sie wäre fort. Und ich bin noch nicht so weit.

Meine Schwester beugt sich zu Nana Fran hinüber und flüstert ihr zu: „Ich geh mal aufs Klo."

Nana Fran kneift die Lippen zusammen, sagt aber nicht Nein.

Meine Schwester schlüpft aus unserer Bankreihe und geht den Mittelgang hinab durch die Doppeltür. Diejenige vom Fluss folgt ihr und wird ein wenig langsamer, als sie an der letzten Reihe vorbeikommt, wo Mrs Roth und Travis nebeneinandersitzen. Billy Roth, der Vater, ist nicht bei ihnen, das totenbleiche Mädchen auch nicht. Mrs Roth sieht meine Schwester vorbeigehen, tippt Travis an und flüstert ihm etwas ins Ohr.

Pastor Mike sagt: „Wenn wir uns auch nicht persönlich von ihr verabschieden können, glaube ich doch, dass sie uns vom Himmel aus hören kann.“ Er lächelt, obwohl er nicht glücklich ist. Er hebt den Blick zur Decke und faltet die Hände. „Wir denken an dich. Du fehlst uns. Wir lieben dich.“ Und dann lässt er den Blick über die vielen Reihen trauriger Gesichter schweifen, hält aber bei keinem inne. „Lasst uns alle für einen Augenblick des Schweigens die Köpfe senken und an Taylor Bellweather denken. Lasst uns für ihre Familie beten in dieser schweren Zeit. Dass sie Trost finden. Und darum beten, dass sie ihre Tochter so in Erinnerung behalten, wie sie gelebt hat, und nicht, wie sie gestorben ist.“

Er senkt den Kopf.

Durch das Schweigen dringen Weinen und Seufzen und Schniefen und das Rascheln von Papiertüchern. Jemand hustet.

Pastor Mikes Bürotür stand weit offen. Ich blickte über die Schulter. Das Foyer war menschenleer. Ich war allein und würde wahrscheinlich keine zweite so günstige Gelegenheit bekommen. Ich wusste nicht, wonach ich genau suchte oder ob es überhaupt irgendetwas zu finden gab. Aber ich würde etwas mehr brauchen als vage Ahnungen, um zu beweisen, dass Pastor Mike bei seiner Vernehmung gelogen hatte. Ich schlich mich hinein und schloss die Tür hinter mir.

Die Straßenlaternen draußen standen nah genug und schienen so hell durch das große Fenster, dass ich mir nicht die Mühe machte, nach einem Lichtschalter zu suchen. In der Mitte des Raumes stand ein großer hölzerner Schreibtisch, der den meisten Platz einnahm. Wenn Pastor Mike in seinem Ledersessel gethront hätte, wäre er der Mittelpunkt gewesen. Bücherregale säumten die eine Wand. An der anderen hingen gerahmte Fotos und Urkunden. Auf einem Aktenschrank in der Ecke stand eine von Billy Roths Skulpturen. Sie ähnelte einer, die ich vor ein paar Jahren in einem Zeitungsausschnitt gesehen hatte, surreal und auf den ersten Blick abstoßend; beim zweiten Blick sah man vielleicht etwas Schönes.

Die Skulptur aus dem Zeitungsausschnitt hatte ein halbes Zimmer eingenommen, aber diese hier war viel kleiner. Der Sockel war aus hellbraunem Holz, das so geschnitzt war, dass es aussah wie winzige, mit Kiefern bedeckte Berge. Vier Stümpfe wuchsen aus dem Sockel empor und trieben Wurzeln in den Körper eines Fuchses. Eines echten Fuchses. Tot natürlich. Aufgeschnitten, ausgestopft und wieder zugenäht. Die Beine hatte man abgeschnitten, den Torso auf diese seltsamen Stelzen montiert. Die Schnauze war offen, der Kopf zurückgelegt, als würde er heulen, und lange Drähte schossen an seinen scharfen gelben Zähnen vorbei in die Luft. Am Ende jedes Drahtes waren winzige fliegende Metallvögel festgelötet. Der Schwanz des Fuchses war zu einer unnatürlich aussehenden S-Form gebogen, und eine Hautstelle am rechten Hinterlauf war abgezogen worden, und darunter sah man einen hellen weißen Knochen. Ich hätte stundenlang hinschauen können, aber ich war inzwischen so lange weg, dass Franny sich langsam Sorgen machen und Zeb losschicken würde, um nach mir zu sehen.

Ich richtete meine Aufmerksamkeit auf Pastor Mikes Schreibtisch. Darauf lagen nur wenige Gegenstände. Keine verstreuten Papiere, keine herumliegenden Papierstapel, keine kipplig an der Kante liegenden Stifte, keine flüchtigen Notizen. Nur ein Telefon, ein unbenutzter Notizblock, ein Stift, ein schlichtes Holzkreuz und ein Terminkalender. Ich schlug den Terminkalender im August auf. Die meisten Tage waren mit Dingen wie Gemeinderatssitzungen und Krankenhausbesuchen ausgefüllt, eine Beratung mit Mr und Mrs Dunsworth, das übliche Kommen und Gehen eines Kleinstadtpastors. Ich klappte den Terminkalender zu und legte ihn genau da hin, wo ich ihn vorgefunden hatte, die Ränder an den Schreibtischkanten ausgerichtet. Dann bückte ich mich und versuchte, die Schubladen zu öffnen, aber sie waren verschlossen. Ich bog eine Büroklammer auf, steckte den Draht ins Schlüsselloch und wackelte ein bisschen herum, aber das Schloss hielt stand.

Mein Blick tastete die Bücherregale ab, ich fuhr mit den Fingern die Buchrücken entlang, suchte nach etwas Interessantem, etwas Herausstechendem. Das meiste waren die üblichen Bücher über Gott und Religion und darüber, wie man Menschen mit posttraumatischen Störungen und Depressionen, Menschen mit Alkohol- oder Drogenproblemen, Menschen, die die Orientierung verloren hatten, beraten konnte. Es gab auch Bücher über Finanzplanung und Geschäftsführung, Bücher über Führungsstrategien und Holzarbeiten und über italienische Küche. Und Bibeln. So viele Bibeln. Alles unterschiedliche Versionen und Einbände und eine ganz auf Hebräisch geschriebene.

Ich ging weiter zu der Wand mit Fotografien und Urkunden. Hier hingen Diplome und verschiedene andere Auszeichnungen neben Bildern von Pastor Mike mit seinen Gemeindemitgliedern, lächelnd, glücklich, Arm in Arm mit den anderen. Bei einer Party, beim Fischen und als freiwilliger Helfer in einer Suppenküche. Da war eins von ihm und einem anderen Mann, in dem ich sofort Billy Roth erkannte. Sie standen bis zum Bauch in einem Fluss und hielten zwei eben gefangene Fische hoch, die noch am Angelhaken in der Luft hingen. Beide Männer grinsten breit. Daneben hing ein weiteres Foto von Pastor Mike, diesmal mit der ganzen Roth-Familie vor einer von Billys Skulpturen posierend. Travis als Baby auf der Hüfte seiner Mutter. Ein blondes Mädchen, das Travis' Schwester sein musste, hatte die Arme um Billy

Roths Beine geschlungen. Die Skulptur, vor der sie standen, war genauso wie diejenige, die ich von dem Zeitungsausschnitt her kannte, riesig und grotesk.

Nur anhand des Fotos war es schwer zu sagen, was die Skulptur darstellen sollte. Die Hauptfiguren sahen nach Rentieren aus, aber ich erkannte nicht, ob sie echt oder aus Holz geschnitzt waren – obwohl ich aufgrund der Fuchsskulptur annahm, dass es wohl eine Kombination aus beidem war. Ich zählte vier Köpfe und sechzehn Hufe, aber vielleicht waren es auch siebzehn. Die Geweihe, die wie Explosionen aus den Köpfen sprossen, bildeten eine verschlungene Säule, die fast bis an die Decke reichte. Es gab Stellen, an denen es aussah, als wäre das Innere des Rentiers durch die Haut herausgeplatzt und hinge nun, zu farbigen Klumpen erstarrt, in der Luft. Vielleicht war das Ganze ja als eine Art Metapher gemeint, aber ich begriff es nicht.

Draußen im Foyer ging eine Tür auf und wieder zu. Zwei Leute stritten sich flüsternd. Jetzt saß ich in der Falle, bis sie wieder gehen würden, wenn sie mich nicht vorher hier drin erwischten.

Ich trat näher an ein Aquarellbild an der Tür heran, das ich bisher nicht bemerkt hatte. Feine Pinselstriche und satte Farben vereinten sich zur Form einer schönen Kirche, die fast vollständig aus Glas zu bestehen schien. Die Architektur war schlicht. Gerade Linien und Stahlträger, ein kleiner Altarraum, eine Kirchturmspitze, die die Sonne reflektierte. Drinnen waren lauter Bankreihen, die Kanzel, der Altar und ein Kreuz dahinter. Aber noch schöner als die Schlichtheit der Kirche war das, was sie draußen umgab. Ein saftiger grüner Wildblumenteppich, statuenhafte Bäume und in der Ferne ein blaues Funkeln, das Wasser andeutete, einen Fluss, der in die Ewigkeit strömt. Zuerst dachte ich, es wäre einfach ein schönes Bild, etwas Hübsches für Pastor Mike, das er sich ansehen und wovon er träumen konnte, wenn er seiner doch eher nüchternen Umgebung müde war, aber dann fiel mein Blick auf das, was darunter an der Wand hing. Blaupausen. Ich nahm den Rahmen vorsichtig von der Wand und hielt ihn mir dicht vors Gesicht, sodass ich die feinen Linien besser sehen konnte.

Es waren nicht direkt Blaupausen, sondern eher eine grobe Skizze. Hier war die Glaskirche, und hier lief ein Fluss dahinter entlang. Ich kniff die Augen zusammen, um die Schrift zu lesen, die sich am Wasser entlangschlängelte. *Crooked River.* Ein dicker Kloß ballte sich in meiner Kehle zusammen. Mein Blick bewegte sich jetzt hastig über die Zeichnung und sprang von einer Beschriftung zur nächsten: *Anliegerstraße. Blue Heron Pond. Lambert Road. Johnson-Farm.* Alles vertraute Orte. Stellen, die ich die letzten acht Sommer lang erkundet hatte. Die Glaskirche war in eine große, von Bäumen umgebene freie Fläche achthundert Meter östlich von Zebs Scheune entfernt eingezeichnet, wenn man dem Feldweg zum Tannen-Baumstumpf folgte. Unter dem Gebäude stand *Terrebonne Baptist*. Eine Kirche, die nie gebaut worden war. Und auch nie gebaut werde würde, solange Bear irgendetwas in der Sache zu sagen hatte. Aber jetzt saß Bear dank Pastor Mikes Aussage im Gefängnis. Bear war eingesperrt und hatte überhaupt nichts mehr zu sagen. Ich hängte die Pläne wieder an die Wand.

Draußen waren die Stimmen lauter geworden, ganz in der Nähe der Tür. Jemand sagte: „Sie ist nicht hier. Lass uns wieder reingehen."

Eine zweite Person, eine Frau, sagte: „Sie kann ja nicht weit weg sein."

„Wahrscheinlich ist sie auf der Toilette." Jetzt erkannte ich Travis' Stimme und war ziemlich sicher, dass er mit seiner Mutter sprach. „Ich bin sicher, sie ist in ein paar Minuten wieder da. Komm jetzt."

„Lass mich nur noch …" Die Türklinke bewegte sich.

Ich machte einen Schritt rückwärts und hielt nach einem Versteck Ausschau. Zu spät, die Tür ging auf.

Mrs Roth schien gar nicht überrascht, mich zu sehen. Stattdessen lächelte sie. „Was machst du denn hier?"

„Ich … äh …" Ich wich noch einen Schritt zurück und stieß gegen den Schreibtisch. „Ich wollte … Pastor Mike hat mir gesagt, ich könnte mir eins von den Büchern ausborgen."

Mrs Roth betrachtete die Bücherregale und dann meine leeren Hände. Sie sagte: „Travis hat mir von deiner Mutter erzählt. Armes Ding. Es tut mir so leid."

Ich lächelte halbherzig.

„Ich habe mir Sorgen gemacht, als ich dich den Gottesdienst verlassen sah." Sie deutete auf Travis, der immer noch im Flur stand. „*Wir* haben uns Sorgen gemacht."

Travis trat hinter sie in die Tür. Er wurde rot und starrte auf seine Füße.

„Es geht mir gut", sagte ich.

Mrs Roth kam ins Büro. Sie ging zu der Wand mit den Fotos hinüber und tippte mit dem Finger auf das alte Bild von ihrer Familie. „Hast du das gesehen? Dieses Foto habe ich immer geliebt."

„Mom", sagte Travis.

„Das war die Skulptur, die meinen Billy berühmt gemacht hat." Sie beugte sich näher heran, kniff die Augen zusammen und wischte das Glas mit dem Ärmel ab, dann drehte sie sich um und sah mich scharf an. „Hat Travis dir von der Ausstellung erzählt?"

Ich nickte.

„In wenigen Wochen ist es so weit."

Die Gemeinde hatte angefangen zu singen, und ich wollte wieder in den Altarraum zurückkehren, aber Travis stand mir im Weg.

Mrs Roth machte einen kleinen Schritt auf mich zu. „Es ist zehn Jahre her, weißt du. Seit er in seinem Atelier war. Zehn lange Jahre. Schwere Jahre." Sie hatte eine Laufmasche im Strumpf, vom Knöchel bis zum Knie. „Das Werk, an dem er arbeitet, es könnte alles ändern."

„Mom", sagte Travis noch einmal.

Sie sah ihn wütend an und dann wieder mich. „Unsere Familie ist auf diese Ausstellung angewiesen. Ganz Terrebonne ist es."

Der Fuchs starrte von dem Aktenschrank aus auf uns herab. Seine Augen funkelten wie die von Mrs Roth. Ich leckte mir die plötzlich trockenen Lippen und wich zur Bürotür zurück. Travis trat zur Seite. Ich kehrte ihnen den Rücken zu und lief durchs Foyer auf die Tür zum Altarraum zu.

Ich schlich so schnell und leise hinein, wie ich konnte, aber Pastor Mike hatte mich bereits bemerkt. Er hob den Blick von dem Gesangbuch, das aufgeschlagen auf der Kanzel lag, und verlor die Stelle im Lied. Er stolperte über die Wörter, fand wieder hinein und sang dann lauter und inbrünstiger weiter, während er seine ganze Aufmerksamkeit wieder auf den Text und die Noten vor sich richtete.

Ollie und ich saßen zusammengequetscht zwischen Zeb und Franny auf dem Vordersitz des Trucks. Sie hielten an, um eine Pizza zu holen, und als sie uns fragten, was wir haben wollten, zuckte ich die Achseln und sagte nichts, weil mir der Magen wehtat. Auch Ollie zuckte die Achseln und sagte nichts, weil sie immer noch so tat, als würde sie Geister sehen. Zeb schaltete das Radio ein und fragte, was für Musik wir gern hören würden. Ich zuckte die Achseln und sagte nichts. Ollie ebenso. Franny machte das Radio wieder aus und fragte uns, ob wir über irgendetwas reden wollten.

„Den Trauergottesdienst?", fragte sie. „Die Gefangenschaft eures Vaters? Eure Mom?"

Ich schüttelte den Kopf. Ollie kauerte sich in den Sitz und verschränkte die Arme vor der Brust.

Wir spielten dieses Spiel immer auf langen Autofahrten, wo wir das Gesicht abwandten und so taten, als guckten wir aus dem jeweiligen Fenster, und dann drehten wir uns langsam, ganz langsam wieder einander zu. Wenn wir uns beide zur gleichen Zeit ansahen, rissen wir die Gesichter schnell wieder zum Fenster herum. Wenn einer guckte und der andere nicht, starrte der Guckende ihn so lange an, bis der andere anfing, sich umzuwenden. Dann musste er schnell den Kopf herumreißen und so tun, als hätte er gar nicht geguckt. Wir nannten es „Hingucken – weggucken", und es ging darum, sich nicht erwischen zu lassen oder vielleicht auch nur, sich gegenseitig zum Lachen zu bringen.

Ollie musste immer zuerst lachen. Dann zuckten ihre Schultern auf und ab, und sie schnaubte und kicherte und rief japsend: „Hör auf, Sammy, hör auf!" Und wenn ich nicht aufhörte, sondern sie noch mehr lachen musste, bis ihr die Tränen übers Gesicht liefen, hielt sie sich den Bauch und rief: „Hilfe, ich platze gleich!" Und wenn ich dann immer noch nicht aufhörte, sagte sie: „Ich mach mir gleich in die Hose!" Und dann fielen wir uns um den Hals und lachten und lachten, eng umschlungen, bis wir gar nicht mehr wussten, worüber wir eigentlich lachten.

Ich sah Ollies Profil an, ihre aufeinandergepressten Lippen und müden Augen, so viel Schwere, so viel Traurigkeit. Im Schummerlicht wirkte ihr Haar grau, die Haut durchscheinend wie bei einer kleinen alten Frau. Ich versuchte, ihre Hand zu nehmen, aber sie zog sie weg und ballte sie stattdessen im Schoß zusammen. Auf den letzten drei Kilometern bis zu Zebs und Frannys Haus sagte keiner ein einziges Wort.

Am Küchentisch pflückte ich die Salamistücke von meinem Pizzateil und legte sie an den Tellerrand. Ollie trat gegen die Stuhlsprossen und machte sich an ihr drittes Stück. Sie hielt die Augen gesenkt und starrte auf die Tischdecke.

Franny redete darüber, dass Pastor Mike den Altar lieber mit Lilien statt mit Rosen hätte schmücken sollen, weil Rosen viel zu festlich seien und besser zu Hochzeiten und Geburtstagen passen würden als zu Trauerfeiern.

Ich nahm mein Pizzastück in die Hand, legte es dann aber wieder hin, ohne abzubeißen.

„Hast du etwas auf dem Herzen, Sam?", fragte Zeb und fiel Franny mitten ins Wort.

Sie schniefte vernehmlich – ihr einziger Protest – und stocherte mit Messer und Gabel in ihrer Pizza.

Ich wischte mir die Finger an der Stoffserviette ab. „Wirst du die Weide verkaufen?"

Zeb schnaufte. „Wo hast du denn diesen Unsinn gehört?"

„Hat mir Travis erzählt." Die Antwort war so gut wie jede andere.

Ollie hörte auf, gegen den Stuhl zu treten.

Zeb sagte: „Der Junge weiß nicht, was er redet."

Franny nickte beipflichtend.

„Du verkaufst sie nicht an Pastor Mike, damit er dort eine neue Kirche bauen kann?", fragte ich.

Zeb wischte sich mit der Serviette den Mund ab, räusperte sich und sagte: „Nun ja, vor einiger Zeit hat mich Pastor Mike mal nach dem Grundstück gefragt. Meinte, es wäre doch ein hübsches Plätzchen für ein Gotteshaus, so nah am Fluss und mit dem Blick ins Grüne. Hat mir auch einen guten Batzen Geld dafür angeboten. Hab natürlich abgelehnt."

„Zeb", sagte Franny warnend.

Er winkte mit der Serviette ab und fuhr fort: „Bear war zuerst hier, und er hat immer pünktlich die Miete bezahlt. Kann einen guten Kerl ja nicht ohne Grund abservieren. Außerdem, er und deine Mama ..."

„Zeb!", sagte Franny, sah ihn über den Tisch hinweg scharf an und schüttelte den Kopf.

Er beugte sich über seinen Teller und aß weiter.

„Aber jetzt, wo Bear weg ist?", insistierte ich.

Zeb zuckte die Achseln. „Er hat bis Ende September bezahlt. Ich sehe nicht, dass sich bis dahin etwas ändern sollte. Und hinterher vielleicht auch nicht."

Eine Weile sagte niemand mehr etwas.

Ich aß ein paar Happen, aber meine Pizza war kalt geworden, und mir tat noch immer der Magen weh. Ich schob meinen Stuhl zurück und stand auf, ohne um Erlaubnis zu fragen.

Franny rief hinter mir her, aber Zeb sagte: „Lass sie doch, Mutter."

Eine halbe Stunde später kam er zu mir.

Ich saß draußen auf der Schaukel der vorderen Veranda und ließ meine nackten Füße über die glatt gelaufenen Fußbodenbretter gleiten.

Er lehnte sich ans Geländer, verschränkte die Arme vor der Brust und fragte: „Beunruhigt dich sonst noch irgendwas?"

Ich schaute an ihm vorbei.

Die Ränder der Scheune verschwammen langsam in der zunehmenden Dämmerung. Die schmale graue Straße, die sich zwischen den Feldern hindurchzog und im Wald verschwand, war kohlschwarz. Taylor Bellweather war seit acht Tagen tot. Meine Mutter seit sechsunddreißig. Fast fünf Tage waren seit Bears Verhaftung vergangen, vier, seit ich das letzte Mal auf der Weide gewesen war. Ich wusste, es war Zeit, sich um den neuen Bienenstock zu kümmern, nachzusehen, ob sie die Wabe ordentlich bauten und die Königin Eier legte. Wenn es Probleme gab und ich es nicht früh genug merkte, konnten wir das ganze Bienenvolk verlieren. Tausend tote Bienen, nur weil ich Angst hatte, zu tun, was getan werden musste.

Ich verlagerte meinen Blick auf Zeb und fragte: „Wusstest du von Bears Gefängnisstrafe?"

„Er ist in Untersuchungshaft", sagte Zeb. „Das ist was anderes, Schatz."

„Nein, nicht jetzt. Vor zehn Jahren, meine ich. Er saß betrunken am Steuer und hat jemanden totgefahren. Sie haben ihn für zwei Jahre ins Gefängnis gesteckt. Wusstest du das?"

Zeb räusperte sich und starrte auf seine Füße.

„Weißt du, was damals passiert ist? Bei dem Unfall, den Bear verursachte?"

Er sah mich an, und das Gewicht seiner fast achtzig Jahre drückte auf seine Schultern und ließ ihn in sich zusammensacken, machte ihn alt. Seine Worte waren Seufzer: „Ja. Ja, das weiß ich."

Ich wartete einen Moment lang darauf, dass er weiterspräche, und als er es nicht tat, fragte ich: „Willst du es mir nicht erzählen?"

Er stieß sich vom Geländer ab, rieb sich die schlimme Hüfte und ging zurück ins Haus. Ich hörte auf zu schaukeln, lief ihm aber nicht hinterher.

Ich blieb auf der Veranda, bis die letzten Tropfen des Tages in Dunkelheit übergingen und die Sterne herauskamen. Ich blieb, bis auf dem Rasen das leuchtende gelbe Viereck aus Zebs und Frannys Schlafzimmer verschwand. Ich blieb, bis sich der Tau auf meine Wimpern legte und sich die Dunkelheit so fest an mich schmiegte, dass ich kaum noch atmen konnte.

Als ich hineinging, saß Zeb auf der Couch im Wohnzimmer. Saß einfach im Dunkeln da. Schweigend und still. Seine Hände lagen auf den Knien, und er starrte geradeaus ins Nichts, selbst dann noch, als die Fliegentür quietschte und dann zufiel.

Ich stand am Fuß der Treppe, beobachtete ihn und dachte, er wäre vielleicht eingeschlafen und ich sollte ihm nach oben ins Bett helfen. Dann wandte er den Kopf. Ich konnte weder sein Gesicht noch seine Augen, seinen Mund oder sonst etwas sehen, nur die Silhouette eines alten Mannes, der allein dasaß.

Er sagte: „Ich nehme dich morgen mit, deinen Daddy besuchen. Mir scheint, du hast eine Menge Fragen, und ich finde, er sollte sie dir selbst beantworten. Geh jetzt rauf und leg dich schlafen. Vor uns liegt ein langer Tag."

OLLIE

Die Stimme meiner Schwester schwebt durchs offene Fenster ins Zimmer. Papa Zebs Stimme auch. Aber sie reden zu leise, als dass ich etwas verstehen könnte. Irgendetwas über Bear. Über einen Unfall.

Und dann sind sie still. Die Fliegentür geht auf und wieder zu.

Ich hole das Ouija-Brett vom Schrank und setze mich damit aufs Bett, starre auf die Tür und warte.

Die, die mir folgt, bewegt sich zwischen Bett und Tür hin und her. Ein Strudel aus Feuer und Licht. Sie streift meine Hand. Ich zucke zusammen, ziehe die Hand aber nicht weg.

Wir werden meine Schwester zur Wahrheit führen. Werden ihr die richtige Richtung weisen. Und schließlich wird sie es einsehen. Wird es verstehen.

Sie wird uns helfen, das in Ordnung zu bringen.

Wenn die Wahrheit gesagt ist, wird diejenige vom Fluss fortgehen, Bear wird wieder nach Hause kommen, und wir werden wieder eine Familie sein. Und die, die mir folgt, wird sich freuen, uns wieder zusammen und in Sicherheit zu sehen.

Sie wird mir verzeihen und gehen.

Am Tag, bevor sie starb, machte Mom Pläne. Sie wollte, dass wir auf die Weide umziehen, um bei Bear zu wohnen. Sie und ich und Sam. Alle zusammen.

Ich habe gehört, wie sie am Telefon darüber sprach.

Ich sollte eigentlich bei Margo spielen, aber Margo hatte etwas gegessen, von dem ihr schlecht wurde, und so ging ich früher als geplant nach Hause. Als ich hereinkam, saß Mom am Küchentisch, vor ihr lag eine aufgeschlagene Architekturzeitschrift.

Sie bemerkte mich nicht.

„Ich finde, gewölbte Decken sind viel besser.“ Sie hörte dem anderen einen Moment lang zu und sagte: „Ja, so viel Licht wie möglich.“ Eine weitere Pause. „Wir denken daran, den Fußboden unbehandelt zu lassen. Das ganze nackte Holz unter den Füßen“, sagte sie lächelnd. „Es wird wunderschön aussehen. Bear wird begeistert sein. Und die Mädchen bestimmt auch.“

„Begeistert worüber?“, fragte ich.

Mom drehte sich um und sagte stirnrunzelnd: „Heather? Ich muss aufhören. Ja, Ollie … Ich ruf dich gleich zurück."

Sie hängte ein und klopfte auf den Stuhl neben sich. „Setz dich."

Dann sagte sie, es täte ihr leid, dass sie es für sich behalten hätte. Es gäbe so vieles zu bedenken, und sie hätte sicher sein wollen, dass es tatsächlich klappen würde, bevor sie uns davon erzählte. Sie hätte uns keine Hoffnungen machen oder etwas versprechen wollen, das sie am Ende nicht halten konnte.

„Aber ist es nicht toll, Schatz? Wir alle zusammen unter einem Dach?"

Sie wartete und wünschte sich so sehr, dass ich ihre Begeisterung teilte. Aber das tat ich nicht.

Ich rannte in mein Zimmer und knallte die Tür zu.

Als sie heraufkam, um sich zu entschuldigen und es mir zu erklären, als sie mich in die Arme nehmen wollte, stieß ich sie weg. Ich sagte zu ihr, ich fände die Weide blöd, und Bear und sie fände ich auch blöd.

Sie sagte: „Schatz …"

„Lass mich in Ruhe!"

Sie versuchte es noch einmal: „Bitte, Ollie. Versuch doch zu verstehen …"

Ich warf mich auf mein Bett und vergrub das Gesicht in den Kissen.

Als sie gegangen war, dachte ich, wie viel einfacher mein Leben doch sein würde, wenn sie tot wäre.

Genau fünf Wochen und zwei Tage ist es her.

Und ich wünschte, ich könnte es wieder rückgängig machen.

Ich warte ein bisschen, aber niemand kommt die Treppe herauf. Ich bin drauf und dran, das Ouija-Brett wegzupacken und es später noch einmal zu versuchen, da geht die Fliegentür zum zweiten Mal auf und zu.

Stimmengemurmel im Wohnzimmer. Die Treppe knarrt und seufzt.

Meine Schwester kommt herein, ihr Blick fällt auf die Schachtel in meinem Schoß. Sie sieht mich an und sagt: „Ollie, Zeit zum Schlafengehen", und zieht ihren Pyjama an.

Ich öffne den Deckel und breite das Spielbrett auf der Bettdecke aus. Die vom Fluss kreiselt über mir, ein Miniatur-Orkan aus Grau und Weiß und Blau und Grün und Schwarz, direkt unter der Zimmerdecke.

Ich tippe auf die Planchette.

Meine Schwester sitzt auf ihrer Bettkante und sagt: „Es ist schon spät."

Ich tippe noch einmal auf das Brett.

„Leg das Spiel weg, Ollie."

Ich zeige auf das Brett und wackle mit den Augenbrauen.

Sie lacht nicht. Sie lächelt nicht. Sie hat grau-violette Schatten unter den Augen.

Ich lege das Spiel weg. Die vom Fluss seufzt, sinkt zu Boden und rollt sich als kalter schwarzer Ball zu Füßen meiner Schwester zusammen.

„Du musst endlich wieder mit mir reden", sagt meine Schwester.

Ich sitze ihr gegenüber und starre meine Hände an.

„Du bist die Einzige, die ich noch habe, Ollie."

Beim Klang ihrer Stimme schaue ich auf. Sie weint.

„Du bist alles, was ich habe, und ich brauche es, dass du wieder mit mir redest, okay?"

Ich stehe auf und setze mich neben sie.

„Bitte!"

Die, die mir folgt, hüllt meine Schwester in goldene und silberne Lichtstrahlen, windet ihr rote Bänder um Hände und Fußknöchel, flüstert ihr etwas Liebes zu.

„Versuch's einfach und sag was, Ollie. Nur ein Wort."

Ich greife nach ihrer Hand, aber sie zuckt zurück und dreht sich auf die andere Seite. Sie schaltet die Lampe neben ihrem Bett aus, und wir sitzen im Dunkeln, reglos, sprachlos.

Ich stehe auf und gehe in mein eigenes Bett.

„Du bist nicht die Einzige, die Mom vermisst", sagt meine Schwester. „Aber dieser ganze Quatsch mit Stummsein und so tun, als würdest du Geister sehen, bringt sie auch nicht zurück. Sie ist tot, Ollie. Wir bekommen sie nicht wieder."

Ich liege unter der Bettdecke und schaue zur Zimmerdecke hinauf, wo die, die mir folgt, tanzt. Ein Flämmchen, kaum sichtbar im Mondlicht. Sie singt uns ein Schlaflied.

Zeb gab dem Mann am Schalter unsere Papiere, und der gab uns dafür Plaketten, die wir uns umhängen sollten.

„Nehmen Sie die Dinger nicht ab, bevor Sie wieder gehen“, sagte der Mann. „Sonst halten wir Sie noch für Sträflinge und stecken Sie in eine leere Zelle.“ Er lachte. Zeb und ich nicht.

Wir gingen durch eine Sicherheitsschleuse, und ein Mann mit einem Revolver führte uns einen grauen Korridor entlang, durch eine graue Tür in einen grauen Raum voller Leute, die wartend auf Stühlen und Bänken saßen oder an der Wand lehnten. Niemand nahm von uns Notiz.

„Nummer drei“, sagte der Aufseher und zeigte auf die mittlere von sechs Kabinen, die an der gegenüberliegenden Wand aufgereiht waren. „Warten Sie, bis Sie dran sind. Wenn wir ihn reinbringen, heben Sie einfach das Telefon ab und Sie können miteinander reden. Fünfundzwanzig Minuten, aber wenn es zu turbulent wird oder uns missfällt, wie Sie sich ansehen, ist Ende. Okay?“

Ich nickte.

„Danke“, sagte Zeb.

Der Aufseher verschwand durch die Tür, zu der wir hereingekommen waren.

In Kabine drei saß schon jemand, eine junge Frau mit roten Haaren. Sie unterhielt sich mit einem Mann auf der anderen Seite der Glasscheibe mit geschorenen Haaren und lauter Tätowierungen an Armen und Hals. Er sah mich hinter der Frau stehen und warten und grinste. Zwischen seinen Zähnen blitzte Gold. Ich sah zu Boden.

Zeb legte mir die Hand auf die Schulter und fragte: „Wie geht es dir?“

Ich zuckte die Achseln.

Die rothaarige Frau und ihr tätowierter Freund unterhielten sich noch weitere fünf Minuten. Dann hängte sie das Telefon ein und ging. Dabei tupfte sie sich die Augenwinkel mit einem Papiertaschentuch. Der Mann auf der anderen Seite der Scheibe kehrte in seine Zelle zurück.

Ich setzte mich auf den Hocker vor der Trennscheibe. Zeb tätschelte noch einmal meine Schulter, dann setzte er sich auf eine Bank irgendwo hinter mir. Ich starrte auf den leeren Hocker auf der anderen Seite der

Glasscheibe und überlegte mir, was ich Bear sagen wollte: Ich weiß von dem Unfall. Ich weiß, dass du im Gefängnis warst. Ich weiß, dass du jemanden totgefahren hast, und ich will wissen, wen. Und warum. Ich möchte alles über deine Trinkerei wissen und darüber, was in der Nacht des Unfalls und seither passiert ist. Ich möchte wissen, wo du in den zwei Jahren warst, in denen du uns gefehlt hast, und was du dort gemacht hast. Ich möchte wissen, warum ihr es vor mir geheim gehalten habt, du und Mom, warum du es mir nie erzählt hast. Ich möchte wissen, warum du gelogen hast.

Ein Summer ertönte, und die Tür des Insassenraums ging auf. Bear kam herein und ging zu Kabine drei.

Sein Kinn war dunkel vor Stoppeln. Der Bluterguss unter seinem rechten Auge heilte langsam und wurde an den Rändern grün und gelb, aber in der Mitte war er noch blauschwarz. Die Kratzer auf seiner Wange waren verschwunden. Er setzte sich auf den Hocker und nahm das Telefon ab.

Ich starrte ihn durch die Glasscheibe an; meine Hände waren im Schoß erstarrt.

Er deutete auf den Hörer. Er tippte leicht auf die Trennscheibe und formte mit den Lippen: „Nimm ab." Dann zeigte er erneut auf den Hörer.

Ich nahm das Telefon von der Gabel und drückte es fest ans Ohr. Ich konnte ihn atmen hören.

„Wie geht's dir?" Er klang müde und erschöpft.

„Gut."

„Und deiner Schwester?"

„Auch gut."

„Mir wurde erzählt, dass ihr bei Zeb und Franny seid. Bis Grandma und Grandpa euch holen können."

Ich nickte.

„Gut. Das ist gut." Er wechselte mit dem Hörer das Ohr. „Das sind gute Menschen."

Ich zupfte an dem schmalen Ablagebrett vor mir, von dem sich an den Rändern das Linoleum ablöste.

Bear seufzte.

In einer anderen Kabine lachte eine Frau laut. Ein Mann brüllte: „Nach Denver. Das hab ich dir schon letztes Mal gesagt!"

Ich hielt mir das Ohr zu und beugte mich näher an die Scheibe heran.

„Weißt du, es wird gar nicht so schlecht sein. Bei Grandma und Grandpa. Ihre Wohnung ist riesig, da ist jede Menge Platz. Und in der Nähe ist ein Park. Und gute Schulen gibt's da auch. Sie lieben dich und Ollie sehr. Vielleicht dürft ihr ja sogar einen Hund haben."

„Ich will keinen Hund."

„Oder eine Katze."

„Ich hasse Katzen."

Bear seufzte wieder, lauter und länger, der erstickte Atemzug eines Menschen, mit dem es zu Ende geht.

Und die Worte, die ich eingeübt hatte, alles, was ich hatte sagen wollen, fiel in Stücke. Wenn ich jetzt versucht hätte, es wieder zusammenzusetzen und laut auszusprechen, wäre nur ein sinnloses Durcheinander dabei herausgekommen.

Ich kniff die Augen zusammen und öffnete sie wieder. Dann sagte ich: „Es ist ja bloß vorübergehend, nicht wahr?"

„Was?"

„Das hier." Ich fuchtelte mit der Hand durch die Luft. „Dass du im Gefängnis sitzt. Und dass Ollie und ich bei Grandma und Grandpa wohnen."

Bear rieb sich die Augen. „Sam …"

„Weil du hier wieder rauskommst. Du hast ja nichts Falsches getan."

„Ich wünschte, es wäre so einfach."

„Doch."

Er schüttelte den Kopf.

„Sag ihnen einfach die Wahrheit."

„Das hab ich getan. Sie glauben mir nicht."

„Dann erzähl sie mir."

„Was erzählen?"

Ich beugte mich nah an das Glas. „Was ist mit Taylor Bellweather passiert?"

„Nichts ist mit ihr passiert. Gar nichts. Das ist alles."

„Du bist ihr an dem Abend, an dem sie gestorben ist, begegnet."

„Woher weißt du das?"

„Das erzählt man sich", sagte ich achselzuckend.

Er sackte nach vorn und ließ den Kopf hängen, sodass ich seine Augen nicht sehen konnte.

„Du bist ihr begegnet. Ihr habt euch gestritten. Im *Jack Knife*."
Er nickte.
„Warum? Worum ging es?""
Er hielt den Blick gesenkt und antwortete nicht.
„Sag es mir. Bitte."
Er hob den Kopf und sah mich direkt an.
„Bitte", sagte ich erneut. „Ich möchte dir glauben. Aber du musst mir die Wahrheit sagen. Alles, von Anfang an."
Er zögerte, holte tief Luft, atmete wieder aus. Schließlich sagte er: „Sie wollte etwas wissen, was vor langer Zeit passiert ist, etwas, das sie verdammt noch mal nichts anging. Ich hab ihr gesagt, sie soll aufhören, soll mich in Ruhe lassen, aber sie bohrte immer weiter. Also brüllte ich sie an, sagte Dinge, die ich nicht hätte sagen sollen. Ich machte ihr eine Szene. Und dann bin ich gegangen. Allein. Ich hab die Nerven verloren und einen Fehler gemacht, so wie ich mich benommen habe, aber sie war lebendig, als ich die Bar verließ. Danach hab ich sie nicht wiedergesehen. Und das war's. Das ist passiert. Das ist die ganze Geschichte."
„Und?"
„Und was?"
„Was ist mit der Jacke?"
„Ich hab dir schon gesagt, dass ich sie im Gebüsch gefunden habe."
„Du wusstest nicht, dass es ihre war?"
Er machte eine kurze Pause, bevor er antwortete: „In der Bar hatte sie keine Jacke angehabt. Ich hab mir überhaupt nichts dabei gedacht, bis du mir erzählt hast, dass du ihre Leiche im Fluss gefunden hast." Er beugte sich dicht an die Glasscheibe heran und hielt meinem Blick stand. „Hör zu, Sam. Wenn ich gewusst hätte, dass es ihre Jacke war, hätte ich sie liegen gelassen, wo sie lag, und die Polizei gerufen. Ich hätte sie doch nie zu unserer Weide mitgenommen."
Ich schlug die Augen nieder. Er hatte die Jacke ja von Anfang an zur Polizei bringen und alles erzählen wollen. Aber ich hatte solche Angst gehabt. Ich hatte ihm einfach nicht getraut.
„Sam."
Ich schaute wieder hoch. Er legte die Hand an die Scheibe.
„Das ist nicht deine Schuld."
Ich kaute auf meiner Wange herum.

„Es war meine Verantwortung. Ich bin der Elternteil." Er zog die Hand wieder weg und sah auf das Brett hinab. „Manchmal vergesse ich einfach, wie jung du noch bist."

„Was ist mit dem Autoschlüssel?", fragte ich.

„Ich weiß nicht, wie er dorthin gekommen ist."

„Du hast mich über die Kratzer belogen."

Wieder rieb er sich die Augen und nickte.

„Warum?"

„Ich wollte nicht, dass du denkst ..." Er nahm einen tiefen Atemzug und sah an die Decke. „Das spielt keine Rolle. Es tut mir leid. Ich hätte es dir erzählen sollen. Ich hätte dir alles erzählen sollen."

„Zum Beispiel, dass du im Gefängnis warst, weil du betrunken jemanden totgefahren hast?"

Er zuckte zurück, als hätte ich ihn geohrfeigt, und hielt den Telefonhörer umklammert.

Ich sagte: „Darüber hast du mit Taylor Bellweather gestritten, nicht wahr?"

Bears Mund zuckte, und er spannte den Unterkiefer an, und ich sah, wie viel von ihm hinter seinem Bart verborgen geblieben war.

Ich fuhr fort: „Deshalb bist du so wütend geworden? Weil sie nicht aufgehört hat, Fragen zu stellen, und du nicht an die alte Geschichte erinnert werden wolltest?"

Bear holte tief Luft.

„Warum hast du es mir nicht erzählt?"

Er fuhr sich mit den Lippen über die Zähne und war so lange still, dass ich Angst hatte, er würde gar nicht mehr antworten und ich würde gehen müssen, ohne es zu erfahren. Dann seufzte er und stützte den Kopf in die Hand. „Hast du den neuen Bienenstock schon aufgemacht?"

„Was hat das denn jetzt damit zu tun?"

„Warte nicht zu lange", sagte er. „Dieser wilde Wabenbau kann schneller Schaden nehmen, als du denkst. Und wenn die Königin keine Eier legt ..."

„Hör auf, Bear. Ich weiß, wie ich mit den Bienen umgehen muss."

Wir sahen einander an.

Ich hielt das Telefon ans andere Ohr und fragte noch einmal: „Warum hast du mir nichts von dem Autounfall erzählt?"

Er zuckte die Achseln. „Du warst damals noch ein kleines Kind. Und dann vergingen zwei Jahre, und ich hatte das Gefühl, mein Leben zurückzubekommen. Als könnte ich die Sache vielleicht hinter mir lassen und nur noch nach vorn schauen."

„Du hättest es mir sagen sollen. Es war mein gutes Recht. Und Ollies auch. Wir hatten beide ein Anrecht auf die Wahrheit."

„Es war einfach nie der richtige Zeitpunkt." Er lehnte die Stirn gegen die Handfläche. „Ich bin nicht mehr derselbe wie damals, und ich konnte die Vorstellung nicht ertragen, dich zu enttäuschen."

„Du warst zwei Jahre lang weg! Du hast uns verlassen, und wir hatten keine Ahnung, wo du warst. Du hast nicht angerufen. Du hast nicht geschrieben. Bist einfach verschwunden. Ich war krank vor Sorge um dich. Und Ollie war noch ein Baby, und auch um sie hab ich mir Sorgen gemacht. Und Mom hat uns nichts erzählt." Mir zitterten die Hände. „Diese zwei Jahre waren die schlimmsten in meinem Leben."

„Sam, es tut mir leid. Ich habe angerufen. Ich habe euch geschrieben. Ich habe alles gemacht, aber deine Mutter …" Er rutschte auf dem Hocker herum und setzte sich etwas aufrechter hin. „Wir hielten es beide für besser, wenn ihr nichts von dem Autounfall und meiner Gefängnisstrafe erfahren würdet. Wir wollten euch schützen. Wir dachten, es wäre besser so."

Ich biss die Zähne fest aufeinander und verschluckte alles, was ich ihm ins Gesicht schreien wollte, alles, womit er uns gegenüber versagt hatte. Ich dachte an die unfertigen Briefe im Tipi, dass er scheinbar Anlauf genommen hatte, mir zu schreiben, die Worte sich ihm aber entzogen hatten. Alle Erklärungen und Entschuldigungen der Welt konnten nicht ändern, was geschehen war. Wir schleppen unsere Vergangenheit mit uns herum, egal, wie sehr wir uns anstrengen, uns davon zu befreien. Das wusste er. Das hatte Mom gewusst. Und jetzt wusste ich es auch. Ich atmete tief durch, und dann noch einmal. Ich war hergekommen, um die Wahrheit zu erfahren, und nun kannte ich sie.

Ich wollte das Telefon einhängen.

„Warte", sagte Bear.

Ich hielt mir den Hörer wieder ans Ohr, sah ihn aber nicht an. Ich starrte auf den Schorf an meinen Knien.

„Für eine Biene ist es fast unmöglich, sich in einem Stock einzuleben, in dem sie nicht geboren wurde. Wusstest du das?“ Er unterbrach sich, aber als ich nicht reagierte, fuhr er fort. „Sie kann Geschenke mitbringen. Pollen, Nektar. Vielleicht akzeptiert das Bienenvolk sie als eine von ihnen. Vielleicht. Für gewöhnlich aber geht es nicht gut aus. Das liegt an den Pheromonen. Die Biene riecht anders als die anderen. Die Bienen merken, dass sie nicht zu ihnen gehört.“

Ich hob den Kopf.

Bear legte die Handfläche flach gegen das Glas. „Ich hab’s versucht, Sam. Ich wollte zurückkommen. Ich wollte neu anfangen. Und ich wollte, dass wir wieder eine Familie sind, aber …“ Sein Mund stand offen, stecken geblieben in irgendeiner Entschuldigung, die es nicht wiedergutmachen würde. Er schüttelte den Kopf. „Es tut mir leid. Wenn ich zurückkönnte, würde ich es tun. Wenn ich alles wiedergutmachen könnte …“

Ich betrachtete ihn ein paar Sekunden lang, sah, wie seine Schultern herabhingen und wie er sich mit der Hand übers Kinn strich und an einem Bart zog, den er nicht mehr besaß. Ich sagte: „An dem Abend, als Taylor Bellweather starb, als du Ollie und mich die ganze Nacht auf der Weide allein gelassen hast …“

Er blinzelte mich an.

„Wo warst du da?“

„Das spielt keine Rolle.“

„Für mich schon.“

„Ich war allein, Sam“, sagte er. „Die ganze Nacht. Niemand hat mich gesehen. Niemand kann mir ein Alibi geben. Es ist also egal.“

„Ich möchte wissen, wo du warst.“ Ich beugte mich dicht an die Glasscheibe. „Ich will wissen, was so wichtig war, dass du uns allein gelassen hast.“

Er schloss die Augen. Nach einer Weile öffnete er sie wieder und sagte: „Ich habe eure Mutter besucht.“

Ich wich ein wenig zurück. „Auf dem Friedhof?“

Er nickte.

„Warum?“

„Ich musste …“ Er schluckte schwer und hastig und fuhr sich mit der Hand übers Gesicht. „Ich musste ihr Lebewohl sagen.“

Er war nicht auf Moms Beerdigung mitgekommen. Ich hatte gebettelt, und Grandma hatte über eine Stunde auf ihn eingeredet, aber er hatte sich geweigert, mit uns aus dem Haus zu gehen. Er hatte gesagt, er wolle seine Frau lebendig und lächelnd in Erinnerung behalten, nicht in einem lächerlichen Sarg aufgebahrt und dann in die Erde hinabgelassen und mit Sand bedeckt. Ich hatte ihm vorgeworfen, er sei egoistisch. Er hatte die Achseln gezuckt und zu mir gesagt, ich würde es vielleicht verstehen, wenn ich mich einmal verlieben würde.

Bear klopfte mit dem Finger auf das Ablagebrett. „Ich habe sie so oft enttäuscht. Euch alle."

Ich beugte mich erneut vor und wartete darauf, dass er fortfuhr.

„Ich hätte an diesem Abend nicht ins *Jack Knife* gehen sollen. Aber ich wollte etwas Symbolisches tun, etwas, womit ich zeigen konnte, dass ich diesmal wirklich bereit war, mich zu ändern. Mit dir und Ollie." Sein Blick flehte mich an, ihn zu verstehen. „Ich bestellte einen Scotch pur, aber ich wollte ihn nicht trinken. Heiliges Ehrenwort. Ich wollte ihn auf dem Tresen stehen lassen. Ich wollte da rausgehen und alles hinter mir lassen." Er schüttelte den Kopf. „Und dann kam diese Reporterin. Tauchte wie aus dem Nichts auf und setzte sich neben mich, als wären wir alte Freunde. Fing an, mich auszufragen und die Geister der Vergangenheit auszugraben, und da brachen meine schlimmsten Fehler wieder durch. Als ich gegangen war, konnte ich einfach nicht … Ich konnte nicht einfach wieder zur Weide zurückkehren nach dem, was im *Jack Knife* passiert war. Nicht sofort. Ich musste für eine Weile allein sein, wieder einen klaren Kopf bekommen."

Er rieb sich das Kinn.

Ich hielt den Hörer fester.

„Ich bin ans Grab deiner Mutter gegangen. Ich wollte ihr sagen, wie leid mir alles tut. Dass ich unsere Familie zerstört habe und dir und Ollie kein besserer Vater war. Dass ich als Ehemann versagt habe. Ich wollte ihr sagen, dass es mir leidtut und dass sie mir fehlt und dass sich von jetzt an alles ändern würde. Ich wollte mich ändern. Mich mehr um dich und Ollie kümmern, wie ich es die ganzen Jahre hätte tun müssen. Ich wollte endlich der Vater sein, den ihr beide verdient."

Er schloss die Augen, und ich hätte ihm gern gesagt, dass er niemanden enttäuscht habe, dass er ein guter Vater sei, der beste auf der Welt, aber die Worte blieben mir im Hals stecken. Als er mich wieder ansah, hatte sich etwas an ihm verändert, etwas, das ich nicht gleich verstand.

Er richtete sich auf und atmete tief ein. Dann sagte er: „Ihr werdet es jetzt gut haben, du und Ollie. Grandma und Grandpa werden gut für euch sorgen. Besser, als ich es je tun könnte."

Ich fuhr erschrocken zurück, begriff, was in ihm vorging, wünschte mir, dass es nicht wahr wäre. „Was meinst du damit? Du willst doch nicht … Du kannst nicht hierbleiben. Sie können dich doch nicht … Du hast doch nichts verbrochen!"

„Ich werde nie der Vater sein, den ihr braucht, Sam. Ich hab's versucht. Und ich hab's einfach nicht hinbekommen. Ich hatte meine Chance, und ich hab's vermasselt. Ich gehöre hier rein." Er seufzte, senkte den Kopf und verbarg das Gesicht vor mir. „So ist es besser für dich und Ollie. Für alle."

„Nein", sagte ich. Wenn keine Glasscheibe zwischen uns gewesen wäre, hätte ich sein Kinn gepackt und ihn gezwungen, mir in die Augen zu sehen und das noch einmal zu sagen.

„Ich weiß, du bist jetzt wütend, aber du wirst dich an die Vorstellung gewöhnen", sagte er. „Du wirst sehen, dass ich recht hatte. Lass dir einfach ein bisschen Zeit."

„Du kannst doch jetzt nicht aufgeben." Meine Stimme wurde lauter. „Du musst kämpfen. Für uns. Für mich. Für Ollie. Und Mom. Was ist mit Mom? Sie würde das nicht wollen."

Er sah über die Schulter zu dem Aufseher an der Tür und nickte. Dann drehte er sich wieder zu mir um und sagte: „Tut mir leid, Sam."

„Bear, tu das nicht!"

Er hängte den Hörer ein, stand auf und ging von mir weg.

„Dad!" Ich hämmerte an die Scheibe und rief nach ihm, aber es klang gedämpft wie unter Wasser und trug nicht weit.

Der Summer ertönte. Die Tür auf seiner Seite ging auf. Und dann war er fort.

Zeb und ich saßen in seinem Truck auf dem Parkplatz vor dem Gefängnis. Der Zündschlüssel steckte, aber der Motor war ausgeschaltet. Ich kurbelte die Scheibe herunter und hielt das Gesicht in den Wind. Zeb schnallte sich an. Dann löste er den Gurt wieder, rieb sich die Knie und sagte: „Als ich deinen Dad damals auf der Weide zum ersten Mal traf, wusste ich zuerst nicht, was ich denken sollte."

Eine Gruppe von Leuten kam aus dem Gefängnis. Sie gingen die Treppe hinunter zu ihren Autos und fuhren weg.

„Er war halb verhungert und nicht richtig angezogen für den Winter“, fuhr Zeb fort. „Ich brachte ihn rauf ins Haus, machte ihm etwas zu essen und gab ihm einen sauberen Overall und einen schönen dicken Mantel. Hab ihm sogar ein Bett für die Nacht angeboten, aber er meinte, er würde schon zu lange unter den Sternen schlafen. Und ob er, wenn es mir nicht zu viele Umstände machen würde, auf der Weide bleiben könnte. Ich sagte ihm, er könne so lange dortbleiben, wie er wolle, aber er müsse mir, wenn es ginge, fünfzig Dollar im Monat geben, damit ich den Leuten sagen könne, dass er das Gelände gemietet und sich nicht einfach dort eingenistet habe. Er wollte mir an diesem Abend dreihundert geben. Sagte, es sei alles, was er habe. Ich nahm hundert und sagte ihm, an seiner Stelle würde ich den Rest für Essen und einen schönen warmen Schlafsack verwenden.“

Ich stützte das Kinn auf, sah aus dem Fenster und versuchte, mir Bears erste kalte Nacht vorzustellen. Die harte Erde, wie ihm die Kälte in die Knochen gezogen war. Wie er sich geschämt haben musste für das, was er getan hatte, und dass er deshalb nicht einfach nach Hause zurückkehren konnte, zu seiner Frau und seinen Töchtern. Ich stellte mir vor, wie er nach oben geschaut und nach all den Monaten im Gefängnis nichts als schwarzen Himmel und funkelnde Sterne gesehen hatte – und wie er bei diesem Gefühl von Freiheit wieder Möglichkeiten gesehen und die Sehnsucht verspürt hatte, noch einmal neu anzufangen. Ich hatte oft genug auf der Weide geschlafen, um zu verstehen, warum er dortgeblieben ist.

„Wir wussten natürlich alle, wer er war“, sagte Zeb.

Ich sah ihn an. Er starrte durch die Windschutzscheibe und hielt das Steuer mit beiden Händen fest.

„Was meinst du damit?“, fragte ich.

Zeb drehte sich um und erwiderte meinen Blick. Die harten Linien um seinen Mund machten einem schwachen Lächeln Platz. „Also gut. Der Autounfall passierte westlich von hier, draußen in der Nähe vom Suttle Lake. Dein Vater war auf dem Rückweg nach Eugene. Der andere Wagen fuhr nach Terrebonne.“

„Kanntest du den anderen Fahrer? Den, der gestorben ist?“

Zeb biss sich auf die Unterlippe, zögerte einen Moment und sagte dann: „Es war nicht der Fahrer, der umgekommen ist."

„Aber du weißt, wer es war?"

Zeb nickte. Er verkrampfte die Hände am Steuer, sodass die Knöchel unter der dünnen Haut hervortraten. „Billy Roth hat das andere Auto gefahren. Seine Tochter Delilah begleitete ihn."

„Travis' Schwester?" Ich kniff mir in die Haut zwischen Daumen und Zeigefinger, aber meine Magenschmerzen ließen nicht nach.

„Hm", sagte Zeb. „Sie war damals ein bisschen jünger als Ollie jetzt."

Ich lehnte mich in den Sitz zurück und schloss die Augen. „Ging es schnell?"

Zeb hustete. „Weiß ich nicht. Anzunehmen. Diese Straßen können im Winter ganz schön glatt werden, wenn sie vereist sind. Ist schon nüchtern ziemlich gefährlich. In der Zeitung stand, dein Daddy hätte die Mittellinie überfahren, wäre an Billys Auto langgeschrammt und hätte die beiden dabei durch die Leitplanke einen kurzen Abhang runtergestoßen."

Ich riss die Augen auf, wollte es mir nicht vorstellen, wollte diese düsteren Bilder nicht Form annehmen lassen.

„Sie sind gegen einen Baum geprallt."

„Oh Gott."

„Tut mir leid, Sam. Wirklich. Ich weiß, es ist schrecklich, das zu hören."

Ich nickte. „Ja. Nein. Aber es ist …" Ich wusste nicht, wie ich das Gefühl beschreiben sollte, eine Art Flauheit und Schwere im Magen, und doch gleichzeitig eine Leichtigkeit, ein Kribbeln, als würde mein Körper sich aufblähen und nicht mehr in meine Haut passen.

„Es ist besser, wenn man es weiß", sagte er. „Ich hätte es dir schon lange gesagt, aber deine Mutter bat mich, es für mich zu behalten."

Ich lehnte mich wieder in den Sitz zurück und seufzte.

„Sie hielt es für das Beste", sagte Zeb und griff nach meiner Hand, drückte sie ein Mal und ließ sie dann wieder los. „Ich hab nie gedacht, dass dein Vater ein schlechter Mensch ist. Manche Leute glaubten das; ich habe den Verdacht, sogar er selbst. Franny auch nicht. Weder während des Prozesses noch hinterher. Wir haben immer nur gesagt, dass er einen großen Fehler gemacht hat. Das ist alles. Und er verdiente eine zweite Chance, so wie wir alle sie verdient hätten, wenn wir uns jemals in derselben Situation befunden hätten. Als er wieder herkam, war ich nicht überrascht. Dachte mir, er hätte wohl noch mit seinen eigenen Dämonen zu kämpfen. Und vielleicht hatte er auch noch nicht genug Buße getan. Was auch immer seine Gründe waren, zurückzukehren, ich hielt es für das Mindeste, was wir für ihn tun konnten, ihm ein sicheres Plätzchen zu geben, bis er sich wieder gefangen hätte und so weit gewesen wäre, nach Hause zurückzukehren. Ich habe mir bloß nicht vorgestellt, dass er so lange bleiben würde. Oder dass er sich so schnell als Familienmitglied fühlen würde. Und, weiß der Teufel, ich habe auch nicht mit dir und deiner kleinen Schwester gerechnet."

Er lachte leise in sich hinein, dann sagte er: „Ob's nun drauf ankommt oder nicht, und der Himmel weiß, es ist nicht sehr wichtig – ich jedenfalls weiß, dass dein Daddy diese Reporterin nicht umgebracht hat."

Diesmal griff ich nach seiner Hand, und als ich sie erst einmal festhielt, ließ ich sie nicht mehr los.

Franny wartete mit Deputy Santos am Küchentisch auf uns. Sie waren eifrig im Gespräch, aber als Zeb und ich hereinkamen, verstummten sie. Deputy Santos war in Zivil, Jeans und ein zugeknöpftes grünes Hemd. Keine Dienstmütze, kein Namensschild, keine Waffe. Wir nahmen Blickkontakt auf, aber ich lächelte nicht und sie auch nicht.

Franny wollte aufstehen.

„Bleib sitzen, Mutter", sagte Zeb und legte ihr sanft die Hand auf die Schulter. „Wir sind's nur."

Franny nahm einen Teller Haferkekse vom Tisch und bot mir davon an. „Wie geht es deinem Vater?"

Ich zuckte die Achseln und nahm einen Keks, obwohl ich eigentlich gar keinen wollte.

Zeb sagte: „Scheint so weit zurechtzukommen." Er öffnete den Schrank über der Kaffeemaschine. „Frisch gebrüht?"

Franny nickte. „Hab welchen für dich übrig gelassen."

Zeb nahm einen grauen Becher heraus, dann sah er mich über die Schulter an. „Heißen Kakao?"

„Klar. Ich hol ihn mir." Ich trat hinter ihn und angelte nach dem Lieblingsbecher meiner Mutter. Ich schob einen weißen und einen gelben beiseite und einen, auf dem stand: *Ich wäre lieber fischen gegangen.* Aber den rubinroten Becher mit den weißen Punkten konnte ich nicht finden. Und auf einmal schien es für mich das Wichtigste auf der Welt zu sein. Als wäre die Hände darumzulegen dasselbe, wie die Arme um sie zu schlingen. Als würde ich ihr einen Kuss geben, wenn ich die Stelle mit den Lippen berührte, wo ihre gewesen waren. Als könnte ich ihr auf diese Art irgendwie wieder nah sein, Trost finden und mich beschützt fühlen.

Ich wandte mich vom Geschirrschrank ab und schaute in das Ablaufgestell der Spüle. Zeb setzte sich mit seinem Kaffee neben Deputy Santos an den Tisch, die gerade ihren Becher anhob, um einen Schluck zu trinken. Rubinrot mit weißen Punkten. Der Becher meiner Mutter. Der Keks in meiner Hand war inzwischen eine krümelige, klebrige Masse. Ich warf ihn in den Müll, ehe es jemand merkte.

„Sam, Schatz, komm, setz dich zu uns." Franny klopfte auf den Stuhl neben sich. „Deputy Santos hat mir gerade erzählt, dass sie heute Vormittag deine Großeltern erreicht hat. Sie sind schon auf dem Weg zum Flughafen."

Ich stützte die Ellbogen auf den Tisch, und obwohl ich versuchte, woandershin zu sehen – auf den Schnickschnack an der Wand oder die Salz- und Pfefferstreuer vor mir –, ging mein Blick doch immer wieder zu Moms Kaffeebecher, den Deputy Santos so unelegant und unpassend in ihrer grobschlächtigen Hand hielt. Ihr Nagellack war so schlimm abgeplatzt, dass er fast weg war, die Nagelhaut eingerissen. Sie hatte eine Brandnarbe auf dem linken Handrücken, ich hatte keine Ahnung, woher, aber das spielte viel weniger eine Rolle als die Tatsache, dass diese Hände nicht die meiner Mutter waren. Die Brust tat mir weh. Am liebsten hätte ich ihr den Becher aus der Hand gerissen und auf dem Boden zerschmettert.

„Sam? Hörst du zu?"

Ich sah Deputy Santos an.

„Sie rufen an, sobald sie die Flugdaten haben, aber sie sollten eigentlich irgendwann morgen Abend hier sein. Spätestens Samstagabend."

Ein Tag. Das war alles, was mir noch blieb. Um nach den Bienen zu sehen. Um zu packen. Um mich zu verabschieden. Um die Wahrheit aufzudecken und Bears Unschuld zu beweisen. Und um die Scherben unserer Familie zusammenzukitten. Vollkommen unmöglich.

„Und dann?“, fragte ich.

„Dann nehmen sie euch mit nach Hause.“ Franny tätschelte meine Hand.

Ich bog mich zurück, nahm die Hände vom Tisch und legte sie in den Schoß. „Wir haben kein Zuhause mehr.“

„Ach, Schatz“, sagte Franny. „Natürlich habt ihr das.“

„Es ist *ihr* Zuhause, nicht unseres.“

„Die Veränderung wird euch guttun“, sagte Deputy Santos.

„Woher wissen Sie das?“

„Sam“, ermahnte mich Franny.

Deputy Santos trommelte mit den Daumen gegen den Kaffeebecher meiner Mutter. „Du musst dir einfach ein bisschen Zeit lassen, dich an alles zu gewöhnen.“

„Und Bear?“

Zeb hustete in die Faust. Franny rutschte auf dem Stuhl hin und her, und das Holz knarrte unter ihrem Gewicht.

Deputy Santos hielt den Becher fester. „Was ist mit ihm?“

„Sind Sie dem Stiefelabdruck nachgegangen? Und den Reifenspuren?“

„Tut mir leid, Sam. Über den Fall darf ich nicht mit dir reden.“

„Haben Sie aber schon.“

„Ich weiß. Das hätte ich nicht tun sollen.“

„Ich will hierbleiben.“ Ich lehnte mich zurück.

„Du weißt, dass das nicht geht“, sagte Deputy Santos.

„Solange Bear im Gefängnis ist, gehe ich nicht weg.“

„Du bist noch minderjährig, Sam.“

„Na und?“

„Du kannst das nicht entscheiden.“

„Wer dann?“

Franny strich mit den Fingern am Rand des Platzdeckchens entlang, das vor ihr lag. Als sie redete, war ihre Stimme schwach und dünn vor Erregung. „Deine Großeltern halten es für das Beste, wenn du und Ollie jetzt bei ihnen seid. Bei eurer Familie.“

„Aber du und Zeb, ihr seid auch unsere Familie. Wir wären sowieso hier bei euch geblieben, wenn Bear bis Ende September keine Wohnung für uns gefunden hätte. Kann es nicht dabei bleiben?“

Franny lächelte wehmütig. „Es kommt euch jetzt vielleicht nicht gerecht vor, aber eure Großeltern wollen einfach sicher sein, dass du und Ollie am bestmöglichen Ort seid. Sie wollen nur das Beste für euch."

„Mom würde wollen, dass wir hierbleiben."

„Deine Mutter ist nicht mehr am Leben, Kind", flüsterte Franny jetzt, und ihr Blick ging von mir zu ihren Händen, die flach auf dem Tisch lagen. „Es hilft ja nichts, du musst jetzt einfach die Zähne zusammenbeißen und durchhalten."

„Außerdem", sagte Deputy Santos, „fängt in ein paar Wochen wieder die Schule an. Meinst du nicht, es ist besser, wieder mit gleichaltrigen Kindern zusammen zu sein? Ein paar neue Freunde zu finden?"

„Bear hat uns hier angemeldet."

„Es ist gar kein Problem, eure Unterlagen dem Schulbezirk zu schicken, in dem eure Großeltern wohnen", sagte Deputy Santos. „Darüber braucht ihr euch keine Gedanken zu machen."

„Ich will aber nicht fortziehen."

„Sam." Deputy Santos beugte sich zu mir herüber. Ich zuckte zurück.

Sie sagte: „Es ist besser für dich, von alldem hier weg zu sein. Auch für Ollie. Glaub mir."

Ich stieß mich vom Tisch ab und rannte zur Schiebetür hinaus, ehe sie noch irgendetwas sagen konnten. Ich lief direkt in die Scheune, wo Zeb eine Ecke für unsere Fahrräder ausgeräumt hatte, griff nach dem Lenker des schwarz-roten Schwinn, schwang das Bein über den Sattel, und dann saß ich einfach da, die Füße am Boden, und fuhr nirgendwohin, im Schwebezustand, und versuchte krampfhaft, einen Entschluss zu fassen.

Deputy Santos kam zur Scheune und baute sich vor mir auf. Sie verschränkte die Arme vor der Brust. „Gestern Abend rief mich Joe Mancetti an."

Ich zupfte an einem kleinen Loch am Lenkergriff herum. „Wer?"

„Stell dich nicht dumm. Ich weiß, dass du ihn angerufen und so getan hast, als wenn ich es wäre."

Ich kaute auf der Unterlippe und zuckte die Achseln.

„Warum hast du das getan?", fragte sie.

Ich schüttelte den Kopf. „Ich weiß gar nicht, wovon Sie reden."

„Bist du auch in mein Haus eingebrochen?"

Ich starrte an die Deckenbalken, wo die Sonne durch die offene Heubodentür hineinschien und gelbes Licht in die dunklen Ecken warf.

Deputy Santos seufzte. „Es ist Wahljahr. Wusstest du das?"

Ich zuckte erneut die Achseln.

„Die Leute hier sind nicht gerade begeistert von der Art, wie Sheriff Harper das Department leitet. Sie sind auch nicht begeistert, eine Frau bei der Truppe zu haben. Dieser Fall steht im Fokus der Öffentlichkeit, Sam. Ich muss vorsichtig sein, mich streng an die Regeln halten. Wenn etwas passiert, das unsere Ermittlungen gefährdet, wenn ich auch nur einen Schritt in die falsche Richtung mache, kann es mich meinen Job kosten."

Ich schob das Fahrrad langsam um sie herum.

Sie griff nach dem Lenker und brachte mich mit einem Ruck zum Stehen. „Wenn du irgendetwas vorhast, Sam, dann vergiss es. Lass es sein. Ich weiß, du willst ihn beschützen, aber du machst alles nur noch schlimmer."

„Glauben Sie wirklich, dass er es war?" Ich strich mir eine Haarsträhne hinters Ohr. „Glauben Sie, dass Bear schuldig ist?"

Sie zögerte, dann sagte sie: „Ja."

„Und Sie wollen, dass ich es auch glaube, stimmt's?"

„Ich glaube nur, dass es einfacher ist, wenn du dich jetzt damit abfindest."

„Einfacher?"

„Nach vorn zu schauen. Drüber wegzukommen und wieder ein fröhliches Kind zu werden." Als ich nichts sagte, fuhr sie fort: „Ich weiß, wie schwer dieser Sommer für dich war, Sam. Erst verlierst du deine Mom. Und dann diese schreckliche Sache mit Bear. Aber du bist stark. Du bist jung. Du wirst zurückfinden." Sie lächelte.

Ich sah sie kalt an, und sie seufzte, schüttelte den Kopf und sagte: „Ollie braucht dich jetzt. Sie braucht jemanden, der auf sie aufpassen kann und ihr ein gutes Beispiel ist."

„Und was ist mit mir?" Ich entwand ihr das Fahrrad. „Wer passt auf mich auf?"

Ich schwang das Bein über den Sattel und trat kräftig in die Pedale, fuhr weg von ihr, um die Scheune herum und auf den Weg, der mich zur Weide, zu den Bienen und zum Fluss bringen würde, den Dingen, die ich am August und an meinem Vater am meisten liebte. Ich fuhr mit hocherhobenem Kopf und weit geöffneten Augen, nahm alles in mir auf, jeden gelben Grashalm und weißen Schmetterling, jede vorbeiziehende Wolke und jeden Grashüpfer. Wenn es das letzte Mal wäre, dass ich diesen Ort sehen würde, dann wollte ich mir jeden Zentimeter, jeden Schatten und jedes zerknitterte Blatt einprägen. Wenn es das letzte Mal war, wollte ich mich an all diese schönen Dinge erinnern können.

Direkt vor dem Stumpf der Hemlocktanne stieg ich in die Bremse.

Um den Baumstumpf herum hatten sich breite Reifen in den weichen Untergrund gefressen, und welches silbern glänzende Ungetüm hier auch durchgerast war, es hatte Löcher ins Buschwerk gerissen, das Gras zermalmt, hatte niedergewalzte, verwelkende Blumen und verbogene, verschrammte Bäume hinterlassen. Unser Weg auf die Weide war schmal, für Menschen zu Fuß vorgesehen und nicht für einen Truck, der sich mit Gewalt seinen Weg an einen Ort bahnte, an dem er nichts zu suchen hatte. Ich ließ mein Fahrrad auf die Erde fallen und rannte den Rest des Weges zwischen den Bäumen hindurch.

Als ich die Weide betrat, veränderte sich die Luft. Die Schatten wurden dunkler und verwandelten sich in etwas Dichteres, Waberndes. Bienen schwärmten zu Klumpen geballt herum und summten so laut, dass ich mir die Ohren zuhalten musste. Die Reifenspuren verliefen schnurgerade über die Weide mitten durch den Bienenstand, ehe sie wieder im Kreis herum zurückführten, auf den Pfad zum Baumstumpf und weiter auf den Feldweg. Sie hatten den Picknicktisch umgekippt und außen an unser Tipi gesprüht: *BEAR, DU MÖRDER* und *DU SOLLST IN DER HÖLLE SCHMOREN.* Aber es war der Bienenstand, auf den sie es vor allem abgesehen hatten. Hier war die Zerstörung hemmungslos und zielsicher erfolgt.

Zwei Kästen lagen auf der Seite, und die Deckel waren aufgebrochen, sodass man sehen konnte, wie die Bienen im Innern arbeiteten, um zu retten, was zu retten war. Ein dritter war umgekippt und dann überfahren worden, er war bis zur Unkenntlichkeit zerquetscht. Zerbrochene Rahmen und zerstörte Waben lagen verstreut auf dem jetzt feuchten, klebrigen und bernsteinfarbenen Boden. Und überall Bienen: herumirrende Bienen, herumkrabbelnde Bienen, wütende Bienen, tote Bienen. Diejenigen, die überlebt hatten, flogen aufgeregt im Kreis um mich herum, was bedeutete, dass es noch nicht lange her war, vielleicht erst ein paar Stunden. Die Bienenvölker hatten noch keine Zeit gehabt, sich neu zu gruppieren und sich ein neues Zuhause zu suchen. Sie taumelten noch herum und zählten ihre Toten.

Ich blieb abseits der Bienenstöcke stehen, sah die Bienen aufgeregt herumfliegen und konnte meine Atmung nicht zur Ruhe bringen, versuchte, logisch nachzudenken und das Wer und Warum zu ergründen, aber es ging nicht. Diese Zerstörungswut war einfach sinnlos.

Wäre Bear hier gewesen, dann hätte er mir gesagt, dass wir die Einzelteile einsammeln und wieder von vorn anfangen sollten. Die Kästen wieder zusammenbauen, die Rahmen ersetzen. Ein Glas Zuckerwasser hinstellen und die Bienen den Rest machen lassen. „Sie werden weitermachen“, hätte er gesagt. „Werden sich noch mehr anstrengen und überleben.“ Aber Bear war nicht da, und ich hatte nicht die Ausrüstung, um irgendetwas Sinnvolles zu tun.

Eine Biene flog mir direkt ins Gesicht. Ich verscheuchte sie, aber sie kam sofort wieder und schoss ziellos um mich herum.

„Was willst du denn?“ Ich kam mir ein bisschen albern vor, mit einer Biene zu reden, aber sie war ja die Einzige hier, die mich hören konnte. „Was denn? Was zum Teufel soll ich denn machen?“

Die Biene landete auf meinem Arm. Ich erstarrte. Ihre zarten Beinchen schwebten über meine Haut, die Flügel fächelten langsam auf und ab. Sie krabbelte in winzigen Kreisen.

„Geh weg“, flüsterte ich.

Sie kroch meinen Arm hinauf, vom Handgelenk zum Ellbogen und dann auf den Ärmel zu.

Ich flüsterte: „Ich kann dir nicht helfen.“

Sie machte kehrt und lief wieder zu meiner Hand hinab. Ich versuchte, sie abzuschütteln, aber sie kam immer wieder zurück, um auf meinem Arm zu landen.

Ich hielt sie mir nah ans Gesicht. „Ich weiß nicht, was du von mir willst.“

Mein Atem bewegte ihre Flügel, und sie hörte auf, hin und her zu laufen. Dann richtete sie abwartend die großen schwarzen Augen auf mich. Es lag etwas Beunruhigendes im Blick der Biene – als könnte sie in mich hineinschauen und alles sehen, selbst die Bereiche, die ich tief verdrängt hatte. Als würde sie mich besser kennen als ich selbst und wüsste bereits, was ich tun würde, noch ehe ich mich entschieden hatte.

Ich betrachtete die zerbrochenen Kästen, die im Gras liegenden Waben, das verlassene, beschädigte Tipi und den überwucherten Garten. Dann sah ich die Biene wieder an und flüsterte: „Du musst jetzt allein zurechtkommen. Er ist fort und kommt nicht zurück."

Bevor ich es verhindern konnte, zog die Biene das Hinterteil an und stach wütend zu. Eine kleine Hautstelle schwoll fast augenblicklich rot an. Ich jaulte auf und schnippte die Biene von meiner Hand. Sie stolperte davon und flog irgendwohin, um zu sterben. Mit dem Fingernagel zog ich den Stachel heraus, den sie hinterlassen hatte.

Ich konnte nicht schlafen. Sobald ich die Augen schloss, sah ich Autos Abhänge hinabstürzen, spürte Bienen über meine Haut krabbeln und hörte jemanden stöhnen und um sich schlagen. Ich machte die Augen wieder auf und war in dem stillen, dunklen Schlafzimmer oben an der Treppe, und da waren nur das Rascheln der Bettdecke, wenn Ollie sich umdrehte, und das schmerzhafte Pochen meiner Hand, das mich wach hielt.

Franny hatte mich den Stich in einem kalten Hafermehl-Bad einweichen lassen. Ein paar Minuten lang hatte es hinterher geholfen, aber inzwischen tat es wieder weh. Und juckte fürchterlich. Als sie mich gefragt hatte, was passiert sei, hatte ich ihr gesagt, dass ich nach dem neuen Bienenstock hätte sehen wollen.

„Ohne Ausrüstung?"

„Bear macht das auch."

„Er lebt aber auch ständig bei den Bienen", sagte sie. „Da haben sie sich aneinander gewöhnt."

Ich erzählte ihr nichts von den zerstörten Kästen oder den hingeschmierten Drohungen, weil ich nicht wollte, dass sie sich Sorgen machte. Ich hatte Angst, Bear würde es irgendwie erfahren, und ich wollte nicht, dass er wusste, wie jämmerlich ich bei den Bienen und ihm gegenüber versagt hatte. Morgen würde ich mit Zebs altem Schutzanzug, den er in einer Plastikbox in der Scheune aufbewahrte, wieder auf die Weide gehen und in Ordnung bringen, was ich konnte. Es zumindest versuchen. Ich würde tun, was Bear tun würde, wenn er hier wäre. Ich würde wieder von vorn anfangen.

Ich stand auf und zog Jeans und ein Sweatshirt, Socken und Schuhe an. Bear hatte gesagt, er sei in der Nacht, in der Taylor Bellweather ermordet wurde, nach Eugene gefahren. Zum Friedhof. Vielleicht glaubten ihm Deputy Santos und Detective Talbert nicht, aber ich schon. Und vielleicht suchten sie gar nicht mehr nach dem wirklichen Mörder, aber das hieß ja nicht, dass ich es nicht trotzdem tun konnte. Bear hatte Zeb und Franny den Truck mit fast vollem Tank zurückgebracht, was bedeutete, er musste irgendwo zwischen hier und dort nachgetankt haben. Und da musste jemand sein, der ihm ein Alibi geben konnte, auch wenn er gesagt hatte, es gäbe niemanden. Es musste einfach jemanden geben.

Ich griff mir eine Taschenlampe und die zusammengefaltete Zeitung, die ich seit Bears Verhaftung in meiner Reisetasche aufgehoben hatte. So leise ich konnte, ging ich auf Zehenspitzen die Treppe hinunter und zur Hintertür hinaus.

Der Truck war nicht abgeschlossen. Ich stieg auf den Fahrersitz und griff unter die Sonnenblende nach dem Reserveschlüssel, den Zeb dort für Bear deponiert hatte, damit er den Wagen jederzeit benutzen konnte. Ich besaß schon den Führerschein für Fahranfänger, und Mom hatte sich jede Woche von mir zum Lebensmittelladen fahren lassen. Ich hatte den Truck sogar letzten Sommer einmal gefahren, als Bear und ich für Zeb die Zäune überprüft hatten. Bear hatte mir die Schlüssel gegeben und gesagt: „Geh vorsichtig aufs Gas." Solange ich nicht zu schnell fuhr oder gegen irgendwelche Bestimmungen verstieß, solange ich nicht auffiel, konnte ich vielleicht damit durchkommen.

Ich drehte den Zündschlüssel herum. Der Motor erwachte röhrend. Ich sah zum Haus hinüber. Die Fenster waren immer noch dunkel, aber ich bezweifelte, dass sie es noch lange bleiben würden. Ich schaltete die Scheinwerfer ein und fuhr so vom Sitz hoch, dass ich mit dem Knie gegen die Unterseite des Armaturenbretts schlug.

Ollie stand in der Auffahrt direkt vor dem Truck, eine kleine flache Schachtel in der einen Hand und die andere in die Hüfte gestützt. Sie wirkte wie eine gespenstische Erscheinung, im schwachen gelben Scheinwerferlicht aus dem Nichts aufgetaucht.

Ich kurbelte das Fenster herunter und steckte den Kopf heraus. „Geh wieder ins Bett."

Sie kam herum auf die Beifahrerseite, öffnete die Tür, kletterte auf den Vordersitz und schnallte sich an.

Ich hatte keine Zeit, mit ihr zu debattieren oder sie rauszuwerfen, denn im Haus gingen jetzt die Lichter an. Zuerst im Schlafzimmer von

Zeb und Franny. Dann in der Küche. Dann sprangen die Flutlichter auf der vorderen Veranda an und beleuchteten den Rasen taghell.

Ollie verriegelte ihre Tür.

„Verdammt noch mal!" Ich legte den Gang ein und trat kräftig aufs Gas.

Ich brauchte keine Karte. Ich war schon zweimal dort gewesen, aber auch einmal wäre genug gewesen. Als ich meine Mutter begrub, war es, als würde ich ein kleines Stück von mir selbst mit begraben. Für den Rest meines Lebens werde ich immer wissen, wie ich den Weg zu ihr zurückfinde. Ich könnte mit geschlossenen Augen dorthin fahren. Highway 26 zwei Stunden nach Westen, immer geradeaus, bis man einen Fahnenmast sieht. Die Auffahrt ist auf der linken Seite.

OLLIE

Meine Schwester hält auf dem leeren Parkplatz vor dem Mausoleum und schaltet den Motor aus. „Du solltest besser im Wagen bleiben."

Ich mache die Tür als Erste auf und steige aus, das Ouija-Brett fest unter dem Arm.

Meine Schwester klettert hinter mir her. „Ollie, halt! Wo willst du hin?"

Die vom Fluss läuft vor uns her. Im Taschenlampenlicht ist sie eine hellgrüne Schlange, die durchs Gras kriecht, ein Springseil, das im Dunkeln leuchtet, wie von unsichtbarer Hand gezogen. Die Bäume verbeugen sich, als sie an ihnen vorbeikommt.

Der Mond ist eine schmale Sichel, die fahles Licht über den Friedhof wirft. Die Grabsteine, die aus dem Boden ragen, sehen aus wie hingekauerte alte Männer. Das Gras ist grün. Die Bäume sind schwarz. Die Schatten dazwischen verändern dauernd ihre Form.

Und die vom Fluss läuft schneller.

„Ollie, das ist nicht der richtige Weg", sagt meine Schwester, folgt mir aber immer noch.

Wir biegen von einem Schlackeweg ab und gehen auf Zehenspitzen zwischen Reihen von flach in den Boden eingelassenen Grabtafeln entlang. Die vom Fluss bleibt vor einer Grabstelle stehen, wo die Erde noch aufgeworfen und darüber eine Grasmatte gebreitet ist.

Meine Schwester legt mir die Hand auf die Schulter und sagt: „Komm, Ollie. Hier wollen wir nicht hin. Mom ist da drüben."

Ich schüttele ihre Hand ab und zeige auf das provisorische Plastikschild.

Meine Schwester tritt näher und richtet das Licht darauf, sodass sie den Namen lesen kann. Sie kneift die Augen zusammen, dann fährt sie wieder zu mir herum, die Augen weit aufgerissen und eher wütend als ängstlich.

„Woher wusstest du, dass sie hier liegt?", sagt sie und weicht zurück. „Hat Franny es dir gesagt?"

Die vom Fluss sitzt auf dem Grab und zeichnet die Buchstaben ihres Namens nach.

T-A-Y-L-O-R B-E-L-L-W-E-A-T-H-E-R

Sie macht es immer wieder und summt dabei etwas vor sich hin.

Ich sitze neben ihr im Gras und nehme das Ouija-Brett aus der Schachtel.

Meine Schwester packt mich am Arm und versucht, mich hochzuziehen. „Nein. Nein, absolut nicht. Es gibt keine Geister, Ollie. Solche Sachen wie Geister, die keinen Frieden finden, oder glückliche Geister oder überhaupt irgendwelche Geister. Und ich werde keins deiner blöden Spiele mitspielen."

Die vom Fluss schürzt die Lippen und bläst meiner Schwester ins Gesicht. Ein Schwall kalter Luft zieht über uns beide hinweg und lässt das Haar meiner Schwester flattern. Sie lässt mich los und macht einen Schritt zurück. Sie schaudert und schlingt die Arme um sich. Sie schaut nach links und rechts und oben und unten, aber die Bäume bewegen sich nicht, und die Nacht ist warm.

Ich klopfe auf das Gras neben mir.

Meine Schwester schüttelt den Kopf.

Die, die mir folgt, lacht, und es klingt wie ein Feuerwerk. Die Sterne scheinen heller.

Der Lärm hat andere hervorgelockt. Sie kommen vorsichtig aus der Dunkelheit herausgeschwebt, geschlängelt, gehüpft. Ihr Flüstern schwillt in meinem Kopf an, und ich kann nicht denken. Ihre Energie schnürt mir die Brust zu, und ich kann nicht atmen. Ich bitte sie, uns in Ruhe zu lassen. Ich sage: Geht weg. Es ist nicht eure Zeit.

Die vom Fluss faucht. Die anderen ziehen sich ins Dunkel zurück. Die, die mir folgt, seufzt und lässt sich in den Armen eines Betonengels in der Nähe nieder. Das Hämmern in meinem Kopf hört auf, der Druck in meiner Brust lässt nach. Ich lege die Fingerspitzen auf die hölzerne Planchette und nicke der vom Fluss zu. Sie legt ihre feuchten Hände über meine.

Ich schaue zu meiner Schwester auf, die nur meine Hände sehen kann. Ich hebe die Augenbrauen an und zucke mit einer Schulter.

„Na gut." Sie verdreht die Augen. „Gut. Ich spiele mit. Aber es hat nichts zu bedeuten."

Sie wartet, bis ich nicke, dann fragt sie: „Wer hat Taylor Bellweather umgebracht?"

Ich richte meine Aufmerksamkeit wieder auf das Brett und denke: Wer hat das getan? Wer hat dich ermordet? – Ihre Hände bewegen meine Hände, und die Planchette springt über das Brett auf den ersten Buchstaben.

Ich galt ja als die praktische, die rational veranlagte Schwester, die ältere, klügere, Geister-sind-was-für-kleine-Kinder-und-Verrückte-Schwester. Von mir erwartete man, dass ich auf Ollie aufpasste, sie beschützte und nicht mitten in der Nacht auf den Friedhof schleppte und dabei gegen wer weiß wie viele Gesetze verstieß. Also war das Einzige, worüber ich nachdachte, als sie dieses blöde Brett aufbaute, wie ich sie wieder in Bewegung bringen konnte, damit wir zu Moms Grab gehen und dann verdammt noch mal hier wieder rauskommen würden.

„Gut", sagte ich. „Ich spiele mit. Aber das hat nichts zu bedeuten."

Ihre blassen Hände, Geisterhände, berührten kaum den dicken hölzernen Zeiger, den sie über das Buchstabenbrett schob.

Wer hat Taylor Bellweather ermordet?

R

Wer hat sie in den Crooked River geworfen?

O

Wer in Terrebonne hat etwas zu verbergen?

T

Ollie schob den Zeiger auf den letzten Buchstaben.

H

Sie sah mich an.

„Das ist nicht komisch, Ollie."

Aber sie lachte nicht.

Irgendwo hinter mir erhob sich ein Geräusch. Wie Schritte, die durch trockenes Gras raschelten, oder Stimmengemurmel in der Dunkelheit. Ich fuhr herum und ließ den Lichtstrahl der Taschenlampe einen großen Kreis beschreiben, aber die Schatten, die uns umgaben, waren zu dicht, um viel mehr zu erkennen als aufragende Grabsteine, kratzige Äste und geduckte Büsche. Keine Gestalten, die näher kamen, keine Tiere, die durchs Gras huschten. Die Luft war schwer und abgestanden und still. Kein Wind heute Nacht. Nicht ein Windstoß. Meine Fantasie ging mit mir durch.

Ich richtete die Taschenlampe wieder auf Ollie und ihr blödes Spiel. „Pack es weg."

Ollie hob die Hände, um das Licht abzuhalten. Ihre Augen waren schwarze Flecken, die Lippen gerade graue Linien.

„Pack das Spiel weg", wiederholte ich, „und lass uns gehen."

Als sie sich immer noch nicht rührte, trat ich gegen den Rand des Brettes. Der Zeiger zitterte und hüpfte auf das Wort NEIN in der oberen Ecke. Ich trat einen Schritt zurück. Ollie nahm den Zeiger und drückte ihn an die Brust. Sie sah mich finster an.

„Es hat nichts zu bedeuten", sagte ich. „Das hab ich dir gesagt. Es ist nur ein blödes Spiel. Woher weiß ich überhaupt, dass du den Zeiger nicht selber bewegt hast? Es beweist gar nichts."

Ihr Blick wurde noch finsterer.

„Ich hätte es dir verbieten sollen." Ich hockte mich hin und legte die Taschenlampe auf den Boden. Der Lichtstrahl schnitt einen hellen Tunnel durchs Gras. Ich klappte das Brett an seinen abgenutzten Nähten einmal und dann noch einmal zusammen und legte es in die Schachtel zurück. „Das ist respektlos."

Ich streckte die Hand nach dem Zeiger aus. „Gib her."

Ollie schüttelte den Kopf.

„Ausgespielt."

Sie schaute über die Schulter, dorthin, wo fahles Mondlicht silbrig weich auf einen Betonengel fiel. Als sie sich wieder zu mir umdrehte, stand ihr Mund offen, als wolle sie etwas sagen.

Ich ließ die Hand sinken. „Na los, sag es."

Ollie holte Luft.

„Komm schon. Sag was." Ich stand auf und stemmte die Hände in die Hüften. „Beschimpf mich. Schrei mich an. Sag mir, was für eine schreckliche, gemeine Schwester ich bin. Los. Verfluche mich, spuck mich an, brüll mich an. Was ist los? Hat dir der Geist die Sprache geklaut?" Ich sagte es auf eine Weise, die nicht nett war.

Ollie klappte den Mund zu, warf den Zeiger in die Schachtel und stülpte den Deckel darüber. Sie steckte sich das Spiel unter den Arm, stand auf und machte sich auf den Weg zum Truck. Als sie mit dem Zeh gegen die Taschenlampe stieß und diese sich um sich selbst drehte, beleuchtete der Lichtstrahl den Namen von Taylor Bellweather. Ich hob die Taschenlampe auf und schwang sie drohend, aber Ollie war bereits in der Dunkelheit verschwunden.

Ein paar Sekunden später flog die Wagentür auf. Das Innenlicht leuchtete auf und ging gleich wieder aus, als Ollie die Tür zuknallte. Vielleicht hatten Franny und meine Großeltern und, ja, womöglich sogar Deputy Santos tatsächlich recht. Vielleicht war Terrebonne jetzt wirklich nicht der beste Aufenthaltsort für Ollie und mich. Ich hatte mir vorgestellt, dass sie vielleicht wieder anfangen würde zu sprechen, wenn wir erst einmal auf die Weide zurückgekehrt wären, dass sie dort die Traurigkeit abschütteln könnte, die ihr Schweigen ausgelöst hatte, aber jetzt sah ich langsam ein, dass es nicht so einfach sein und es alles nur noch schwieriger machen würde, wenn wir hierblieben.

Ich wartete noch ein paar Sekunden neben Taylor Bellweathers Grab, aber Ollie blieb im Wagen sitzen. Ich überlegte, ob ich ihr nachgehen, die Tür öffnen, sie bei der Hand nehmen und mit ihr zu Moms Grab gehen sollte, so wie Grandma es versucht hatte, als wir letzte Woche auf dem Weg zur Weide hier vorbeigekommen waren. Ollie hatte sich geweigert, auszusteigen. Sie war nur ein Mal an Moms Grab gewesen, nämlich zur Beerdigung, aber ich sah keinen Grund, sie jetzt dazu zu zwingen.

Ich hielt den Lichtstrahl der Taschenlampe auf den schmalen Kiesweg gerichtet und ging weiter in den Friedhof hinein. Ich war bisher nur tagsüber hier gewesen, als es hell und luftig und voller Farben gewesen war. Bei Nacht, nur mit diesem bläulich weißen Licht, das immer nur einen kleinen Ausschnitt der Welt beleuchtete, fühlte ich mich eingeengt, als könnte ich jeden Moment gegen eine Wand laufen oder in ein offenes Grab fallen. Ich redete mir ein, dieser Ort wäre nicht anders als irgendein anderer, aber dann streifte der Lichtstrahl wieder über einen geduckten Grabstein, und ich dachte an all die Toten, die hier begraben lagen. Hunderte Männer, Frauen, Söhne und Töchter, die hier unter meinen Füßen verwesten und in Stücke zerfielen.

Ich hielt den Lichtkegel so gerade wie möglich und folgte dem Weg nach links und eine kleine Anhöhe hinauf. Sechs Grabsteine über den Rasen und drei Reihen unterhalb eines großen Steinkreuzes. Bei Tag ist es schon ziemlich schwierig, einen bestimmten Grabstein zu finden. Bei Nacht ist es fast unmöglich.

Der Lichtstrahl tanzte über Gräber, Blumen und Namen, über Steine, die die Zeit und der Regen fast abgetragen hatten. Hier liegt Mr John C. Gordon, er ruhe in Frieden. Seine Frau war neben ihm begraben. Ihre beiden Töchter und deren Ehemänner hatten eine Grabstelle in der Nähe. Ich drehte mich langsam im Kreis. Sie war hier. Irgendwo hier. Sechs Grabsteine weit, drei Reihen unter dem großen

Steinkreuz. Oder doch darüber? Ich ging den Hügel hinauf, an dem Kreuz vorbei zur dritten Reihe.

Weil es erst ein paar Wochen her war und der Grabstein noch nicht fertig war, war das Grab mit einem kleinen Plakat in einer Plastikhülle gekennzeichnet. Schwarz auf weiß war ihr Name daraufgedruckt, Sara Bethany McAlister, ihr Geburtsdatum, 2. März 1949, und der Todestag, 4. Juli 1988. Das würden sie in Granit meißeln, zusammen mit der Inschrift, die Grandma ausgesucht hatte, weil Bear nichts damit zu tun haben wollte. *Unsere geliebte Tochter und Mutter.* Als ob das alles war, was zählte. Als ob ein Mensch nur aus zwei Teilen bestehen konnte.

Sie war noch so viel mehr. Sternguckerin, Geschichtenerzählerin, Bücherliebhaberin, Schokoladenfan und so etwas wie eine Wochenend-Weintrinkerin, Gärtnerin, Sammlerin von Hähnen, Löffeln und seltsam geformten Steinen, eine gute Umarmerin, eine noch bessere Rückenkratzerin, eine tolle Köchin, eine treue, leidenschaftliche und immer optimistische Ehefrau. Eine liebevolle Frau. Auch wenn es nach außen vielleicht anders ausgesehen hatte, auch wenn Grandma sie immer wieder gebeten hatte, sich scheiden zu lassen; trotz all der Tage, Wochen und Monate, die die beiden getrennt zugebracht hatten, hatte Mom doch nie aufgehört, Bear zu lieben. Und er hatte auch nie aufgehört, sie zu lieben. Und egal, was Grandma oder irgendjemand anderes über sie gedacht hatte, vielleicht wäre Bear ja eines Tages zu ihr, zu uns zurückgekehrt. Dann hätten wir wieder eine Familie sein können.

Ich bewegte den Lichtkegel von links nach rechts über das Namensschild. Grandma hatte Rosen dagelassen, als wir hier auf dem Weg zur Weide angehalten hatten, aber sie waren inzwischen verwelkt und ließen die Köpfe hängen. Ich bückte mich, um sie aus der Vase zu nehmen, denn ich wollte sie auf dem Parkplatz in den Abfalleimer werfen, da sah ich den Honig im Gras stehen, ein Vierhundertgrammglas mit gelbem Etikett und rotem Bändchen.

Ich nahm es in die Hand, drehte es und richtete den Lichtstrahl darauf. Der Honig glühte, als wollte irgendetwas im Innern sich seinen Weg hinausbrennen. Im alten Ägypten haben die Leute ihren Liebsten versiegelte Honigtöpfe mit ins Grab gelegt, damit sie im Jenseits etwas zu essen hätten. Glatte Verschwendung, wenn man mich fragt.

Auf dem Deckel stand etwas mit schwarzem Filzstift, und ich erkannte Bears Handschrift von den Quittungen, die er den Leuten ausstellte, wenn sie seinen Honig kauften, und von den angefangenen, aber nie zu Ende geschriebenen Briefen.

Er hatte auf den Deckel geschrieben: *Meine ewige Liebe. Verzeih mir.*

Ich stellte das Glas wieder hin, neben die Vase. Da war er also, der Beweis, dass Bear tatsächlich hier gewesen war, dass er die Wahrheit sagte. Grandma und ich konnten beide Zeugen der Verteidigung sein. „Ich schwöre, die Wahrheit zu sagen und nichts als die Wahrheit, so wahr mir Gott helfe. Nein, der Honig hat am Samstagvormittag nicht auf dem Friedhof gestanden, als wir angehalten haben, um Blumen auf das Grab meiner Mutter zu legen. Ja, das ist die Handschrift meines Vaters. Nein, ich habe ihn Montagnacht nicht auf dem Friedhof gesehen, aber …“ Es reichte nicht aus. Es bedeutete etwas für mich, aber das war alles. Sonst würde es niemanden überzeugen.

Wenn ich bloß den Zeitablauf besser rekonstruieren könnte …

Wenn ich jemanden finden könnte, der bezeugen würde, dass er Bear zwischen dem Verlassen der Bar und seinem Auftauchen zum Frühstück hier in der Gegend gesehen hatte …

Wenn er stärker für uns kämpfen würde …

Lauter Wenns. Unsere ganze Zukunft hing von Konditionalsätzen ab.

Ich trug Moms und Bears Flitterwochenfoto bei mir, seit ich es mir aus dem Tipi geholt hatte. Jetzt holte ich es aus der Tasche und steckte es neben dem Honigglas ins Gras. Es schien mir hierherzugehören.

Es raschelte im Gras, als käme jemand auf mich zu. Ich schwenkte die Taschenlampe hin und her, dann über meine Schulter und dann nach vorn.

„Ollie? Bist du das?“

Noch eine Runde. Ich sah nichts und niemanden, und das Geräusch hatte aufgehört, aber ich wurde das Gefühl nicht los, beobachtet zu werden. Wahrscheinlich bloß ein Waschbär. Ich schaltete die Taschenlampe aus und ging durch die Kulisse von abwechselnd Dunkelheit und fahlem Mondlicht zum Truck, wo Ollie, angeschnallt und abfahrtbereit, auf mich wartete.

Auf dem Highway zwischen dem Friedhof und der Farm von Zeb und Franny zählte ich sechs Tankstellen. Vier waren dunkel und verrammelt, und als ich mit dem Truck vorbeifuhr, stand auf dem Schild im

Fenster immer *Geschlossen*, und obwohl die Zeitangaben leicht voneinander abwichen, waren alle vier Tankstellen mindestens seit zehn Uhr abends geschlossen und würden es wenigstens bis fünf Uhr früh bleiben. Nur zwei der sechs, an denen wir vorbeifuhren, hatten das Licht noch an, um nächtliche Autofahrer willkommen zu heißen.

Die erste, bei der ich es versuchte, war eine *Chevron*-Tankstelle. Der Tankwart war ein raubeinig aussehender Kerl mit grauem Dreitagebart und gegeltem Haar. Seine Unterlippe wölbte sich vor, und kurz bevor er den Truck erreicht hatte, drehte er den Kopf weg und spuckte aus.

Er lehnte sich ins offene Fenster. „Reichlich spät für zwei kleine Vögelchen, um noch herumzuflattern, was?"

Eines seiner Augen wanderte auf eigene Faust los und schaute in eine interessantere Richtung.

Ich hielt ihm die Zeitung mit der Titelseite vor die Nase, und Bears Konterfei schoss ihm entgegen. „Kennen Sie diesen Mann?"

„Volltanken?"

Ich schüttelte den Kopf.

Er sagte: „Nix da. Noch nie gesehen", ohne das Bild überhaupt anzuschauen.

Ich kramte einen zusammengerollten Fünfdollarschein aus der Tasche und hielt ihn neben der Zeitung aus dem Fenster. „Und jetzt?"

Der Mann nahm die fünf Dollar, beugte sich näher heran und sah sich das grobkörnige Bild mit zusammengekniffenen Augen an. Dann schüttelte er den Kopf. „Nix. Immer noch nicht gesehen."

Er steckte das Geld ein und schlurfte zurück auf seinen Posten in einem kleinen verglasten Büroraum, wo er sich auf einem hohen Hocker niederließ und sich eine Zigarette anzündete. Der Rauch ballte sich vor dem Glas und verschluckte den Mann ein paar Sekunden lang, bevor er sich auflöste und durch die einen Spaltbreit offen stehende Tür verschwand. Der Tankwart wandte das Gesicht von mir ab.

Wir fuhren weiter.

Die nächste offene Tankstelle war eine *Arco*, und die Beleuchtung war schon kilometerweit zu sehen, bevor wir überhaupt an die Einfahrt gelangten. Eine blaue Limousine stand an einer der Zapfsäulen; der Fahrer, eine gekrümmte Silhouette, trommelte mit den Daumen aufs Lenkrad.

Diesmal fuhr ich nicht an eine der Zapfsäulen, sondern stellte mich gleich vor den Shop und ließ den Motor laufen.

„Bleib hier", sagte ich zu Ollie und stieg aus.

Über den Doppelglastüren bimmelte eine Glocke.

Der Junge hinter dem Ladentisch sah hoch und fragte: „Kann ich Ihnen helfen?"

Seine Haut war dunkel, die Augen goldbraun. Er lächelte, und seine Zähne leuchteten weiß. Er war nur ein paar Jahre älter als ich und ganz niedlich. In jedem anderen Sommer hätte ich mich wahrscheinlich nicht einmal getraut, Hallo zu sagen. Ich schob die Zeitung vor ihn hin, und er stützte die Ellbogen auf den Tisch und beugte sich darüber.

„Kennst du den?"

Der Junge sah mich an und nickte. „Na klar."

Mein Herz machte einen Luftsprung, und ich hätte an die Decke hüpfen mögen.

„Das ist doch der verrückte Penner, der draußen im Wald wohnt. In 'nem Tipi oder so was, stimmt's? Der vor zwei Wochen das Mädchen totgeschlagen hat."

Zehn Tage. Es war erst zehn Tage her, seit Taylor gestorben war. Und, nein, mein Vater hatte niemanden totgeschlagen. Das waren bloß Gerüchte und schreckliche Lügen. Ich zog ihm die Zeitung weg und hielt sie nach unten neben mein Bein.

„Hast du ihn hier schon mal irgendwo gesehen?", fragte ich.

Er lehnte sich auf seinem Hocker zurück. „Nein, aber wenn ich ihn gesehen hätte …" Und dann boxte er mit den Fäusten in die Luft, eins-zwei-drei, schnelle Hiebe, die dazu gedacht waren, einem Mann die Nase zu brechen.

„Ja. Richtig. Danke", murmelte ich und kehrte zum Truck zurück.

Ich warf die Zeitung auf den Boden vor Ollies Füßen. Sie hob sie auf und sah sich einige Sekunden lang Bears Foto an. Dann breitete sie sie auf dem Sitz zwischen uns aus, die Finger auf dem Text neben Bears Gesicht.

Ich fuhr wieder auf den Highway zurück in Richtung Terrebonne und hielt die Tacho-Anzeige gleichbleibend auf fünfzig. Ollie lehnte den Kopf an die Tür, das Ouija-Brett immer noch auf dem Schoß. Der Zeitpunkt war ebenso gut wie jeder andere, um ihr zu sagen, was ich über Bear, den Unfall und Delilah Roth erfahren hatte, darüber, dass er sich am Abend vor ihrem Tod mit Taylor Bellweather gestritten hatte und dass er vielleicht nie mehr zurückkommen würde.

Ich schaute zu ihr hinüber. Sie hatte die Augen geschlossen. Als ein Wagen in der Gegenrichtung an uns vorbeifuhr, streifte das Scheinwerferlicht ihr Gesicht und überzog es mit Gold.

„Ollie?", flüsterte ich.

Ihre Augen blieben geschlossen. Der Mund stand ein wenig offen, etwas, das immer passierte, wenn sie im Auto einschlief. Ich konzentrierte mich wieder auf die Straße und die gelbe Doppellinie, die kilometerweit vor mir herlief, und ließ Ollie schlafen.

Als wir endlich wieder bei Zeb und Franny ankamen, war es fast drei Uhr früh. Das Licht brannte immer noch, und ehe ich auch nur den Motor abstellen konnte, ging die Haustür auf. Franny humpelte über die Veranda, blieb oben an der Treppe stehen und stützte sich mit einer Hand aufs Geländer. Zeb folgte ihr gemächlich. Sie waren beide angezogen, auch wenn Franny Hausschuhe anhatte und ihr Haar auf Lockenwickler gedreht war. Ich schaltete den Truck aus und zog den Zündschlüssel aus dem Schloss.

Zeb kam langsam die Treppe herunter, hielt unten inne, rieb sich die Hüfte und zog an seinem Gürtel, bevor er weiterging.

Ich stieß Ollie an. „Wir sind da."

Sie rekelte sich und hob den Kopf, sah, dass Zeb auf uns zukam, und drehte sich zu mir um. Sie hatte noch Schlaf in den Augen und rieb sie sich mit geballten Fäusten.

„Ich sage ihnen, dass es meine Idee war", erklärte ich wahrheitsgemäß. „Ich sage, ich hätte dich mitgenommen."

Sie schüttelte den Kopf. Ich griff nach ihrer Hand und drückte sie sanft. „Ist schon gut."

Zeb klopfte leicht an mein Fenster. Ich machte die Tür auf, und er trat einen Schritt zurück.

Er verschränkte die Arme über der Brust. „Wo zum Teufel wart ihr beiden?"

Ich kletterte aus dem Truck, Ollie hinter mir her, das Ouija-Brett unter dem Arm. Die Zeitung ließen wir zerknittert auf dem Sitz liegen.

„Wir haben Mom besucht", sagte ich.

Von der Veranda her rief Franny: „Geht es ihnen gut, Zeb? Ist alles in Ordnung?"

„Alles in Ordnung, Mutter." Er wandte den Blick nicht von mir. „Weißt du eigentlich, wie spät es ist?", fragte er.

Ich schaute zu Boden und scharrte mit dem Fuß im Kies.

Er sagte: „Ich hätte euch hingefahren, wenn ihr etwas gesagt hättet."

„Wir wollten allein hin."

Er wandte sich Ollie zu und bemerkte das Ouija-Brett unter ihrem Arm. „Stimmt das?"

„Wir wollten dich nicht stören." Ich holte mein Portemonnaie aus der Gesäßtasche. „Ich hab einen Anfängerführerschein. Und ich kann auch schon …"

Er winkte ab. „Wir waren kurz davor, die Polizei anzurufen", sagte er. „Es hätte euch ja etwas passiert sein können. Ihr hättet tot sein können oder jemand anderen totgefahren haben." Er rieb sich die Nasenwurzel und atmete scharf aus. „Alle beide. Rein mit euch."

Als Ollie auf die Veranda kam, nahm Franny sie unter den Arm und brachte sie ins Haus. Ich wollte etwas von *Benzin bezahlen* sagen, aber Zeb schüttelte nur den Kopf und streckte die Hand aus.

„Der Schlüssel", sagte er.

Ich gab ihn ihm.

Kurz bevor er die Haustür aufzog, drehte Zeb sich noch einmal um. „Was hast du dir bloß dabei gedacht?"

Die Dielenbretter über uns knarrten, als Franny und Ollie den Flur entlangschlurften. Frannys Stimme drang gedämpft die Treppe herab, aber ich konnte nicht verstehen, was sie sagte.

Wenn Mom noch hier gewesen wäre, hätte sie gewusst, was zu tun war und wie wir das Durcheinander wieder in Ordnung bringen konnten, in das wir uns alle gebracht hatten. Sie hätte die richtige Entscheidung getroffen. Aber jetzt waren nur noch Ollie und ich da, also musste ich tun, was ich für das Beste hielt. Ich musste für uns beide entscheiden.

„Tut mir leid", sagte ich. „Ehrlich. Und ich werde so etwas nicht wieder tun. Das verspreche ich."

Ollie und ich schliefen den ganzen Vormittag und verpassten das Frühstück.

Als wir schließlich zum Essen hinunterkamen, sprach Zeb kein Wort mit uns. Wir aßen alle drei schweigend unsere Schinken- und Käse-Sandwichs, während Franny über dies und jenes plapperte. Als Zeb fertig war, legte er seine Serviette auf den krümeligen Teller, rutschte mit seinem Stuhl zurück, stand auf, ließ sein benutztes Geschirr auf dem Tisch stehen und verschwand durch die Hintertür. Er sah mich die ganze Zeit lang nicht an, nicht mal flüchtig im Vorbeigehen.

Ich pickte an meinem Sandwich herum, aß ein paar Bissen und schob den Teller dann weg. Ollie aß die Hälfte von ihrem, dann bohrte sie mit dem Finger Löcher in die andere Hälfte. Wir hingen beide ziemlich geknickt auf unseren Stühlen.

„Na, ihr seid ja vielleicht zwei Energiebündel", sagte Franny und räumte unsere Teller weg.

„Hat Grandma schon angerufen?", fragte ich.

„Vor einer Stunde." Sie ließ das Geschirr in der Spüle stehen und kam wieder an den Tisch. „Ihr Flugzeug landet heute Abend gegen halb neun in Portland. Sie wollten ein Auto mieten und direkt noch hierherkommen, aber ich habe sie überzeugt, sich ein Zimmer zu nehmen und erst mal auszuschlafen. Ich habe ihnen gesagt, dass ihr hier bei uns sicher seid. Sie werden morgen irgendwann vor dem Essen hier sein."

„Dann sollten wir wohl mal packen", sagte ich.

Ollie stand vom Tisch auf und verließ die Küche. Franny und ich hörten ihre Schritte auf der Treppe und dann über uns. Die Schlafzimmertür flog zu.

Franny stützte das Kinn in die Hand und sah mich an. „Was ist gestern Nacht passiert, Sam?"

Ich zuckte die Achseln und verschränkte die Arme.

„Ich meine nur ... Du bist doch sonst immer so verantwortungsbewusst. Besonders, wenn es um Ollie geht."

Ich starrte an die Decke.

Franny seufzte und lehnte sich wieder auf ihrem Stuhl zurück. „Na, ich nehme an, wir sollten uns nicht wundern. Nicht nach allem, was passiert ist."

„Hast du es meinen Großeltern erzählt?"

Franny schüttelte den Kopf. „Gott sei Dank ist ja niemand zu Schaden gekommen, also besteht kein Grund, es an die große Glocke zu hängen."

Ich entspannte mich ein bisschen und setzte mich bequemer hin. „Danke, Franny."

Sie schnalzte mit der Zunge. „Du brauchst dich gar nicht bei mir zu bedanken, Fräuleinchen. Ich war drauf und dran, deiner Grandma genau zu erzählen, was ihr beiden uns für Sorgen gemacht habt, bis Zeb mir gesagt hat, ich solle den Mund halten. Er meinte, da ihr in unserer Obhut seid und es unser Truck und unser Haus ist, ginge es niemanden etwas an außer uns."

„Es tut mir leid, Franny. Wirklich. Ich bezahle auch das Benzin oder die Miete oder was auch immer."

Sie schnaubte und machte eine wegwerfende Handbewegung. „Ist schon gut. Ich weiß, ihr werdet so etwas nicht noch mal machen. Ihr werdet dazu wohl auch kaum noch eine Gelegenheit haben."

Wir saßen schweigend zusammen.

Franny räusperte sich. „Natürlich können wir auch nicht einfach die Augen davor verschließen und so tun, als wäre nichts passiert. Das wäre auch nicht das Richtige."

Ich rückte den Salz- und den Pfefferstreuer zurecht, sodass beides nebeneinander in der Mitte des Tisches stand.

„Wir haben beschlossen, dass es das Beste sein wird, Ollie und dich für den Rest der Zeit hierzubehalten." Sie hielt inne, als warte sie auf meinen Protest.

Aber ich sagte nichts.

„Bis eure Großeltern ankommen, dürft ihr nicht mehr aus dem Haus gehen. Ich will jede Sekunde wissen, wo ihr seid und was ihr macht, okay?"

Ich nickte.

Sie schien überrascht, dass ich die Strafe einfach so akzeptierte, aber die Wahrheit war, dass ich es leid war. Ich gab auf. Bear hatte es auch getan, warum sollte ich es dann nicht tun? Ich hatte gesehen, wie Ollie gestern Nacht in Pyjama und Hausschuhen im Dunkeln stand, ich hatte erlebt, wie sie sich wegen des blöden Ouija-Spiels aufregte, und dann hatte ich sie so friedlich schlafen gesehen, während die Scheinwerfer über ihr Gesicht gehuscht waren. All das erinnerte mich daran, dass nichts von dem anderen Zeug, auf das ich mich so fieberhaft konzentriert hatte – herauszufinden, was wirklich mit Taylor Bellweather passiert war, und einen Mann zu retten, der gar nicht gerettet werden wollte –, so wichtig war, wie dafür zu sorgen, dass Ollie wieder glücklich sein würde. Glücklich und gut aufgehoben.

Franny seufzte, dann ging sie zur Spüle und ließ heißes Wasser einlaufen.

Ich griff nach der zusammengefalteten Tageszeitung, die mitten auf dem Tisch lag, und schlug sie auf, um die Schlagzeilen zu lesen:

UMGEKIPPTER HOLZLASTER VERURSACHT VIERSTÜNDIGEN VERKEHRSSTAU.
HITZEWELLE: 40° FÜR NÄCHSTE WOCHE VORAUSGESAGT.

Nichts über Taylor Bellweather oder Bear oder den bevorstehenden Prozess.

Das Leben ging einfach weiter.

Ich legte die Zeitung wieder hin und wollte vom Tisch aufstehen.

Da steckte Zeb den Kopf zur Hintertür hinein. „Wie wär's, wenn du deine Schuhe anziehen und mit mir rausfahren würdest, Sam?"

Franny drehte sich zu ihm um und wischte sich die Hände an der Schürze ab. „Was ist los?"

„Die Bienen", sagte er. „Irgendwer fühlte sich bemüßigt, reinzufahren und den Bienenstand in Kleinholz zu verwandeln."

„Oh nein", sagte Franny und legte die Finger an die Wange. „Ach, das ist ja schrecklich. Wie schlimm ist es denn?"

Über allem, was gestern Nacht passiert war, hatte ich die Bienen total vergessen. Aber Zeb schien an meiner Reaktion – beziehungsweise ihrem Fehlen – zu merken, dass all das für mich nichts Neues war. Er sah mich scharf an, als hätte ich ihn übergangen, dann schüttelte er den Kopf.

„Es sind noch ein paar zu retten", sagte er. „Aber ich könnte Sams Hilfe gebrauchen."

„Wir haben doch ausgemacht, dass sie Stubenarrest haben", sagte Franny.

„Ich bin ja die ganze Zeit bei ihr", sagte er und zwinkerte mir zu. „Na, dann los, ich hab nicht den ganzen Tag Zeit. Außerdem, falls du vorhast, mir die Bienen hierzulassen, damit ich mich um sie kümmere, bis dein Daddy wieder aus dem Gefängnis kommt, brauche ich ein paar Instruktionen, wie man die kleinen Scheißer glücklich macht."

„Ich hab aber keine Ausrüstung", sagte ich.

„Ich hab noch meinen alten Anzug in der Scheune“, sagte er. „Den kannst du nehmen.“

„Und du?“

„Das geht schon.“ Er zeigte auf sein langärmliges Flanellhemd und den Overall. „Dein Daddy hat mal gesagt, wenn man sich langsam bewegt, stechen die Bienen einen nicht. Schätze, das sollte mir nicht schwerfallen.“

Franny seufzte und griff unter die Küchenspüle nach einer Flasche Spülmittel.

Ich zog meine Stiefel an und lief schnell hinaus.

Nana Fran glaubt, ich wäre in unserem Zimmer. Da war ich auch noch bis vor einer Stunde, als sie hereinkam, um nach mir zu sehen und mir zu sagen, dass ich nicht aus dem Haus gehen dürfe. Ich habe Stubenarrest. Jetzt gebe ich dem Bibliothekar einen Zettel. Mit zusammengekniffenen Augen liest er den Namen, den ich draufgeschrieben habe, dann sieht er mich mit hochgezogenen Augenbrauen und geschürzten Lippen belustigt an. „Roth, ja?"

Ich nicke.

„Früh angefangen mit den Hausaufgaben fürs nächste Jahr?"

Ich nicke wieder.

Er lacht und sagt: „Na, dann wollen wir mal nachsehen, was wir da finden können, was?"

Diese Bücherei ist kleiner als die, zu der ich normalerweise gehe, aber ich mag es, dass ich den ganzen Büchern hier so nah bin. Dass ich, während ich zwischen den Regalen durchgehe, mit der Hand über die Buchrücken fahren kann und wir dadurch miteinander verbunden sind. Ich fühle mich sicher mit all den Geschichten um mich herum.

Ich fühle mich unbesiegbar.

Der Bibliothekar führt mich zu einem runden Tisch in der Nähe der Kataloge.

„Es gibt keine Bücher über Billy Roth allein. Seine Karriere war noch am Anfang, als der Unfall passiert ist. Obwohl … jetzt, wo ich drüber nachdenke – er stand eigentlich schon damals nicht gern im Rampenlicht. Er kommt nur in ein oder zwei Kunstbänden vor, ein paar Absätze, nichts Wesentliches. Aber es gibt bestimmt eine Menge Artikel und Zeitungsausschnitte, die sich lang und breit mit seinem Leben, seiner Kunst und dem Unfall auseinandersetzen. Seine Kopfverletzung und voranschreitende Genesung, sein Aufstieg und das langsame In-Vergessenheit-Geraten. Mehr als genug, um dich ein paar Stunden zu beschäftigen, möchte ich annehmen."

Er zieht ein übergroßes Buch aus dem Regal und legt es auf den Tisch. Der Einband ist aus braunem Leder und enthält unzählige mit Schnur zusammengebundene Zeitungsseiten. Der Bibliothekar schlägt den ersten Artikel vom 1. Januar vor zehn Jahren auf. Irgendetwas über

Bends alljährliche Silvesterparty mit abschließendem Feuerwerk und eine bis auf die Grundmauern abgebrannte Scheune.

„Wenn du hier nicht findest, was du brauchst, sag Bescheid. Dann sehe ich noch nach, was ich im Keller finden kann."

Ich ziehe mir das Buch näher heran und überfliege die erste Seite, aber da steht nichts über Billy Roth. Ich blättere auf die nächste Seite um.

Der Bibliothekar beugt sich zu mir herüber und flüstert: „Die interessanten Sachen fangen im Februar an."

Ich blättere weiter und springe auf die Schlagzeile der Titelseite vom 19. Februar:

EINHEIMISCHER KÜNSTLER IN TÖDLICHEN VERKEHRSUNFALL IN DER NÄHE DES SUTTLE LAKE VERWICKELT

Hier sehe ich Billy Roths Namen und den seiner Tochter Delilah. Hier sehe ich auch den Namen meines Vaters. Seinen richtigen Namen, Frank McAlister. Ich fahre mit der Fingerspitze über die Buchstaben und frage mich, was er wohl so weit weg von zu Hause in jener Nacht gemacht haben wird. Frage mich, wie viel davon meine Schwester wohl weiß. Wenn überhaupt etwas.

„Ich lasse dich dann mal damit allein", sagt der Bibliothekar. Er klatscht in die Hände, spannt die Schultern an und sagt, viel zu laut für eine Bibliothek: „Zusätzlich zum *Bulletin* halten wir übrigens auch Sammelbände des *Register Guard* sowie diverse führende Tageszeitungen. Die *New York Times*, die *Washington Post*, den *Origonian* …" Er zählt sie an den Fingern ab.

Ich lächle ihn an, dann beuge ich den Kopf über die Zeitungsseiten.

„Dann viel Glück", sagt er und geht.

Aus einem Dutzend Artikel erfahre ich alles, was man über Billy Roth und Frank McAlister, den Mann, der zu Bear wurde, wissen kann.

Ehemänner.

Väter.

Vielversprechende College-Absolventen mit jungen Familien, die jeder ihren eigenen Karriereweg gingen, die ihre Zukunft noch vor sich hatten, auf die die große weite Welt wartete.

Und dann war Bear in eine Bar gegangen und hatte sich betrunken.

Eine einzige falsche Entscheidung. Ein Sekundenbruchteil. Ein Mal blinzeln. So schnell kann ein ganzes Leben in die Brüche gehen und eine Seele in den Abgrund stürzen.

An der Wand neben mir rinnt ein leuchtender Fleck die Tapete hinab wie eine Träne, wird zu einer goldenen Pfütze auf dem roten Teppich. Die, die mir folgt, weint, und ich weine auch. Sie soll aufhören. Bitte, denke ich. Ihre Tränen, ihr Kummer – es fühlt sich zu sehr nach Ertrinken an.

Ich schlage das Buch zu. Ich weiß nicht mehr, wann Bear uns verlassen hat. Ich war zu klein. Und ich erinnere mich auch nicht mehr daran, wie er zurückgekommen ist. Aber ich habe genug gelesen, um zu wissen, warum er auf der Weide geblieben ist, fern von uns, und was als Nächstes passieren muss. Als ich gehe, ist der Bibliothekar nirgends zu sehen. Auf der Straße versucht niemand, mich aufzuhalten.

Wenn ich nur mit den Zeitungsausschnitten zu meiner Schwester gehe, wird sie sagen: „Na, und? Bear und Billy haben sich gekannt. Was hat das mit Taylor Bellweather zu tun? Oder mit sonst irgendwas?"

Alles, würde ich sagen, wenn ich reden könnte. Alles hat mit allem zu tun. Und ich würde ihr auch sagen, dass ich weiß, wie man es wieder in Ordnung bringen kann. Wie wir Bear wieder nach Hause holen können. Und dann würde ich ihr sagen: Gib nicht auf.

Wenn ich reden könnte. So brauche ich noch etwas anderes. Einen Beweis, den meine Schwester und Nana Fran und Papa Zeb und Deputy Santos und alle anderen mit eigenen Augen sehen können.

In der Tür zum Keller von *Delilahs Schatzkammer* steckt ein abgebrochenes Stück Beton. Ich spähe durch den Spalt.

Das Licht ist an, aber es ist niemand hier. Keine Bewegung, kein Geräusch, kein Schlurfen, kein Klappern, kein Rumpeln. Ich mache die Tür ein bisschen weiter auf.

Die, die mir folgt, wartet am Fuß der Treppe. Ihre Ungeduld sitzt mir wie ein Stein im Hals, und ich weiß, dass das, was sie mich suchen lassen will, immer noch hier ist, und dass ich es meiner Schwester zeigen werde und dass sie mich verstehen und das Richtige sagen wird und dass man Bear dann aus dem Gefängnis entlassen wird. Der Beweis liegt da unten, in diesem Keller.

Irgendwo.

Ich gehe direkt zum Schreibtisch und suche die Papiere obendrauf durch. Quittungen, Inventarlisten, Visitenkarten anderer Läden und Antiquitätenhändler, Prospekte von New Yorker Galerien, Zeitungsausschnitte von vergangenen und bevorstehenden Ausstellungen der bedeutendsten Kunstgalerien auf der Welt. Wörter und Namen sind eingekringelt und markiert. Notizen am Rand.

Ich weiß nicht, wonach ich suche.

Eine Verbindung, bei der eins und eins eins ergibt. Sie war da und er auch, und sie waren zusammen da. Und dann war sie tot.

Die Papiere verrutschen unter meinen Fingerspitzen. Ich wühle und wühle. Die Schichten geraten durcheinander, und darunter finde ich einen Kalender. Ich schiebe alles andere beiseite. Der 27. August ist eingekringelt, mit Sternchen und Ausrufezeichen versehen. Im Kasten stehen die Wörter: *Vernissage!! Wiederauferstehung!!* Andere Daten sollen an Termine erinnern wie *Bonny Moliere Nachlassverkauf, Sachen aus der Reinigung holen, Zahnarzt, Travis für Herbst anmelden.* Lauter alltägliche und unwichtige Sachen, in schwarzer Tinte geschrieben.

Ich sehe mir Montag, den 1. August, an.

Rote Tinte und Großbuchstaben.

19.00 Uhr: INTERVIEW MIT BILLY

Der Abend, bevor meine Schwester und ich eine im Fluss treibende tote Frau gefunden haben.

Oder andersrum: der Abend, bevor sie uns fand.

Neben diesem Datum ist am Rand eine Visitenkarte befestigt. Taylor Bellweathers Name steht in geschwungener Schrift obendrüber und darunter: *Journalistin.*

Hier, zumindest ein kleines Fädchen.

Das ist nicht genug, aber vielleicht gibt es ja nicht mehr. Ich reiße einen Teil vom August heraus und stopfe ihn zwischen die Buchseiten von *Alice* in meiner Tasche.

Die, die mir folgt, schwebt funkelnd am Griff der untersten Schublade. Ich ziehe sie auf. Das Holz quietscht wie beim letzten Mal, aber von oben sind diesmal keine eiligen Schritte zu hören, und keine Stimme ruft herunter: Wer ist da? Die Tür zum Laden bleibt geschlossen.

Aber etwas ist anders. Etwas hat sich verändert.

Der Revolver.

Der Revolver ist verschwunden.

Und eine Sekunde lang möchte ich am liebsten auch verschwinden, so weit ich kann wegrennen. Eine Sekunde lang rücken die Schatten zu dicht heran, und Gewisper erfüllt die Luft. Der Vogelkäfig schwingt von einer Seite zur andern. Die Puppen setzen sich auf und bewegen die Köpfe. Grüne Augen blinzeln von einem dunklen Regalbrett auf mich herab. Die, die mir folgt, sagt, es sei alles in Ordnung, ich solle keine Angst haben.

Schau hin, sagt sie, mit einer Stimme, die ich kenne.

Und ich schaue hin.

Und die Schatten weichen zurück. Der Vogelkäfig wird von einem Windstoß erfasst, der durch die offene Tür hereinkommt. Die graue Katze, die hier immer herumstromert, springt vom obersten Regalbrett, miaut, kommt herüber und streicht mir um die Beine.

Ich nehme ein Skizzenbuch aus der Schublade und blättere Seiten durch, die gefüllt sind mit Abbildungen von jemandem, den ich kenne. Billy Roths totenbleiche Tochter. Delilah. Ein paar Zeichnungen sind vollständig, Kopf, Schultern und Gesicht liebevoll und sorgfältig wiedergegeben, aber viele der Seiten zeigen nur Bruchstücke, als hätte er sie nicht richtig sehen können, als hätte er versucht, sich zu erinnern.

Ab der Hälfte des Buches verändern sich die Zeichnungen von Profilen und Porträts zu scharfen Winkeln und verschraubten Teilen, geschnitztem Holz und gewundenen Drähten. Kunst, die das Leben imitiert – und Stück für Stück versucht er, seine Tochter zusammenzusetzen.

Ich klappe das Skizzenbuch zu und lege es wieder in die Schublade. Suche weiter.

Ich öffne eine andere Schublade, schiebe noch mehr Papiere beiseite, einen Taschenrechner, eine Schachtel zerbrochener Buntstifte. Ganz hinten, in babyrosa Seidenpapier eingewickelt, finde ich ein Täschchen. Es ist klein und weich und ockerfarben, mit einem Metallverschluss und einem langen, dünnen Riemen, um es über die Schulter zu hängen. Auf der Vorderseite sind Blutstropfen. Und da ist noch ein Fleck, vielleicht ein Daumenabdruck, wo der Riemen an der Tasche befestigt ist. Ich weiß, es ist Blut, denn es war auch Blut auf ihrer Jeansjacke, und Farbe und Struktur sehen gleich aus. Und ich weiß, dass es ihre Tasche ist, denn darin finde ich ihr Portemonnaie mit ihrem Führerschein.

Das ist es. Das habe ich gesucht. Ich wickle das Täschchen wieder in das Seidenpapier ein.

Die, die mir folgt, explodiert, verwandelt sich in ein Farbenmeer aus Gelb und Rot und Orange, aber ich höre nicht auf sie.

Ich höre nicht hin.

Und als jemand meinen Arm packt und sagt: „Was zum Teufel machst du hier?“, lasse ich das Täschchen fallen und hole Luft, um zu schreien.

Mit der anderen Hand hält Travis mir den Mund zu, und ich würge. Der graue Kater zu meinen Füßen kreischt und springt weg, um ins Dunkel unter dem Schreibtisch zu verschwinden.

„Sei still“, flüstert mir Travis ins Ohr und zieht mich rückwärts. „Du musst gehen. Sofort. Wenn sie wüsste, dass du hier unten rumschnüffelst …“

Aber es ist zu spät. Sie steht oben an der Treppe und schaut lächelnd auf uns herab.

Dann sagt sie: „Oh, hallo“, und tritt auf die nächste Stufe. „Nächstes Mal solltest du aber lieber durch die Vordertür kommen, Schatz. Der Keller ist nichts für Kinder. Zu viele scharfe Kanten und rostige Metallstücke.“

„Sie wollte gerade gehen.“ Travis schiebt mich zur Hintertür.

„Ach, bitte“, sagt sie und legt den Kopf schräg. „Bleib doch.“

Und irgendwie ist sie die ganze Treppe heruntergekommen und durch den Raum gegangen, wo Travis und ich stehen, obwohl ich nicht gesehen habe, dass sie sich bewegt hat. Sie stand da oben an der Treppe. Dann ein Wimpernschlag. Und plötzlich steht sie hier vor mir.

Sie lächelt nur mit dem Mund.

Ihre Augen sind Nebel und Dunst, Gestaltwandler und Phantome. Sie sind Kummer, und sie sind Angst. Sie sind dunkel und hell, halb leer und halb voll. Verwirrt und gleichzeitig bestimmt.

„Bist du ganz allein hier unten?“ Sie sieht sich im Keller um, sieht die offene Schreibtischschublade und das Täschchen in der Nähe am Boden liegen.

Ihre Augen werden schmal und richten sich wieder auf mich. Flackernd und fiebrig und voller Panik. Sie weiß, dass ich weiß, was ich nicht wissen sollte, was sie so mühsam zu verbergen versucht hat. Sie weiß, dass ich die Wahrheit kenne. Und sie weiß, dass ich sie jedem erzählen werde, wenn ich die Gelegenheit dazu bekomme.

„Sieh mal einer an.“ Sie bückt sich, hebt die Tasche auf und legt sie auf den Schreibtisch. „Du und deine Schwester, ihr seid ja richtige kleine Detektive.“

„Mom“, sagt Travis. Er hat die Hand von meinem Mund genommen, hält mich aber immer noch fest, schiebt mich hinter sich und deckt mich mit seinem Körper. „Mom. Lass sie doch gehen. Lass uns einfach ... Sie gehört doch nicht zum Plan.“

Mrs Roth lächelt, als wäre sie enttäuscht, es überhaupt sagen zu müssen. „Pläne ändern sich manchmal.“

Und dann holt sie den Cowboy-Revolver hinter dem Rücken hervor.

Travis sagt: „Mom, nicht.“

Mrs Roth greift um ihn herum, packt mich am Arm und zieht mich zu sich heran. Obwohl sie den Revolver auf den Boden gerichtet hält, ist ihr Griff fest und sicher, ihr nervöser Finger schwebt über dem Abzug.

Die, die mir folgt, leckt wie Feuer über die Decke, aber ich bin die Einzige, die schwitzt und einen trockenen Hals hat. Sie kann jetzt nichts tun, um mir zu helfen.

Mrs Roth drückt mich mit einem Arm an sich und redet über meinen Kopf hinweg mit Travis: „Geh und such Sam und bring sie her.“

Travis scharrt mit den Füßen. „Warum?“

„Du weißt, warum.“ Als er sich nicht rührt, sagt sie: „Geh schon, Travis.“

„Wirst du ihr etwas antun?“

„Natürlich nicht“, sagt sie. „Es wird bloß Zeit, dass wir mal ein Wörtchen miteinander reden. Damit sie weiß, was hier auf dem Spiel steht. Mit alldem hier.“ Sie wedelt mit dem Revolver zu nah an meinem Kopf herum.

„Und Ollie?“

„Ich werde keiner von beiden etwas tun.“ Aber als sie es sagt, drückt sie mich noch fester an sich und quetscht mir die Rippen. „Sie ist nur eine kleine Rückversicherung, falls Sam nicht bereit ist, zu kooperieren.“

„Und dann? Wenn Sam sich bereit erklärt, den Mund zu halten? Mit der Schnüffelei aufzuhören? Dann lässt du sie gehen? Alle beide?“

Mrs Roth knufft mich leicht in die Seite, so, als wären wir Kumpel, und sagt: „Natürlich.“

Aber ich glaube ihr nicht.

SAM

Die Ärmel von Zebs Schutzanzug gingen mir bis über die Hände, und der Helm rutschte immer noch zur Seite, nachdem ich den Riemen festgezogen hatte. Ich krempelte die Hosenbeine auf, um nicht draufzutreten, und wickelte mir Klebeband um die Hand- und Fußgelenke, damit nirgends offene Stellen oder Löcher waren, in die die Bienen hineinkrabbeln konnten. Zum Schluss zog ich den langen Schleier übers Gesicht und schlüpfte in ein Paar dicke Handschuhe, dann machte ich mich an die Arbeit.

„Irgendeine Ahnung, wer das getan haben könnte?“ Zeb richtete einen der umgekippten Kästen auf.

Die Bienen, die sich darin niedergelassen hatten, waren längst weg. Sie hatten ihre zerbrochenen Waben mit der zerquetschten Brut, den ausgelaufenen Honigvorräten und ihren Toten zurückgelassen. Diejenigen, die das Massaker überlebt hatten, waren weggeflogen, das einzig Vernünftige, was sie hatten tun können. Um die langen Wintermonate zu überstehen und zu bewahren, was von ihrem Volk noch übrig war, mussten sie eine bessere Stelle, einen neuen Bienenstock finden, wo sie neu anfangen konnten. Sie mussten weiterziehen.

„Irgendwelche Teenager? Oder ein betrunkener Scheißkerl, der Bear nicht leiden kann?“, antwortete ich.

Zeb schnaubte verächtlich. „Ganz schön gemein, das an den Bienen auszulassen.“

Ich nickte, sagte aber nichts weiter. An diesem Sommer war eine ganze Menge gemein, und ich war bereit, darüber hinwegzukommen.

Ich schob ein Bündel qualmender Kiefernzweige vor den Eingang eines Bienenkastens, der nicht allzu viel Schaden genommen hatte. Seit das Sheriffbüro Bears gesamtes Werkzeug als Beweismittel eingezogen hatte, waren die langsam abbrennenden Zweige der beste Ersatz für eine richtige Rauchdose.

Bienen flogen benommen rein und raus und krochen die Seitenwände des Kastens rauf und runter. Ich hatte angenommen, dass sie aufgeregter sein und wütender herumkrabbeln würden, aber vielleicht trauerten sie ja noch. Obwohl ihr Volk besser davongekommen war als die anderen, spürten sie vielleicht schmerzlich die Verluste und Zerstörungen ihrer Nachbarn.

„Kontrollier mal sorgfältig die Kästen“, sagte ich. „Wenn noch welche mit überwiegend intakten Waben dabei sind, in denen Honig ist und keine Brut, können wir sie in einen Extrakasten für die Bienenvölker stellen, die noch arbeiten.“

Zeb brummte anerkennend.

Wir arbeiteten schweigend Seite an Seite, gingen zwischen den Kästen hin und her und retteten, was zu retten war, den Rest warfen wir raus. Zum Schluss hatten wir vier arbeitende Bienenstöcke, zwei, die verlassen und leer waren, aber noch so weit intakt, dass man sie irgendwann in ferner Zukunft wieder mit einem neuen Bienenvolk besetzen konnte, und zwei, die nicht mehr zu gebrauchen waren. Zeb schleppte die zerbrochenen Kästen von der Weide zu seinem Truck, den er am Baumstumpf abgestellt hatte, und warf sie auf die Ladefläche.

Als er zurück war, standen wir zusammen am Rand der Wiese und tranken schluckweise Limonade aus einer Thermosflasche.

„Und jetzt?“, fragte er.

„Lass sie einfach machen“, sagte ich. „Sie werden ihre kaputten Waben reparieren und so gut sie können wieder mit Honig füllen, bevor die Kälte einsetzt. Da wir dieses Jahr nicht geerntet haben, sollten sie genug davon haben, um bis in den Frühling damit durchzukommen. Und bis dahin wird Bear hoffentlich …“ Aber die Worte blieben mir im Hals stecken.

„Natürlich ist er bis dahin wieder da“, sagte Zeb. „Ganz sicher.“

Ich war gewillt, ihm die Zuversicht für uns beide zu überlassen.

„Für alle Fälle solltest du im November oder Dezember Heu um die Kästen herum aufhäufen“, sagte ich, „ehe es anfängt zu schneien. Das hält sie warm.“

Zeb bückte sich und riss einen langen Grashalm aus. Er kniff die Wurzel ab und steckte sich das weiche Ende zwischen die Zähne.

„Und du musst ihnen jede Woche ein Glas Zuckerwasser hinstellen, besonders im Februar und März, wenn ihnen wahrscheinlich langsam die Vorräte ausgehen“, fügte ich an.

„Weißt du“, sagte Zeb, „ich hab deinem Vater immer gesagt, dass er seine verdammten Bienen mitnehmen soll, wenn er hier jemals wieder abhauen würde.“

„Wenn er es sich hätte aussuchen können, wäre er hier sicher nie weggegangen. Er liebt deine Weide.“

Zeb kaute auf seinem Grashalm, dann nickte er und sagte: „Wohl wahr.“ Und dann: „Ein paar Monate, bevor deine Mom starb, kam Bear mal rauf zum Haus und wollte mit mir darüber reden, das Land zu kaufen.“

„Echt?“

„Er wollte ein Haus bauen.“

Ich nahm meinen Helm fester in die Hand.

„Nichts Großartiges. Bloß eine Hütte mit zwei Zimmern. Irgendwas, das groß genug für euch vier gewesen wäre.“

Es tat weh, zu schlucken. Es tat weh, zu atmen. Es tat weh, irgendetwas anderes zu tun, als den winzigen dunklen Schatten zuzusehen, die aus ihren gemütlichen Holzkästen heraus- und wieder hineinschwirrten.

„Ich weiß noch, dass er mir sagte, eure Mutter würde sich weigern, auf dem blanken Boden zu schlafen, obwohl er ihr erzählt hatte, dass das Weidegras weicher sei als jede Matratze, die man kaufen konnte. Er sagte, er wolle ihr ein richtiges Bett und ein richtiges Dach bauen, mit einem Oberlicht, damit er die Sterne noch sehen könne. Er sagte, er wolle euch beiden Mädchen ein richtiges Zuhause geben, wo ihr alle zusammen wärt, und er fände, hier wäre es besser als irgendwo anders, weil ihr hier wenigstens frische Luft hättet und guten Boden zum Gemüseanbauen und einen Fluss, an dem ihr sitzen könntet, und Franny und mich in Rufweite habt.“ Er lachte leise und fuhr sich über sein dünner werdendes Haar. „Weiß eigentlich gar nicht, was wir mit alldem zu tun haben, aber meine liebe Franny machte direkt Luftsprünge, als ich ihr erzählte, was er gesagt hatte.“

Eine Biene flog direkt auf mein Gesicht zu, dann sauste sie wieder davon.

„Vielleicht können wir ja unsere Unterhaltung wieder aufnehmen, wenn dieser ganze Irrsinn sich ein bisschen gelegt hat. Vielleicht dauert es ja gar nicht so lange, bis du und Ollie wieder zurück seid und euch richtig um die Bienen kümmern könnt. Weiß der Himmel, was passiert, wenn ich zu lange auf sie aufpassen muss.“

Alles, was Zeb sagte, machte mir den Abschied nur noch schwerer.

Als Mom mich letzten August hier absetzte, hatten wir etwas getan, was wir normalerweise nicht taten. Wir waren alle auf die Weide hinausgegangen. Ollie und ich und Mom und Bear, wie eine richtige

Familie. Auf halbem Weg gingen Bear und Ollie langsamer, um eine haarige Raupe zu beobachten, die zentimeterweise über den Feldweg und zwischen die Blätter auf der anderen Seite kroch. Mom und ich gingen weiter und kickten Steine vor uns her.

Sie fragte mich, ob ich gern hier wäre, und ich sagte zu ihr, es wäre mein liebster Platz auf der ganzen Welt. Sie sagte: „Die Welt ist ganz schön groß, Sammy“, und ich sagte, selbst wenn mich das Leben auf eine fantastische Reise in alle möglichen Länder und Städte und wilden Gegenden schicken würde, selbst wenn ich das Nordlicht und prachtvolle Schlösser und ein ganzes Feld voller makelloser Tulpen zu sehen bekäme, würde mein Herz mich doch immer wieder auf die Weide und zum Crooked River zurückbringen.

„Warum gefällt es dir hier so gut?“

„Weil es unsers ist.“

Dann hatte ich ihr ein Gänseblümchen gepflückt, das sie sich ins Haar steckte.

Als wir zwischen den Bäumen hervorgekommen waren, hatte sie in einem hellen Sonnenfleck gestanden, den Kopf zurückgelegt und die Augen geschlossen. Ich hielt den Atem an und betrachtete sie. Ich hatte seit Jahren mit ihr über die Weide geredet und versucht, sie zu überzeugen, wie schön es wäre, zu viert hier zu leben. Nun war sie hier. Sie sah, atmete, lauschte und wurde ein Teil davon. Ich wusste noch, dass ich gedacht hatte: Endlich! Als Bear und Ollie am Rand der Weide aufgetaucht waren, hatte Mom die Augen wieder geöffnet, und ich hatte auf Bear und Ollie gewartet, um ihnen zu erzählen, dass Mom es sich anders überlegt habe und bleiben würde, dass wir alle zusammen hierbleiben würden. Aber ein paar Minuten später hatte sie mir einen Abschiedskuss gegeben und gesagt, ich solle brav sein, und war winkend mit Ollie zwischen den Bäumen verschwunden. Und drei Wochen danach waren wir wieder in unser Haus in Eugene zurückgefahren und hatten Bear zurückgelassen, und nichts hatte sich geändert.

Jetzt dachte ich, dass sie wahrscheinlich schon lange von dem geplanten Haus gewusst hatte, dass die beiden an der Idee gearbeitet, Ollie und mir aber nichts davon gesagt hatten, weil sie uns überraschen wollten. Es half mir ein bisschen, zu glauben, dass sie, als sie starb, eine wunderbare, frohe Zukunft vor sich sah, in der ihre Töchter mit ihrem

Vater an dem schönsten Ort der Welt lebten und dort wieder glücklich wurden.

Zeb hielt mir die Thermosflasche hin, aber ich schüttelte den Kopf, denn ich hatte Angst, mein Magen würde das süße Zeug nicht vertragen. Wir standen noch ein paar Minuten nebeneinander und sagten nichts. Die Bienen summten, aber leiser, als ich es in Erinnerung hatte, und weniger emsig, als wären sie nur halbherzig bei der Arbeit, jetzt, wo Bear weg war.

Unter Bienenzüchtern gab es eine Tradition, einen alten Aberglauben, dass, wenn im Haushalt irgendetwas passierte, wenn der Bienenzüchter oder jemand in seiner Familie heiratete, ein Baby bekam, eine Weile weggehen musste oder starb, jemand den Bienen Bescheid sagen musste. Sonst würde das Bienenvolk ausschwärmen und seinen Stock verlassen oder, noch schlimmer, mitten im Flug tot herabfallen. Ich nahm an, Bear hatte seinen Bienen schon von Mom erzählt und würde wollen, dass ich ihnen jetzt von seiner Verhaftung erzählte und dass er vielleicht nicht mehr zurückkäme, aber ich konnte mich einfach nicht überwinden, nicht vor Zeb.

Irgendwo hinter uns knackte ein Zweig zwischen den Bäumen.

Wir drehten uns beide zu dem Pfad um, der zum Tannenbaumstumpf führte. Zuerst sahen wir nichts als Bäume und dumpfe Schatten. Dann zitterten die Schatten, und Travis stapfte über die Weide auf uns zu und zertrat dabei mit seinen schweren Stiefeln Klee und Löwenzahn. Seine Augen waren hinter einer verspiegelten Sonnenbrille versteckt. Als er bei uns angekommen war, wich ich einen Schritt zurück in Erinnerung an die letzte Nacht, denn ich sah wieder Ollies Finger flink den Zeiger herumschieben. Aber dann besann ich mich und scharrte mit den Füßen auf dem Boden in der Hoffnung, dass er es nicht gemerkt hatte.

Er nickte Zeb zu und sagte: „Mrs Johnson hat mir gesagt, dass ihr beiden vielleicht hier draußen wärt."

„Nur ein bisschen aufräumen." Zeb machte eine Handbewegung zu den Bienenkästen hin. „Und mir schnell etwas über Bienenzucht beibringen lassen."

Travis sah sich um, dann deutete er mit dem Kinn auf das Tipi. „Das Geschmiere kriegt man nicht so leicht wieder ab. Wahrscheinlich besser, gleich ein neues Stück Segeltuch zu besorgen."

Zeb nickte und schraubte die Thermosflasche wieder zu. „Die haben hier ganz schön gewütet."

Travis schüttelte den Kopf. „Eine Schande."

Zeb sah mich an, dann Travis, der mit den Händen in den Hosentaschen herumfummelte und mit den Stiefeln über den Boden scharrte wie ein nervöses Pferd, dann wieder mich und wieder Travis. Er räusperte sich und sagte: „Also, wenn wir fertig sind, sollten wir mal wieder zum Haus zurückgehen. Franny wird sich schon fragen, wo wir bleiben."

„Kann ich mich noch verabschieden?", fragte ich.

Zeb überlegte einen Moment, dann nickte er und nahm mir Helm und Schleier ab. „Fünfzehn Minuten. Wenn du bis dahin nicht da bist, erzähle ich deinen Großeltern von eurer kleinen Spritztour gestern Nacht. Okay?"

Ich nickte und zog die Handschuhe und den Schutzanzug aus und gab ihm beides. „Fünfzehn Minuten."

Er winkte uns zu und ließ mich mit Travis allein.

„Was denn für eine Spritztour?", fragte Travis.

„Ach, das war gar nichts." Ich ging zu dem umgekippten Picknicktisch.

Travis folgte mir. Ich griff nach dem einen Tischende und er nach dem andern, dann stellten wir den Tisch wieder auf. Das Holz war mit einer dicken Staubschicht überzogen. Ich lehnte mich an die Kante und verschränkte die Arme. Travis stand vor mir und fummelte immer noch in seinen Taschen herum.

„Dann fährst du also bald weg?", fragte er.

Ich nickte. „Morgen kommen meine Großeltern."

„Aber du kommst doch zurück?"

Ich trommelte mit dem Daumen gegen den Ellbogen. „Glaub ich nicht."

„Aber der Prozess! Dazu musst du doch wieder herkommen, oder?"

Ich zuckte die Achseln. „Weiß nicht."

Travis nickte und nickte, als wüsste er gar nicht, was er tat, als könnte er nicht wieder aufhören, nachdem er einmal zu nicken angefangen hatte. Er holte eine Zigarette aus der Gesäßtasche und das goldene Feuerzeug, das er immer bei sich hatte. Er klopfte mit der Zigarette auf seine Handfläche und klopfte und klopfte. Schließlich steckte er sie sich zwischen die Lippen, wölbte die Hände um das Feuerzeug, ließ es aufflammen und inhalierte tief. Rauch quoll ihm aus Mund und Nase.

„Glaubst du immer noch, dass Bear unschuldig ist?“

Ich winkte den beißenden Qualm fort. „Natürlich.“

„Hast du deinen Beweis schon gefunden?“

„Dann säße Bear nicht mehr im Gefängnis“, sagte ich.

„Du hast doch gesagt, du hättest etwas am Fluss gefunden, oder?“ Er blies den Rauch über unsere Köpfe. „Was ist denn damit?“

Ich zuckte wieder mit den Schultern. „Sackgasse.“

Travis knipste das Feuerzeug an und aus, ließ eine winzige Flamme entstehen und wieder verlöschen. Ich dachte an den Tag, als er uns Brombeerkuchen auf die Weide mitgebracht hatte, daran, wie Ollie sich da aufgeführt hatte, und auch daran, wie sie sich ein paar Tage später in *Patti's Diner* benommen hatte.

„Bear ist unschuldig“, sagte ich.

„Aber woher weißt du das so genau?“

Weil Ollie versucht hatte, etwas aufzuschreiben, aber in einem fort die Zettel zerknüllt hatte. Weil sie mit dem Finger über die Schaufensterscheibe gefahren war und immer wieder Delilahs Namen nachgezeichnet hatte. Weil sie neben Taylor Bellweathers Grab im Gras gesessen und der Zeiger des Brettspiels einen ganz bestimmten Namen herausgebracht hatte – wie sie auf jede erdenkliche Weise versucht hatte, mir die Augen zu öffnen.

„Ist ein Bauchgefühl.“

„Und was sagt dir dein Bauch?“

„Dass die Dinge nie so einfach sind, wie wir es gern hätten.“

Travis' Daumen betätigte das Feuerzeug. Klick, Flamme, aus. Klick, Flamme, aus.

„Was willst du hier, Travis? Ehrlich.“

„Ich wollte dich sehen.“ Er tippte die Asche von der Zigarette.

„Wozu?“

Er hielt sich die Zigarette wieder an die Lippen und inhalierte. Seine Hände zitterten.

„Sie ist zu euch gekommen, stimmt's?“, fragte ich.

„Wer?“ Er versuchte ungeschickt, das Feuerzeug in die Tasche zu stecken.

Es rutschte ihm aus der Hand und fiel uns vor die Füße. Wir bückten uns beide gleichzeitig, und unsere Hände streiften einander. Er zuckte zurück, als hätte er sich verbrannt.

„Du weißt ganz genau, wen ich meine." Ich hob das Feuerzeug auf, um es mir besser ansehen zu können. Auf einer Seite war eine zusammengerollte Klapperschlange eingraviert, mit aufgerichtetem Schwanz und wütend verengten Augen. „Sie war bei euch, nicht wahr? Sie ist wegen des Interviews gekommen."

„Nein, das hab ich dir doch schon gesagt. Nein." Er warf die Zigarettenkippe auf den Boden und trat die Glut mit dem Stiefel aus. „Sie war nicht bei uns."

Er streckte die Hand nach dem Feuerzeug aus.

Ich verbarg es in der Faust. „Ich glaube dir nicht."

Er sah stirnrunzelnd auf meine Faust, dann steckte er die Hände in die Taschen, zog sie wieder heraus und rieb sich das Genick.

Ich sagte: „Ich glaube, du weißt, was mit Taylor Bellweather passiert ist. Vielleicht hast du ja sogar etwas damit zu tun."

Er schüttelte den Kopf. „Es ist nicht so, wie du denkst."

„Du hast mir den Autoschlüssel in die Umhängetasche gesteckt, stimmt's?"

Er konnte mir nicht in die Augen sehen.

„Und das Feuerzeug? Es hat ihr gehört, oder?" Ich rieb mit dem Daumen über die Gravur.

„Hör zu, Sam. Ich kann alles erklären. Hör mal einen Moment auf zu reden. Hör auf ..." Er streckte die Hand nach mir aus.

Ich wollte ihm ausweichen, aber ich stand ja mit dem Rücken am Tisch. Er packte mein Handgelenk und hielt mich fest.

„Du tust mir weh." Ich drehte den Arm, aber er drückte noch fester zu und öffnete meine Hand mit Gewalt.

Das Feuerzeug fiel zu Boden.

„Es gibt etwas, das du wissen musst. Etwas Wichtiges. Deine ... es gibt ..." Er schluckte den Rest herunter, dann holte er tief Luft und sagte: „Komm mit."

„Was? Warum? Nein, auf keinen Fall."

„Bitte, mach es mir nicht noch schwerer, als es schon ist."

Ich starrte ihn an, und in seinen verspiegelten Brillengläsern sah ich meine schmalen Lippen, die zusammengebissenen Zähne und die dunkel von der blassen Haut abstechenden Sommersprossen.

„Ich gehe nirgendwo mit dir hin."

Er blickte einen Moment lang zu Boden. Seine Nackenmuskeln spannten sich und entspannten sich wieder. Als er den Kopf wieder hob, hatte sich etwas in seinem Gesicht verändert: Seine Gesichtszüge waren hart und aggressiv.

„Doch, das tust du."

Ich lehnte mich so weit zurück, wie ich konnte, aber er hielt mich immer noch fest, und die Tischkante drückte mir schmerzhaft in den Rücken. Ich konnte nirgendwohin ausweichen.

„Ich schreie", sagte ich.

„Hier hört dich keiner."

„Warum machst du das?"

Er sagte nichts.

„Travis, lass los."

Bevor einer von uns noch irgendetwas sagen konnte, erscholl eine laute Hupe über die Weide, und Zebs Truck hielt irgendwo hinter den Bäumen abrupt an. Wir drehten uns beide in Richtung Pfad um. Eine Tür ging auf, aber nicht wieder zu, und der Motor lief weiter.

„Sam!", rief Zeb durch die Bäume.

Travis lockerte seinen Griff.

Ich riss meinen Arm weg und rieb mir die roten Fingerabdrücke am Handgelenk.

„Sam!" Es krachte und raschelte im Gestrüpp.

Zeb trat ins Sonnenlicht heraus und humpelte über die Wiese auf uns zu, mit einer Hand hielt er sich die schlimme Hüfte, mit der andern ruderte er durch die Luft und rief dabei immer wieder meinen Namen.

Ich stieß mich vom Tisch ab und rannte zu Zeb. Er klammerte sich erschöpft an mich. Ich legte ihm den Arm um die Schulter und hielt ihn fest. Er war völlig außer Atem und keuchte. Schweißperlen standen auf seiner Stirn. Seine Wangen waren gerötet, und die Augen glänzten feucht.

Ich beruhigte ihn ein bisschen. „Was ist passiert?"

„Ollie", sagte er. „Ollie ist nicht mehr da."

Es klang genau wie das, was Grandma am Morgen nach Moms Tod gesagt hatte, als sie Ollie und mich auf die Couch gesetzt und uns erklärt hatte: „Manchmal ist das Leben ungerecht. Manchmal beten wir und beten, aber Gott sagt Nein." Sie ist nicht mehr da.

Eine unsichtbare Hand drückte mir die Kehle zu. Es war schwer zu sagen, ob sich Zeb in diesem Moment an mich anlehnte oder ich mich an ihn.

„Sie ist mit dem Fahrrad verschwunden“, sagte er.

Die unsichtbare Hand ließ mich los, und ich konnte wieder atmen.

„Hat sie Franny nicht gesagt, wohin sie wollte?“, fragte ich.

Zeb schüttelte den Kopf. „Franny sagt, sie habe sie nicht mal die Treppe herunterkommen gehört.“

„Okay“, sagte ich. „Keine Panik.“ Eher zu seiner Beruhigung als zu meiner. „Ich bin sicher, es geht ihr gut. Bestimmt war ihr einfach bloß langweilig, und sie wollte ein bisschen herumfahren. Wahrscheinlich ist sie in die Stadt gefahren. Ich wette, sie ist schon wieder auf dem Heimweg.“

Zeb nickte. „Hoffentlich.“

„Aber vielleicht sollten wir auf alle Fälle mal nach ihr suchen.“

„Weißt du, wo sie gern hingeht?“, fragte er.

Ich drückte seine Hand. „Wir finden sie schon.“

Ich sah über die Schulter dahin, wo ich Travis am Picknicktisch hatte stehen lassen, aber er war verschwunden. Ich machte ein paar Schritte in die Richtung und suchte die Weide, den Bienenstand und die Bäume rundherum ab, aber Travis war nirgends zu sehen. Er war einfach verschwunden.

Zeb sagte: „Sam, lass uns gehen.“

Unter dem Tisch blinkte und glänzte das Klapperschlangen-Feuerzeug. Ich hob es auf und steckte es in die Tasche.

Ich versuchte, zuversichtlicher zu klingen, als ich es eigentlich war, und sagte: „Wir versuchen’s erst mal in der Bücherei.“

Ich hakte Zeb unter und zog uns schnell den Pfad entlang zu seinem Truck.

Ich habe etwas dagelassen. Als Mrs Roth mich die Treppe hinauf- und zur Hintertür hinausschob, lief ihr der graue Kater zwischen die Füße, und sie stolperte. Ich tat so, als würde ich auch stolpern, und ließ *Alice* zu Boden fallen. Wenn meine Schwester nach mir sucht, wird sie wahrscheinlich zuerst zur Bücherei gehen, und wenn ich nicht dort bin, kommt sie als Nächstes zu Mrs Roths Laden. Wenn meine Schwester nach mir sucht, wird sie das Buch sehen und wissen, dass ich es mit Absicht dagelassen habe, weil etwas Wichtiges für sie drinsteckt.

Falls meine Schwester nach mir sucht.

Ich bin in einem Schuppen, an einen Stuhl gefesselt. Jedes Mal, wenn ich mich nur ein bisschen bewege, schneidet der Strick mir in die Hand- und Fußgelenke. Ich hocke in diesem Schuppen, und auch wenn die Sonne jetzt noch hoch über den Bäumen steht, wird sie bald untergehen.

Ich will nicht hier sein, wenn es dunkel ist.

Mrs Roth steht neben einer halb offenen Tür und hält den Revolver an der Seite, wo ich ihn sehen kann. Sie schaut immer abwechselnd nach draußen und zu mir. Immer hin und her.

Die, die mir folgt, will nicht hereinkommen. Oder kann nicht. Vielleicht ist es ihr hier drinnen ja zu eng, die Luft zu schal. Also bleibt sie dicht beim einzigen Fenster der Scheune, wo ich sie aus dem Augenwinkel weiß funkeln sehen kann.

Hinter mir hämmert Billy Roth irgendetwas. Das Geräusch klingt mir in den Ohren und bereitet mir Zahnschmerzen. Seine bleiche Tochter ist ganz in der Nähe. Ich kann sie nicht sehen, aber ich höre sie stöhnen. Sie versucht, loszulassen, und wird entzweigerissen.

Als Mrs Roth mich in die Scheune brachte, hat Billy Roth sich umgedreht und lächelnd zu mir gesagt: „Ich erinnere mich an dich."

Mrs Roth hat mich auf einen Stuhl geschubst und mich an Händen und Füßen gefesselt. Sie sagte, ich solle mich ja nicht rühren.

Billy Roth hat sich zu mir herabgebeugt, nach meinem Zopf gegriffen und ihn durch seine Finger gleiten lassen. „Ganz wie meine Delilah." Dann richtete er sich wieder auf, kehrte an die Werkbank zurück und sagte: „Ich bin bald mit ihr fertig, dann kannst du es ja selbst sehen."

Mrs Roth hat Doppelknoten gemacht und mir einen Lumpen in den Mund gesteckt. Zuerst musste ich wegen des Ölgeschmacks ziemlich herumwürgen, aber jetzt habe ich mich dran gewöhnt.

Draußen kommen Motorgeräusche die Auffahrt hinauf.

„Endlich“, sagt Mrs Roth, und dann: „Billy, behalt sie im Auge.“

Er schlägt mit dem Hammer in gleichbleibendem Abstand wieder und wieder zu.

Mrs Roth geht hinaus, bleibt aber nah genug bei der Scheune, dass ich, als der Motor ausgeht, jedes Wort verstehen kann.

„Wo ist sie?“

Travis antwortet. Seine Stimme ist zuerst leise, kommt dann aber näher und wird lauter. „Zeb ist aufgetaucht, bevor ich sie dazu bringen konnte, mitzukommen.“

„Hast du ihr erzählt, dass ihre Schwester hier ist?“

„Dazu war keine Zeit.“

Sie stehen jetzt beide draußen vor der Tür, ohne dass ich sie sehen kann.

„Was meinst du damit: Dazu war keine Zeit?“

„Sie wissen, dass Ollie verschwunden ist. Sie suchen nach ihr.“

„Wer?“

„Zeb, Franny, Sam. Inzwischen wahrscheinlich auch der Sheriff.”

Mrs Roth seufzt. „Herr im Himmel“, und ich kann nicht sagen, ob sie betet oder flucht.

Travis sagt schnell: „Ich hab’s versucht, Mom, aber dann war Zeb auf einmal da. Und du hast ja gesagt, niemand anders dürfe es wissen. Du hast gesagt, sie müsste allein kommen. Ich wusste nicht, was ich sonst hätte tun sollen. Ich hab es doch richtig gemacht, wegzurennen, oder? Hierher zurückzukommen? Mom? Sag doch was.“

Sie redet sanft auf ihn ein: „Du hast das Einzige getan, was du konntest. Du hast getan, was du für am besten gehalten hast. Für unsere Familie.“

„Sam weiß nicht, was wirklich passiert ist, Mom“, sagt er.

„Woher weißt du das so genau?“

„Sie haben uns nicht verhaftet, oder?“

„Spiel nicht den Schlaumeier.“

„Sam hat vielleicht ein paar Vermutungen, aber keinen echten Beweis“, sagt er. „Dann können wir doch die ganze Sache abblasen. Ollie nach Hause bringen, auf den Prozess warten, sehen, wie er ausgeht, und so tun, als hätten wir nichts damit zu schaffen."

„Nein", sagt Mrs Roth. „Nein, ich fürchte nicht."

„Aber sie fahren bald weg. Sam hat es mir erzählt. Sie sagt, ihre Großeltern würden … Sie sagt, sie kommen nicht zurück. Also ist doch alles gut, oder? Wir können doch …"

„Ich wünschte, es wäre so einfach." Und dann wird ihre Stimme irgendwie abgehackt und unsicher. „Es gerät einfach alles durcheinander …"

„Was meinst du damit?"

Mrs Roth kommt wieder herein, dicht gefolgt von Travis. Er bleibt mitten im Durchgang stehen und starrt mich, die Doppelknoten und den Knebel in meinem Mund an.

„Scheiße", flüstert er.

„Travis!" Mrs Roth steht ein paar Schritte weiter weg und klopft mit dem Daumen auf den perlmuttweißen Revolvergriff. Klopft und klopft und klopft.

Dann schaut Travis an mir vorbei auf den arbeitenden Billy. Er verzieht das Gesicht, macht einen Schritt vorwärts, dann wieder einen halben zurück, als wüsste er nicht, was er tun soll. „Was zum Teufel ist das?", fragt er.

Mrs Roth sagt: „Nicht so laut."

„Daran hat er gearbeitet?" Er tritt zögernd näher, aber nicht zu nah, kneift die Augen zusammen und legt den Kopf schräg. „Ist das …? Was ist das da unten? Sind das … sind das Knochen?" Er stolpert rückwärts, starrt seine Mutter an und schüttelt den Kopf. „Es ist aus Wachs, nicht? Oder Holz? Es ist nicht echt. Ich meine, es ist kein …"

„Travis!" Mrs Roth fährt scharf mit der Hand durch die Luft und bringt ihn zum Schweigen.

Einen Moment lang halten wir alle die Luft an und warten darauf, dass irgendetwas passiert. Dann wischt sich Travis mit der Hand übers Gesicht und wendet sich von der Skulptur seines Vaters ab und mir zu.

„Wir müssen Ollie gehen lassen." Er geht auf den Stuhl zu. „Wir müssen sie losbinden und im Wald aussetzen. Das verschafft uns genug Zeit …"

Mrs Roth packt seinen Arm und hält ihn davon ab, näher an mich heranzukommen. „Lass sie."

Er sieht sie an, Angst verdunkelt seine Augen. „Das kann nicht dein Ernst sein."

„Wir können das noch in Ordnung bringen."

„Was denn? Wie denn? Hör zu, Mom." Er spricht jetzt hastig, die Worte stolpern übereinander und ergeben einen Mischmasch. „Wir stecken bis zum Hals in der Scheiße! Wir können nicht einfach ... so war das nicht abgemacht. Du hast versprochen, alles wird gut. Es ist aber nicht gut, es ist ein verdammtes Scheißdurcheinander, und es gibt keine Möglichkeit, es jemals wieder in Ordnung zu bringen. Jetzt nicht mehr, nicht so. Keine Chance, verdammt noch mal."

„Lass die Ausdrücke", sagt sie ruhig. „Ruf sie an."

Travis schüttelt den Kopf und schnappt nach Luft wie ein Fisch.

Mrs Roth fährt fort: „Ruf Sam an und sag ihr, wenn sie ihre Schwester jemals lebend wiedersehen will, soll sie niemandem erzählen, was sie weiß, nicht dem Sheriff, nicht Zeb, keiner Menschenseele. Sie soll schnurstracks herkommen, damit wir die Sache in Ordnung bringen können. Und sie soll allein kommen. Hast du verstanden?"

Travis nickt.

Mrs Roth dreht sich um und lächelt mich an.

Ein silbrigweißer Falter stößt gegen das Fenster.

Der Bibliothekar nickte und sagte: „Ja, sie war hier. Ein niedliches Mädchen mit einem langen blonden Zopf und roter Brille."

„Ja, das ist sie. Das ist Ollie." Ich klammerte mich so fest an die Kante des Auskunftstresens, dass die Fingerknöchel weiß hervortraten.

Der Bibliothekar kratzte sich die Wange und sah an die Decke. „Ja, ja. Ich erinnere mich an sie. Sie kam ungefähr vor drei Stunden, vielleicht so um halb drei. Suchte etwas über Billy Roth. Nicht sehr gesprächig, die Kleine, was?"

„Wann ist sie wieder gegangen?"

„Mal überlegen ..." Er blickte mir über die Schulter und trommelte mit den Fingern auf den Tresen.

Ich trat von einem Bein aufs andere. Zeb wartete mit laufendem Motor auf dem Parkplatz. Ich sah zur Eingangstür. Meine Fußsohlen juckten. Meine Handflächen juckten. Ich beugte mich weiter zu dem Bibliothekar hinüber.

Er hörte auf zu trommeln und sagte: „Ich bin nicht ganz sicher."

„Was meinen Sie damit?" Ich musste aufhören, die Zähne zusammenzubeißen, um die Wörter herauszubringen.

„Also, warte mal." Seine Finger kratzten und kratzten an seinen Fünf-Uhr-Nachmittags-Bartstoppeln. „Sie war noch hier, als ich nach hinten ging, um einen Karren mit Rückläufern zu beladen. Das war so um drei, glaub ich, vielleicht ein bisschen eher. Das hat ungefähr zwanzig Minuten gedauert ... und als ich wieder nach vorn kam, war das Mädchen schon weg. Hatte ihren Arbeitsplatz aufgeräumt und alles. Nettes Kind." Er lächelte.

Ich sah auf die Uhr, die über seinem Kopf hing. In drei Stunden konnte eine ganze Menge passiert sein.

Draußen stieg ich wieder in den Truck und knallte die Tür zu. „Sie ist nicht mehr hier."

Zeb setzte zurück und wendete den Wagen in Richtung Ausfahrt. „Wohin jetzt?"

Das Schild an der Ladentür war auf *ZURZEIT GESCHLOSSEN* gedreht, aber ich versuchte es trotzdem und rüttelte an der Tür.

Dann klopfte ich an die Glasscheibe. „Hallo, Mrs Roth? Sind Sie da? Ich bin's. Sam."

Zeb lehnte sich aus dem Fahrerfenster und bedeutete mir, zurückzukommen. „Wenn sie nicht da sind, sind sie nicht da."

„Ich glaube, es gibt einen Hintereingang", sagte ich, und als er protestieren wollte: „Es dauert nur einen Moment."

Er nickte und lehnte sich zurück.

Ich bog um die Hausecke und ging in die Gasse. Etwas Hellgrünes stach gegen den grauen Asphalt ab. Ich bückte mich, hob das Buch auf und strich mit den Fingern über das eingeprägte weiße Kaninchen. Dann schaute ich den leeren Weg auf und ab.

„Ollie?"

Keine Antwort.

Ich ging ein paar Betonstufen hinab zu einer geschlossenen Tür, die, wie ich vermutete, in den Keller führte. Ich hämmerte immer wieder mit den Fäusten dagegen und rief ihren Namen, aber die einzige Antwort war mein eigenes gedämpftes Echo. Ich klemmte mir das Buch unter den Arm und kehrte zum Truck zurück, wo Zeb wartete, einen Arm aus dem Fenster gehängt.

„Irgendwas gefunden?", fragte er.

Ich zeigte ihm das Buch und steckte es dann ein. „Sie war hier, aber ich weiß nicht, wie lange das her ist."

Er nickte und beugte sich über die Sitzbank, um mir die Beifahrertür zu öffnen.

Ich sagte: „Wir sollten es mal im *Patti's* versuchen."

„Glaubst du, dass sie dort ist?"

„Nein", sagte ich. „Aber vielleicht hat ja irgendjemand etwas gesehen."

Er kurbelte sein Fenster herauf und fuhr los.

Wir gingen zusammen in das Restaurant. Die meisten Tische und Nischen waren frei. Ein alter Mann saß am Tresen. Als wir reinkamen, drehte er sich um und nickte Zeb zu.

Zeb nickte zurück und sagte: „Hallo, Albert."

Der alte Albert stellte seine Kaffeetasse wieder zurück.

Belinda kam mit einem Roastbeef-Sandwich und Pommes frites durch die Schwingtür aus der Küche. Sie sah Zeb und mich am vorderen Tresen stehen und sagte: „Bin gleich da, Leute."

Dann brachte sie das Sandwich zu einer Nische an der Rückwand des Restaurants. Als sie zurückkam, strich sie ihre Bluse glatt, nahm zwei Speisekarten in die Hand und fragte lächelnd: „Heute nur ihr beiden?"

„Wir wollen nichts essen", sagte ich.

Sie runzelte die Stirn und steckte die Speisekarten wieder in den Ständer.

„Wir suchen ein kleines Mädchen", sagte Zeb.

Belindas nachgezogene Augenbrauen schossen in die Höhe.

„Erinnern Sie sich noch an meine Schwester?", fragte ich. „Ollie? Wir waren letzten Montag hier. Zum Essen. Sie hat Tomatensuppe und ein Käse-Sandwich bestellt. Sie ist ungefähr so groß ... Trägt eine rote Brille und einen langen Zopf, der ihr den ganzen Rücken runterreicht ..."

„Natürlich erinnere ich mich an sie", sagte Belinda.

Albert beugte sich näher zu uns herüber.

„War sie heute hier?", fragte ich.

Die Furchen auf Belindas Stirn vertieften sich, und an ihrem Kinn bildete sich ein Grübchen. „Nein, Schatz", sagte sie. „Nein, ich hab sie nicht mehr gesehen, seit ihr zusammen hier wart."

„Sam?" Deputy Santos stand nur ein paar Schritte von uns entfernt mitten im Restaurant und tupfte sich mit einer Serviette den Mund ab.

Sie war in Zivil, und ihr dunkles Haar war mit pinkfarbenen Spangen aus dem Gesicht zurückgesteckt. Als wir hereinkamen, musste sie in einer der Nischen gesessen haben, wo man sie nicht sehen konnte, aber jetzt kam sie näher und sagte immer wieder meinen Namen. „Ist etwas nicht in Ordnung?"

Nichts war in Ordnung. Absolut gar nichts.

Sie richtete den Blick auf Zeb.

„Ollie ist verschwunden", sagte er.

Deputy Santos war jetzt dicht genug herangetreten, um mir die Hand auf die Schulter zu legen. „Sagen Sie mir, wo Sie schon nachgesehen haben."

Zeb verschwieg, dass wir eigentlich wegen der Sache mit dem Truck Stubenarrest hatten, aber alles andere erzählte er ihr.

Als er fertig war, holte Deputy Santos das Portemonnaie heraus und gab Belinda Geld. „Stimmt so", sagte sie, und dann zu Zeb: „Fahren Sie jetzt mit Sam nach Hause, für den Fall, dass sie dort auftaucht. Überprüfen Sie noch einmal die Weide und sehen Sie auch am Fluss nach. Ich mache Meldung und fahre dann am Krankenhaus vorbei."

„Oje, oje", sagte Belinda und schlug die Hand vor den Mund.

Deputy Santos fuhr fort: „Ich drehe auch ein paar Runden durch die Stadt und fahre die Lambert Road ab bis raus zum Smith Rock Way. Wenn Ollie nicht innerhalb der nächsten Stunde auftaucht, bringen wir ein paar Spürhunde zu Ihnen raus."

Albert warf eine Fünfdollarnote auf den Tresen und sagte zu Zeb: „Ich trommle Clinton und Mack und ein paar von den anderen zusammen, die an einem Freitag nichts Besseres zu tun haben."

Zeb nickte. Er legte mir den Arm um die Schulter.

Belinda band ihre Schürze ab und legte sie über die Registrierkasse. „Ich komme auch mit."

Deputy Santos sah auf die Armbanduhr. „Es ist fast sechs. Wir treffen uns alle in einer Stunde bei den Johnsons." Sie rieb mit dem Daumen über das Zifferblatt, dann sah sie mich an. „Bis dahin ist Ollie bestimmt wieder da, und wir sitzen alle bei Franny und essen ein paar von ihren berühmten Krapfen." Aber sie lief so eilig aus dem Restaurant, als würde sie etwas ganz anderes glauben.

Während Zeb mich in Richtung Tür scheuchte, fragte ich Belinda noch schnell über die Schulter hinweg: „Arbeitet Travis heute?"

„Er war eigentlich für die Mittagsschicht eingetragen, aber er hat sich nicht blicken lassen. Diese jungen Leute ..." Sie zuckte die Achseln auf eine Weise, die bei mir den Verdacht weckte, dass er schon öfter die Arbeit hingeworfen hatte, und verschwand dann in der Küche, um den anderen zu sagen, dass sie wegmüsse.

Auf der Rückfahrt zum Haus von Zeb und Franny wurde der Knoten, der sich in meinem Magen zusammengeballt hatte, seit wir das Restaurant verlassen hatten, von Kilometer zu Kilometer größer und zog sich immer fester zusammen. Ich starrte aus dem Fenster, fuhr mit dem Daumen den Rücken von Ollies *Alice*-Buch entlang und durchdachte noch einmal, was Travis gesagt hatte: Es gibt etwas, das du wissen musst. Etwas Wichtiges. Komm mit. Ich drehte das Handgelenk schnell im Kreis und spürte wieder die roten Flecken, wo er mich so eisern festgehalten hatte, dass ich dachte, er würde mir den Knochen brechen. Und was sagt dein Bauch?

„Bitte“, sagte ich, und meine Stimme war kaum mehr als ein Flüstern. „Bitte, Zeb. Fahr schneller.“

Er trat aufs Gaspedal, und ich tat etwas, das ich schon jahrelang nicht mehr getan hatte. Ich schloss die Augen und betete.

Als Zeb in die Auffahrt einfuhr, sprang ich aus dem Truck, bevor er überhaupt den Motor ausstellen konnte, und rannte in die Küche, wo Franny am Tisch saß und das Telefon an der Wand anstarrte, als glaubte sie, sie könne es zum Klingeln bewegen, und dann wäre Ollie am anderen Ende und würde sagen, alles sei in Ordnung.

Ich blieb im Eingang stehen. Frannys Kopf fuhr herum, und sie sah mich an. Unsere Blicke trafen sich, und wenn sie noch ein winziges Fünkchen Hoffnung gehabt hatte, war es in der Zeit, die ich brauchte, um zu fragen: „Irgendwas Neues?“, erloschen.

Franny schüttelte ganz langsam den Kopf und wrang eine Serviette in den Händen. Sie richtete ihre Aufmerksamkeit wieder auf das Telefon und sagte: „Ich glaube, es wird Zeit, den Sheriff anzurufen.“

„Wir haben Deputy Santos im *Patti's* getroffen“, erzählte ich ihr. „Sie stellt einen Suchtrupp zusammen. Sie treffen sich alle in einer Stunde hier.“

Zeb kam hinter mir in die Küche. „Bringt doch nichts, hier zu sitzen und dich halb tot zu ängstigen, Mutter. Kannst ebenso gut etwas tun.“

Franny stand vom Tisch auf. Sie ging zur Spüle, füllte einen Krug mit Wasser, dann schüttete sie ein Päckchen Limonadenpulver hinein und rührte mit einem Holzlöffel Eis ein. Dann stellte sie einen Topf auf den Herd, maß Wasser, Butter, Zucker und Salz ab und fing an zu rühren, bis die Zutaten kochen würden. Sie arbeitete systematisch und ohne Hast, legte all ihre Sorge in die vertraute Routine des Krapfenmachens hinein. Ich ließ die beiden in der Küche allein und ging nach oben ins Gästezimmer.

Ollies Segeltuchtasche lag immer noch neben der Frisierkommode auf dem Boden. Der Pyjama lag fein säuberlich zusammengelegt am Fußende des Bettes. Ich suchte nach einer Nachricht. Auf dem Schreibtisch, auf dem Frisiertisch, auf ihrem Bett, auf meinem, am Fenster, hinter der Tür. Nichts. Eine Ecke des Ouija-Brettes guckte unter ihrem Bett hervor. Ich zog es heraus und machte den Deckel auf. Der hölzerne Zeiger war in eine Ecke gerutscht.

Ich legte die Fingerspitzen auf die Kante des Zeigers und flüsterte: „Ist Ollie in Sicherheit?“

Der Zeiger rührte sich nicht. Ich knallte den Deckel wieder auf die Schachtel und legte das Spiel auf die Frisierkommode.

Ich setzte mich aufs Fußende von Ollies Bett, stand gleich wieder auf und holte ihr *Alice*-Buch aus der Tasche. Sie nahm dieses Buch überall mit hin, und wenn sie es dort zurückgelassen hatte, dann musste das einen Grund haben. Ich blätterte die Seiten schnell durch. In der Nähe des Anfangs war ein kleines Stück Papier zwischen die Seiten gesteckt, das aus einer größeren Kalenderseite herausgerissen war. 1. August und auch ein Teil vom 2. und 3., aber es war der erste Tag des Monats, der Tag von Billys Interview, auf den Ollie mich aufmerksam machen wollte. Darunter befand sich ein weiteres, zweimal gefaltetes Blatt Papier. Ich faltete es auseinander und brauchte nur die Schlagzeile zu lesen, um zu erkennen, dass es ein fotokopierter Artikel über Bears Unfall und die schreckliche, grauenhafte Nacht vor zehn Jahren war, die den gesamten Verlauf unseres Lebens verändert hatte. Auf der gegenüberliegenden Seite hatte sie einen Absatz dick mit roter Tinte unterstrichen:

„Zu Hause war es viel schöner“, dachte Alice, „als man nicht dauernd größer und kleiner wurde und sich nicht von Mäusen und Kaninchen herumkommandieren lassen musste. Ich wünsche mir fast, ich wäre nie in diesen Kaninchenbau geklettert – und doch –, es ist ziemlich seltsam, dieses Leben! Ich frage mich wirklich, was mit mir passiert sein kann! Als ich Märchen gelesen habe, dachte ich immer, so etwas gäbe es gar nicht, und jetzt bin ich hier mittendrin in einem!“

Ich blickte erneut auf den Zeitungsausschnitt. Billy Roths Name war so oft eingekringelt, dass das Papier schon anfing zu reißen, und auf dem leeren Bereich am Fuß der Seite sah es aus, als hätte Ollie versucht, etwas zu schreiben, aber die Buchstaben waren alle mit Linien überzogen und durchkreuzt, und ich konnte kein einziges Wort entziffern. Aber das war egal. Ich wusste, was sie mir sagen wollte, was sie mir die ganze Zeit über hatte sagen wollen, und ich wusste auch, wo ich sie jetzt finden würde: genau dort nämlich, wo sie, wie ich gebetet hatte, bitte nicht sein sollte.

Ich klappte das Buch zu, steckte es wieder in die Tasche und rannte die Treppe hinunter. Auf dem Couchtisch lag eine Landkarte ausgebreitet, auf der die Farm, die Weide und ein langes Stück des Crooked River abgebildet waren, aber das Wohnzimmer war leer.

In der Küche stand Franny am Herd und wendete einen Krapfen in brutzelnd heißem Öl. Sie hatte schon zwei Teller voll gebacken, aber die Schüssel war immer noch halb voll mit rohem Teig.

„Wo ist Zeb?“, fragte ich sie.

Sie wedelte mit der freien Hand in Richtung Glasschiebetür. „Er ist mit Albert und ein paar anderen Männern losgezogen, um am Fluss zu suchen.“

„Ist Deputy Santos schon hier?“

„Noch nicht.“ Franny wischte sich die Stirn mit einem Geschirrtuch ab und sah mich scharf an. „Sam? Was ist los? Hast du irgendetwas gefunden?“

Ich ignorierte die Fragen und nahm zwei Stufen auf einmal in den zweiten Stock ins Schlafzimmer von Zeb und Franny, wo ich ein bisschen für mich sein konnte. Ich machte die Tür hinter mir zu und ließ das Licht aus. Auf dem Nachttisch neben dem Bett stand ein Telefon. Ich nahm ab und hörte einen Moment lang auf das Freizeichen. Dann gab ich die Nummer von Deputy Santos ein. Es klingelte und klingelte. Ich knallte den Hörer wieder auf die Gabel und kam mir blöd vor. Natürlich würde sie nicht abheben. Sie war ja draußen und suchte nach Ollie. Ich musste den Notruf wählen, sie ans Funkgerät holen lassen und ihr sagen, sie solle sofort herkommen. Ich griff wieder nach dem Hörer, aber bevor ich ihn in der Hand hatte, klingelte es.

Ich zog die Hand erschrocken zurück. Es klingelte noch mal.

Ich hob ab und drückte den Hörer ans Ohr. „Hallo?“

Ein paar Sekunden lang war es still am andern Ende.

Dann schweres Atmen und eine leise Stimme: „Sam?“

Ich sagte nichts.

„Sam? Ich bin’s, Travis.“

Ich schloss die Augen, öffnete sie wieder, starrte an die Decke, versuchte, mir nicht das Schlimmste vorzustellen.

Von unten rief Franny: „Sam, Liebes? Wer ist dran?“

Ich blinzelte, holte tief Luft. „Was willst du?“, fragte ich, obwohl ich ziemlich sicher war, dass ich die Antwort kannte.

„Wir haben Ollie.“

Franny rief wieder meinen Namen, diesmal lauter, als wäre sie von der Küche ins Wohnzimmer gegangen. Ich drückte die Hand fest auf die Matratze.

„Wir haben Ollie“, sagte Travis noch einmal. „Bei uns zu Hause.“

„Bitte. Tut ihr nichts. Sag mir einfach, wo ich hingehen soll, dann komme ich. Bitte …“ Meine Stimme war gerade einmal ein Flüstern.

„Nimm den Smith Rock Way nach Norden. Ungefähr anderthalb Kilometer außerhalb von Terrebonne siehst du auf der linken Seite einen Kiesweg. Unser Name steht am Briefkasten. Nicht zu übersehen. Ach, und Sam?“ Seine Stimme war feindselig, mein Name klang scharf wie ein Dolch. „Komm allein.“

Ich hängte ein.

Die Schlafzimmertür ging auf. Franny stand halb im Schatten und halb im Licht, mit Mehlstreifen an der Stirn und Fettflecken auf der Schürze.

„Wer war das?“, fragte sie.

„Falsch verbunden.“ Ich stand vom Bett auf und drängte mich an ihr vorbei in den Flur.

„Sam?“, rief sie hinter mir her.

„Sie war es nicht“, rief ich über die Schulter.

„Sam!“

Aber ich war schon die Treppe hinuntergerannt und auf dem Weg zur Haustür. Ich rief: „Ich gehe Zeb helfen“, und polterte durch die Fliegentür auf die Veranda.

Der Truck stand nicht in der Auffahrt. Zeb musste ihn genommen haben. Ich rannte in die Scheune, griff mir das schwarz-rote Schwinn-Fahrrad und fuhr, so schnell ich konnte, zur Straße.

Bergauf fuhr ich im Stehen, beugte mich über die Lenkstange und holte alles aus meinem Körper heraus, bergab schaltete ich in den höchsten Gang und strampelte, was das Zeug hielt. Der Wind kreischte mir in den Ohren und trieb mir salzige Tränen aus den Augen. Und als es langsam zu viel wurde, als meine Muskeln und Bänder und Sehnen mich anbettelten, anzuhalten, stellte ich mir vor, dass ich aus Gängen und Zahnrädern und geölten Kugellagern bestünde. Ich stellte mir vor, ich wäre eine Maschine, die keinen Schmerz kennt.

Ich raste die Lambert Road hinunter zum Smith Rock Way und dann quer durch Terrebonne. Die Felder und Häuser flogen verschwommen an mir vorbei. Noch etwa anderthalb Kilometer, und allmählich wurden meine Beine taub. Ich ging ganz tief in mich hinein, fand noch eine letzte kleine Kraftreserve und strampelte noch schneller.

Ich polke mit den Fingernägeln an meinen Fesseln. Drehe und wende die Handgelenke hin und her und scheuere mir die Haut auf. Ich krümme mich zur einen und zur anderen Seite und taste nach einem hervorstehenden Nagel oder Holzsplitter, irgendetwas Spitzem. Aber da ist nichts.

Mrs Roth sieht zu, wie ich mich abmühe, versucht aber nicht, mich davon abzuhalten. Sie sagt: „Es hätte nicht so weit kommen müssen."

Ich sacke auf dem Stuhl zusammen. Die, die mir folgt, schlägt ihre Flügel lautlos gegen das Fenster. Sie will, dass ich tapfer bin und weiterkämpfe. Ich wende das Gesicht von ihr ab.

„Wenn du und Sam so klug gewesen wärt, euch nicht einzumischen ..." Sie betrachtet den Revolver in ihrer Hand. „Aber vielleicht ist es ja besser so. Für alle."

Jemand kommt den Weg hinaufgerannt. Mrs Roth fährt zur Tür herum und hebt den Revolver schussbereit auf Brusthöhe.

Aber es ist nur Travis.

„Himmel noch mal!" Er bleibt abrupt stehen.

Mrs Roth lässt den Revolver schnell sinken. „Hast du's gemacht?"

Travis nickt und kommt in den Schuppen. „Und jetzt?", sagt er.

„Wir warten."

Travis fängt an, auf und ab zu gehen. Nach einer Weile bleibt er stehen und starrt auf die Skulptur hinter mir. „Sag mir, dass da nicht wirklich meine Schwester drunter ist. Bitte, sag mir, dass es nicht Delilah ist."

Mrs Roth zögert einen Moment zu lange.

„Mom", sagt Travis, und als sie immer noch nicht antwortet: „Mein Gott. Wie konntest du das zulassen?"

„Nicht so laut." Mrs Roth wirft einen Blick auf ihren Mann, der über seine Werkbank gebeugt ist, und flüstert Travis zu: „Ich hatte keine Ahnung, was er hier draußen treibt. Bis zu dieser Nacht. Als ich merkte, was er getan hatte, dass er in den Wald gegangen war und ... hab ich versucht, es ihm auszureden. Ich wollte, dass er sie da rauslässt, aber er hat sich geweigert."

„Du willst das da doch nicht etwa nach New York schicken, oder? Ich meine, jetzt, wo du es weißt, willst du doch nicht ..."

„Ruhe!" Billy Roth lässt den Hammer herabsausen.

Travis starrt seinen Vater an. Mrs Roth starrt ihren Sohn an. Und eine Zeit lang ist es, von unserem Atmen abgesehen, still. Dann geht das Kling-Klong wieder los.

Mrs Roth flüstert: „Dein Vater hat hart an diesem Projekt gearbeitet, Travis. Zum ersten Mal seit dem Unfall wollte er wieder in sein Atelier. Zum ersten Mal erschafft er etwas wirklich Bedeutendes. Etwas, das die Kunstwelt grundlegend verändern wird."

„Das hier ist keine Kunst", sagt Travis. „Es ist ... verkehrt und scheußlich und ..."

„Bemerkenswert", sagt Mrs Roth und hebt die Stimme, um die ihres Sohnes zu übertönen. „Wahrhaft bahnbrechend. Das Werk eines echten Genies."

„Eines Wahnsinnigen."

Ein lauter Knall hinter mir, und Billy Roth brüllt: „Es reicht!"

Travis duckt sich. Ein Schraubenschlüssel fliegt über ihn hinweg und schlägt ein Loch in die Wand.

„Billy!", ruft Mrs Roth.

Travis macht einen Schritt zurück. „Scheiße!"

„Keine Kraftausdrücke!"

Billy Roth sagt: „Kommst hier reinspaziert, kritisierst mich, machst mich runter. Pöbelst rum und spielst dich auf. Tust so, als wüsstest du alles besser. Als wärst du der Größte und Schlauste. Du hast keine Ahnung. Gar keine."

„Billy, Liebling, beruhige dich. Travis hat es nicht so ge..."

Eine Büchse mit Nägeln kracht auf den Boden. Mrs Roth kreischt. Das bleiche Mädchen auch, ein Geräusch wie quietschende Reifen und splitterndes Glas. Ein Geräusch wie brechende Knochen.

„Ich kann euch hier nicht brauchen!", schreit Billy. „Verschwindet! Alle! Raus hier!"

„Billy, Schatz, hör zu. Hör mir zu." Mrs Roth geht zu ihm. „Er versteht nicht, was du vorhast. Du musst sie fertigstellen, damit er es sehen kann. Und es versteht."

Ich kipple vor und zurück, um den Stuhl zu bewegen, aber er ist zu schwer, und ich bin zu klein. Travis sieht mich an, tut aber nichts.

„Du bist schon so nah dran", fährt Mrs Roth fort. „Sieh doch, was du geschaffen hast. Sie ist wunderschön. Damit wirst du Geschichte schreiben, Billy. Du wirst berühmter werden als Dali."

Billy Roth murmelt etwas so leise vor sich hin, dass ich es nicht verstehen kann, und dann gibt es ein einzelnes Plopp, als er eine Farbbüchse öffnet.

Mrs Roth kehrt zu Travis zurück und sagt: „Du musst dich auch beruhigen. Es nützt nichts, wenn du ihn so aufregst."

„Aber ..."

„Genug." Mrs Roth tritt dicht an ihn heran und legt ihm die Hand auf die Brust, heftet ihren Blick auf ihn. „Ich weiß, ich verlange jetzt eine Menge von dir. Ich weiß das, aber ich brauche dich an meiner Seite. Du musst mir vertrauen."

Travis beißt sich auf die Unterlippe und reibt sich das Genick. Er senkt den Kopf und versteckt seine Augen.

„Travis." Sie hebt sein Kinn an und sieht ihm mit bebendem Lächeln ins Gesicht. „Wir stecken zu tief drin, um jetzt noch kehrtzumachen."

Er zuckt zurück und geht auf Abstand. „Ich hab's dir gleich gesagt, oder? Als du mich gebeten hast, dir zu helfen, seinen Schlamassel wieder in Ordnung zu bringen, hab ich dir gesagt, dass es alles bloß noch schlimmer machen würde. Von Anfang an hab ich dir gesagt, dass es eine beschissene Idee ist."

„Keine Kraftausdrücke!", sagt Mrs Roth mit zusammengebissenen Zähnen.

„Wir hätten lieber gleich den Sheriff anrufen sollen."

„Dann wäre dein Vater ins Gefängnis gekommen. Das hat er nicht verdient."

„Er hat diese Frau umgebracht, Mom. Er hat sie einfach ... totgeschlagen."

„Nein, so war das nicht." Sie streckt die Hand nach ihm aus, kann aber die Entfernung nicht mehr überbrücken. „Sie ist zu früh zum Interview aufgetaucht. Wenn sie an die Haustür gekommen wäre, anstatt schnurstracks zum Schuppen zu marschieren ... Aber sie ist einfach bei ihm hereingeplatzt und hat angefangen, ihn über Bear auszufragen, und – du weißt ja, wie dein Vater ist – dann sah sie die Skulptur und war verständlicherweise entsetzt. Aber sie hätte ja einfach wieder gehen können. Sie musste ja nicht anfangen, ihn fertigzumachen und das Ganze als Grabschändung zu bezeichnen. Sie hätte ihm auch nicht mit der Polizei zu drohen brauchen. Sie hat angefangen, nicht dein Vater. Dein Vater ... fühlte sich in die Enge getrieben. Was hätte er denn tun sollen? Aber es war keine Absicht, Travis, das schwöre ich dir. Er wollte sie nicht umbringen. Wenn sie auf andere Weise hingefallen wäre, würden wir jetzt gar nicht hier sitzen und darüber reden. Es war ein Unfall", beteuert sie.

„Wovor haben wir ihn dann beschützt?"

„Du weißt doch, wie schwer er es seit dem Unfall hatte. Mit seinen Kopfschmerzen. Seinen depressiven Schüben. Und denk dran, wie sie ihm die Hölle heißgemacht haben, als er wieder an die Arbeit gehen wollte. Wie sie gesagt haben, dass er den Biss verloren hätte. Sie würden es nicht verstehen. Sie würden glauben, er hätte sie vorsätzlich getötet." Mrs Roth schüttelt den Kopf. „Das Gefängnis ist der letzte Ort, den er jetzt brauchen kann. Er würde dort eingehen."

Travis starrt die Skulptur an und sagt nichts.

„Er braucht das, Travis. Er braucht *uns*."

„Er braucht einen Psychiater", murmelt Travis.

„Wir werden einen Arzt für ihn finden. Nach der Ausstellung suchen wir ihm Hilfe."

„Und was ist mit der Familie dieser Frau?" Seine Stimme wird wieder lauter. „Wer hilft diesen Leuten?"

Mrs Roth gab keine Antwort.

Und ich stelle mir diejenige vom Fluss vor. Taylor Bellweather. Ich stelle mir vor, wie sie in einer Blutlache liegt, mit eingeschlagenem Schädel, aber noch wacher Seele. Und darauf wartet, dass ihr jemand zur Hilfe kommt.

Ich fuhr die lange gewundene Zufahrt der Roths entlang. Die ersten rund vierzig Meter waren Kies, aber dann wurde er zu hart getretener Erde mit einzelnen Stellen aus weichem Sand. Meine Reifen rutschten immer wieder weg. Kiefern bedrängten mich auf beiden Seiten, ihre über mir ineinander verschlungenen Zweige hielten die Sonne ab. Je weiter ich fuhr, desto dunkler wurde es. Das Licht wechselte, und die Farben veränderten sich von sommerlichem Beige und Orange zu schattigem Nachtblau. Die Sonne konnte jetzt noch nicht untergehen, so spät war es noch nicht, aber auf meiner Haut trocknete der Schweiß, kühlte mich ab, und ich konnte nicht weiter als ein paar Meter zwischen die Bäume schauen. Und Vögel – es gab hier überhaupt keine Vögel. Das machte mir am meisten Angst.

Als ich endlich um die letzte Kurve fuhr, wurde der Erdboden wieder zu Kies und endete in einer Auffahrt, die groß genug für zwei Autos und Travis' Crossbike war. Von der offenen Ladefläche eines Wrangler-Jeeps ragte ein schwarzer Fahrradlenker heraus. Ich hielt neben dem Wagen an und sah Ollies blau-weißes Schwinn, das zwischen dem Rücksitz und der Heckklappe eingeklemmt war. Der Schlüssel steckte im Zündschloss.

Travis hatte mir nicht gesagt, was ich tun sollte, wenn ich hier angekommen wäre. Ich hatte gedacht, er würde auf mich warten, tat er aber nicht. Ich stieg ab und lehnte mein Fahrrad ein paar Schritte neben dem Weg an einen Baum. Mir zitterten die Beine, und meine Ellbogen waren ganz taub. Meine Handflächen waren rot, weil ich den Lenker so krampfhaft umfasst hatte. Ich wischte mir die Hände an der Jeans ab und ging zum Haus.

So etwas hatte ich noch nie gesehen. Überall harte Kanten und scharfe Ecken. Es sah aus wie drei riesige aufeinandergestapelte Schiffscontainer, jeder in einem leicht versetzten Winkel. Das Dach war flach, und schmiedeeiserne Balkone ragten aus zwei Dachgauben in Richtung Auffahrt hervor. Eine Wand des unteren Geschosses bestand komplett aus Glas, aber es brannte kein Licht, und ich konnte nicht hineinsehen. Die sepiafarbene Verschalung war an der Nordseite ein bisschen grün geworden vom Moos, und an jedem Geländer und jeder freien Stelle hingen Mobiles – mit Draht zusammengesetzte zierliche Vogelskelette mit ausgebreiteten Flügeln, so perfekt gemacht, dass es unmöglich war, zu sagen, woraus sie bestanden, ob es echte Knochen waren oder ganz etwas anderes. Der Vorgarten war mit Skulpturen übersät, die hinter Azaleen, Rosensträuchern und Farnbüscheln hervorsprangen. Viele ähnelten dem Fuchs in Pastor Mikes Arbeitszimmer, eine unselige Kombination aus Holzschnitzerei und echtem Tier, aber ein paar waren auch aus Glas und Metall, aus einzelnen Stücken zusammengeschweißt und -geflochten zu abstrakten Formen und Spiralen von Farbe und Licht. Ich stieg eine Wendeltreppe hinauf, die sich zweimal um einen mit einem Mosaik aus farbigem Glas und winzigen Spiegeln verzierten Pfeiler wand, bevor sie die obere Ebene erreichte und das, wovon ich hoffte, dass es die Haustür war. Anstelle eines normalen Türknaufs gab es eine geballte Faust aus Messing in der Farbe von Blut. Ich griff danach und drehte sie.

Die Tür sprang auf, und es war, als würde ich eine Gruft betreten. Dumpf, stickig und vollgestopft. Die Luft roch nach feuchtem Staub und Moder und noch etwas anderem, etwas längst Totem. Das Zimmer war dunkel, bis auf einen alten Filmprojektor, der in der Mitte des Fußbodens stand und flackerndes weißes Licht an die gegenüberliegende Wand warf. Die abgelaufene Spule drehte sich quietschend mit einem flatternden Filmzipfel. Über mir hing ein regenbogenfarbenes schimmerndes Transparent von der Decke herab, auf dem stand: *Alles Gute zum neunten Geburtstag!* Graue Bänder führten schlaff von der Mitte des Transparents zu den Zimmerecken. Ich machte einen Schritt auf das Sofa zu, und ein Partyhütchen aus Pappe knirschte unter meinem Fuß. Ich schob es beiseite und nahm ein gerahmtes Foto vom Couchtisch.

Ein barfüßiges blondes Mädchen mit Hasenzähnen grinste mich an. Sie trug einen hellblauen Badeanzug und hatte eine Schwimmbrille um den Hals hängen. Hinter ihr führte eine grellbunte Rutsche spiralförmig in ein großes Schwimmbecken. Sie hatte sich das Badetuch um die Schultern gewickelt wie ein Cape und hielt die Zipfel unter dem Kinn zusammen. Sie stand neben einer Geburtstagstorte mit brennenden Kerzen. Sie hatte rote Bäckchen und leuchtende Augen. Am Rand des Tisches hing ein regenbogenfarbenes schimmerndes Transparent. Dasselbe, das jetzt über meinem Kopf hing. So viele Jahre später. Ich stellte das Bild wieder auf den Tisch und schaltete den rappelnden Projektor aus. Das Haus verfiel in Schweigen und Dämmerlicht.

„Ollie?“ Ich flüsterte, obwohl ich nicht wusste, wozu das gut sein sollte. Dann rief ich lauter: „Travis? Ich bin da. Hallo?“

Ich stolperte über einen ausgestopften Bären, dem ein Auge fehlte und der an den Nähten aufplatzte, und kam an einem Bücherregal voller präparierter Waschbären, Eichhörnchen, Blauhäher und Krähen und etwas, das aussah wie ein Rotluchs, vorbei. Ihre Glasaugen funkelten und schienen mir missbilligend zu folgen. Ein paar Schritte weiter, vorbei an einem Schreibtisch mit Zeichnungen und Bildern von dem blonden Mädchen, und ich erreichte eine Glasschiebetür, die auf einen Balkon mit Ausblick auf den Wald hinter dem Haus führte. Ungefähr fünfzig Meter einen Rindenmulchweg entlang stand ein weiteres Gebäude, ein Schuppen, im selben Stil und denselben Farben wie das containerartige Haus, nur kleiner, ein einzelner statt mehrerer übereinandergestapelter Würfel. Drinnen brannte Licht.

Ich drehte mich um und wollte wieder zur Tür hinausgehen, aber auf halbem Weg blieb ich stehen und schaute auf meine leeren Hände. Ich ballte sie zu Fäusten. So klein und zerbrechlich und vollkommen nutzlos. Ich durchsuchte das Wohnzimmer, fand aber nichts Geeignetes. In der Küche nahm ich eine Bratpfanne vom Haken über dem Herd und schwang sie einmal, zweimal wie einen Baseballschläger, aber ich fand sie nicht schwer genug. Ich brauchte etwas Bedrohliches, etwas, das ich vielleicht gar nicht zu benutzen brauchte, wenn sie es erst mal gesehen hätten. Ich hängte die Pfanne wieder weg und fing stattdessen an, die Schubladen aufzumachen. In der dritten fand ich ein Fleischermesser neben einer Zitronenreibe und einem Flaschenöffner. Das Messer war fast so lang wie mein Unterarm, schwer und scharf und silbrig glänzend. Das war’s.

Ich hielt die Klinge von mir weg und rannte zurück durchs Wohnzimmer nach draußen. Ein leiser Wind hatte sich erhoben und ließ die Bäume grummeln wie böse alte Männer. Ein dünnes orangerotes Lichtband wand sich zwischen den dicken schwarzen Stämmen hindurch. Die Sonne blitzte kurz auf und erlosch wieder.

Die Schuppentür war angelehnt. Gedämpfte Stimmen drangen zu mir heraus.

„Wenn du eine bessere Idee hast, würde ich sie sehr gern hören“, sagte Mrs Roth.

„Ich finde bloß … vielleicht sollten wir doch lieber zum Sheriff gehen.“ Das war Travis. „Jetzt gleich. Bevor wir es noch schlimmer machen. Wenn das überhaupt möglich ist. Ihnen alles erzählen. Ihnen die Wahrheit sagen.“

„Die Wahrheit.“

„Ja.“

„Ihnen alles erzählen?“

Sie waren ein paar Sekunden lang still, genug Zeit für mich, nah an den Schuppen heranzukommen und mich hinter einen Stapel Feuerholz zu hocken. Ich hielt das Messer jetzt mit beiden Händen fest an die Brust gedrückt.

Mrs Roth sagte: „Wir sind jetzt genauso schuldig wie dein Vater, Travis. Unsere Hände sind mit genauso viel Blut besudelt.“

„Aber vielleicht, wenn wir ihnen sagen …“

„Was denn? Was genau sollen wir der Polizei sagen? Da gibt es nichts, was alles wieder in Ordnung bringen würde.“

„Und jetzt? Was machen wir jetzt?“

Mrs Roth antwortete nicht.

Ich musste sehen, was da drin vor sich ging, womit ich es zu tun hatte. Ich musste Ollie sehen. Dicht am Boden schlich ich zentimeterweise auf die andere Seite des Holzstoßes, näher an die Tür.

„Wir könnten abhauen“, sagte Travis.

„Wohin?“

„Ich weiß nicht. Mexiko? Kanada? Egal wohin. Irgendwo weit weg von hier.”

„Und was ist mit Sam?“

Irgendetwas kitzelte mich hinten am Arm, zog Kreise um meinen Ellbogen und krabbelte auf meinen Ärmel zu, aber ich wagte es nicht, mich zu bewegen. Ich war jetzt nah genug, um in den Schuppen sehen zu können.

Ollie war an einen Stuhl gefesselt. Sie hatten ihr eine Socke oder ein Taschentuch in den Mund gestopft, irgendein Stück Stoff, und ihre Hände waren auf dem Rücken zusammengebunden, die Beine an den Fußknöcheln. Mein Griff um das Messer wurde fester. Travis konnte ich nicht sehen, aber aus dem Klang seiner Stimme zu schließen stand er nah an der Tür. Billy Roth war an der Rückwand des Schuppens mit irgendetwas an der Werkbank beschäftigt. Mrs Roth stand in der

Mitte zwischen ihnen. Ich starrte auf den Revolver in ihrer Hand und versuchte, nicht in Panik zu verfallen.

Travis sagte: „Wenn sie hier ankommt, fesseln wir sie beide, das bringt uns ein paar Stunden. Genug Zeit, um ein paar Sachen zusammenzupacken und abzuhauen. Wenn wir schnell genug fahren, schaffen wir's vielleicht sogar bis zur kanadischen Grenze. Dann können wir verschwinden."

„Und dann?", fragte Mrs Roth. „Ständig weglaufen? Uns ständig verstecken? Für den Rest unseres Lebens? Ständig auf der Hut sein? Nein. Auf keinen Fall! Nicht, wo wir schon so nah dran sind. Nicht, wo es schon fast vorbei ist."

Was auch immer an mir herumkrabbelte, war inzwischen fast in der Achselhöhle angekommen. Ich zuckte mit dem Arm, merkte aber immer noch, wie es herumkroch und die winzigen Beinchen meine Haut kitzelten. Ich strich über meinen Ärmel, und eine Honigbiene fiel zu Boden. Benommen humpelte sie ein paar Sekunden lang im Kreis herum, dann rappelte sie sich wieder auf, flog um mich herum und landete irgendwo in dem Holzstapel.

Mrs Roth redete immer noch. „Nein, wir halten an unserem ursprünglichen Plan fest."

„Und wenn Sam nicht mitmachen will?"

Eine weitere Biene landete auf meiner Jeans. Ich verscheuchte sie.

„Sie hat gar keine andere Wahl."

„Wie meinst du das?"

Ich beugte mich näher an den Spalt in der Tür und streckte dabei den Kopf so weit vor, dass, wenn einer von ihnen herübergeschaut hätte, er mich sonnenklar hätte sehen müssen. Aber Mrs Roth kehrte mir jetzt den Rücken zu und griff nach irgendetwas, das ich nicht sehen konnte, und Travis, nur ein paar Schritte vom Eingang entfernt, war zu sehr damit beschäftigt, sie zu beobachten, um mich zu bemerken. Ollie aber sah mich und fing an, sich zu winden und zu stöhnen. Ich zog mich wieder ins Dunkel zurück.

Mrs Roth sagte: „Ruhig, Mädchen. Es hat keinen Zweck, dich in einen Wutanfall hineinzusteigern. Es ist bald vorbei."

Ollie verstummte.

Mrs Roth fragte: „Hast du das Feuerzeug noch?"

„Hab ich verloren", sagte Travis.

Ich steckte die Hand in die Tasche, holte das Feuerzeug heraus und versteckte es in der Hand.

Mrs Roth seufzte vernehmlich, dann sagte sie: „Ach, das macht nichts. Das Täschchen genügt."

„Sag mir noch mal, wie das gehen soll."

„Wir geben sie Sam, damit sie sie zum Sheriff bringt. Sie sagt ihm, sie hätte sie am Tag nach dem Mord bei Bear gesehen. Dann hätte er sie im Wald weggeworfen, aber bis jetzt hätte sie zu große Angst gehabt, damit rauszukommen. Wir haben schon genug Beweise ausgestreut, jeder hält ihn für schuldig. Aber für alle Fälle. Wenn sie noch irgendwelche Zweifel haben, werden die hinterher weg sein."

„Sie wird es nicht machen."

„Es wird ihr nichts anderes übrig bleiben", sagte Mrs Roth. „Das wird nicht auf uns zurückfallen. Das lasse ich nicht zu."

„Du willst doch nicht …" Es folgte eine lange Stille, und dann sagte Travis: „Du hast versprochen, ihr nichts zu tun!"

„Du weißt doch, was passieren würde, wenn irgendjemand anderes herausfände, was wir getan haben, oder?"

Schweigen. Und dann fuhr Mrs Roth fort: „Wir sind hier die Opfer, Travis. Du, ich und dein Vater. Wir müssten uns mit alldem nicht abgeben, wenn deine Schwester noch am Leben wäre, wenn dieser Unfall nie passiert wäre. Das ist Frank McAlisters Schuld. Das weißt du so gut wie ich. Er ist der Böse, Travis, nicht dein Vater. Er ist das Ungeheuer, das mit alldem angefangen hat. Denk bitte daran."

Die Tür öffnete sich ein bisschen weiter, und Travis' Schatten zog sich lang über das blutrote Lichtmuster im Gras. Ich lehnte mich zurück an den Holzstoß, so weit wie möglich von der Öffnung, wie ich konnte. Zwei Bienen wirbelten mir summend um den Kopf. Ich hielt still und hoffte, dass die Dunkelheit dicht genug war, um mich unsichtbar zu machen.

Travis ging wieder von der Tür weg. „Wo bleibt sie bloß?"

Ich konnte nicht länger warten. Wenn ich etwas tun wollte, musste ich es jetzt tun.

Ich kroch auf die andere Seite des Holzstoßes und schob Kiefernnadeln und kleine Zweige zu einem unordentlichen Haufen Zunder zusammen, direkt an der Wand des Schuppens. Mein Timing musste perfekt sein. Ich hielt das Feuerzeug an den Grund des Haufens und ließ es aufflammen. Ein Zweig fing Feuer, dann zischte es, und die Flamme erlosch wieder. Ein Rauchfähnchen zog von mir weg.

„So lange kann das doch nicht dauern“, sagte Travis.

Ich versuchte es erneut. Klick. Aufflammen. Diesmal schirmte ich die Flamme mit der Hand ab und blies sanft in die empfindliche Glut. Ein paar Zweige fingen Feuer, dann ein Bündel trockenes Moos. Mehr Rauch entstand und wurde vom Wind davongetragen. Die Zweige brannten jetzt von allein.

„Sie hat den Sheriff geholt. Ganz bestimmt. Wir sind am Arsch. Total am Arsch.“

„Keine Kraftausdrücke!“, sagte Mrs Roth. Und dann: „Wenn sie den Sheriff benachrichtigt hätte, wäre der schon lange hier. Sie kommt schon noch. Hab ein bisschen Vertrauen.“

Ich griff nach einem kleinen Holzscheit, das lose weiter oben auf dem Stapel lag. Als ich es in die Nähe des Feuers hielt, fing das schwache Licht die Bewegung von schwirrenden Flügeln, krabbelnden Beinchen und schwarz-gelben Körpern ein. Ein halbes Dutzend Bienen wuselte am Holz auf und ab. Ich richtete mich halb auf, um mir den Holzstoß genauer anzusehen.

Die Bienen kamen aus einem großen hohlen Baumstumpf, der, wackelig auf die Kante einer vermodernden Holzpalette gestützt, schräg an der Schuppenwand lehnte. Soweit ich sehen konnte, war die Wabe darin neu und dünn und noch im Wachsen begriffen. Sie konnten also erst ein paar Tage hier sein, wenn überhaupt. Jetzt versammelten sie sich dort, drängten sich eng zusammen, um sich zu wärmen, und erzählten sich flüsternd ihre Bienengeheimnisse, während um sie herum die Nacht hereinbrach. Ich wünschte mir verzweifelt, dass es Bears Bienen waren, deren Stöcke auf der Weide gerade erst zerstört worden waren, und ich wollte gern glauben, dass sie mich wiedererkannten. Aber selbst wenn sie ganz woandersher kamen – ihr leises gleichbleibendes Summen machte mir Mut.

Mein kleiner Scheiterhaufen brannte langsam herunter, die Glut erstickte, wurde grau und pustete Aschestückchen in die Luft. Ich ließ die Bienen Bienen sein und warf noch eine Handvoll Zunder ins Feuer. Die Flammen schossen wieder in die Höhe, wütend und rot und diesmal noch heißer. Als ich ein kleines Holzscheit hinzufügte, brannten sie höher und gleichmäßiger. Sie schlugen gegen die Seitenwand des

Schuppens und leckten daran wie Teufelszungen. Der Rauch blähte sich auf, drehte sich mit dem Wind, brannte in meiner Kehle und brachte mich zum Husten. Funken sprühten aus der Mitte und ließen sich dann im trockenen Gras nieder, und es war nur noch eine Frage der Zeit, bis noch mehr Feuer fangen würden und die ganze Welt in Flammen aufginge. Die Bienen hatten ja Flügel, sie konnten sich in Sicherheit bringen, aber von Ollie und mir konnte ich das nicht behaupten. Zu spät.

Ich vergrub Mund und Nase in der Armbeuge und bog gebückt um die Ecke des Schuppens. Ich folgte den Wänden auf die Rückseite, noch mal um die Ecke, und dann war ich wieder auf der Vorderseite, aber diesmal gegenüber dem Feuer, das jetzt heiß brannte und die Nacht mit Geräuschen und Rauch und flackernden roten Schatten erfüllte. Das Fleischermesser fest in beiden Händen, wartete ich ab.

„Riecht ihr das auch?", hörte ich Mrs Roth sagen.

„Was ist das?" Billy Roths Stimme wurde lauter, als er sich der Tür näherte. „Ist das Rauch?" Er streckte den Kopf heraus, sah das schnell um sich greifende Feuer und verschwand wieder. Irgendetwas schrammte über die Dielenbretter.

„Hol einen Eimer Wasser!", rief er. „Beeil dich!"

Mrs Roth rannte heraus. Ihre Augen glühten wie Kohlen rot im Schein des Feuers. Sie trat Erde in die Flammen, aber das Feuer brannte weiter, verschlang jetzt die Wandverkleidung und griff nach der Traufe.

Travis kam mit einem Eimer. Das Wasser schwappte über den Rand. Er lief zu seiner Mutter und dem Feuer und rief: „Achtung! Geh weg!"

Während beide mit dem Feuerlöschen beschäftigt waren, schlüpfte ich in den Schuppen.

Ollie machte große Augen und stemmte sich gegen die Fesseln. Ich legte den Finger auf die Lippen und hielt das Messer hoch. Sie nickte und beruhigte sich.

Billy wandte mir den Rücken zu. Er hustete in den Ellbogen und versuchte, etwas mit einem Stück Segeltuch abzudecken und so weit wie möglich von der Tür wegzuziehen.

Ich schlich mich hinter Ollie und zerschnitt erst mal die Fesseln um ihre Handgelenke. Sie waren aus weichem Nylongewebe, und das Messer ging hindurch wie durch Butter. Ollie rieb sich die aufgeschürften Stellen und roten Flecken, dann zog sie sich den Knebel aus dem Mund. Sie bückte sich zu ihren Fußknöcheln hinab, aber ich schob ihre Hand weg und hackte mit dem Messer zu. Der letzte Strang zerriss, und Ollie sprang auf. Sie schlang mir die Arme um die Taille und vergrub das Gesicht an meiner Brust. Ich schob sie weg.

Schnell, gab ich ihr zu verstehen.

Das Husten hörte auf.

Als ich mich umdrehte, sah mich Billy Roth stirnrunzelnd an, eine Hand noch immer an dem Ding, das er hinter sich herzerrte.

„Wie bist du hier reingekommen?“, fragte er.

Ich richtete das Messer auf ihn.

„Maggie weiß, dass ich es nicht leiden kann, wenn Leute meine Arbeiten sehen, bevor sie fertig sind.“ Er ließ die Hand sinken und ging auf mich zu. „Sie hätte dich nicht reinlassen sollen.“

Ich schob Ollie hinter mich und ging langsam rückwärts auf die Tür zu.

„Bleiben Sie stehen, Mr Roth.“ Ich ließ das Messer drohend durch die Luft sausen.

Er versuchte, meinen Arm zu packen.

Ich wich ihm aus und stieß Ollie an. „Lauf weg!“

Aber sie rührte sich nicht, sondern klammerte sich wieder an mich.

Ich sah zur Tür. Travis stand da, eingerahmt von Rauch und flackerndem Licht, den leeren Eimer in der Hand, und starrte mich und Ollie an, während er auf der Unterlippe herumkaute.

Ich schubste Ollie auf die andere Seite. „Das Fenster!“

Travis rief: „Dad! Nicht!“

Billy packte mein Handgelenk. Vor Schreck ließ ich das Messer los. Es fiel klirrend zu Boden. Ich griff danach, aber er war zuerst da und schnappte es mir unter den Fingern weg. Er fuhr herum und legte das Messer auf die Ecke der Werkbank, außerhalb meiner Reichweite.

Dann grinste er, die Hand noch immer um meinen Arm geschlossen, und drückte fester zu. „Kleine Mädchen sollten nicht mit so scharfen Sachen spielen.“

Ich trat ihm mit voller Wucht gegen das Schienbein. Er jaulte auf und ließ mein Handgelenk los. Ich machte einen Satz und lief zu Ollie. Sie hatte es geschafft, das Fenster ein paar Zentimeter hochzuschieben; es reichte, um einen Windstoß frische Luft hereinzulassen, aber nicht, um sich hindurchzuzwängen. Der Holzrahmen war aufgequollen und klemmte.

Travis ließ den Eimer fallen und kam zu uns. „Sam! Warte!“

Ich schlug mit den Fäusten gegen das Fenster, dann quetschte ich den Arm in den Spalt und drückte mit aller Kraft dagegen. Das Holz kreischte und gab noch einen Zentimeter nach. Ich drückte noch stärker.

Billy presste die Hände gegen die Schläfen und sagte: „So kann ich nicht arbeiten. Unmöglich! Immer dieser Lärm! So viel Lärm.“

Mrs Roth kam in den Schuppen. „Was geht denn hier vor?“

Sie starrte mich an und stand eine endlose Sekunde lang wie angewurzelt im Eingang, ließ den Revolver nutzlos an ihrer Seite herabhängen. Dann hob sie den Arm und richtete den Lauf genau auf meinen Kopf. „Komm vom Fenster weg, Schätzchen. Bevor noch jemand verletzt wird.“

„Mom, das Feuer!“ Travis griff nach Ollies Arm. Sie schlug nach ihm, trat ihm gegen das Schienbein und spuckte ihn an. Er wich zurück und wischte sich die Augen.

Mrs Roth sagte: „Das Feuer ist aus. Ich habe es gelöscht.“ Und dann: „Diese Dummerchen.“

Sie ging auf uns zu, den Revolver noch immer im Anschlag.

Inzwischen hatte ich es geschafft, das Fenster so weit hochzudrücken, dass ich mich bücken und die Schulter unter den Rahmen zwängen konnte. Ich schob und stieß und ruckte und warf mich dagegen. Das Fenster kreischte und öffnete sich erneut ein kleines Stück weiter, aber diesmal reichte es.

Ollie griff nach dem Sims und zog sich daran hoch. Sie quetschte sich durch den Spalt, hangelte sich hindurch und plumpste auf die Erde, dann sprang sie auf und winkte mir, mich zu beeilen. Als ich einen Schritt auf das Fenster zu machte, wurde ich unsanft zurückgerissen.

Mrs Roth drehte mir den Arm auf den Rücken und zog ihn mir so weit zwischen die Schulterblätter, dass ich ein Knacken hörte und der Schmerz mir bis in die Fingerspitzen schoss. Ich schrie auf.

„Sag deiner Schwester, sie soll wieder reinkommen“, flüsterte mir Mrs Roth ins Ohr. Ich spürte ihren warmen Atem auf der Haut. Sie roch nach Rauch und feuchter Asche.

Durch die Glasscheibe schwebte Ollie als verschwommene farblose Gestalt in der Dunkelheit davon, immer weiter weg von mir.

Ich schrie: „Lauf, Ollie, lauf!“

Mrs Roth riss mich vom Fenster weg und stieß mich auf den nun leeren Stuhl. Den Revolver hielt sie weiter auf meinen Kopf gerichtet.

„Lauf ihr nach", sagte sie zu Travis.

Er stolperte zur Tür. Auf der Schwelle blieb er stehen und schaute über die Schulter. „Soll ich sie wieder herbringen?"

„Nein", sagte Mrs Roth. „Bring sie zur Weide. Wir treffen uns dort."

Travis zögerte, sah mich an, sein Gesichtsausdruck war nicht zu deuten. Er schien etwas sagen zu wollen, aber da rief Mrs Roth: „Mach schon! Worauf wartest du?"

Er wandte sich von mir ab und lief in die Nacht hinaus.

„Nein!" Ich versuchte, ihm nachzulaufen.

Mrs Roth stieß mich wieder auf den Stuhl und richtete den Lauf auf meinen Brustkorb, genau über meinem Herzen. „Pass auf, Sam!"

Ich hörte auf, mich zu wehren, und starrte aus dem Fenster in die leere Dunkelheit. Irgendwo in der Nähe erwachte Travis' Motorrad röhrend zum Leben, ein stotterndes, würgendes, gruseliges Geräusch, das sich in einen schrillen Banshee-Schrei verwandelte, als er in den Wald raste, hinter meiner Schwester her.

OLLIE

Ich renne in den Wald hinter dem Schuppen.

Ich renne ins Dunkle.

Ich renne.

Schlangen und Ungeheuer greifen nach mir und versuchen, mich umzureißen. Zähne und Klauen bohren sich in meine Haut. Ein Käuzchen schreit.

Ich renne und renne und bleibe nicht stehen.

Ich kriege keine Luft mehr. Ich bleibe nicht stehen.

Ich kann nichts sehen. Ich bleibe nicht stehen.

Ich stolpere über einen Stein und verrenke mir den Knöchel. Lauf weiter. Wenn du stehen bleibst, erwischen sie dich.

Meine Tränen schmecken nach Öl und Rauch und Blut.

Als ich durchs Fenster zurückgeschaut habe, hat das bleiche Mädchen, Delilah, geschrien und geweint, während sie sich an ihre alten toten Knochen geklammert hat. Aber ich konnte nichts für sie tun, und dann hab ich meine Schwester rufen gehört: „Lauf, Ollie, lauf!"

Sie hat mir nicht gesagt, wie weit oder in welche Richtung. Sie hat bloß gesagt, ich soll schnell machen.

Und das tue ich jetzt. Ich laufe schneller und immer schneller.

Heute Nacht scheint kein Mond, und die Wolken trüben die Sterne. Ich weiß nicht, ob ich geradeaus laufe, aber jeder Schritt, der mich nicht zum Schuppen zurückbringt, ist ein richtiger Schritt. Ich versuche, mich immer in einer Richtung vorwärtszubewegen – davon weg –, aber ich laufe blindlings ins Nichts.

Die, die mir folgt, ist irgendwo in der Nähe, aber es ist nicht hell genug für sie, um mir den Weg zu zeigen. Wie ein Glühwürmchen rückt sie ins Blickfeld und ist wieder weg, und auch wenn es das Einzige ist, was sie tun kann, fühle ich mich mit ihr zusammen stärker und mutiger, weil ich weiß, dass ich nicht allein bin.

Sie läuft neben mir her, macht mir Mut und treibt mich an.

Wir werden schneller.

Zuerst höre ich das Motorgeräusch, wie ein wütend knurrender Wolf, der hinter mir durchs Unterholz bricht und die zwischen uns liegende Entfernung auffrisst. Ein paar Sekunden später schießt ein einzelner Lichtstrahl durch die Dunkelheit, prallt von Baumstämmen ab und durchschneidet die Schatten. Das Licht verfolgt mich, kommt näher und näher, wird immer heller, und ich weiß, dass mir nur noch wenige Sekunden bleiben, bis ich bei lebendigem Leib aufgefressen werde.

Versteck dich.

Es ist so leise, dass ich es fast überhöre, es fast für das Weinen der Nacht halte, für das Vorbeistreifen eines Falters an meiner Wange, ein Flüstern in meinem Kopf.

Hinter mir heult der Motor auf, nah genug, dass ich, wenn ich über die Schulter sehe, die dunklen Umrisse von Travis' Motorrad durch die Bäume brechen sehe. Ein Albtraum.

Ich tauche nach links ab, weg aus dem gelben Scheinwerferlicht.

Das Motorrad dreht bei, und der Lichtstrahl erwischt mich wieder.

Ich springe nach rechts zwischen zwei Kiefern, aber der Scheinwerfer findet mich auch da.

Ich renne im Zickzack zwischen Licht und Dunkelheit hin und her, um ihm die Verfolgung schwerer zu machen, und halte dabei Ausschau nach einem Versteck. Ein Loch im Boden, ein Felsen, ein gefällter Baum, unter dem ich mich verkriechen kann, irgendetwas, um zu verschwinden.

Er ruft etwas, aber ich schaue nicht zurück.

Ich höre nicht auf, zu rennen.

Ein Stück vor mir sackt der Boden jäh ab. Die Welt ist zu Ende, und über das Motorendröhnen hinweg höre ich Wasser rauschen. Ich schlage einen letzten Haken vom Scheinwerferlicht weg, und als ich wieder im Dunkeln bin, laufe ich geradewegs auf die Böschung zu und springe ab.

Ich schlage hart auf, und meine Knie geben nach. Ich knicke ein und rolle mich ab, und dann liege ich auf dem Rücken und blicke zu den Sternen hinauf. Die Wolken haben sich verzogen, und die Sterne sind zahlreich und hell. Der rauschende Fluss ist alles, was ich jetzt höre, und das Klatschen des Wassers gegen die Steine.

Der Sturz war nicht tief. Ein bis zwei Meter vielleicht. Eher eine hohe Stufe als eine Klippe, aber ich bin jetzt unterhalb des Scheinwerfers, mindestens ein paar Sekunden lang nicht zu sehen. Genügend Zeit.

Ich wälze mich auf den Bauch und robbe auf Knien und Ellbogen über den feuchten Sand zu einem halb in der Erde versunkenen, halb im Fluss liegenden Baumstamm. Ich krieche auf die andere Seite und schramme mir an der rauen Borke das Knie auf. Der Schmerz ist schlimmer als das Knöchelverrenken vorhin, aber ich beiße mir auf die Lippe und unterdrücke den Aufschrei. Disteln zerkratzen mir Arme und Beine und das Gesicht. Brombeeren zerreißen meine Kleider. Ich verkrieche mich in einer tiefen Kuhle hinter dem Baumstamm. Ich bin zwischen Gräsern und morschem Holz versteckt. In Dunkelheit gehüllt.

Die, die mir folgt, breitet sich dünn über dem Wasser aus. Sie ist weiß und silbern und blau und grau. Sie reflektiert das Sternenlicht und wartet, wunderschön, vor Liebe leuchtend.

Ein gelber Lichtstrahl streicht über die Böschung, dehnt sich über den halben Fluss aus. Er bleibt stehen, bewegt sich nicht vor und nicht zurück, sucht die Bäume nicht ab. Steht einfach bloß da, am Rand der Welt.

„Ollie!"

Es ist Travis, aber er hört sich komisch an. Seine Stimme ist rau, als hätte er geweint.

„Ollie! Komm bitte raus. Ich tu dir nichts."

Die, die mir folgt, tanzt wie eine Flamme auf dem Wasser.

„Es ist nicht, wie du denkst, Ollie", sagt er. „Wir haben das alles nicht gewollt. Bitte. Ich kann dir alles erklären. Komm jetzt raus."

Er wartet schweigend auf mich, aber ich weiß, dass er immer noch da ist, weil das Scheinwerferlicht die Dunkelheit zerreißt. Dann schreit er. Schreit und heult und tritt gegen Steine, die den Abhang hinabpoltern und ins Wasser klatschen.

Er schreit, und mich zerreißt es. Die Intensität, die er verströmt, lässt die Sterne erzittern und die Bäume schaudern. Ich krümme mich über den Knien zusammen und weine lautlos. Um alles, was wir hatten, um alles, was wir verloren haben, um alles, was wir nie sein werden.

Er ist nicht böse. Ich bin nicht gut. Wir sind beide gleich, in tausend Stücke zerbrochen und wieder zusammengesetzt.

Wenn diese Nacht anders wäre – wenn wir Freunde und keine Feinde wären, wenn meine Schwester nicht in Gefahr wäre, wenn ich etwas sagen könnte –, dann würde ich hingehen und seine Hand nehmen und ihm sagen, dass er alles, was ihm wichtig ist, noch besitzt, dass etwas nur, weil man es nicht sehen kann, noch lange nicht weg ist. Ich würde ihm sagen, dass die Menschen, die uns lieben, uns für immer lieben, selbst wenn wir gemeine Sachen sagen oder falsche Entscheidungen treffen und selbst wenn wir sie auf die schlimmste Weise verletzen. Selbst dann lieben sie uns weiter und werden uns für immer lieben. Die Liebe glaubt mit großen Augen an eine neue Chance und das Unmögliche, würde ich sagen, und dann würde ich ihm sagen, dass er die Augen aufmachen soll.

Seine Schreie sind jetzt verstummt. Das Motorrad jault auf, und er weicht von der Böschung zurück. Der Scheinwerfer wird immer schwächer und verschwindet.

Travis ist verschwunden, und ich bin im dunklen Wald verloren.

Aber ich habe keine Angst mehr.

Meine Mutter ist ja bei mir.

Mrs Roth hielt mir einen abgebrochenen Bleistift und ein Notizbuchblatt hin. „Schreib ihnen, dass es dir leidtut."

Ich setzte mich auf die Hände und wandte das Gesicht ab. Sie legte mir Stift und Papier auf den Schoß.

„Schreib, dass dir das Leben zu schwer geworden ist", sagte sie. „Dass du den Kummer wegen deiner Mutter und die Scham darüber, was dein Vater getan hat, nicht mehr aushältst. Dass du erst deine kleine Schwester getötet hast, um sie vor den bösen, hässlichen Dingen auf dieser Welt zu beschützen, und dann dich selbst."

„Nein."

„Schreib, du willst niemandem zur Last fallen und gehst deshalb zu deiner Mutter."

„Sie können mich mal." Ich spuckte ihr ins Gesicht.

Sie wich zurück und wischte sich die Spucke mit dem Ärmel ab.

Billy Roth fuhr von seiner Werkbank herum und kam zu mir. Er schlug mir ins Gesicht, ein einziger gewaltiger Hieb. Mein Kopf machte einen Ruck, mein Unterkiefer knackte. Ein siedend heißer Schmerz schoss mir durch den Schädel, und Blut strömte mir in den Mund.

„Billy, nicht!" Mrs Roths Stimme hallte wider wie ein entfernter Bienenstock. „Wir dürfen keine Spuren hinterlassen. Wir müssen es richtig anstellen. Keine Fehler diesmal, okay? Keine Fehler."

Ich sackte auf dem Stuhl nach vorn und ließ den Kopf hängen, starrte und starrte auf meine so weit entfernten Füße. Ein Blutstropfen fiel mir von den Lippen in den Schoß, auf das saubere weiße Blatt Papier. Ein hellroter Blutspritzer. Mein Blut.

Ich saß noch ungefähr eine Minute lang so vornübergebeugt da, wie eine kaputte Puppe, bis der stechende Schmerz in meinem Unterkiefer einem dumpfen Pochen wich und das Klingeln in meinen Ohren nachließ. Bis Billy Roth mich bei den Haaren packte und meinen Oberkörper wieder hochriss. „Tu, was sie sagt."

Mrs Roth lächelte so, wie Kellnerinnen lächeln, wenn sie die Bestellung falsch verstanden haben, mit geheucheltem Bedauern. „Schreib!"

Ich nahm das Papier und den Stift in die Hand. Billy ließ meine Haare los und wandte sich wieder seiner Arbeit zu.

Ich sah Mrs Roth unverwandt in die Augen, ohne zu blinzeln, und brach den Bleistift mittendurch, dann zerknüllte ich das Papier und warf ihr beides vor die Füße.

Billy wollte sich schon wieder zu mir umdrehen, die Hand erhoben, aber Mrs Roth schob ihn zurück.

„Das macht nichts. Ich kann es auch selber machen." Sie schnappte sich das Blatt Papier und strich es wieder glatt, dann ging sie zur Werkbank, nahm sich einen neuen Bleistift aus dem Becher und schrieb.

Billy Roth stand da, eine Hand auf meiner Schulter, und drückte mich auf den Stuhl.

Ich schloss die Augen und stellte mir vor, ausgestreckt auf dem Rücken auf unserer Weide zu liegen, das weiche Gras unter mir. Die Sonne warm im Gesicht. Ich stellte mir vor, wie Bear den Bienen etwas zuflüsterte und die Bienen zurückflüsterten. Ich stellte mir vor, Ollie läge ausgestreckt neben mir.

„Billy, Schatz", sagte Mrs Roth und zerschlug meine Träumerei. „Geh und hol den Jeep."

Er nahm die Hand von meiner Schulter, und ich kehrte in den Schuppen zurück, zu dem Geruch von nasser Farbe und Rauch und zu der Erkenntnis, dass ich meine Schwester vielleicht nie wiedersehen würde, ihr nie würde erzählen können, wie leid es mir tat, dass ich ihr nicht zugehört, nicht geglaubt hatte. Und Bear. Er hatte schon so vieles verloren. Es war nicht fair, wenn er jetzt auch noch uns verlieren würde. Nichts von alledem war fair, verdammt noch mal, für niemanden von uns.

Mrs Roth packte meinen Arm und riss mich hoch. Sie drückte mir den Revolver in die Seite und sagte: „Je eher wir dort sind, desto eher ist das alles vorbei."

Sie schob mich vorwärts. Ich schlurfte mit den Füßen, stemmte mich gegen sie, wehrte mich und tat alles, um nicht durch diese Tür gehen zu müssen.

„Warum tun Sie das?", fragte ich.

„Wenn ihr nur nicht so neugierig gewesen wärt", sagte sie. „Wenn ihr nicht immer weitergebohrt hättet ..."

„Ich konnte Bear doch nicht für etwas ins Gefängnis gehen lassen, was er nicht getan hat."

„Nach dem, was er meiner Delilah angetan hat? Und Billy? Meiner ganzen Familie? Er hätte damals ‚lebenslang' verdient gehabt."

„Das war doch alles ein Unfall. Ein furchtbares, entsetzliches Missgeschick."

„Nein, meine Liebe. Dein Vater hat es sich so ausgesucht, und wir mussten seine Entscheidung teuer bezahlen. Sie hätten ihn nie wieder rauslassen dürfen." Mrs Roth drückte meinen Arm noch kräftiger, ihre Finger kniffen mir bis auf die Knochen.

Ich krümmte mich, aber das machte es nur noch schlimmer. „Ihre Tochter würde nicht wollen, dass Sie das tun."

Sie hörte auf, mich mit Gewalt zur Tür hinauszerren zu wollen. Es waren nur noch ein paar Schritte bis zur Schwelle. Ich spürte die kühle Luft und atmete Kiefernduft und die Frische der Dämmerung ein.

„Weißt du überhaupt, wie das ist?" Mrs Roths Stimme war nur noch ein Flüstern. „Ein Kind zu verlieren? Jeden Morgen aufzuwachen und sich zu wünschen, man wäre auch tot?"

„Bitte. Bitte nicht."

„*Jetzt* hab ich wohl keine andere Wahl mehr, nicht wahr?" Sie seufzte, und einen kurzen Moment lang nahm sie den Revolver ein Stück von meinen Rippen weg. Dann war er wieder da, und seine Kälte drang unerbittlich durch mein T-Shirt.

„Weißt du", sagte sie. „Ich denke immer wieder darüber nach, versuche, mir vorzustellen, wie die Dinge hätten anders ausgehen können. Vielleicht wenn ich Billy nicht angerufen und darauf bestanden hätte, dass sie nach Hause kamen. Er sagte zu mir, die Straßen seien vereist und er würde sich nicht wohl dabei fühlen, jetzt über den Pass zu fahren. Aber ich habe ihn dazu gedrängt. Habe ihm ein schlechtes Gewissen eingeredet, weil er mich mit Travis allein gelassen hatte. Travis hatte so hohes Fieber, dass ich anfing, mir Sorgen zu machen. Oder vielleicht, wenn wir Delilah nicht so verwöhnt hätten. Wenn wir uns nicht darauf eingelassen hätten, dass sie ihren Geburtstag in diesem Spaßbad feierte. Aber ich kann es drehen und wenden, wie ich will, ich lande doch immer wieder bei deinem Vater. Ein egoistischer, dummer Kerl, der dachte, er wäre noch fahrtüchtig, nachdem er eine halbe Flasche Scotch getrunken hatte. Er ist der Grund dafür, dass meine Delilah tot ist. Dass Billy den Verstand verloren hat. Er hat mir alles genommen. *Alles.* Und alles, was er dafür gekriegt hat, war ein Klaps auf die Hand. Zwei Jahre Gefängnis und dann wieder frei. Einfach so. Frei wie ein Vogel. Während meine Familie weiter leidet."

Sie fing wieder an, mich zur Tür zu schieben, und ich wehrte mich, so gut ich konnte, aber ihr Griff war unerbittlich, und dann war da noch der Revolver. Der Revolver. Meine Tränen ließen ihn verschwinden, aber ich spürte immer noch den Druck gegen meine Rippen.

„Aber sieh mal, wo wir jetzt sind. Es ist, als würde die Welt endlich wieder ins Gleichgewicht kommen", sagte sie. „Und alles wird wieder gut."

Irgendwo aus der Ferne kam das hohe Winseln eines Crossbikes, und dann war es hier und hielt direkt vor der Tür an. Der Motor ging aus.

Im nächsten Moment stürmte Travis in den Schuppen. Er blieb mitten im Eingang stehen, sah seine Mom an, dann mich, dann den Revolver. Er rang die Hände und sagte: „Sie ist mir entwischt."

Und meine erste Reaktion war ein heimliches Schmunzeln. Ein Zucken der Mundwinkel, eine kribbelnde Gefühlsaufwallung in meiner Brust, die sich vielleicht in ein Lachen verwandelt hätte, wenn ich es nicht schnell hinuntergeschluckt hätte.

„Was?" Mrs Roth stieß mir den Revolver kräftiger in die Seite.

„Sie ist entkommen", wiederholte Travis. „Ich konnte sie nirgends finden. Sie ist weg."

Meine zweite Reaktion war, ganz stillzuhalten und nur mit den Augen nach etwas zu suchen, womit ich mich wehren konnte. Etwas, das Eindruck machen würde. Am Werkzeugbrett an der Wand hingen Schraubenzieher, Zangen und Schraubenschlüssel, Hämmer aller Größen, Brecheisen und lange Metallstücke. Oben auf der Werkbank stand sogar eine Lötlampe. Auch das Fleischermesser lag noch genau da, wo Billy es hingelegt hatte. Aber alles, selbst das Messer, befand sich außerhalb meiner Reichweite.

Mrs Roths Hand fing an zu zittern. „Unmöglich."

„Es war stockdunkel", sagte Travis. „Ich konnte überhaupt nichts sehen."

Mrs Roth ließ den Revolver sinken, sodass er mich nicht mehr drückte, aber ihr Griff um meinen Arm blieb eisern.

„Ich hab alles versucht", fuhr Travis fort. „Hab überall nachgesehen, aber es gibt so viele verschiedene Wege, die sie genommen haben könnte. Zurück nach Terrebonne. Runter zum Fluss. Inzwischen könnte sie überall sein."

Mrs Roth schüttelte den Kopf. „Sei still. Lass mich nachdenken."

Travis steckte die Hände in die Taschen und trat von einem Bein aufs andere. Er warf mir heimliche Blicke zu, auf die ich nicht einging.

Draußen fuhr der Jeep vor die Schuppentür. Billy hupte.

Mrs Roth seufzte und stieß mich wieder auf den Stuhl. „Rühr dich nicht." Dann drehte sie sich zu Travis um und sagte: „Ich gehe sie selber suchen. Du wartest hier und passt auf, dass Sam sich nicht von der Stelle rührt. Wir unterhalten uns später, wenn ich wieder da bin."

Sie wollte zur Tür gehen, aber Travis versperrte ihr den Weg. Sie wollte an ihm vorbeitreten, aber er bewegte sich mit.

„Travis?"

„Sie ist weg, Mom. Sie ist entkommen."

Ich konnte Mrs Roths Gesicht von da, wo ich saß, nicht sehen, aber ich sah, wie ihre Schultern leicht absanken, und sie hielt den Revolver wieder fester. „Du hattest sie schon gefunden, nicht wahr?"

Er legte ihr die Hände auf die Schultern und beugte sich vor, sodass sich ihre Stirnen fast berührten.

„Ach, Travis. Weißt du eigentlich, was du getan hast?"

„Ich sage der Polizei, dass ich es war", sagte er ruhig. „Ich sage ihnen, ich hätte Taylor umgebracht. Und auch, dass ich es vertuscht habe. Du und Dad, ihr habt nichts davon gewusst. Das werde ich ihnen sagen."

„Nein." Mrs Roths Stimme kippte.

„Ist schon okay. Alles wird gut. Du erzählst ihnen einfach, ich hätte in letzter Zeit manchmal Wutausbrüche und würde mich merkwürdig benehmen. Sag ihnen, ich würde rauchen und die Arbeit schwänzen und dass du dir deshalb schon länger Sorgen machen würdest." Er ließ ihre Schulter los, machte zwei Schritte zum Bücherregal und holte das ockerfarbene Täschchen. Er wischte es mit dem Ärmel ab und nahm es dann in beide Hände. „Siehst du, meine Fingerabdrücke sind überall drauf. Und meine Stiefel passen zu den Fußabdrücken unten am Fluss. Und die Reifenspuren vom Jeep. Ich unterschreibe ein Geständnis. Das funktioniert. Sie werden es glauben. Du bleibst einfach bei deiner ursprünglichen Geschichte, dass Taylor Bellweather gar nicht zu dem Interview erschienen ist, und alles wird gut. Erzähl ihnen, ich müsste mich rausgeschlichen haben, nachdem du schlafen gegangen bist. Und dass du keine Ahnung hattest."

„Hör auf, Travis“, sagte Mrs Roth. „Das lasse ich nicht zu.“

Billy hupte erneut, ein lauter, lang anhaltender Ton. Mrs Roth warf einen Blick auf die offene Tür.

„Es kommt alles in Ordnung, Mom. Aber lass Sam gehen. Ich nehme die Schuld auf mich. Bitte. Lass sie gehen.“ Dabei sah er mich an und sagte: „Tut mir leid. Das war nicht geplant. Wir sind in Panik geraten. Und da ist das Ganze aus dem Ruder gelaufen. Aber ich mache es wieder gut, ja? Hilfst du mir?“

Ich nickte, nicht ganz sicher, worum er mich bitten wollte, aber ich war bereit, alles zu sagen, was er wollte, wenn ich dafür lebendig hier rauskommen und Ollie wiedersehen würde.

„Sagst du ihnen, ich hätte sie getötet?“

Ich nickte eifrig.

Mrs Roth packte Travis beim Arm und zog ihn zu sich heran. „Sie werden dich lebenslang ins Gefängnis stecken. Bis du alt bist und stirbst.“

„Schon gut. Hör zu, es kommt alles in Ordnung. Dir und Dad wird es gut gehen. Und Sam und Ollie auch. Ich bin ja noch minderjährig. Vielleicht sind sie auch gar nicht so streng mit mir. Oder ich kann etwas mit ihnen aushandeln. Vielleicht ...“

„Nein“, sagte Mrs Roth. „Das lasse ich nicht zu.”

„Ich wüsste keine andere Möglichkeit.“

„Ich habe eine neue Idee. Sie ist idiotensicher. Sie ...“

Travis schüttelte den Kopf. „Tut mir leid.“

Er entwand sich ihrem Griff und kam zu mir, streckte die Hand aus und sagte: „Komm, Sam. Ich fahr dich auf dem Weg zur Polizei zu Zeb und Franny.“

Ich stand auf.

Mrs Roth packte Travis’ Ellbogen und zog ihn zurück. „Tu das nicht.“

Travis lächelte traurig. „Es ist vorbei, Mom. Ich mache nicht mehr mit.“

Eine Autotür ging auf. Stiefel knirschten im Kies, und dann kam Billy in den Schuppen. „Fahren wir nun oder nicht?“

Er wartete die Antwort nicht ab, sondern drückte sich an uns vorbei und ging geradewegs auf das abgedeckte Objekt auf der anderen Seite des Raumes zu. Er griff nach einer Ecke, zog den Stoff weg und enthüllte die Skulptur darunter. Sie war schön und grauenvoll zugleich. Kunstvoll aus einem Baumstamm herausgearbeitet, wuchs ein Mädchen wie der Phönix aus einem Stapel Blechbüchsen und aschgrauem Sand heraus. Beide Arme waren zur Decke gestreckt, der Kopf zurückgelegt, das Haar wie fließendes Gold hinter ihr. Sie hatte zwei Gesichter, die in unterschiedliche Richtungen schauten. Das eine lächelte sanft und friedlich, das andere war grotesk, der Mund zu einem stummen Schrei verzerrt, Tränen gruben Falten in ihre Wangen. Ich erkannte sie. Es war das Mädchen auf dem Foto, neben der Geburtstagstorte mit den Kerzen, die für immer brennen. Es war Delilah. Als ich genauer auf den Sockel sah, entdeckte ich darin den Umriss einer eingerollten Gestalt, eines schlafenden Kindes, das die Finger knochenweiß aus dem Grau streckt und verzweifelt nach etwas greift, das es nie erreichen wird. Ich drehte mich weg, benommen und mit einem Gefühl von Übelkeit.

„Ich überlege, ob ich noch eine Schleife dranmachen soll", sagte Billy. „Ein blaues Band mit großen weißen Punkten. Genau hier." Er zeigte auf eine Stelle ganz oben.

Travis sog die Lippen zwischen die Zähne und verzog das Gesicht.

„Hört sich allerliebst an", sagte Mrs Roth. „Eine reizende Idee."

„Mom, bitte", flüsterte Travis. „Das darf er nicht tun."

Mrs Roth sah ihn scharf an und schüttelte den Kopf.

„Delilah würde das nicht wollen", sagte er.

Billys Mundwinkel zuckten.

„Travis", sagte Mrs Roth leise und drohend.

Travis ballte die Fäuste und ging auf die Skulptur zu. „Das lasse ich ihn nicht machen. Es ist nicht richtig."

„Travis. Bitte. Lass doch."

„Nein." Er war schon fast da. „Das war deine Tochter, Mom. Sieh doch, was er ihr angetan hat."

Billy sagte: „Ich glaube, du solltest jetzt gehen."

„Das hat sie nicht verdient", sagte Travis, kauerte sich hin und legte die Hand über ihre weißen Finger. „Delilah ist tot, Dad. Damit kannst du sie auch nicht zurückholen."

Billys Kopf pendelte hin und her. „Raus hier!"

„Travis", sagte Mrs Roth und machte einen Schritt auf die Skulptur zu. „Tu, was dein Vater sagt."

„Nein." Travis schloss die Augen und schüttelte den Kopf. Dann öffnete er sie wieder und stand auf. „Nein. Wir müssen die Ausstellung absagen. Sie verschieben. Wir müssen uns etwas anderes ausdenken. Ich lasse nicht zu, dass man Delilah so in Erinnerung behält. Ich werde nicht …" Er fing an, den hölzernen Teil abzutasten, als suche er einen Griff, an dem er ziehen, oder einen Knopf, den er drücken konnte, um sie verschwinden zu lassen.

Ich versuchte, mich seitwärts zum Fenster zu schleichen.

Mrs Roth sah mich aus dem Augenwinkel und riss den Kopf herum. „Wo willst du hin?"

Ich hielt inne und breitete die Arme aus. „Nirgends. Ich wollte bloß …"

Schweigend und so schnell, dass ich nicht einmal Zeit hatte, aufzuschreien, stürzte sich Billy Roth auf Travis. Er hatte das Fleischermesser gepackt, hob es jetzt über seinen Kopf und stieß es dann mit aller Kraft in die weiche Kuhle über Travis' Schlüsselbein. Travis keuchte und taumelte rückwärts.

Der Schrei blieb mir im Hals stecken, und stattdessen kam nur ein ersticktes Röcheln heraus.

Mrs Roth drehte sich um. „Billy?"

Travis presste die Hand auf die Wunde. Überall Blut. Lauter Blut. Es quoll zwischen seinen Fingern hervor, lief den Arm hinab, ein roter Fleck breitete sich auf seinem weißen T-Shirt aus.

„Billy?", sagte Mrs Roth noch einmal und machte einen wankenden Schritt auf Travis zu. „Was hast du getan?"

Billy Roth legte das Messer auf die Werkbank und wischte sich seelenruhig die Hände an einem Lumpen ab, als wäre nichts geschehen, absolut gar nichts. Dann kehrte er mit einem sauberen Lappen und einer Dose Bienenwachs zu der Skulptur zurück und fing an, die Stellen zu polieren, die Travis angefasst hatte. Dabei summte er ein bisschen vor sich hin.

Travis taumelte rückwärts gegen die Werkbank. Sein Mund öffnete und schloss sich und formte stumme Worte. Er sah mich an, dann Mrs Roth, die die Arme nach ihm ausstreckte, ihn umarmte. Er schüttelte den Kopf, und seine Knie gaben unter ihm nach, aber Mrs Roth war nicht kräftig genug, um ihn festzuhalten. Gemeinsam brachen sie zusammen.

Mrs Roth zog Travis in die Arme, wiegte ihn und wiegte ihn, presste die Hand auf die klaffende Wunde, strich ihm mit blutigen Fingern über die bleichen Wangen und flüsterte Worte, die ich nicht hören konnte, von denen ich aber hoffte, dass sie voller Liebe waren.

Ich bewegte mich langsam rückwärts, tastete mich mit den Händen auf die Tür zu, doch obwohl ich mir alle Mühe gab, mir sagte: Nichts wie weg hier!, konnte ich mich nicht überwinden, wegzulaufen. Mein Herz funktionierte nicht richtig. Es schlug zu heftig, pumpte zu viel Blut – so viel Blut –, und meine Gliedmaßen waren bleischwer, die Gelenke alle geschwollen und steif. Ich konnte die Beine nicht in Bewegung setzen, konnte mich nicht dazu bringen, mich umzudrehen und Travis hier zurückzulassen.

Ich stieß gegen etwas Hartes, ein Regal oder einen Tisch vielleicht, und riss einen Becher mit Schrauben hinunter. Sie fielen hinab und ergossen sich scheppernd über den Betonboden. Es hallte unangenehm durch den stillen Raum.

Mrs Roth hob den Kopf, drehte sich um und starrte mich an.

Ich war an der Tür, meine Hände griffen hinter meinem Rücken ins Freie.

Mrs Roth flüsterte Travis etwas ins Ohr, dann legte sie ihn behutsam hin, nahm einen Lappen von der Werkbank, bedeckte damit seine Wunde und drückte seine bleiche, zitternde Hand fest darauf. Sie küsste ihn auf die Wange und sagte: „Ich bin gleich wieder da. Halt durch so lange, ja? Halt durch."

Sie stand auf und kam auf mich zu.

Der Revolver sah aus diesem Blickwinkel viel kleiner aus, nur ein glänzendes Stück Metall und nichts, wovor man Angst haben musste. Ich ging rückwärts, Mrs Roth folgte mir Schritt auf Schritt. Meine Füße traten auf Kies.

Dann war ich draußen. Sie stand als schemenhafte Silhouette im Eingang.

Die Nacht summte. Ich machte noch einen Schritt rückwärts.

„Ich wünschte, ihr hättet das alles auf sich beruhen lassen." Sie wischte sich mit dem Ärmel übers Gesicht. Ihre Hände zitterten. „Ihr hättet euch einfach da raushalten sollen."

Ich wollte mich umdrehen und losrennen, das alles hinter mir lassen, aber ihr Finger war am Abzug, und ich hatte nicht den Hauch einer

Chance. Ich dachte immer nur, jemand wird schon kommen. Jemand wird kommen und mich retten.

Aber es kam niemand.

„Du verstehst doch, warum ich das tun muss, nicht wahr? Ich kann nicht zulassen, dass du ... Ich kann nicht ...“ Sie schloss die Augen und holte tief Luft, um sich zu sammeln, um ihre Hände zur Ruhe zu bringen.

Der Revolver zeigte nach unten. Es waren nur ein paar Sekunden, aber genug Zeit für mich, um eine Handvoll Steine aufzuheben, ein paar kleine und ein paar größere, so groß wie Golfbälle. Als sie die Augen wieder aufmachte und den Revolver wieder gerade hielt, stand ich da, als hätte ich mich nicht gerührt.

Sie sagte: „Tut mir leid, Sam. Tut mir wirklich leid.“

Ich holte aus und warf einen der größeren Steine gegen den Holzstapel. Der Trick ist, ein wenig höher zu zielen als auf das eigentliche Ziel. Der Stein verpasste dem hohlen Baumstumpf einen ordentlichen Stoß.

Mrs Roth zuckte zusammen, aber der Revolver war fest auf meine Brust gerichtet.

Der zweite Stein traf exakt an derselben Stelle. Der Baumstumpf kippelte, dann fiel er zu Boden und blieb auf der Seite liegen. Einen Moment lang bewegte sich keiner von uns oder sagte etwas, und die Zeit schien stehen zu bleiben. Dann explodierte der Baumstumpf. Bienen ergossen sich in die Nacht, schwollen zu einer immer schwärzer werdenden Wolke an und versetzten die Luft mit ihrem wütenden Geschwirr in Schwingung.

„Was ...?“ – Mehr konnte sie nicht mehr sagen.

Sie machte einen Schritt zurück, wedelte mit der Hand vor dem Gesicht herum, fuchtelte herum. Sie jaulte auf, und dann fing sie an, wild um sich zu schlagen.

Ich drehte mich um und rannte los. Weit ausholend, mit zitternden Knien und rudernden Armen, schneller, schneller. Ihre Schreie wurden immer lauter und verzweifelter, schließlich wie rasend. Ich sah mich nicht um.

Als ich den Weg halb hinunter und fast schon am Haus war, peitschte ein einzelner Schuss durch die Bäume. Etwas mit scharfen Zähnen und einer Giftpfeilzunge grub sich in meine Wade. Ich stolperte, schrie auf und fiel lang hin, rutschte auf Händen und Knien über den Rindenmulch. Dann lag ich einen Moment lang da, die Wange auf dem harten Boden. Die Kehle schwoll mir an, und meine Augen füllten sich mit Tränen.

Das war's dann, dachte ich. Nur noch eine Frage der Zeit, bis ich tot bin. Leb wohl, Bear. Leb wohl, Ollie, grüß mir Zeb und Franny und Grandma und Grandpa ganz lieb … Und dann waren meine Hände auf einmal unter mir, stemmten mich hoch, und ich rappelte mich mühsam auf und versuchte, zu stehen. Ich schwankte auf meinem gesunden Bein, verbiss mir den Schrei und verlagerte vorsichtig das Gewicht auf das andere, das brannte und pulsierte, als würden sich tausend Bienen unter der Haut austoben. Mein Magen hob sich. Ich schluckte und blinzelte die blutroten Funken weg. Ich machte einen wackeligen Schritt vorwärts, weil ich ja nicht hierbleiben konnte. Der Schmerz bohrte sich tiefer, wühlte sich durch mich hindurch, grub sich bis ganz in meine Mitte. Ich machte noch einen Schritt, weil Bear doch unschuldig war und irgendjemand es ihnen sagen musste. Ich machte wieder einen Schritt und noch einen, biss die Zähne zusammen und redete mir ein, die Kugel hätte mich nur gestreift, hoffte und betete, dass es so war, dass sie mich verfehlt hatte und es bloß eine Schramme war, vielleicht mit ein paar Stichen zu reparieren, nichts von Dauer. Ich machte einen Schritt nach dem andern – obwohl es höllisch wehtat –, weil Ollie ja irgendwo dort draußen war, lebendig.

Irgendwo zwischen dem Schuppen und dem Haus schaffte ich es, einen Rhythmus zu finden, halb trabend, halb das Bein nachziehend, und je weiter und schneller ich lief, desto weniger tat es weh. Mein Körper schien die Arbeit für mich zu übernehmen und bewegte sich von selbst, drängte vorwärts, weil es das Einzige war, was er tun konnte. Ich konnte jetzt schon mein Fahrrad sehen, wo ich es, an einen Baum gelehnt, zurückgelassen hatte. Noch ein paar Schritte – und ich war da.

Ich packte den Lenker und schwang mein gesundes Bein über den Sattel. Die Streckbewegung war schlimmer als das Laufen, und ich schrie auf und krümmte mich über die Lenkstange. Ich atmete lange und tief ein und aus. Das Schwerste hatte ich hinter mir. Rad fahren war einfach. Bloß zur Straße gelangen. Zur Straße. Ich hob den Kopf, stellte die Füße auf die Pedale und trat langsam hinein. Jedes Mal, wenn ich dachte, der Schmerz würde mir zu viel, jedes Mal, wenn ich aufgeben wollte, dachte ich an Ollie und machte weiter. Die Bäume schwenkten ihre überhängenden Zweige und flüsterten ihren Namen, damit trieben sie mich an, schneller und schneller.

Die Zufahrt war so lang … ich hatte vergessen, wie lang …

Ein Motor heulte hinter mir in der Dunkelheit auf und kam näher, Reifen schlitterten über den Kies. Ich sah über die Schulter. Scheinwerfer strichen um eine Kurve, und ich war einen Moment lang blind. Da war nur ein leuchtender, vernichtender Lichtstrahl, der immer heller wurde. Ich kniff die Augen zusammen und blinzelte und sah wieder nach vorn, den Kopf gesenkt, und trat mit aller Kraft in die Pedale.

Die Scheinwerfer beleuchteten den Straßenrand und schossen zwischen den Bäumen hindurch, sodass es aussah, als würde der Wald neben mir herlaufen. Ich warf noch einen kurzen Blick zurück. Der kastenförmige Kühlergrill des Jeeps näherte sich. Hundert Meter, dann neunzig, achtzig … das Motorgeräusch dröhnte in meinem Brustkorb, Diesel brannte mir in der Kehle. Die Fahrerin, ein schattenhaft über das Lenkrad gebeugtes Ungeheuer, drückte auf die Hupe … siebzig, sechzig, fünfzig Meter. Mir blieben nur noch Sekunden, um mich zu entscheiden.

Ich riss das Rad hart nach rechts zwischen die Bäume. Ich dachte, es wäre eng genug. Ich glaubte nicht, dass sie es tatsächlich versuchen würde, aber falls doch, dann würde sie nicht weit kommen. Reifen und Bremsen quietschten. Ich sah über die Schulter. Der Jeep brach nach links, nach rechts und wieder nach links aus.

Ich hätte besser aufpassen sollen, wo ich hinfuhr. Ich hätte mich nicht umdrehen dürfen.

Mein Vorderrad krachte gegen einen aus dem Boden ragenden Steinbrocken, gerade als der Jeep zu weit zur einen Seite schleuderte und ins Kippen geriet. Ich flog über den Lenker und knallte, mit der Schulter voran, gegen einen Baum, dann mit dem Kopf, aber nicht weniger hart. Dann sackte ich neben meinem verbogenen Fahrrad zu Boden. Die Sterne bohrten Löcher in das dunkle Blätterdach über mir. Ich konnte mich nicht bewegen. Ich versuchte es, versuchte es mit aller Kraft, aber mein Körper verweigerte die Zusammenarbeit.

Irgendwo links von mir, an der Straße, gab es einen lauten Knall. Knirschendes Blech und splitterndes Holz. Dann ein Zischen wie von entweichendem Dampf und das Stottern eines abgewürgten Motors. Die Scheinwerfer flackerten: aus – an – aus – an.

Aus.

Bevor es um mich herum Nacht wurde, sah ich Folgendes: weißen Rauch, der sich durch die Zweige schlängelte, und eine Frau mit haselnussbraunen Augen und dunklem Haar, die sich über mich beugte und flüsterte: „Danke."

OLLIE

Wir bleiben nah am Fluss und folgen seinen Windungen. Mom geht im seichten Wasser, ich am Ufer. Ich greife nach ihrer Hand, sie fühlt sich an wie Wasserdampf. Ich möchte gern langsam gehen und zwischen den Sternen nach Tieren suchen. Ich wünsche mir einfach ein bisschen mehr Zeit.

Um ihr alles zu sagen, was ich ihr sagen muss, alles, was sie schon weiß.

Aber sie drängt mich, schneller zu gehen. *Deine Schwester braucht dich jetzt.*

Komisch, ich dachte immer, *ich* wäre diejenige, die *sie* braucht.

Ich schätze mal, es läuft darauf hinaus: Sam und ich brauchen uns gegenseitig.

Ich fange an zu traben. Ich weiß nicht genau, wo ich bin, aber ich weiß, das hier ist der Crooked River, und ich weiß, ich bin etwas nördlich von Terrebonne, weil Mrs Roth nach links abgebogen ist, nicht nach rechts, als sie uns vorhin aus der Stadt hinausgefahren hat, und ich bin noch nicht am Smith Rock vorbeigekommen. Wenn ich weitergehe, erreiche ich irgendwann die Stadt. Hoffentlich ist es dann nicht schon zu spät.

Nachdem ich ein paar Minuten durch hohes Gras und wucherndes Gestrüpp gelaufen bin, wird das Ufer breiter und flacher, und vor mir sehe ich Straßenlichter.

Beinahe da.

Mom schießt wie eine Rakete auf das erste Gebäude zu, das wir sehen, seit wir Billy Roths Schuppen verlassen haben. Es ist der Eisenwarenladen, und auf der anderen Straßenseite ist ein Münztelefon. Meine Beine bersten auf einmal vor Kraft. Ich fliege. Mein Zopf hüpft hinter mir auf und ab. Ich rudere mit den Armen. Ich bin noch nie im Leben so schnell gelaufen. Und als ich bei ihr ankomme, werden ihre Gesichtszüge weich, und sie lächelt. Ich sehe sie ein bisschen zu lange an, um mir den Anblick einzuprägen, damit ich ihn nie vergesse, wenn sie wieder weg ist.

Mach schnell, sagt sie.

Ich hebe ab und wähle eine Null, und eine Stimme vom Band sagt: „Bitte werfen Sie fünfundzwanzig Cent ein, oder drücken Sie die Eins für ein R-Gespräch.“

Ich drücke die Eins.

„Nennen Sie nach dem Piepton Ihren Namen."

Es gibt einen langen Piep, dann ist Stille.

Ich sage nichts.

Ein Klicken, und dann: „Bitte wählen Sie die gewünschte Nummer."

Ich drücke die Zahlen, die mich meine Schwester für alle Fälle hat auswendig lernen lassen.

Nur wenige Sekunden vergehen, da höre ich am andern Ende Nana Frans Stimme, hellwach und laut, obwohl ich sicher bin, dass es schon spät ist.

„Hallo? Hallo? Wer ist denn da? Die Verbindung ist sehr schlecht."

Mom steht direkt neben mir, ganz dicht, wartet und flackert langsam von Rosa zu Purpur zu Grün zu Gelb.

„Sprechen Sie bitte lauter, ich höre Sie ganz schlecht."

Ich mache den Mund auf und wieder zu. Ich habe immer noch Angst, dass die Worte nicht richtig herauskommen. Ich habe Angst, dass es nicht meine eigenen sind.

Mom ist ein Tornado von Gold und Silber, Rot, Weiß und Blau.

„Hallo? Ich höre Sie doch atmen."

Ich muss es versuchen. Für Sam. Für Bear. Für mich.

Für uns alle.

Ich mache den Mund auf und sage: „Nana Fran?"

„Olivia? Bist du das?"

„Ja", krächze ich.

„Kind! Wo bist du?"

Ich sage: „Sie will Sam umbringen."

„Wer? Wovon redest du? Wo bist du denn?" Und dann: „Zeb! Komm rein!"

Ich sage: „Du musst Deputy Santos holen."

Ich sage: „Du musst ihr sagen, sie soll zu Mrs Roths Haus fahren."

Ich sage: „Sag ihr, es ist ein Notfall."

Ich rede und rede und rede.

Ich sage ihr alles.

Fühlt sich so Totsein an? Ein Zwischending zwischen Träumen und Wachsein, wo man immer wieder denkt: „Wach auf, wach auf, mach die Augen auf – aber man tut es nicht? Man kann nicht. Man liegt bewegungslos da, Geist und Körper getrennt, und fragt sich, ob irgendetwas, das man sieht, hört oder empfindet, echt ist. Ich dachte, sterben würde sich eher wie Schweben anfühlen. Nein, das stimmt nicht. Ich dachte, ich würde nichts spüren. Denn wenn man tot ist, ist man tot, und das war's. Das ist alles. Ich bin tot.

Noch einmal: Ich bin tot.

Sag es noch mal, bis du es glaubst. Ich bin tot, tot, tot. Aber warum kann ich dann immer noch hören, was ich denke? Warum kann ich hören, wie mein rauschendes Blut langsamer, meine fiebrige Haut kalt wird? Warum kann ich die Bäume über mir schwanken und tanzen sehen?

Ollie würde sagen, es ist meine Seele, mein Geist, mein Schimmerndes, das versucht, sich von dem Teil von mir zu trennen, der durch Naturgesetze wie die Schwerkraft und das Altern gebunden ist. Ich wehre mich gegen meine Knochen, bettle gleichzeitig darum, erlöst zu werden und bleiben zu können.

Meine Mutter ist hier bei mir. Hier. Wo bin ich? Nirgends. Überall. Hier und tot. Ein schwaches Licht flackert weiß, rot, weiß. Ein Baby schreit. Oder bin ich das? Das kann nicht sein. Ich bin ja tot. Ich bin stumm. Jemand – nicht ich – schreit. Und meine Mutter ist hier.

Ihre Konturen sind ausgefranste, flirrende Regenbögen, wie ein Windrad. Aber ihr Gesicht ist hell und klar und ihr Lächeln warm, und ich bin ganz ruhig.

Mom.

Eine schöne kleine Beule hast du da.

Sie streckt die Hand aus und lässt Licht und Wärme über meine Stirn fließen. Die Erinnerung blitzt auf, an alles, was ich lieber vergessen würde.

Ollie?

Sie ist hier.

Und jetzt höre ich sie. Sie ist es, die weint. Sie ruft meinen Namen. Sie sagt: „Sam, sieh mich an, Sammy. Du musst durchhalten."

Und ich möchte lachen, weil hier lauter Geister sind. Mom ist einer, und ich bin einer, und Ollie redet immer noch auf mich ein: „Ich weiß, dass du mich hören kannst. Bitte. Versuch's doch. Gib nicht auf. Tu es nicht."

Meine Schwester redet, und ihre Stimme erzählt mir die schönste Geschichte der Welt.

Ich kann sie nicht sehen.

Sie ist immer noch hier.

Ich möchte sie sehen.

Mach die Augen auf.

Ich versuche es. Es geht nicht.

„Ich bin hier, Sam", sagt sie. „Genau neben dir."

Da sind noch andere Stimmen um mich herum, Worte wie Bienengesumm, und ich weiß nicht, zu wem sie gehören. Ollies ist die einzige klare Stimme. Ihre Worte sind die einzigen, die für mich zählen.

„Bleib bei mir. Ich brauche dich hier."

Die Sterne sind viel heller, wenn man tot ist. Die Dunkelheit ist viel dunkler. Die Bäume flüstern, aber ich spüre gar keinen Wind. Ich möchte den Wind spüren.

Ein Druck lastet auf meiner Brust, und es tut weh. Oh Gott, es tut so weh. Mom verblasst langsam. Sie ist jetzt ein weit entferntes Leuchtturmlicht, das die Nacht durchstreift. Ich stelle mir vor, dass ich selbst diesen Körper, diese Knochen zerschlage. Dass ich hinter ihr herschwebe, und schon verfliegt der Schmerz, und Mom ist wieder blendend hell und ganz nah.

Ich möchte bei dir bleiben.

Wenn du das wirklich möchtest, dann denk einfach an den Ort, der dir am liebsten ist, wo du dich am sichersten fühlst. Stell dir vor, dass du dort bist, und dann lass los.

Ich bin auf der Weide. Bear ist irgendwo in der Nähe, und Ollie sitzt neben mir, und ich erzähle ihr von den Bienen. Siehst du das? Wie sie langsam mit den Flügeln schlägt? Sie sendet einen besonderen Duft aus, der die Verirrten nach Hause ruft.

Aus weiter Ferne höre ich Ollie nach mir rufen und sagen, dass ich bleiben soll. Ich höre meine Schwester und komme wieder zu mir. Ich komme zurück.

Ich bin noch nicht so weit.

Du musst dich bald entscheiden.

Aber wenn ich es nicht kann?

Du kannst es.

Ich möchte mit dir gehen. Und ich möchte bleiben. Ich möchte dich und sie und ihn, uns alle wieder zusammenhaben.

Das geht nicht.

Das ist ungerecht.

Nein. Das ist es nie.

Hast du es gewusst? Von dem Haus, das er bauen wollte?

Es war meine Idee.

Wirklich?

Er konnte nicht zu uns zurückkommen, also beschloss ich, uns zu ihm zurückzubringen.

Ich wünschte, all das wäre nie passiert. Ich wünschte … wünschte, wünschte mir so sehr, ich könnte noch einmal zurück und alles anders machen.

Das kann keiner von uns.

Ich denke wieder über die Weide nach.

„Sammy", sagt meine Schwester. „Sam! Bitte! Ich rede auch mit dir, versprochen. Ich sage alles, was du willst. Ich …" Sie redet immer noch, obwohl es schwer für mich ist, sie jetzt zu hören. Sie redet und redet. Es gibt noch so viel zu sagen.

Etwas drückt mich nieder, zurück in meine Knochen. Diesmal wehre ich mich nicht. Der Schmerz kommt nicht sofort. Er fängt als Erinnerung an, ein leises Lecken an meinen nackten Füßen, wie bei Ebbe. Mom flackert. Ihr Himmelblau wird grau, ihr Kirschrot mattbeige.

Bist du einsam?

Nie.

Fehlen wir dir?

Immer.

Ich spüre jetzt Kiefernnadeln unter den Händen, die mir unter den Armen in die Haut pieken, und etwas drückt mir gegen die Rippen, eine harte Baumwurzel. Ich rieche brennendes Öl und Waldmoder. Der Wind zupft an meinen Haaren. Graue Schatten huschen um mich herum, flüstern und streifen mich. Meine Mutter wirbelt hinauf zwischen die Sterne.

Verzeih deinem Vater.

Hab ich schon.

Sag deiner Schwester, dass ich sie lieb habe.

Das weiß sie.

Sag es ihr trotzdem.

Ich glaube nicht, dass ich das noch kann.

Du bist stärker, als du es dir zutraust, Sam. Und tapferer auch.

Sie singt mir ein vertrautes Wiegenlied, ich weiß nicht, wo ich es schon mal gehört habe.

Da ist ein Augenblick reinen Schmerzes, wie ein Feuerwerk, und ich sehe, wie sich Vergangenheit, Gegenwart und Zukunft auflösen und gleich wieder zusammensetzen. In diesem Augenblick bin ich nirgends und überall, nichts und alles. Ich bin zerquetscht und in zwei Hälften gerissen. Ich bin gesteinigt und gerädert und ausgepeitscht. Alles tut weh, tut so weh, dass ich sterben möchte. Und dann drückt jemand meine Hand.

Die Hand ist kleiner als meine, aber kräftig und warm und tröstlich. Ich erwidere den Druck, damit sie merkt, dass ich noch hier bin. Ich versuche, etwas zu sagen, aber es kommt nur ein Stöhnen heraus.

„Wir haben sie!“, sagt eine Frau, und hektische Betriebsamkeit setzt ein.

Gesichter, die ich nicht kenne, beugen sich über mich, man zieht und fingert an mir herum, sticht mir Nadeln in den Arm, streift mir eine Maske übers Gesicht, die mich mit Luft vollpumpt und es mir unmöglich macht, zu reden. Mein Blick schießt panisch hin und her, und dann sehe ich sie neben meiner linken Schulter sitzen.

Ihre Wangen sind gerötet und die Augenlider hinter den Brillengläsern geschwollen. Mit einer Hand wischt sie sich den Rotz von der Nase, die andere lässt mich nicht los. Die Sanitäter versuchen immer wieder, sie von mir wegzuschieben, aber sie weicht nicht von der Stelle. Sie arbeiten um sie herum, wälzen mich vorsichtig auf eine Trage und heben mich dann auf ein Rollgestell. Ollie bleibt bei mir und lässt meine Hand nicht los.

„Hast du gesehen, wie schön Mom war? Und wie glücklich?“ Sie schaut in die Bäume hinauf und dann wieder zu mir, ihre Augen sind ein bisschen trauriger als vorher, aber sie lächeln noch immer. Meine Schwester lächelt.

„Sie ist jetzt gegangen“, sagt Ollie zu mir.

Aber ich bin hier. Wir sind beide hier.

„Ich soll dir sagen, dass sie dich lieb hat", sagt Ollie. „Für immer."

Ich weiß.

Sie beugt sich dichter über mich und flüstert: „Danke, dass du mich gerettet hast."

Wenn es nicht so wehtäte, würde ich lachen. Nicht *ich* habe *sie* gerettet, sondern sie mich.

Wir kommen aus dem Wald zur Straße, wo ein Krankenwagen mit flackernden roten und weißen Lichtern wartet. Das Rad des Rollwagens stößt irgendwo an, die Erschütterung treibt mir rasenden Schmerz in jeden einzelnen Knochen. Ich schließe die Augen. Nur eine Sekunde lang.

„Sam? Sam!" Ollie schüttelt meinen Arm.

Trotz all ihrem Mut ist da immer noch Angst.

Ich mache die Augen wieder auf und sehe in die ihren. Ich möchte ihr sagen, dass es in Ordnung ist, Angst zu haben, dass ich auch Angst habe. Ich habe vor so vielen Dingen Angst. Ich möchte ihr sagen, dass wir zusammen Angst haben können. Soll doch heute mal irgendjemand anderes mutig sein. Ich drücke ihre Hand, so fest es geht.

Sie drückt mich wieder und fragt: „Tut es sehr weh?"

Ich nicke. Ich glaube, ich nicke.

Sie sagt: „Weißt du noch, als du elf warst und immer mit dem Rad im Kreis gefahren und dann hingefallen bist und dir den Arm gebrochen hast? Tut es so doll weh wie damals?"

An diesen Tag habe ich schon lange nicht mehr gedacht. Wie die Kreise immer enger und schneller wurden und die Welt ein Taumel von Farbe und Licht und Wind wurde und es sekundenlang wie Fliegen war – und dann das Rad unter mir weggerutscht ist … Ich erinnere mich, dass ich meine Knochen knacken gehört hatte, bevor ich irgendeinen Schmerz spürte, und dass ich die seltsame Beule anschwellen gesehen hatte, die erst rot und dann lila geworden ist. Und dann erinnere ich mich, siedend heiß und alles verzehrend, wie ich geschrien und geschrien und geschrien habe und Mom und Ollie herausgerannt kamen und mich ins Krankenhaus brachten. Mein Gips war blau. Ollie war die Einzige, die ihren Namen draufschrieb. Nach sechs Wochen kam er ab. Mein Arm war wieder gesund. Die Knochen waren perfekt zusammengewachsen, und der Schmerz, der zuerst so unerträglich gewesen war, wurde zu einer blassen Erinnerung.

Auch die Schmerzen, die ich jetzt habe, werden vergehen. Irgendwann und bald. Das müssen sie ja. Damit wir weiterleben, uns lieben und wieder die sein können, die wir waren, müssen wir vergessen, wie schlimm es gewesen ist. Wir müssen wieder heil werden.

Wir haben den Krankenwagen erreicht. Ein Sanitäter sagt: „Du musst uns jetzt ein bisschen Platz machen."

Ollie sagt: „Ich will aber mitkommen."

Von irgendwo in der Nähe höre ich Deputy Santos zu Ollie sagen, dass alles in Ordnung ist, dass sie gut auf mich aufpassen würden. Sie sagt: „Du kannst mit mir mitfahren. Ich verspreche dir, wir bleiben den ganzen Weg hinter ihnen, bis zum Krankenhaus. Mit Blaulicht und Sirene."

Jetzt höre ich auch Zeb die Sanitäter fragen, ob ich bei Bewusstsein, ob ich wach wäre, ob ich überleben würde. Und ich glaube … ich glaube, ich höre Franny etwas abseits auf der einen Seite beten. Aber ich kann sie nicht sehen, auch Deputy Santos nicht. Mein Kopf ist festgebunden, mein Hals stabilisiert. Ollies Gesicht ist als einzig vertrautes über mich gebeugt.

„Sie lassen mich nicht mitfahren", sagt sie. „Kommst du trotzdem zurecht?"

Ich drücke zweimal ihre Hand.

Sie umarmt mich und tritt dann von der Krankentrage zurück. Die Sanitäter schieben mich hinten in den Krankenwagen, schnallen mich fest und schließen die Türen. Als die Sirenen aufheulen, mache ich die Augen zu und denke an meine Mutter, frage mich, warum mir das noch nie aufgefallen ist. Ihr Lächeln. Ollie hat genau dasselbe.

Bear sagt, im September wird das Licht auf der Weide weich und die Luft frisch und würzig. Die Tage werden kürzer. Die Blumen welken. Das Leben geht dahin, und nichts bleibt. Die Blätter ändern ihre Farbe von Grün nach Rot nach Gelb und tanzen von den Bäumen herab wie Ballerinas, und manchmal wacht man auf, und über der Erde liegt silbriger Frost, und der Atem bildet weiße Wolken. „Es ist eine andere Art der Schönheit", sagt er. „Ihr werdet schon sehen." Aber der Sommer ist noch nicht vorüber. Noch nicht. Wir haben noch eine Menge Zeit, barfuß durchs Gras zu laufen, im Fluss zu planschen, mit den Bienen zu reden und einzuschlafen, während wir Sterne zählen.